무기여 잘 있거라

이 도서의 국립중앙도서관 출판예정도서목록(CIP)은
서지정보유통지원시스템 홈페이지(http://seoji.nl.go.kr)와
국가자료공동목록시스템(http://www.nl.go.kr/kolisnet)에서 이용하실 수 있습니다.
(CIP제어번호: CIP2019051621)

세계문학전집
186

Ernest Hemingway : A Farewell to Arms

무기여 잘 있거라

어니스트 헤밍웨이 장편소설

권진아 옮김

문학동네

일러두기

1. 번역 대본은 *A Farewell to Arms*(Ernest Hemingway, Charles Scribner's Sons, 1929)를 사용했다.
2. 주석은 모두 옮긴이주다.
3. 이탈리아어나 기타 다른 외국어는 번역하거나 음차해 이탤릭체로 처리했고, 경우에 따라 원어를 병기하거나 주석을 달았다.
4. 원서에서 이탤릭체로 강조한 부분은 고딕체로 처리했다.
5. 성서의 인용은 공동번역 개정판에 따랐다.

차례

1부

1

그해 늦여름 우리는 강과 들판 너머로 산이 보이는 어느 마을의 민가에서 지냈다. 강바닥에는 햇볕에 하얗게 마른 자갈과 돌덩이가 널려 있었지만, 어귀의 물은 맑고 빠르게 흐르고 푸른빛이었다. 군대가 집 옆의 길을 따라 내려가면 먼지가 나뭇잎들을 뒤덮었다. 나무줄기도 먼지를 뒤집어썼는데 그해는 나뭇잎들이 일찍 졌다. 군대가 길을 따라 행진하면 먼지가 일어나고 나뭇잎들이 미풍에 흔들리다 떨어지는 것이 보였고 그러고 나면 텅 비고 뿌연 길바닥에는 나뭇잎들만 뒹굴었다.

들판에는 오곡이 풍성했다. 과수원이 많았지만, 들판 너머로 보이는 산들은 헐벗은 갈색이었다. 산에서는 전투가 벌어져 밤마다 포화의 섬광이 보였다. 어둠 속에서 번쩍이는 섬광은 여름날 치는 번개 같았지만, 밤에는 추웠고 폭풍우가 올 기미는 보이지 않았다.

이따금 어둠 속 창문 아래서 군인들이 행진하고 대포를 단 포차가 굴러가는 소리가 들렸다. 밤에는 이동이 더 많아져서 길마 양쪽에 탄약 상자를 실은 노새들과 군인들을 태운 회색 군용 트럭들이 지나갔고, 가득 실은 짐을 캔버스로 덮은 트럭들은 그보다 느리게 움직였다. 한낮에는 초록 잎이 달린 나뭇가지로 긴 포신을 가린 대형 대포들이 포차에 끌려 지나갔는데, 포차에도 초록 잎이 달린 나뭇가지와 덩굴풀이 덮여 있었다. 북쪽으로는 계곡 너머로 밤나무숲이 보였고, 그 너머 강 이쪽으로 또다른 산이 있었다. 그 산을 차지하기 위해 전투를 벌였지만 성공하지 못했다. 가을로 접어들어 비가 내리자 밤나무 잎이 모두 떨어져 가지가 앙상해지고 줄기는 비에 젖어 거무스름했다. 포도밭의 나뭇가지들도 잎이 모두 져서 앙상해졌고, 온 사방이 내리는 비에 갈색이 되며 생기를 잃었다. 강에는 안개가 끼고 산에는 구름이 드리웠으며, 지나는 트럭들이 흙탕물을 튀겨 병사들의 망토는 젖고 진흙투성이가 되었다. 소총도 젖었다. 행군하는 병사들은 망토 속 벨트 앞쪽에 가죽 탄약통 두 개를 매달고 있었는데, 가늘고 긴 6.5밀리미터 탄창이 든 묵직한 회색 가죽 탄약통이 불룩 튀어나와서 마치 육 개월 된 임신부들처럼 보였다.

아주 빠른 속도로 지나가는 회색 소형 자동차도 몇 대 있었다. 대개는 운전병과 장교 한 명이 앞좌석에 타고, 뒷좌석에도 장교들이 타고 있었다. 그 차들은 군용 트럭보다 더 심하게 흙탕물을 튀겼는데, 만약 뒷좌석에 탄 사람들 중 하나가 몸집이 아주 작고 두 장군 사이에 앉아 얼굴도 잘 보이지 않고 모자 꼭대기와 좁은 어깨만 겨우 보인다면, 또 차가 유난히 속도를 올려 달린다면 아마도 국왕*이 탄 것이 분명했다.

국왕은 우디네**에 머물며 거의 매일 전황을 살피러 나왔는데, 전황은 몹시 좋지 않았다.

겨울로 접어들자 비가 줄기차게 내렸고, 콜레라도 찾아왔다. 하지만 콜레라는 곧 잡혔는데 결과적으로 군대 내 희생자는 7천 명뿐이었다.

2

이듬해에는 여러 차례 승리가 있었다. 계곡과 밤나무숲이 있는 언덕 너머 산을 점령했고 남쪽 고원의 들판에서도 승리했으며, 8월에 우리는 강 건너편 고리치아***의 분수대가 있고 담장이 둘린 정원에 나무들이 빽빽하게 그늘을 드리우고 자주색 등나무 넝쿨이 집 옆벽을 타고 뻗은 어느 민가에 머물렀다. 전투는 이제 채 1마일도 떨어지지 않은 마을 너머 옆 산들에서 벌어지고 있었다. 마을은 아주 좋았고 우리가 머문 집도 아주 훌륭했다. 우리는 집 뒤쪽으로 강이 흐르는 이 마을은 손쉽게 차지했지만 건너편 산들은 그러지 못했는데, 오스트리아군이 작전상 약간의 공격만 할 뿐 포격으로 마을 전체를 파괴하지 않는 것으로 보아 전쟁이 끝난 뒤에 다시 여기로 돌아올 생각인 것 같아 나는 내심 꽤 기뻤다. 주민들이 아직도 살고 있는 마을 거리에는 병원과 카페가 있고 그 위쪽에 대포들이 있었으며 유곽도 사병용과 장교용으로 두

---

* 비토리오 에마누엘레 3세(1869~1947).

** 이탈리아 북동부의 소도시.

*** 현재 이탈리아 북동부의 도시. 당시 오스트리아 땅이었다.

곳이 있었다. 여름이 지나자 밤이 서늘해졌고 마을 너머 산에서는 전투가 계속됐는데, 전투가 벌어졌던 강변에는 포격된 흔적이 남은 철교와 무너진 터널이, 광장 주위와 광장으로 이어지는 길가에는 늘어선 가로수들이 보였다. 마을에 사는 아가씨들도 보이고, 자동차를 타고 지나가는 국왕의 얼굴과 작은 몸집, 염소수염 같은 회색 턱수염도 이따금 보였다. 석회 부스러기와 벽돌 조각이 마당에, 때로는 거리에까지 온통 흩어져 있고 폭격으로 벽이 무너진 집들이 느닷없이 내부를 눈앞에 훤히 드러내곤 했지만, 카르소*의 전황도 순조로워 이해 가을은 우리가 시골에서 보낸 지난가을과는 사뭇 달랐다. 전쟁도 꽤 달라졌다.

마을 너머 산에 있던 참나무숲은 사라졌다. 우리가 마을에 왔던 지난여름에는 숲이 푸르렀지만 지금은 땅이 온통 파헤쳐지고 나무 그루터기와 부러진 줄기만 남았는데, 가을이 끝나가던 어느 날 참나무숲이 있던 자리에 가보니 산 위로 구름이 몰려오고 있었다. 구름이 아주 빠르게 몰려오고 태양이 누렇게 흐려지더니 사위가 잿빛으로 변하며 하늘이 캄캄해졌고, 이윽고 구름이 산기슭까지 내려와 우리를 휩싸며 갑자기 눈이 날리기 시작했다. 눈은 바람에 비스듬히 내리며 헐벗은 땅을 뒤덮었고, 튀어나온 그루터기들과 대포들 위에도 쌓였고, 참호 뒤에 쌓이는 눈 속으로 변소로 이어지는 길이 만들어졌다.

그후 나는 마을에 내려와 장교용 유곽에서 친구와 각자 잔을 놓고 앉아 창밖을 보며 아스티**를 마셨는데, 느리지만 무섭게 내리는 눈을 보며 우리는 올해도 다 갔다고 느꼈다. 강 상류 쪽 산은 아직 점령하지

---

* 아드리아해 북쪽 연안의 항구 도시. 1차세계대전 격전지 중 하나.

** 이탈리아산 화이트와인.

못했고, 강 건너편 산들도 마찬가지였다. 전부 내년으로 미뤄졌다. 장교식당 동료인 신부가 진창이 된 길을 조심조심 걸어가는 것을 보고 친구가 창문을 두드려 그를 불렀다. 신부가 고개를 들고 쳐다보았다. 그리고 우리를 보고 미소지었다. 친구가 신부에게 들어오라고 손짓했다. 신부는 고개를 젓고 가던 길을 갔다. 그날 장교식당 저녁은 스파게티 코스였는데, 모두 포크로 스파게티를 말아 빼져나온 면발 끝이 다 보이도록 들어올린 뒤 먹거나 면발을 쉬지 않고 빨아들이면서 진지하게 재빨리 먹었고, 짚으로 싼 1갤런들이 병에서 와인도 양껏 따라 마셨다. 와인병은 철제 받침대 속에서 흔들거렸는데 잔을 든 채 검지로 병목 부분을 잡아당기면 근사한 타닌성 레드와인이 잔 안으로 쏟아져내렸다. 코스가 끝나자 대위가 신부를 놀려대기 시작했다.

젊고 얼굴이 잘 빨개지는 신부는 우리와 마찬가지로 군복을 입지만, 회색 재킷 왼쪽 가슴주머니에 짙은 붉은색 벨벳 십자가를 달고 있었다. 대위는 내가 한마디도 놓치지 않고 다 이해할 수 있도록 피진* 이탈리아어로 말했지만, 내게 도움이 되는지는 의심스러웠다.

"신부님 오늘 아가씨들이랑." 대위가 신부와 나를 바라보며 말했다. 신부는 얼굴을 붉히고 미소지으며 고개를 저었다. 대위는 신부를 자주 놀려댔다.

"아니에요?" 대위가 물었다. "오늘 신부님 아가씨들이랑 있었는데."

"아닙니다." 신부가 말했다. 다른 장교들도 달려들어 재미있어했다.

"신부님 아가씨들이랑 아니야," 대위는 계속해서 말했다. "신부님

* 서로 다른 언어를 쓰는 사람들의 의사소통을 위해 두 언어를 단순한 형태로 혼성하는 것.

아가씨들이랑 절대." 그는 내게 설명했다. 그는 내 눈을 바라보며 잔을 채워주면서도 신부에게서 눈을 떼지 않았다.

"신부님 밤마다 혼자서 다섯이랑," 식탁에 있던 사람들이 모두 웃음을 터뜨렸다. "알아? 신부님 밤마다 혼자서 다섯이랑." 그는 손짓을 해가며 큰 소리로 웃었다. 신부는 농담으로 받아넘겼다.

"교황은 이 전쟁에서 오스트리아가 이기길 바라지," 소령이 말했다. "교황은 프란츠 요제프* 편이거든. 거기가 돈 나오는 데니까. 나는 무신론자야."

"『검은 돼지』**라는 책 읽어보셨습니까?" 중위가 물었다. "제가 한 권 구해드리죠. 제 믿음을 뒤흔든 책입니다."

"더럽고 사악한 책입니다," 신부가 말했다. "당신이 그 책을 정말로 좋아할 리 없어요."

"아주 귀한 책입니다," 중위가 말했다. "사제들에 대해 뭔가 말해주거든. 자네도 좋아할 거야." 중위가 내게 말했다. 나는 신부에게 미소지었고 신부도 촛불 너머로 내게 미소지었다. "읽지 마십시오." 신부가 말했다.

"자네도 한 권 구해주지." 중위가 말했다.

"생각이란 걸 하는 사람들은 모두 무신론자지," 소령이 말했다. "그렇다고 프리메이슨***을 믿는 건 아니야."

---

* 당시 오스트리아 황제.

** 1905년에 이탈리아 작가 움베르토 노타리가 쓴 책으로 가톨릭교회를 비판했다.

*** 세계동포주의, 인도주의 등의 이념을 바탕으로 1717년 영국 런던에서 결성된 비밀결사.

"저는 프리메이슨을 믿습니다." 중위가 말했다. "숭고한 조직이죠."

그때 누군가 들어왔는데 문이 열리자 눈 내리는 바깥이 보였다.

"눈이 내리니까 이제 공격은 없겠군요." 내가 말했다.

"물론이지," 소령이 말했다. "그러니 자네는 휴가를 가. 로마든 나폴리든 시칠리아든—"

"아말피에 가," 중위가 말했다. "아말피에 있는 우리 가족에게 편지 써줄게. 아마 아들처럼 아껴줄 거야."

"팔레르모에 가야지."

"카프리에 가야지."

"아브루치를 구경하고 카프라코타에 있는 우리 가족을 방문하는 건 어떻습니까." 신부가 말했다.

"아브루치라니요. 거긴 여기보다 눈이 더 많이 오는 덴데. 저 친구는 농부들을 보고 싶은 게 아닙니다. 문화와 문명의 중심지로 보내야죠."

"예쁜 아가씨들을 만나야지. 내가 나폴리에서 어디를 가야 할지 알려줄게. 어머니가 늘 따라다니는—젊고 예쁜 아가씨들이 있는 데. 하! 하! 하!" 대위는 그림자놀이를 할 때처럼 엄지를 세우고 다른 손가락들을 쫙 폈다. 벽에 손그림자가 비쳤다. 그는 또다시 피진 이탈리아어로 말했다. "자네는 이렇게 가서," 그는 엄지를 가리켰다. "이렇게 돌아오는 거야." 그러고는 새끼손가락을 만졌다. 모두 웃음을 터뜨렸다.

"봐," 대위가 말했다. 그는 다시 손을 폈다. 또다시 촛불빛이 벽에 손그림자를 만들었다. 그는 세운 엄지부터 차례로 나머지 손가락들에 이름을 붙였다. "소토-*테넨테*(엄지), *테넨테*(검지), *카피타노*(중지), *마조레*(약지), *테넨테-콜로넬로*(소지)*. 갈 때는 소토-*테넨테*! 돌아올 때는 소토-콜로넬로!" 모두 웃어댔다. 대위의 손가락놀이는 대성공이었다. 그는 신부를 보며 외쳤다. "신부님 밤마다 혼자서 다섯이랑!" 모두 또다시 웃어댔다.

"자네는 당장 휴가를 떠나." 소령이 말했다.

"나도 같이 가서 구경시켜주고 싶군." 중위가 말했다.

"돌아올 때 축음기를 가져와."

"좋은 오페라 레코드판도."

"카루소**를 가져와."

"카루소는 됐어. 울부짖기만 해."

"자네도 그렇게 울부짖는 능력이 있었으면 싶지 않아?"

"그 사람은 울부짖기만 해. 울부짖는다잖아!"

"아브루치에 다녀와요," 신부가 말했다. 다른 사람들은 소리를 질러대고 있었다. "사냥하기 좋은 곳입니다. 사람들도 마음에 들 거고요. 날씨는 춥지만 맑고 건조하죠. 우리집에 묵어도 좋습니다. 아버지는 유명한 사냥꾼이십니다."

"자자," 대위가 말했다. "문 닫기 전에 유곽에나 가자."

"안녕히 가십시오." 나는 신부에게 말했다.

"안녕히." 신부가 말했다.

---

* 순서대로 소위, 중위, 대위, 소령, 중령 계급을 뜻하는 이탈리아어.

** 이탈리아 테너 가수.

3

내가 다시 전선에 돌아왔을 때도 부대는 여전히 그 마을에 머물고 있었다. 주변에 대포가 더 많아졌고, 어느새 봄이었다. 들판은 푸르렀고, 포도나무에 작고 푸른 새싹이 돋고 가로수에도 작은 잎사귀가 돋았으며 바다 쪽에서 미풍이 불어왔다. 나는 언덕이 있는 마을과, 언덕들 사이 분지에 있는 고성과 그 너머 산등성이에 드문드문 초록이 덮인 갈색 산들을 바라보았다. 대포가 더 많아진 마을에는 새로운 병원들이 보였고, 거리에는 영국인 남자들과 간혹 여자들도 보였는데, 포격에 부서진 집이 전보다 많은 것 같았다. 날씨는 봄답게 따뜻했고, 담장에 비쳐 반사되는 따뜻한 햇볕을 받으며 나무들이 늘어선 골목길을 걸어내려가자, 우리 부대는 여전히 같은 집에 머물고 있었고 내가 떠났을 때 모습 그대로였다. 문이 열려 있고 한 병사가 햇볕이 내리쬐는 바깥의 벤치에 앉아 있고 구급차 한 대가 옆문에 대기하고 있었는데, 안에 들어가자 대리석 바닥 냄새와 병원 냄새가 풍겼다. 계절이 봄으로 바뀌었다는 것을 빼면 모든 것이 떠날 때와 똑같았다. 큰방 안을 들여다보니 소령이 책상 앞에 앉아 있고 열린 창문으로 햇살이 비쳐들고 있었다. 소령은 나를 보지 못했는데, 나는 들어가서 보고를 할지 우선 위층에 올라가 씻을지 고민하다가 위층에 올라가기로 했다.

리날디 중위와 함께 쓰는 방에서는 안마당이 내려다보였다. 창문이 열려 있었고, 내 침대는 담요가 말끔하게 정돈되어 있었으며, 방독면이 든 양철 깡통이며 철모며 내 물건들은 전과 똑같은 나무못에 걸려 있었다. 납작한 트렁크가 침대 아래 있고, 기름을 발라 가죽이 반들거리는 겨울 장화가 트렁크 위에 놓여 있었다. 푸르스름한 팔각형 총신과 빰에 꼭 들어맞는 근사한 암갈색 개머리판이 달린 오스트리아제 저격 소총은 두 침대 사이에 걸려 있었다. 소총에 딸린 조준경을 트렁크에 넣고 잠가두었던 기억이 났다. 리날디 중위는 다른 침대에서 자고 있었다. 그는 내가 들어오는 소리에 눈을 뜨더니 일어나 앉았다.

"차우*!" 그가 말했다. "즐겁게 지냈나?"

"굉장했지."

우리는 악수를 했고 그는 내 목을 끌어안고 키스했다.

"으윽." 내가 말했다.

"지저분해," 그가 말했다. "씻어야겠는데. 어디 가서 뭘 했어? 당장 불어."

"여기저기 다 갔지. 밀라노, 피렌체, 로마, 나폴리, 빌라 산 조반니, 메시나, 타오르미나—"

"무슨 시간표라도 외우나? 그래, 멋진 모험을 했어?"

"그럼."

"어디서?"

"밀라노, 피렌체, 로마, 나폴리—"

"그건 됐어. 정말 최고였던 데나 얘기해봐."

"밀라노."

"처음 가서 그랬겠지. 여자는 어디서 만났나? 코바였나? 어디를 갔어? 기분은 어땠어? 당장 다 얘기해봐. 밤새 같이 있었나?"

* 이탈리아어 인사말 차오(ciao)의 입말.

"그럼."

"그런 건 뭐 별것도 아니지. 이젠 여기도 예쁜 아가씨들이 와 있거든. 전선에 와본 적 없는 새로운 아가씨들."

"잘됐군."

"못 믿겠나? 그럼 오늘 오후에 당장 가보자고. 마을에 예쁜 영국 아가씨들도 있어. 나는 미스 바클리에게 푹 빠졌어. 만나러 갈 때 데려가주지. 어쩌면 미스 바클리와 결혼할지도 모르거든."

"씻고 귀대 보고부터 해야 해. 지금은 아무도 일을 하지 않는 거야?"

"자네가 휴가를 떠난 후로는 동상이니 동창이니 황달이니 임질, 자해 부상, 폐렴, 무르고 굳은 경성하감* 같은 것뿐이었어. 매주 꼭 한 사람은 바위 파편에 부상을 입지. 물론 진짜 부상자도 몇 명 있긴 하지만. 다음주부터 다시 전투가 시작된대. 아마 그럴 거야. 모두 그렇다고 말하거든. 그런데 내가 미스 바클리와 결혼하는 게 잘하는 일일까? 물론 전쟁이 끝난 뒤에."

"물론이지." 나는 대답하고 대야에 물을 가득 부었다.

"오늘밤 전부 얘기해줘," 리날디가 말했다. "나는 미스 바클리에게 산뜻하고 멋지게 보여야 하니까 잠깐이라도 눈을 붙여야겠어."

나는 군복 재킷과 셔츠를 벗고 대야에 담은 찬물로 몸을 씻었다. 수건으로 몸을 닦으며 방안을 둘러보고 창밖을 내다보다가, 눈을 감고 침대에 누워 있는 리날디를 바라보았다. 그는 미남이고, 나와 동갑이고, 아말피 출신이었다. 그는 자신이 외과의사인 것을 자랑스러워했고

* 성병으로 성기 주위에 생기는 통증 없는 궤양.

우리는 절친한 사이였다. 내가 바라보는데 그가 눈을 떴다.

"돈 좀 있어?"

"응."

"50리라만 빌려줘."

나는 손을 닦고 벽에 걸어둔 재킷 안주머니에서 지갑을 꺼냈다. 리날디는 침대에 누운 채 지폐를 받더니 반으로 접어 바지 주머니에 집어넣었다. 그가 웃으며 말했다. "미스 바클리에게 돈깨나 있는 남자라는 인상을 줘야 하거든. 자네는 정말 착하고 좋은 친구이자 내 재정적 후원자야."

"닥쳐." 내가 말했다.

그날 저녁식사 때 나는 신부 옆자리에 앉게 되었는데, 신부는 내가 아브루치에 가지 않았다는 것을 알자 실망했고 갑자기 마음이 상한 것 같았다. 아버지에게 내가 간다고 편지로 알렸고 그의 가족은 준비를 했던 모양이었다. 나도 신부 못지않게 마음이 상했는데 왜 거기 가지 않았는지 스스로도 이해가 되지 않았다. 그것이 내가 원했던 바였다. 나는 이런저런 일이 연달아 생기는 바람에 가지 못했다고 설명하려 했고 결국은 그도 내가 정말로 거기에 가고 싶어했다는 것을 이해하며 그런대로 마음을 풀었다. 나는 와인을 양껏 마신 뒤 커피와 스트레가*를 마셨고, 술에 취한 채 우리는 왜 하고 싶은 일을 하지 않는지, 왜 그런 일들을 절대로 하지 않는지에 대해 이야기했다.

다른 사람들이 논쟁을 하는 동안 우리는 계속 이야기를 나눴다. 나

* 이탈리아 리큐어의 일종.

는 아브루치에 가고 싶었었다. 길이 꽁꽁 얼어 쇳덩이처럼 단단한 곳, 날이 청명하고 춥고 건조하고 눈이 가루처럼 내리는 곳, 눈밭에 토끼 발자국이 있고 농부들이 모자를 벗어들고 나리라고 부르며 인사하는 곳, 멋진 사냥을 할 수 있는 곳은 어디도 가지 못했다. 그런 곳 대신 담배연기 자욱한 카페들에 갔고, 밤마다 방안이 빙빙 돌아 그걸 멈추려면 벽을 쳐다봐야 했고, 그게 다라는 것을 알면서도 밤이면 술에 취한 채 여자와 침대로 기어들어갔고, 잠에서 깼을 때는 상대가 누군지도 모르는 이상한 흥분을 느꼈으며, 어둠 속에서 세상은 전부 비현실적으로 느껴지고 나는 상대가 누군지도 모르고 아무것도 개의치 않으며 몹시 흥분한 상태에서 이것이 전부이고 모든 것이라고 확신하는 똑같은 일을 되풀이했다. 그러다가 갑자기 모든 일이 걱정되고 다시 잠들었다가 아침에 깨면, 전날 밤의 모든 것이 사라지고 모든 것이 날카롭고 엄밀하고 명료하게 드러나고, 때로는 요금 때문에 말다툼을 벌이기도 했다. 유쾌하고 즐겁고 따뜻한 감정이 아침과 점심까지 이어지는 날도 있었다. 때로는 모든 유쾌함이 사라져 거리로 뛰쳐나가서야 기분이 나아졌지만 결국 언제나 똑같은 하루가 시작되고 밤이 찾아왔다. 나는 그런 밤에 대해, 낮과 밤이 어떻게 다른지에 대해, 그리고 낮이 아주 맑고 선선하지 않다면 왜 언제나 밤이 더 나은지 설명하려 애썼지만 잘되지 않았고, 지금도 그건 설명할 수 없다. 하지만 경험해본 사람들은 알 것이다. 신부는 그런 경험은 없지만 내가 정말로 아브루치에 가고 싶었지만 끝내 가지 못했다는 것을 이해해주었고, 우리는 여전히 친구였다. 취향이 비슷한 데도 많지만 서로 다른 점이 있는 친구. 그는 내가 모르는 것을, 배우고도 늘 잊어버릴 수 있는 것들을 언제나 알고 있었다. 나는 나중에야 그것을 깨달았고, 그때는 알지 못했다. 그러는 내내 우리는 모두 식당에 있었고, 식사는 끝났고 논쟁은 계속되었다. 우리가 이야기를 멈추자 대위가 소리쳤다. "신부님 행복하지 않아. 신부님 아가씨들 없인 행복하지 않아."

"저는 행복합니다." 신부가 말했다.

"신부님 행복하지 않아. 신부님은 오스트리아가 이 전쟁에서 이기길 바라." 대위가 말했다. 다른 사람들은 듣고 있었다. 신부는 고개를 저었다.

"아닙니다." 그가 말했다.

"신부님은 우리가 공격하는 것을 원하지 않아. 우리가 절대 공격하지 않길 바라죠?"

"아닙니다. 전쟁을 하는 이상 우리도 공격을 해야죠."

"공격해야지. 공격하자!"

신부는 고개를 끄덕였다.

"신부님 좀 내버려둬," 소령이 말했다. "괜찮은 사람이라고."

"하기야 신부가 이 전쟁에서 할 수 있는 일은 아무것도 없죠." 대위가 말했다. 우리는 모두 일어나 식탁을 떠났다.

4

아침에 옆집 정원에서 들리는 포병대 소리에 잠에서 깨어 창으로 들어오는 햇살을 받으며 침대에서 일어났다. 창가로 다가가 내다보았다. 자갈길은 젖고 잔디도 이슬에 촉촉해져 있었다. 그들은 두 번 대포를 발사했는데 그때마다 공기가 폭발하듯 창문이 흔들리고 내 파자마 앞자락이 펄럭거렸다. 대포는 보이지 않았지만 분명 우리 머리 위에서 발사되고 있었다. 포병대가 옆에 있다는 건 좋지 않지만, 그나마 규모가 이만한 것이 다행이었다. 정원을 내다보는데 도로 쪽에서 트럭에 시동을 거는 소리가 들렸다. 나는 옷을 입고 아래층으로 내려가 주방에서 커피를 마신 뒤 차고로 갔다.

기다란 차고 안에 차량 열 대가 나란히 늘어서 있었다. 모두 상부가 무겁고, 앞이 뭉툭하고 이삿짐 트럭처럼 생긴 회색 구급차였다. 정비병들이 구급차 한 대를 마당에서 정비하고 있었다. 또다른 세 대는 산속 구호소에 올라가 있었다.

"저들이 우리 포병대를 공격할까?" 나는 한 정비병에게 물었다.

"아닙니다, 시뇨르 *테넨테**. 작은 언덕에 가려 있습니다."

"상태가 어때?"

"나쁘지 않습니다. 이 차는 말썽이지만 나머지는 잘 굴러갑니다." 그는 작업을 멈추고 미소지었다. "휴가 다녀오셨습니까?"

"응."

그는 점퍼에 손을 닦으며 씩 웃었다. "재미있으셨습니까?" 다른 병사들도 모두 웃었다.

"좋았어," 나는 말했다. "이 차는 어디가 문제야?"

"상태가 별로 안 좋습니다. 계속 말썽이죠."

---

* '중위님'을 뜻하는 이탈리아어.

"지금은 뭐가 문제인데?"

"링을 갈아끼우고 있습니다."

차는 엔진이 열리고 해체된 부속품들은 작업대에 올려져 볼품없이 텅 비어 있었고, 나는 작업중인 그들을 뒤로하고 차고로 들어가 차량을 하나하나 살펴보았다. 세차된 것도 있고 먼지를 뒤집어쓴 것도 있었지만 대체로 깨끗했다. 타이어가 찢기거나 돌에 긁힌 데가 있는지 꼼꼼히 살펴보았다. 전반적으로 괜찮았다. 내가 점검을 하나 안 하나 별다른 차이가 없을 것 같았다. 나는 차량을 점검하고, 부품을 입수할 수 있는지 확인하고, 산속 구호소에서 부상자와 환자를 치료후송소로 옮겨와 서류에 적힌 병원으로 후송하는 업무를 원활히 수행하는 것이 상당 부분 나에게 달려 있다고 생각했었다. 하지만 내가 있으나 없으나 상관없는 것이 분명했다.

"부품 입수에 어려움은 없었나?" 나는 부사관 정비병에게 물었다.

"없었습니다. *중위님.*"

"지금은 급유소가 어디지?"

"전과 같습니다."

"좋아" 하고 말하고 나는 숙소로 돌아와 식당의 식탁에서 커피를 한 잔 더 마셨다. 커피는 연유를 넣어 희뿌옇고 달짝지근했다. 창밖은 아름다운 봄날의 아침이었다. 콧속이 건조해지는 것을 보니 날이 무더울 모양이었다. 그날 나는 산속 구급차 대기소에 갔다가 오후 늦게 마을로 돌아왔다.

내가 떠나 있는 동안 모든 일이 전보다 더 잘 돌아가고 있던 것 같았다. 공격이 개시된다는 소식이 들렸다. 우리 사단은 강 상류 쪽 한 지점을 공격할 예정이었는데, 소령은 공격에 대비해 구급차 대기소들을 준비해두라고 지시했다. 공격은 강 건너 상류의 좁은 골짜기 위쪽에서 산중턱으로 전개될 예정이었다. 구급차 대기소들은 최대한 강 가까운 곳에 있으면서 잘 은폐되어 있어야 했다. 물론 그 위치는 보병이 선택하지만, 우리가 나서서 제안해야 하는 일이었다. 이런 일을 할 때는 진짜 군인이 된 기분이 들었다.

나는 먼지를 뒤집어써 더러워진 몸을 씻기 위해 위층으로 올라갔다. 리날디는 침대에 앉아 휴고의 영문법 책을 읽고 있었다. 군복에 검은 장화를 신은 그의 머리카락이 반짝거렸다.

"잘 왔어," 그가 나를 보더니 말했다. "미스 바클리 만나러 같이 가자."

"싫어."

"가자. 제발 같이 가서 잘 보이게 도와줘."

"알았어. 씻고 올 테니 좀 기다려."

"씻고 바로 와."

나는 씻고, 머리를 빗은 뒤 그와 함께 출발했다.

"잠깐," 리날디가 말했다. "한잔해야 하지 않을까." 그는 트렁크를 열어 병을 꺼냈다.

"스트레가는 싫은데." 내가 말했다.

"아니야. 그라파*야."

"좋아."

그는 두 잔을 따랐고, 우리는 검지를 세우고 건배했다. 그라파는 아

* 포도 찌꺼기를 증류해 만드는 브랜디.

주 독했다.

"한 잔 더?"

"좋지." 내가 말했다. 두 잔째 그라파를 비운 뒤 리날디는 술병을 치웠고 우리는 아래층으로 내려갔다. 마을을 가로질러 갈 때는 더웠지만 해가 지기 시작하자 무척 쾌적했다. 영국 병원 건물은 전쟁 전 독일인이 지은 커다란 빌라였다. 미스 바클리는 정원에 있었다. 다른 간호사 한 명도 같이 있었다. 우리는 나무 사이로 그들이 입은 하얀 제복을 보고 다가갔다. 리날디가 거수경례를 했다. 나도 하긴 했지만 그보다는 적당히 했다.

"안녕하세요?" 미스 바클리가 말했다. "이탈리아인이 아니시죠?"

"네, 아닙니다."

리날디는 다른 간호사와 이야기를 나눴다. 그들은 웃고 있었다. "이상하네요—이탈리아군에 있다니."

"사실 군대라고 할 수 없습니다. 구급후송대죠."

"그래도 이상해요. 왜 입대했어요?"

"저도 모르겠습니다," 나는 말했다. "만사에 다 이유가 있는 건 아니니까요."

"아, 그런가요? 저는 있다고 배우며 자랐는데요."

"참 훌륭하네요."

"계속 이런 식으로 얘기해야 할까요?"

"아닙니다." 내가 말했다.

"다행이네요. 그렇죠?"

"그 막대기는 뭡니까?" 내가 물었다. 미스 바클리는 꽤 키가 컸다.

간호사 제복인 듯한 옷을 입었고, 금발에 연갈색 피부, 회색 눈이었다. 나는 그녀가 무척 아름답다고 생각했다. 그녀는 장난감 말채찍같이 생긴, 가죽이 감긴 가느다란 등나무 막대기를 들고 있었다.

"작년에 전사한 남자가 가지고 있었던 거예요."

"정말 안됐군요."

"아주 좋은 사람이었죠. 저와 결혼을 약속했는데 솜강*에서 죽었어요."

"처참한 전투였죠."

"거기 있었어요?"

"아닙니다."

"얘기는 들었어요," 그녀가 말했다. "여기 남쪽에선 그런 전투가 없더군요. 이 작은 막대기를 보내줬어요. 그 사람 어머니가요. 다른 물건들과 함께 이게 돌아왔다고."

"약혼한 지 오래됐었습니까?"

"팔 년이요. 어려서부터 같이 자랐어요."

"그런데 왜 결혼하지 않았죠?"

"모르겠어요," 그녀가 말했다. "제가 바보였어요. 그렇게 해줄 수도 있었는데. 하지만 그 사람에게 안 좋을 거라고 생각했어요."

"그랬군요."

"누굴 사랑해본 적 있어요?"

"없습니다." 나는 말했다.

우리는 벤치에 앉았고 나는 그녀를 바라보았다.

---

* 프랑스 북부에 흐르는 강으로, 1916년 이 지역에서 격전이 벌어졌다.

"아름다운 머리로군요."

"마음에 들어요?"

"네, 무척."

"그 사람이 죽었을 때 다 잘라버리려고 했어요."

"안 돼요."

"그 사람을 위해 뭔가 해주고 싶었어요. 뭘 원하든 다 들어줬을 거예요. 이럴 줄 알았다면 그 사람이 원하는 건 뭐든 해줬을 거예요. 결혼이든 뭐든. 이제야 모든 걸 알았어요. 하지만 그때 그 사람은 전쟁에 나가고 싶어했고, 저는 아무것도 몰랐어요."

나는 아무 말도 하지 않았다.

"그때는 아무것도 몰랐어요. 오히려 그 사람에게 안 좋을 거라고 생각했죠. 견디기 힘들어할 수도 있다고요. 그런데 그 사람은 죽었고 이제 끝났어요."

"그건 모를 일이에요."

"아니, 그래요," 그녀가 말했다. "끝이에요."

우리는 다른 간호사와 대화를 나누는 리날디를 바라보았다.

"저 여자분은 누구죠?"

"퍼거슨이에요. 헬렌 퍼거슨. 당신 친구는 군의관이죠?"

"네. 아주 훌륭한 의사입니다."

"잘됐어요. 이렇게 전선 가까운 곳에는 좋은 의사가 정말 드물거든요. 여기가 전선에서 가까운 곳 맞죠?"

"꽤 가깝죠."

"쓸모없는 전선," 그녀가 말했다. "하지만 정말 아름다운 곳이에요.

공격이 시작되나요?"

"네."

"그럼 우리도 일을 해야겠군요. 지금은 할일이 없어요."

"간호사로 일한 지 오래됐습니까?"

"1915년 말부터 했어요. 그 사람이 입대했을 때부터요. 제가 일하는 병원으로 그 사람이 후송돼 올지도 모른다는 바보 같은 생각을 했었죠. 군도에 찔려 머리에 붕대를 감고서. 아니면 어깨에 총상을 입거나. 그런 그림 같은 장면을 상상했었어요."

"여기 전선은 그림 같죠." 내가 말했다.

"그래요," 그녀가 말했다. "사람들은 프랑스 상황을 잘 몰라요. 안다면 전쟁을 계속할 수 없을 텐데. 그 사람은 군도에 찔린 게 아니에요. 폭탄에 산산조각나버렸죠."

나는 아무 말도 하지 않았다.

"이 전쟁이 끝나지 않을 거라고 생각해요?"

"아닙니다."

"뭐가 전쟁을 끝나게 할까요?"

"어느 쪽이든 무너지겠죠."

"우리가 무너질 거예요. 프랑스에서 우리가 무너질 거예요. 솜에서와 같은 전투가 계속된다면 무너지지 않을 리 없어요."

"여기서는 아닐 겁니다." 내가 말했다.

"아니라고요?"

"네. 지난여름에는 잘 싸웠거든요."

"무너질 수도 있어요." 그녀가 말했다. "누구든 무너질 수 있으니까요."

"독일군도 마찬가지죠."

"아니요," 그녀가 말했다. "전 그렇게 생각하지 않아요."

우리는 리날디와 미스 퍼거슨 쪽으로 갔다.

"이탈리아를 좋아합니까?" 리날디가 미스 퍼거슨에게 영어로 물었다.

"아주 좋아해요."

"못 알아듣겠어." 리날디가 고개를 흔들었다.

"*아주 좋아한대Abbastanza bene*." 내가 통역해주었다. 그는 고개를 저었다.

"그건 좋지 않군. 영국은요?"

"별로 좋아하지 않아요. 전 스코틀랜드인이거든요."

리날디는 멍한 표정으로 나를 바라보았다.

"스코틀랜드인이라서 영국보다는 스코틀랜드를 좋아한대." 내가 이탈리아어로 말해줬다.

"하지만 스코틀랜드도 영국이잖아."

나는 이 말을 미스 퍼거슨에게 통역해주었다.

"*아직은 아니에요Pas encore*." 미스 퍼거슨이 말했다.

"정말 아닙니까?"

"절대 아니에요. 우리는 영국인을 좋아하지 않아요."

"영국인을 좋아하지 않는다고요? 그럼 미스 바클리도 좋아하지 않겠네요?"

"아, 그건 다르죠. 모든 걸 문자 그대로 받아들이면 안 돼요."

잠시 후 우리는 작별인사를 하고 떠났다. 숙소로 걸어가며 리날디가 말했다. “미스 바클리는 나보다 자네를 더 좋아해. 틀림없어. 하지만 그 작은 스코틀랜드 아가씨도 아주 괜찮던데.”

“아주 괜찮지,” 나는 말했다. 그 여자는 눈에 들어오지도 않았다. “그 아가씨 마음에 들어?”

“그건 아니야.” 리날디가 말했다.

5

다음날 오후 나는 또 미스 바클리를 만나러 갔다. 그녀가 정원에 없어서 나는 구급차들이 서는 빌라 옆문으로 들어갔다. 안에서 만난 수간호사가 미스 바클리는 근무중이라고 알려줬다. “아시다시피 전쟁중이니까요.”

나는 알고 있다고 말했다.

“이탈리아군에 있다는 그 미국인인가요?” 그녀가 물었다.

“네, 부인.”

“어쩌다 그랬어요? 왜 우리 군에 들어오지 않은 거죠?”

“모르겠습니다,” 나는 말했다. “지금이라도 들어갈 수 있을까요?”

“지금은 어려울 것 같은데요. 말해줘요. 왜 이탈리아군에 들어갔어요?”

“이탈리아에 있었고,” 나는 말했다. “이탈리아어를 했거든요.”

“아,” 그녀가 말했다. “저도 배우는 중이에요. 아름다운 언어죠.”

“이 주일이면 배운다고 말하는 사람도 있어요.”

"아, 이 주일 가지곤 안 되던데. 벌써 몇 달째 배우고 있거든요. 일곱 시 이후에 오면 미스 바클리를 만날 수 있을 거예요. 그 시간에는 비번이니까. 하지만 이탈리아인들을 끌고 오진 말아요."

"언어가 아무리 아름다워도 말입니까?"

"네. 군복이 아무리 멋져도 안 돼요."

"안녕히 계십시오." 나는 말했다.

"*또 봬요, 중위님.*"

"*또 뵙겠습니다.*" 나는 거수경례를 하고 밖으로 나갔다. 외국인에게 이탈리아식 경례를 할 때마다 나는 어색함을 느꼈다. 이탈리아식 경례는 절대 수출용은 아닌 것 같다.

날이 무더웠다. 나는 강 상류 쪽 플라바의 교두보에 다녀왔다. 공격이 개시될 지점이었다. 부교로 통하는 길이 하나밖에 없는데다 그 길도 거의 1마일은 기관총과 포화의 사정권에 있었기 때문에 작년에는 강 건너로 전진할 수 없었다. 공격용 장비를 모두 실어나를 만큼 길이 넓지도 않아서 오스트리아군의 공격에 도살장이 되어버릴 가능성이 있었다. 하지만 이탈리아군은 강을 건너 오스트리아군이 있는 강변 쪽으로 1마일 반쯤 전진한 상태였다. 까다로운 지점이기 때문에 오스트리아군도 그곳을 내버려둘 리 없었다. 그러나 내 생각에는 오스트리아군도 강 하류 쪽에 교두보를 확보했기 때문에 서로 묵인하는 것 같았다. 오스트리아군의 참호는 이탈리아군의 전선에서 겨우 몇 야드 떨어진 언덕 중턱에 있었다. 거기 있던 작은 마을은 완전히 폐허가 되었다. 파괴된 철도역과 부서진 다리가 있지만 시야가 트인 위치에 있어 보수해서 사용할 수도 없었다.

나는 언덕 아래 구호소에 차를 세워두고 좁은 길을 따라 강으로 가서 산등성이에 가려진 부교를 건너 폐허가 된 마을의 참호를 통과해 비탈진 언덕의 가장자리를 걸어갔다. 모두 참호에 들어가 있었다. 포병대에 지원을 요청하거나 전화선이 끊어질 때를 대비해 발사대에 신호탄이 준비되어 늘어서 있었다. 조용하고 덥고 지저분했다. 나는 철조망 너머로 오스트리아군 전선을 바라보았다. 아무도 보이지 않았다. 나는 한 참호에서 아는 대위를 만나 술을 한 잔 마신 뒤 다리를 건너 돌아왔다.

산을 넘어 다리까지 지그재그로 이어지는 넓은 새 도로가 완성을 앞두고 있었다. 도로가 완공되면 공격이 개시될 것이다. 도로는 급커브를 그리며 숲을 뚫고 아래로 이어졌다. 수송 차량은 모두 이 새 도로로 내려가고 이후 빈 트럭과 짐마차와 부상병을 실은 구급차, 돌아가는 차량들은 좁은 구도로로 올라올 것이다. 구호소는 오스트리아군 쪽 강변의 언덕 가장자리에 설치하고 들것병들은 부상자들을 부교 건너로 후송하기로 했다. 공격이 개시되어도 똑같이 할 것이다. 내가 보기에 새 도로가 평탄해지기 시작하는 마지막 1마일 정도 구간은 오스트리아군에게 지속적으로 포격을 당할 것 같았다. 엉망이 될 것 같았다. 하지만 나는 이 마지막 위험 구간을 통과한 뒤 구급차를 은폐해놓고 부교로 후송되는 부상병들을 기다릴 만한 적당한 장소를 발견했다. 새 도로를 달려보고 싶었지만 아직 완공 전이었다. 길은 폭이 넓고 완만하게 잘 닦여 있었고 산중턱 숲의 공터 사이로 보이는 커브도 아주 인상적이었다. 구급차에는 성능이 좋은 철제 브레이크가 있으니 걱정 없고, 어쨌든 내려올 때는 빈 차로 올 것이다. 나는 좁은 길을 운전해 돌아왔다.

카라비니에레[*] 두 명이 내 차를 세웠다. 포탄이 떨어져서인데, 기다리는 동안 도로 위로 세 발이 더 떨어졌다. 77밀리미터 포가 쉭 하고 공기를 가르며 날아와 섬광과 함께 폭발하자 도로 위로 회색 연기가 일어나 길 건너로 날려 갔다. 헌병이 통과하라고 수신호를 했다. 포탄이 떨어져 조금씩 파인 곳들을 피하며 지나는 동안 심한 화약 냄새와 폭파된 진흙과 돌과 방금 깨진 부싯돌 냄새가 났다. 나는 차를 몰아 고리치아로 돌아와 빌라로 갔고 다시 미스 바클리를 만나러 갔지만 그녀는 근무중이었다.

나는 재빨리 저녁을 먹고 영국군이 병원으로 쓰는 빌라로 갔다. 빌라는 아주 크고 아름다웠고 부지에 멋진 나무들이 있었다. 미스 바클리는 정원 벤치에 앉아 있었다. 미스 퍼거슨도 있었다. 두 사람은 나를 보자 반가워했고, 잠시 후 미스 퍼거슨이 양해를 구하고 먼저 자리를 떠났다.

"먼저 일어날게요," 그녀가 말했다. "두 사람은 나 없이도 아주 좋을 테니까."

"가지 마, 헬렌." 미스 바클리가 말했다.

"아니 가야 해. 편지를 써야 하거든."

"안녕히 가십시오." 내가 말했다.

"또 뵐게요, 미스터 헨리."

"검열관에게 걸릴 이야기는 쓰지 마십시오."

---

* '헌병'을 뜻하는 이탈리아어.

"걱정 말아요. 이곳이 얼마나 아름다운지, 이탈리아인이 얼마나 용감한지만 쓸 거니까."

"그러면 훈장을 타겠는데요."

"그거 좋겠네요. 안녕, 캐서린."

"이따 봐." 미스 바클리가 말했다. 미스 퍼거슨이 어둠 속으로 사라졌다.

"좋은 사람이군요." 내가 말했다.

"네, 맞아요. 아주 좋은 사람이죠. 간호사예요."

"당신도 간호사잖아요?"

"아, 아니에요. 저는 VAD*예요. 죽어라 일해도 아무도 인정해주지 않는."

"왜죠?"

"아무 일이 없을 때는 아무도 우리를 의지하지 않아요. 일이 생겨야 의지하죠."

"뭐가 다른데요?"

"간호사는 의사와 같아요. 간호사가 되려면 긴 시간이 걸리죠. VAD는 짧고요."

"그렇군요."

"이탈리아군은 여자들이 전선에 너무 가까이 있길 바라지 않아요. 그래서 우리는 모두 행동을 아주 조심해요. 외출도 하지 않죠."

"제가 찾아올 수 있잖아요."

---

* 1차세계대전 때 영국 적십자사가 조직한 구급간호봉사대.

"네, 그렇죠. 수도원에 있는 건 아니니까."

"전쟁 얘기는 그만하죠."

"안 하기가 힘들어요. 온통 그 얘기뿐이니까."

"그래도 그만합시다."

"좋아요."

우리는 어둠 속에서 서로를 보았다. 나는 그녀가 무척 아름답다고 생각하며 손을 잡았다. 그녀가 가만히 있자 나는 손을 꼭 잡은 채 그녀의 팔 아래로 팔을 둘러 안았다.

"안 돼요." 그녀가 말했다. 나는 팔을 내리지 않았다.

"왜 안 되죠?"

"안 돼요."

"괜찮아요," 내가 말했다. "제발." 키스하기 위해 어둠 속에서 몸을 숙인 순간 따끔하며 눈앞에서 날카로운 불꽃이 번쩍했다. 그녀가 내 얼굴을 세게 때린 것이다. 나는 코와 눈을 맞아 반사적으로 눈물이 핑 돌았다.

"미안해요." 그녀가 말했다. 나는 약간 유리해진 기분이 들었다.

"그럴 만했습니다."

"정말 미안해요," 그녀가 말했다. "밤에 비번인 간호사는 이럴 거다 생각하는 게 싫었을 뿐이에요. 아프게 하려던 건 아니었어요. 아픈 거예요?"

그녀는 어둠 속에서 나를 바라보고 있었다. 나는 화가 났지만 체스 게임에서 상대방의 수를 읽듯 앞으로 전개될 상황이 훤히 보였다.

"잘했어요," 내가 말했다. "아무렇지도 않아요."

"가여운 사람."

"전 지금까지 기이한 생활을 해왔어요. 영어로 말할 기회조차 전혀 없었죠. 그런데 당신이 너무 아름다워서 그만." 나는 그녀를 바라보았다.

"아무 말이나 막 할 필요 없어요. 미안하다고 했잖아요. 우리 화해한 거예요."

"그래요," 내가 말했다. "그리고 전쟁 얘기도 잊어버렸고요."

그녀는 웃었다. 웃음소리를 듣기는 처음이었다. 나는 그녀의 얼굴을 바라보았다.

"다정한 사람이군요." 그녀가 말했다.

"아니요, 안 그렇습니다."

"아니에요. 당신은 좋은 사람이에요. 당신이 괜찮다면 키스하고 싶어요."

나는 그녀의 눈을 바라보며 아까처럼 안고 키스했다. 꼭 안고 힘껏 키스하며 입술을 열려고 했지만 굳게 닫혀 있었다. 나는 여전히 화가 났는데, 안겨 있던 그녀의 몸이 갑자기 떨렸다. 힘주어 끌어안자 심장 박동이 느껴지면서 그녀가 입술을 열고 내 손에 기대어 머리를 젖혔다. 다음 순간 그녀는 내 어깨에 기대어 울고 있었다.

"아, 당신은," 그녀가 말했다. "내게 잘해줄 거죠?"

대체 무슨 소릴 하는 거야, 나는 생각했다. 나는 그녀의 머리카락을 쓰다듬으며 가볍게 어깨를 다독거렸다. 그녀는 계속 울었다.

"그럴 거죠?" 그녀는 내 얼굴을 쳐다보았다. "우리는 이상한 삶을 살게 될 테니까요."

잠시 후 나는 그녀와 함께 빌라 문까지 걸어갔고 그녀가 안으로 들어가자 걸어서 돌아왔다. 숙소에 돌아와서 위층으로 올라갔다. 리날디는 침대에 누워 있었다. 그가 나를 쳐다보았다.

"미스 바클리와 잘되어가나?"

"우린 친구야."

"딱 발정난 개처럼 기분이 좋아 보이는데."

나는 그 말뜻을 이해하지 못했다.

"뭐처럼?"

그가 설명했다.

"자네야말로," 내가 말했다. "기분이 좋아 보이는군, 마치 개가……"

"관두지," 그가 말했다. "이러다간 금세 서로 모욕적인 소리를 해대겠어." 그가 웃었다.

"잘 자." 내가 말했다.

"잘 자, 강아지."

나는 베개로 쳐서 그의 촛대를 쓰러뜨린 뒤 어둠 속에서 침대로 들어갔다.

리날디는 촛대를 세워 불을 켜고 다시 책을 읽었다.

6

이틀 동안 구급차 대기소들에 나가 있었다. 숙소에 돌아왔을 때는 시간이 너무 늦어 다음날 저녁에야 미스 바클리를 만나러 갈 수 있었다. 미스 바클리가 정원에 없어서 그녀가 내려올 때까지 병원 사무실에서 기다려야 했다. 사무실로 쓰는 방에는 채색한 목재 기둥이 벽을 따라 늘어서 있고 그 위에 대리석 흉상이 놓여 있었다. 사무실 문밖 복도에도 흉상들이 늘어서 있었다. 모두 똑같아 보이는 대리석의 특징을 유감없이 드러내고 있었다. 조각상은 늘 따분한 느낌이 들지만 청동상은 그나마 좀 그럴싸해 보인다. 하지만 대리석 흉상들은 모두 공동묘지처럼 보인다. 유일하게 멋진 게 있다면, 피사에 있는 묘지다. 제노바에는 형편없는 대리석 흉상들이 넘친다. 이곳은 원래 아주 부유한 독일인의 빌라였으니 아마도 이 흉상들을 사들이는 데 꽤 큰돈을 들였을 것이다. 누가 제작했을까, 보수는 얼마였을까 추측해보았다. 한 가족을 모델로 한 것인지 살펴보려 했지만 모두 하나같이 고전적이었다. 뭔가 말해주는 것이 아무것도 없었다.

나는 모자를 손에 쥐고 의자에 앉아 있었다. 고리치아에서도 철모를 써야 하지만 불편한데다 민간인들이 피난도 떠나지 않은 마을에서 쓰는 게 연극이라도 하는 것처럼 부자연스럽게 느껴졌다. 대기소에 올라갈 때는 철모를 쓰고 영국제 방독면도 가지고 갔다. 군대 일부에 이제 막 지급되고 있었는데, 진짜 방독면이었다. 자동권총도 소지해야 하는데, 군의관과 위생 장교도 예외는 아니었다. 총이 의자 등받이에 닿는 것이 느껴졌다. 권총이 잘 보이도록 차고 다니지 않으면 체포를 당한다. 리날디는 권총집에 휴지를 잔뜩 쑤셔넣고 다녔다. 나는 진짜 권총을 차고 다녔는데, 사격 연습을 하기 전까지만 해도 총잡이라도 된 기분이었다. 내 총은 총신이 짧은 7.65구경 아스트라였는데, 사격 반동이 너무 심해 뭔가 맞힌다는 것이 불가능할 것 같았다. 과녁 아래쪽을 겨누고 우스꽝스러울 정도로 짧은 총신의 반동에 익숙해지려고 애쓰며 연습한 끝에 스무 걸음 거리에서 1야드 내 목표물을 맞힐 수 있게 되자, 권총을 차고 다니는 것이 얼마나 웃긴 일인지가 확 실감이 났다. 그러나 그런 기분도 곧 잊고 등허리를 툭툭 두드리는 총을 아무 생각 없이 차고 다니게 되었는데, 그래도 영어를 쓰는 사람들을 만나면 왠지 막연히 부끄러운 기분이 들었다. 의자에 앉아 대리석 바닥과 대리석 흉상들이 올라앉은 기둥들과 프레스코 벽화를 보며 미스 바클리를 기다리고 있는데, 당번병인 듯한 남자가 책상 너머에서 못마땅한 시선으로 나를 바라보았다. 프레스코 벽화는 나쁘지 않았다. 벽 표면이 벗겨져 떨어지기 시작하면 어떤 벽화든 좋아 보인다.

캐서린 바클리가 복도를 걸어오는 것을 보고 나는 일어났다. 내 쪽으로 걸어오는 그녀는 키가 커 보이지는 않았지만 아주 사랑스러웠다.

"안녕하세요, 미스터 헨리." 그녀가 말했다.

"잘 지냈어요?" 내가 말했다. 당번병이 책상 너머에서 귀를 쫑긋했다.

"여기 앉을까요, 아니면 정원으로 나갈까요?"

"나갑시다. 밖이 더 시원해요."

나는 그녀를 따라 정원으로 걸어갔고, 당번병의 시선이 뒤따라왔다. 자갈길에 오자 그녀가 물었다. "그동안 어디 있었어요?"

"임지에 다녀왔습니다."

"쪽지도 보낼 수 없었어요?"

"네," 내가 말했다. "상황이 좋지 않았습니다. 곧 돌아올 줄 알았고요."

"그래도 미리 알려줬어야죠, 달링."

우리는 진입로를 벗어나 나무들 아래를 걸었다. 나는 그녀의 손을 잡고 걸음을 멈춘 뒤 키스했다.

“어디 갈 수 있는 데가 없을까요?”

“없어요.” 그녀가 말했다. “그냥 여기서 산책 정도만 할 수 있어요. 당신, 오래 떠나 있었네요.”

“오늘로 사흘째죠. 하지만 돌아왔잖아요.”

그녀는 나를 바라보았다. “나를 사랑해요?”

“네.”

“전에도 사랑한다고 말했었어요, 그렇죠?”

“그래요.” 나는 거짓말했다. “당신을 사랑해요.” 전에 그런 말은 한 적 없었다.

“캐서린이라고 불러줄래요?”

“캐서린.” 우리는 조금 더 걷다가 나무 아래 멈춰 섰다.

“이렇게 말해봐요, ‘나는 밤이 되자 캐서린에게 돌아왔다.’”

“나는 밤이 되자 캐서린에게 돌아왔다.”

“아, 달링, 이젠 돌아온 거죠?”

“그래요.”

“나는 당신을 너무 많이 사랑해서 아주 끔찍했어요. 이제 떠나지 않을 거죠?”

“그럼요. 언제나 돌아올게요.”

“아, 정말 사랑해요. 다시 손을 잡아줘요.”

“계속 잡고 있었습니다.” 얼굴을 보며 키스하려고 돌려세웠는데 그녀는 눈을 감고 있었다. 나는 감은 두 눈에 키스했다. 그녀는 약간 제정신이 아닌 것 같았다. 그렇다 해도 괜찮았다. 아무래도 상관없었다. 매일 밤 장교용 유곽에 가는 것보다는 나았기 때문이다. 거기 아가씨들은 남자에게 너무 들러붙는데, 동료 장교들과 위아래 층을 오르내리는 사이 애교를 떨며 남자의 군모를 일부러 거꾸로 쓰기도 했다. 나는 캐서린 바클리를 사랑하지도 않았고, 그럴 생각도 없었다. 이건 게임이었다. 카드가 아니라 말로 하는 브리지 같은 게임. 브리지처럼 돈을 따기 위해 게임을 하거나 내기를 걸고 하는 척하면 그만이었다. 무엇을 건 게임인지는 누구도 말하지 않았다. 나는 아무래도 상관없었다.

"어디 갈 만한 데가 있으면 좋겠어요." 내가 말했다. 나는 욕구를 너무 오래 참고 있는 남자의 곤경을 겪고 있었다.

"그런 데는 없어요." 그녀가 말했다. 좀전에 어떤 상태였든 이제 그녀는 정신이 돌아온 듯했다.

"잠깐 저기 앉을까요."

우리는 평평한 돌벤치에 앉았고 나는 캐서린의 손을 잡았다. 그녀는 내가 껴안으려 하자 거부했다.

"많이 피곤하죠?" 그녀가 물었다.

"아니요."

그녀는 풀밭으로 시선을 내렸다.

"우리 지금 아주 못된 게임을 하고 있죠?"

"게임이요?"

"둔한 척하지 말아요."

"둔한 사람 아니에요. 일부러 그러는 거 아닙니다."

"당신은 좋은 사람이고," 그녀가 말했다. "당신이 잘 아는 방법대로 능숙하게 게임을 하고 있어요. 하지만 이건 못된 게임이에요."

"다른 사람들 생각을 언제나 그렇게 잘 압니까?"

"늘 그렇진 않아요. 하지만 당신이라면 알아요. 나를 사랑하는 척할 필요 없어요. 오늘밤은 그만하죠. 더 하고 싶은 말 있어요?"

"하지만 나는 당신을 사랑해요."

"제발, 쓸데없는 거짓말 말아요, 우리. 난 작고 멋진 쇼를 했고 이젠 괜찮아요. 난 미치지 않았어요. 정신이 나간 게 아니에요. 가끔은 약간 그럴 때가 있지만."

나는 그녀의 손을 꽉 쥐었다. "친애하는 캐서린."

"아주 묘하게 들려요, 캐서린이라는 말. 아까와는 발음이 다르군요. 그래도 당신은 좋은 사람이에요. 아주 좋은 사람."

"신부도 그런 말을 했죠."

"네, 당신은 정말 좋은 사람이에요. 앞으로도 만나러 와줄 거죠?"

"물론입니다."

"사랑한다고 말할 필요는 없어요. 당분간은 됐어요." 그녀는 일어나서 손을 뺐다. "잘 가요."

나는 그녀에게 키스하고 싶었다.

"안 돼요," 그녀가 말했다. "너무 피곤해요."

"그럼 당신이 키스해줘요." 내가 말했다.

"너무 피곤하다고요, 달링."

"키스해줘요."

"그렇게 원해요?"

"네."

우리는 키스했고 그녀는 갑자기 입술을 뗐다. "안 돼요. 잘 가요, 부디, 달링." 우리는 문까지 걸어갔고 나는 그녀가 복도 안쪽으로 걸어가는 것을 지켜보았다. 그녀가 움직이는 모습을 보는 게 좋았다. 그녀는 복도 안쪽으로 계속 걸어갔다. 나는 숙소로 돌아왔다. 무더운 밤이었고 산 위에서는 많은 일이 벌어지고 있었다. 산가브리엘레 쪽에서 포화의 섬광이 번쩍였다.

빌라 로사 앞에서 걸음을 멈췄다. 덧창들은 닫혀 있었지만 안에서는 여전히 영업중이었다. 누군가 노래를 불렀다. 나는 계속 걸어 숙소로 갔다. 옷을 벗는데 리날디가 들어왔다.

"아, 하!" 그가 말했다. "일이 잘 안 됐나보군. 우리 베이비가 당황스러워 보이는데."

"어딜 다녀오나?"

"빌라 로사에. 아주 유익한 시간이었어, 베이비. 모두 노래를 불렀지. 자네는 어디 갔었나?"

"그 영국 여자를 만났어."

"내가 그 영국 여자와 엮이지 않은 게 천만다행이다."

7

다음날 오후 나는 산속 제1대기소에서 돌아와 *분류소* 앞에 차를 세웠다. 부상자들과 환자들은 여기서 인식표와 각자에게 지정된 병원이 기재된 서류에 따라 분류되었다. 계속 운전했던 나는 차에 그대로 남고 운전병이 서류를 가지고 들어갔다. 날씨는 무덥고 하늘은 아주 맑고 푸르렀고 길은 먼지로 뿌옇게 뒤덮여 있었다. 나는 피아트의 높다란 좌석에 멍하니 앉아 있었다. 일개 연대가 지나가는 모습을 바라보았다. 병사들은 더워서 땀을 뻘뻘 흘렸다. 몇몇은 철모를 썼지만 대부분은 배낭 뒤에 매달고 있었다. 철모가 너무 커서 대부분 귓전까지 덮었다. 장교들은 모두 쓰고 있었다. 병사들보다는 잘 맞는 것을 쓰고 있었다. 바실리카타 여단 병력의 절반이었다. 옷깃의 붉은색과 흰색 줄무늬를 보면 알 수 있다. 연대가 지나가고 한참 뒤 자기 소대에서 처진 낙오병들이 지나갔다. 다들 땀과 먼지를 뒤집어쓰고 기진맥진해 있었다. 몇몇은 상태가 몹시 좋지 않아 보였다. 마지막 낙오병까지 사라진 후 한 병사가 걸어왔다. 다리를 절뚝거리고 있었다. 그가 걸음을 멈추고 길가에 주저앉았다. 나는 차에서 내려 다가갔다.

"왜 그래?"

그가 나를 쳐다보더니 일어섰다.

"계속 갈 겁니다."

"무슨 문제지?"

"—전쟁이 문제죠."

"다리는 왜 그렇지?"

"다리가 아닙니다. 탈장입니다."

"왜 수송차를 타지 않았지?" 내가 물었다. "왜 병원에 가질 않았어?"

"보내주지 않았습니다. 우리 중위님은 제가 일부러 탈장띠를 풀었다고 하십니다."

"어디 좀 보지."

"바깥으로 삐져나와 있습니다."

"어느 쪽?"

"이쪽입니다."

나는 만져보았다.

"기침해봐." 내가 말했다.

"그럼 더 커질 것 같은데요. 오늘 아침보다 곱절로 커졌습니다."

"앉아 있어," 내가 말했다. "부상자 서류 처리가 끝나는 대로 소속 군의관에게 태워다줄 테니까."

"제가 일부러 그랬다고 할 겁니다."

"그들도 어쩌진 못할 거야," 내가 말했다. "이건 부상이 아니니까. 전에도 이런 적 있지 않나?"

"하지만 탈장띠를 잃어버렸습니다."

"병원으로 보내주겠지."

"여기 남으면 안 됩니까, *중위님*?"

"안 돼, 여긴 자네 서류가 없어."

운전병이 차에 타고 있는 부상병들 서류를 가지고 문밖으로 나왔다.

"네 명은 105. 두 명은 132입니다." 그가 말했다. 강 건너 야전병원들이다.

"자네가 운전해." 내가 말했다. 나는 탈장된 병사를 부축해 차에 태웠다.

"영어 하십니까?" 병사가 물었다.

"물론이지."

"이 빌어먹을 전쟁을 어떻게 생각하십니까?"

"최악이지."

"정말 그렇습니다. 젠장, 정말 최악입니다."

"미국에 살았나?"

"네. 피츠버그에 있었습니다. 저는 중위님이 미국인이시란 걸 알아봤습니다."

"내 이탈리아어 그런대로 괜찮지 않나?"

"—그래도 미국인이시라는 걸 저는 바로 알았습니다."

"또 미국인이군." 운전병이 탈장된 병사를 바라보며 이탈리아어로 말했다.

"저, 중위님. 저를 꼭 제 연대로 데려가셔야 합니까?"

"그래."

"군의관 대위님도 제가 탈장이라는 걸 알고 있습니다. 저는 이걸 악화시켜 전선에 다시 돌아가지 않으려고 그놈의 탈장띠를 버렸고요."

"그랬군."

"다른 곳으로 데려다주시면 안 됩니까?"

"여기가 전선에서 가까운 곳이라면 가장 가까운 구호소에 데려다줄 수 있겠지만, 여기 후방에서는 서류가 있어야 해."

"돌아가면 저를 수술해서 내내 전선에 배치할 겁니다."

나는 잠시 생각에 잠겼다.

"중위님도 내내 전선에만 있고 싶진 않으시겠죠?" 그는 물었다.

"그렇지."

"제기랄, 정말 빌어먹을 전쟁 아닙니까?"

"들어봐," 내가 말했다. "차에서 내린 다음 자네는 아무데서나 넘어져 머리에 혹을 만들어봐. 그럼 내가 돌아오는 길에 자네를 태워 병원에 데려갈 테니까. 여기서 잠깐 멈춰, 알도." 우리는 길가에 차를 세웠다. 나는 그가 내리도록 부축했다.

“꼼짝 않고 여기 있겠습니다, 중위님.” 그가 말했다.

“이따 보지.” 내가 말했다. 우리는 계속 달려 1마일쯤 앞에서 아까의 연대를 추월했고 뿌연 눈석임물이 다리기둥 사이로 빠르게 흐르는 강을 건너고 들판을 가로질러 야전병원 두 곳에 부상병들을 인계했다. 빈 차로 돌아올 때는 내가 운전을 했고 피츠버그 출신 병사를 찾기 위해 속도를 올렸다. 더 뜨거워진 날씨에 한층 더 걸음이 느려진 아까의 연대를 또다시 지나쳤다. 그다음은 낙오병들을 지나쳤다. 이윽고 말이 끄는 구급차 한 대가 길가에 서 있는 것이 보였다. 두 사람이 탈장된 병사를 들어올려 차에 태우고 있었다. 그들이 병사를 데리러 돌아온 것이었다. 병사는 나를 향해 고개를 저었다. 철모는 벗겨지고 이마선 아래로 피가 흐르고 있었다. 콧등이 까지고 피가 흐르는 부분과 머리카락은 먼지투성이였다.

“이 혹 좀 보십시오, 중위님!” 그가 소리쳤다. “소용없습니다. 이 사람들이 저를 데리러 왔단 말입니다.”

숙소에 돌아왔을 때는 다섯시였다. 나는 세차하는 곳에서 샤워를 했다. 그런 뒤 내 방의 열린 창문 앞에서 바지와 속셔츠만 입은 채 보고서를 작성했다. 공격은 이틀 뒤 시작이고, 나는 구급차들을 끌고 플라바로 가게 될 것이다. 미국에 편지 보낸 지가 오래되어 써야 한다고 생각했지만 너무 오랫동안 손을 놓은지라 쓰는 것이 거의 불가능했다. 딱히 쓸 말도 없었다. 나는 잘 지낸다는 인사만 남기고 모두 지운 뒤 *교전지역* 군사엽서를 두 장 부쳤다. 이것이면 된다. 미국이라면 이 이상하고 수수께끼 같은 엽서만으로도 충분하다. 이 전선 역시 이상하고 수수께끼 같지만, 오스트리아군과 벌이는 다른 전투에 비하면 이 전역의 상황은 꽤 양호하고 굳건히 버텨내고 있었다. 오스트리아군은 나폴레옹에게 승리를 안겨주기 위해 만들어진 군대였다. 어느 나폴레옹이든 간에. 우리 군에도 나폴레옹 같은 인물이 있으면 좋겠지만, 우리에게는 뚱뚱하고 지나치게 혈색이 좋은 카도르나 장군*과 길고 가는 목에 염소수염을 기른 키 작은 비토리오 에마누엘레 왕밖에 없었다. 우익 전선에는 아오스타 공작**이 있었다. 그는 위대한 장군이라기엔 지나치게 잘생겼지만 남성적인 외모를 지녔다. 많은 사람들은 그가 왕이 되길 바랐을 것이다. 사실 그는 왕처럼 보였다. 그는 왕의 숙부이고 제3군을 지휘했다. 우리는 제2군 소속이었다. 제3군에는 영국 포병대가 속해 있었다. 나는 밀라노에서 그 포병대 소속인 두 사람을 만났었다. 아주 좋은 사람들이었고 함께 유쾌한 밤을 보냈다. 둘 다 덩치는 컸지만 수줍음이 많고 쑥스러움을 탔으며 매사에 고마워하는 사람들이었다. 나도 영국군에 있다면 좋을 텐데. 그랬다면 사정은 훨씬 단순해졌을 것이다. 하지만 그랬다면 전사했을지도 모른다. 이런 구급차 근무로는 전사하지 않는다. 아니, 심지어 구급차 부대에서도 전사자는 나온다. 영국군 구급차 운전병들이 이따금 전사했다. 그러나 나는 죽지 않을 것이다. 이 전쟁에서는 아니다. 이 전쟁은 나와 아무런 상관이 없다. 나에게 이 전쟁은 영화 속 전쟁만큼이나 위험하지 않은 느낌을 주

---

* 당시 이탈리아 최고사령관.

** 이탈리아 왕족으로 1차세계대전 당시 육군 사령관으로 복무하며 불패의 군대라는 별명을 얻었다.

었다. 그래도 나는 전쟁이 끝나길 기도했다. 어쩌면 이번 여름에 끝날지도 모른다. 오스트리아가 항복할 수도 있다. 그들은 다른 전쟁에서 언제나 그랬다. 이 전쟁의 문제는 대체 뭘까? 모두가 프랑스군은 이미 끝났다고 말했다. 리날디는 프랑스군이 반란을 일으켜 파리로 진군했다고 했다. 그래서 어떻게 됐느냐고 내가 묻자 그는 "아, 그건 진압됐어"라고 대답했다. 나는 전쟁 없는 오스트리아에 가고 싶다. 블랙 포리스트*에 가고 싶다. 하르츠산맥**에도.

그런데 하르츠산맥은 어디에 있을까? 카르파티아산맥***에서도 전투가 벌어지고 있다. 어쨌든 거기는 가고 싶지 않다. 좋은 곳일 수도 있지만. 전쟁만 없다면 스페인에 갈 수도 있다. 해가 저물며 선선해졌다. 저녁을 먹고 캐서린 바클리를 만나러 가야겠다. 그녀가 지금 옆에 있다면 좋을 텐데. 함께 밀라노에 있다면 좋을 텐데. 캐서린 바클리와 코바에서 식사를 하고 무더운 저녁 비아 만초니를 걸어내려가 운하를 건너 거닐다가 호텔에 가고 싶다. 어쩌면 그녀가 응할지도 모른다. 그녀는 나를 전사한 애인인 척 대하고 함께 호텔 문으로 들어서면 수위는 모자를 벗고 나는 프런트에 가서 열쇠를 받고 승강기 옆에 서 있던 그녀와 함께 승강기에 타고 승강기는 층마다 덜컥거리며 느릿느릿 올라가 우리 층에 서고 보이가 문을 열어 잡고 기다리고 그녀가 내리고 내가 따라 내리고 우리는 복도를 걸어가고 나는 열쇠로 방문을 열고 들어가 전화기를 들고 카프리 비안카 한 병을 은제 버킷에 얼음을 가

* 독일 남서부의 산지 슈바르츠발트의 영어 이름.

** 독일 중부의 산지.

*** 슬로바키아, 폴란드, 서부 우크라이나 등에 걸친 산맥.

득 채워 가져다달라고 주문하고 곧이어 복도에서 버킷의 얼음들이 부딪치는 소리가 들리고 보이가 문을 두드리면 나는 문밖에 놓고 가달라고 할 것이다. 날이 너무 무더워 우리는 아무것도 입지 않고 있고 창문은 모두 열려 있고 지붕 위로 제비들이 날아다니고 날이 어두워져 창가로 다가가 보면 지붕 위를 날아다니던 아주 작은 박쥐들이 날개를 접고 나무에 매달려 있고 우리는 카프리를 마실 것이고 문이 잠겨 있어 무덥고 우리에게는 시트 한 장과 온 하룻밤이 있고 밀라노의 무더운 밤이 지새도록 사랑을 나눌 것이다. 일은 그리되어야 마땅하다. 빨리 저녁을 먹고 캐서린 바클리를 만나러 가야겠다.

식당에서는 모두 하나같이 말이 많았다. 오늘밤은 조금이라도 마셔야 형제처럼 어울릴 것 같아 나도 조금 마시고 신부와 아일랜드 대주교*에 대해 이야기를 나눴다. 고매한 인격의 대주교는 부당한 일을 당한 것 같았는데, 나도 미국인으로서 그 일과 무관하지는 않은 셈이겠지만 사실 나는 그 일을 전혀 모르면서 아는 척했다. 결국 전부 오해에서 비롯된 일 같았는데 그 원인에 대해 신부가 그렇게 명석한 설명을 하는데 전혀 몰랐던 일이라고 하는 것이 실례 같았기 때문이다. 나는 그의 이름이 멋지다고, 미네소타 출신이라 멋진 이름을 갖게 되었을 거라 생각했다. 미네소타의 아일랜드, 위스콘신의 아일랜드, 미시간의 아일랜드. 그 이름이 멋지게 들리는 것은 섬island과 발음이 같기 때문이다. 아니 그렇지 않습니다. 그것보다 다른 사정이 있습니다. 네, 신부님. 맞습니다, 신부님. 아마 그렇겠죠, 신부님. 아니요, 신부님. 어

* 미국 미네소타주 세인트폴성당의 초대 대주교였던 존 아일랜드로, 철저한 금욕과 정치적 부패 척결을 주장했다.

쩌면 그럴지도 모르죠, 신부님. 그 문제는 저보다 더 잘 아실 테니까요, 신부님. 신부는 좋은 사람이지만 따분했다. 장교들은 좋은 사람들은 아니지만 따분했다. 왕은 좋은 사람이지만 따분했다. 와인은 좋지도 따분하지도 않았다. 와인을 마시면 치아의 에나멜질이 벗겨져 입천장에 들러붙는다.

"그래서 그 신부는 구금됐어," 로카가 말했다. "그의 몸에서 3퍼센트 공채들이 발견됐거든. 물론 프랑스에서 있었던 일이지. 여기라면 절대 체포되지 않았을걸. 그는 5퍼센트 공채에 대해서는 전혀 모른다고 부인했어. 베지에*에서 있었던 일이야. 나는 때마침 그곳에 있었고 신문기사를 보고 교도소까지 가서 면회를 신청했지. 공채를 훔친 건 확실했어."

"나는 한마디도 못 믿겠는데." 리날디가 말했다.

"마음대로 해," 로카가 말했다. "하지만 나는 여기 우리 신부님을 위해 이야기한 거야. 아주 유익한 정보잖아. 신부님은 내 이야기를 고맙게 받아들일 거야."

신부가 미소지었다. "계속하세요," 그가 말했다. "듣고 있으니까요."

"물론 채권 일부에 관해선 설명이 되지 않았지만, 신부는 3퍼센트 공채와 몇 장의 지방 공채도 가지고 있었어, 어느 지방 공채였는지는 확실히 기억나지 않지만. 그래서 내가 교도소로 찾아간 거지, 자, 이게 이 이야기의 핵심이야. 나는 신부의 감방 앞에 서서 고해성사라도 하듯 말했어. '저를 축복해주십시오, 신부님, 당신은 죄를 지었습니다'라고."

* 프랑스 남부의 도시.

모두 박장대소했다.

“그러니까 뭐라고 하던가요?” 신부가 물었다. 로카는 이 질문을 무시한 채 내게 그 농담에 대해 설명했다. “내 이야기의 요점을 알겠지?” 요점만 파악한다면 꽤 웃기는 농담인 것 같았다. 그들은 내 술잔을 또 채워줬고, 나는 샤워실 아래 배치된 영국군 일병 이야기를 들려주었다. 그러자 소령은 체코슬로바키아군 병사 열한 명과 헝가리군 상병 이야기를 했다. 와인을 좀더 마신 뒤 나는 1페니짜리 동전을 발견한 기수 이야기를 했다. 소령은 밤에 잠 못 드는 공작부인 이야기와 비슷한 이탈리아 이야기가 있다고 말했다. 이때쯤 신부는 자리를 떴고 나는 미스트랄*이 몰아치는 마르세유에 새벽 다섯시에 도착한 지방 순회 세일즈맨 이야기를 했다. 소령은 내가 술을 잘 마신다는 이야기를 들었다고 했다. 나는 아니라고 했다. 소령은 사실일 거라며 바쿠스의 시신을 걸고 진위를 가려보자고 했다. 바쿠스는 아닙니다, 내가 말했다. 바쿠스는 아니에요. 아니, 바쿠스에 걸어야지, 그가 말했다. 나는 필리포 빈센차 바시를 상대로 컵으로든 잔으로든 대적해야 했다. 바시는 이미 나보다 두 배는 더 마셨기 때문에 시합할 수 없다고 거절했다. 나는 새빨간 거짓말 말라고, 바쿠스건 바쿠스가 아니건 필리포 빈센차 바시건 바시 필리포 빈센차건 간에 저녁 내내 술 한 방울 입에 대지 않았다고 반박하고는 그나저나 자네 이름이 뭔가? 하고 물었고 그러자 그는 그럼 자네 이름은 *페데리코 엔리코*인가 *엔리코 페데리코***인가? 하고 물었다. 내가 바쿠스는 집어치우고 누가 더 술이 센지 가리자고 하자, 소

---

* 프랑스 남부 지방에서 주로 겨울에 부는 차갑고 거센 북서풍.

** 프레더릭 헨리를 이탈리아식으로 부른 것.

령이 우리 둘의 머그잔에 레드와인을 따르고는 시작하라고 했다. 절반쯤 마시자 나는 더이상 하고 싶지 않았다. 내가 가려고 했던 곳이 기억났기 때문이었다.

"바시가 이겼습니다," 내가 말했다. "저 친구가 더 세요. 저는 가야 합니다."

"그래야 하죠," 리날디가 말했다. "약속이 있거든요. 제가 압니다."

"가야 합니다."

"다른 날 밤에 하지," 바시가 말했다. "다른 날 밤 자네 상태가 더 좋을 때 하자고." 그는 내 어깨를 철썩 쳤다. 테이블 위에 촛불이 켜져 있었다. 장교들은 다들 한껏 기분이 좋았다. "편히 쉬십시오, 여러분." 내가 말했다.

리날디가 나를 따라나섰다. 함께 문밖에 서 있을 때 그가 말했다. "취한 채로 가는 건 좋지 않아."

"안 취했어, 리닌*. 진짜야."

"커피콩이라도 씹어."

"쓸데없는 소리."

"내가 좀 가져올게, 베이비. 여기서 좀 걷고 있어." 그가 볶은 커피콩을 한줌 가지고 돌아왔다. "이걸 씹어, 베이비, 행운을 빌어."

"바쿠스에게 말인가." 내가 말했다.

"내가 같이 가주지."

"나는 완전 멀쩡하다고."

---

* 리날디의 애칭.

우리는 마을을 가로질러 걸어갔고 나는 커피콩을 씹었다. 영국 병원 빌라로 들어가는 차량 진입로 입구에서 리날디가 작별인사를 했다.

"잘 가," 내가 말했다. "자네도 들어오지그래?"

그는 고개를 저었다. "아니야," 그가 말했다. "나는 그보다는 단순한 쾌락이 좋아."

"커피콩 고마워."

"천만에, 베이비. 천만에."

나는 진입로를 걸어내려가기 시작했다. 양쪽에 늘어선 사이프러스들의 윤곽이 선명하게 보였다. 뒤를 돌아보자 리날디가 서서 지켜보고 있어 나는 손을 흔들어주었다.

나는 빌라 응접실에 앉아 캐서린 바클리가 나오기를 기다렸다. 누군가 복도를 걸어왔다. 나는 자리에서 일어났는데, 캐서린이 아니었다. 미스 퍼거슨이었다.

"안녕하세요," 그녀가 말했다. "캐서린이 오늘밤은 만날 수 없다고 미안하다고 전해달래요."

"유감이군요. 어디가 안 좋은 건 아니겠죠."

"아주 좋은 건 아니에요."

"제가 많이 걱정하더라고 전해주겠습니까?"

"네, 그러죠."

"내일 만나러 와도 괜찮을까요?"

"네, 그럴 거예요."

"정말 고맙습니다," 내가 말했다. "안녕히 계십시오."

문밖으로 나오자 갑자기 외롭고 공허한 기분이 들었다. 캐서린과 만

나는 것을 아주 가볍게 생각했고 술을 마시느라 약속을 잊을 뻔하기도 했지만 막상 그녀를 만나지 못하자 외롭고 허전했다.

8

다음날 오후, 그날 밤 강 상류 쪽에서 공격이 개시되고 구급차 네 대를 투입해야 한다는 이야기를 들었다. 모두가 과시하듯 전략적 지식을 떠들어댔지만 그 공격에 대해 아는 사람은 아무도 없었다. 나는 선두 차량에 타고 가다가 영국 병원 입구를 지날 때 운전병에게 잠시 멈추라고 말했다. 다른 차량들도 멈췄다. 나는 차에서 내려 다른 운전병들에게 계속 가라고 말하고 코르몬스로 가는 도로 교차점에서도 우리가 따라잡지 못하면 거기서 기다리라고 했다. 나는 서둘러 차량 진입로로 올라가 현관홀에서 미스 바클리를 불러달라고 부탁했다.

"지금은 근무중입니다."

"잠깐이라도 볼 수 없습니까?"

그들은 알아보기 위해 당번병을 보냈고, 잠시 후 그녀가 당번병과 함께 나왔다.

"몸은 좀 나아졌는지 보려고 들렀어요. 근무중이라고 해서 잠깐이라도 보게 해달라고 부탁했습니다."

"많이 좋아졌어요," 그녀가 말했다. "어제는 더위를 먹었던 것 같아요."

"나는 이제 가야 해요."

"잠깐 문밖으로 나갈게요."

"정말 괜찮은 거죠?" 문밖으로 나오자 내가 물었다.

"네, 달링. 오늘밤에 올 건가요?"

"아니요. 플라바 위쪽에서 쇼가 벌어질 판이라 가는 길입니다."

"쇼라니요?"

"별것 아닐 겁니다."

"그래도 돌아올 거죠?"

"내일이요."

그녀는 목에서 뭔가를 풀어 내 손에 쥐여주었다. "성 안토니오에요," 그녀가 말했다. "내일 밤에 와요."

"가톨릭 신자가 아니잖아요?"

"네. 하지만 성 안토니오는 꽤 효력이 있다고들 하니까."

"당신을 위해 소중히 간직할게요. 그럼 안녕."

"아니요," 그녀가 말했다. "작별인사는 하지 말아요."

"알겠어요."

"착한 소년처럼 행동하고 몸조심해요. 안 돼요, 여기서 키스는 안 돼. 안 돼요."

"알겠어요."

돌아보니 그녀는 계단 위에 서 있었다. 그녀가 손을 흔들자 나는 내 손에 입을 맞춘 뒤 그녀를 향해 펴 보였다. 그녀는 다시 손을 흔들었고 나는 진입로를 나와 구급차에 올라타 출발했다. 성 안토니오는 조그마한 흰색 금속 캡슐에 들어 있었다. 나는 캡슐을 열어 손바닥에 성 안토니오를 떨어뜨렸다.

"성 안토니오입니까?" 운전병이 물었다.

"응."

"저도 하나 가지고 있습니다." 그는 운전대에서 오른손을 떼어 재킷 단추를 하나 풀더니 셔츠 안쪽에서 끄집어냈다.

"보이십니까?"

나는 성 안토니오를 다시 캡슐에 넣고 가느다란 금줄과 함께 가슴주머니에 넣었다.

"안 거십니까?"

"응."

"거시는 게 나을 텐데요. 그러라고 만든 겁니다."

"그럴까." 내가 말했다. 나는 금줄의 고리를 풀어 목에 걸고 다시 채웠다. 성자는 내 군복 바깥쪽에 매달렸고 나는 재킷의 목 부분을 풀고 셔츠 깃의 단추를 풀어 성자를 셔츠 안으로 넣어 늘어뜨렸다. 차가 달리는 동안 캡슐에 든 성자가 가슴에 닿는 것이 느껴졌다. 그뒤로 곧 그것을 잃어버렸다. 부상당한 뒤로 끝내 찾지 못했다. 어느 구호소에서 누군가 주웠을 것이다.

다리를 건너며 속도를 내자 이윽고 앞쪽에서 달리는 차량들이 일으키는 흙먼지가 보였다. 굽이진 도로에서 아주 조그맣게 보이는 차량 세 대가 먼지를 일으키며 나무들 사이를 달리고 있었다. 우리는 그들을 따라잡고 추월한 뒤 곧 언덕으로 올라가는 도로로 꺾어들었다. 맨 앞 차에 탄다면 호송대로 움직이는 것도 나쁘지 않아서, 나는 편히 기대앉아 시골 풍경을 바라보았다. 강에 가까운 산기슭을 달리다가 오르막으로 올라가자 멀리 북쪽으로 정상에 눈이 덮인 높은 산들이 보였다. 뒤를 돌아보니 차량 세 대가 적당한 간격을 유지한 채 먼지를 일으키며 올라오고 있었다. 우리는 짐을 실은 노새들과 붉은 페즈*를 쓰고 그 옆에서 걷는 사람들의 긴 행렬을 지나쳤다. *베르사글리에리***였다.

노새 행렬을 지나치자 길은 텅 비었고 우리는 언덕을 올라갔다가 기다란 언덕 사면을 타고 강변 계곡으로 내려왔다. 양쪽에 나무들이 있었고 오른쪽 나무들 사이로 맑고 빠르고 얕은 강물이 흘렀다. 수심이 얕고 좁은 수로를 따라 모래와 자갈이 깔려 있었는데 어떤 곳은 강물이 자갈 깔린 강바닥 위에 반짝이는 천을 깐 것처럼 보였다. 강기슭 가까이 깊은 웅덩이들의 물은 하늘처럼 푸른빛을 띠었다. 강 위에는 아치형 돌다리들이 보였는데 거기서부터 큰길이 여러 길로 갈라졌다. 우리는 남쪽 담장 옆에 배나무들이 촛대처럼 늘어선 석조 농가들과 들판의 나지막한 돌담을 따라 달렸다. 계곡을 끼고 한참 올라가다가 구부러지며 또다시 언덕을 오르기 시작했다. 가파른 오르막에 밤나무숲 사이를 구불구불 지나자 마침내 산등성이를 따라 뻗은 편평한 길이 나왔다. 내려다보니 아래쪽 숲 사이로 두 나라의 군대를 갈라놓은 강줄기가 햇빛에 반짝거리고 있었다. 우리는 산등성이를 따라 뻗은 울퉁불퉁한 새 군사도로를 달리며 북쪽으로 두 개의 산줄기를 보았는데 설선까지는 어두운 푸른색이었지만 햇빛이 비치는 위쪽은 희고 아름다웠다. 능선을 따라 계속 올라가자 세번째 산줄기가 보였는데, 더 높고 백악처럼 하얗고 주름진 설산에 묘하게도 평지가 드문드문 보였고 그 너머로도 아득히 멀리까지 산들이 있었지만 육안으로는 제대로 보이지 않

---

* 이슬람 국가에서 주로 남자가 쓰는 술이 달리고 챙이 없는 원통형 모자.

** 빠른 기동력으로 기습작전을 주로 수행하던 이탈리아 경보병대.

왔다. 모두 오스트리아의 산들이었고, 우리 쪽에는 그런 산이 없었다. 앞쪽에서 길이 오른쪽으로 둥글게 구부러졌고, 내려다보니 숲 사이로 내려가는 비탈길이었다. 그 길에 군대와 군용 트럭과 산악포를 실은 노새들이 있었고, 비탈길 옆쪽으로 가면서 내려다보니 저멀리 강이 보이고, 강을 따라 침목 깔린 철도, 언덕 아래 강을 가로지르는 낡은 다리, 그 앞쪽으로 우리가 점령할 작은 마을의 부서진 집들이 보였다.

우리가 그 길을 내려와 강을 따라 이어지는 간선도로로 들어섰을 때는 주위에 어둠이 내려 있었다.

9

도로는 혼잡했고 양옆은 옥수숫대와 거적으로 차폐되고 그 위로도 거적을 쳐놔 마치 서커스장이나 원주민 마을의 입구 같았다. 우리는 거적이 덮인 터널을 천천히 통과해 전에 기차역이 있던 탁 트인 공터로 나왔다. 여기 도로는 강둑보다 지대가 낮았는데 움푹 들어간 도로 옆 강둑에는 보병대가 판 참호들이 있었다. 해가 지고 있었고, 강둑을 따라 차를 달리며 올려다보니 맞은편 언덕배기에 오스트리아군의 관측기구觀測氣球가 석양을 등지고 거무스름하게 떠 있었다. 우리는 벽돌 공장을 지나서 주차했다. 벽돌 가마들과 깊게 판 구덩이 몇 곳이 구호소로 마련되어 있었다. 아는 군의관이 세 명 있었다. 나는 소령과 이야기를 하면서, 전투가 개시돼 구급차에 부상자들이 실리면 우리는 차폐된 도로로 다시 나가 산등성이를 따라 간선도로까지 올라가고 그곳

대기소에서 부상자들을 인계해 다른 구급차에 싣도록 해야 한다는 것을 알게 되었다. 소령은 도로가 혼잡하지 않으면 좋겠다고 말했다. 도로가 그것 하나뿐이었던 것이다. 도로를 차폐한 것은 강 건너 오스트리아군 쪽에서 훤히 보이기 때문이었다. 이곳 벽돌 공장에서는 강둑이 소총과 기관총 사격을 막아줄 것이었다. 강 위에 하나 있는 다리는 부서져 있었다. 공격이 시작되면 임시 다리를 설치하고 상류 쪽 물굽이에 있는 여울에서 아군 병력 일부가 강을 건널 것이다. 소령은 끝이 치켜 올라간 콧수염을 기른 키 작은 남자였다. 리비아전쟁에 참가했었던 그는 두 개의 상이기장傷痍記章을 달고 있었다. 그는 내게 작전이 잘 수행되면 훈장을 타게 해주겠다고 했다. 나도 그러길 바라지만 훈장은 과분하다고 말했다. 운전병들이 있을 만한 큰 참호가 있느냐고 묻자 그는 안내해줄 병사를 불렀다. 병사와 가서 보니 참호는 아주 훌륭했다. 나는 만족해하는 운전병들을 들여보내고 자리를 떴다. 소령은 내게 다른 두 장교와 함께 한잔하자고 권했다. 우리는 화기애애한 분위기에서 럼주를 마셨다. 밖이 어두워지고 있었다. 공격이 개시될 시간을 묻자 그들은 어둠이 내린 직후라고 대답했다. 나는 운전병들에게 돌아갔다. 그들은 참호 안에 앉아 이야기를 나누다가 내가 들어가자 뚝 멈췄다. 나는 그들에게 마케도니아산 담배를 한 갑씩 나눠주었는데, 제대로 말아놓지 않아 담뱃가루가 잘 빠지기 때문에 피우기 전에 양끝을 비틀어줘야 했다. 마네라가 라이터를 켜서 죽 돌렸다. 피아트의 라디에이터처럼 생긴 라이터였다. 내가 들은 정보를 그들에게 들려주었다.

"우리가 내려올 때는 왜 그 대기소를 못 봤을까요?" 파시니가 물었다.

"우리가 방향을 튼 지점 바로 앞쪽에 있었어."

"도로가 아주 엉망이 되겠군요." 마네라가 말했다.

"죽어라고 포격을 하겠죠—우리에게."

"그러겠지."

"식사는 어떻게 하죠, 중위님? 전투가 시작되면 먹을 시간도 없을 텐데요."

"내가 가서 알아보지." 내가 말했다.

"우리는 여기 있어야 합니까, 아니면 주위를 돌아봐도 됩니까?"

"여기 있는 게 좋겠어."

나는 소령이 있는 참호로 갔고, 곧 야전 취사차가 도착하니 운전병들은 그때 스튜를 받으러 오면 된다는 말을 들었다. 휴대용 반합이 없으면 빌려주겠다고도 했다. 나는 가지고 있을 거라고 대답했다. 나는 운전병들에게 돌아가 음식이 오는 즉시 알려주겠다고 말했다. 마네라는 전투가 시작되기 전에 음식이 왔으면 좋겠다고 말했다. 내가 나갈 때까지 그들은 아무 말도 하지 않았다. 운전병들은 모두 정비공이었고 전쟁을 증오했다.

나는 나가서 차량을 점검하고 주위를 살펴본 뒤 참호로 돌아가 운전병 넷과 함께 앉아 있었다. 우리는 벽에 기대앉아 담배를 피웠다. 날은 이제 거의 저물었다. 참호의 흙바닥은 따뜻하고 건조했고, 나는 어깨를 벽에 기대고 축 늘어져 앉아 편히 쉬었다.

"누가 공격을 개시할까요?" 가부치가 물었다.

"*경보병대*겠지."

"*경보병대*가 모두 말입니까?"

"그럴 거야."

"진짜 공격을 하려면 그 병력으로는 부족할 텐데요."

"진짜 공격을 할 지점에서 주의를 돌리려는 공격이겠지."

"공격하는 사람들도 그걸 알까요?"

"모를걸."

"알 턱이 없죠," 마네라가 말했다. "알면 공격에 나서지 않으려 할 겁니다."

"아니, 그래도 할 거야," 파시니가 말했다. "*경보병*들은 바보거든."

"용감하고 잘 훈련된 병사들이야." 내가 말했다.

"떡 벌어진 가슴에 튼튼하기야 하죠. 그래도 바보들입니다."

"*그라나티에레*[*]들은 키가 크지," 마네라가 말했다. 물론 농담이었다. 모두가 웃었다.

"*척탄병*들이 공격에 나서지 않아 열에 한 명씩 총살당했을 때 *중위*님도 거기 계셨습니까?"

"아니."

"정말입니다. 일렬로 죽 세워놓고 열번째 병사마다 죽였어요. *헌병*이 총을 쐈죠."

"*헌병*놈들," 파시니가 말하며 바닥에 침을 뱉었다. "하지만 그 *척탄병*들은 모두 6피트가 넘어. 공격에 나서지 않을 거야."

"아무도 나서지 않으면 전쟁은 끝나겠지." 마네라가 말했다.

"그 *척탄병*들은 경우가 달라. 겁이 났던 거야. 그 장교들은 모두 좋

---

* '척탄병'을 뜻하는 이탈리아어.

은 집안 출신이거든."

"장교 몇몇은 혼자 나서기도 했는데."

"부사관 하나가 안 나서려는 장교를 두 명이나 총으로 쐈다지."

"몇몇 부대는 나섰고."

"전투에 나간 병사들은 열번째 병사마다 총살할 때 줄에 세우지 않았어."

"*헌병*한테 총살당한 병사 중 하나가 우리 마을 출신이었어," 파시니가 말했다. "큰 키에 체격 좋고 머리도 좋아서 *척탄병*이 됐지. 늘 로마에서 지냈어. 늘 아가씨들과 함께. 늘 *헌병*들이랑 어울렸지," 그는 웃었다. "그런데 지금은 그 집 앞에 총검을 든 위병이 지키고 있어서 아무도 그 친구의 어머니와 아버지와 누이동생들을 만날 수 없고 아버지는 시민권을 빼앗겨 투표조차 못해. 그 사람들을 보호해줄 법이란 없어. 누구든 그 가족의 재산을 빼앗을 수도 있는 거야."

"가족이 그런 일을 당할 위험이 없다면 아무도 공격에 나서지 않을 거야."

"아니. *알피니**는 나설걸. V. E.**들도. 일부 *경보병*들도."

"*경보병*들도 도망쳤어. 지금은 그랬던 것을 잊어버리고 싶겠지만."

"이런 이야기는 하면 안 되지 않습니까, *중위님. 군대 만세.*" 파시니가 빈정거리듯 말했다.

"무슨 얘기 하는지 나도 잘 알아," 내가 말했다. "하지만 자네들은 운전만 제대로 하고 또—"

---

* '알프스 산악병대'를 뜻하는 이탈리아어.

** Vostra Eccellenza, 국왕의 병사.

"—이런 이야기는 다른 장교들 귀에 들어가지 않게 하고요." 마네라가 마무리했다.

"나는 이 전쟁이 끝나야 한다고 생각해," 내가 말했다. "한쪽이 전투를 멈춘다고 해서 전쟁이 끝나진 않아. 우리가 멈추면 상황은 오히려 나빠질 거야."

"더 나빠질 수는 없습니다," 파시니가 공손하게 말했다. "전쟁보다 더 나쁜 건 없으니까요."

"패배는 더 나쁘지."

"저는 그렇게 생각하지 않습니다," 파시니가 여전히 공손하게 말했다. "패배가 어때서요? 집에 돌아가는데."

"적들은 자네를 쫓아갈 거야. 자네 집을 빼앗고. 자네 누이들을 데려가고."

"저는 그렇게 생각하지 않습니다," 파시니가 말했다. "모두에게 다 그럴 순 없을 겁니다. 각자 자기 집은 자기가 지켜야죠. 누이들은 집안에서 단단히 단속하고요."

"그럼 자네 목을 매달걸. 아니면 자네를 다시 군인으로 만들 거야. 구급차 운전병이 아니라 보병으로."

"모두를 목매달진 못합니다."

"다른 나라 사람이 우리를 군인으로 만들 순 없습니다," 마네라가 말했다. "첫 전투부터 다 도망갈 텐데요."

"체코인들처럼."

"자네들은 정복당한다는 게 어떤 건지 전혀 모르는 것 같군. 그러니까 패배가 나쁘지 않다고 생각하는 거야."

“*중위님,*” 파시니가 말했다. “자유롭게 이야기하게 해주시는 거 잘 알고 있습니다. 들어보십시오. 전쟁보다 나쁜 건 없습니다. 그게 얼마나 나쁜 건지 구급차를 운전하는 우리야 아무것도 모르겠죠. 그걸 깨닫는다 하더라도 모두가 이미 미쳐버려 멈추게 할 수도 없을 거고요. 절대 깨닫지 못하는 사람들도 있습니다. 그냥 장교들을 두려워하는 사람들도 있고요. 그런 사람들 때문에 전쟁이 계속되는 겁니다.”

“전쟁이 나쁘다는 건 알지만 우린 끝내야만 해.”

“끝나지 않을 겁니다. 전쟁은 끝이 없습니다.”

“아니, 있어.”

파시니가 고개를 가로저었다.

“전쟁은 승리한다고 해서 반드시 이기는 게 아닙니다. 산가브리엘레를 점령한들 무슨 소용이겠습니까? 카르소니 몬팔코네니 트리에스테를 차지한들 무슨 소용입니까? 그다음에는 어디로 가는데요? 오늘 저멀리 있는 산들을 보셨습니까? 그 산들을 다 차지할 수 있다고 생각하십니까? 오스트리아가 싸움을 멈춰야 그럴 수 있습니다. 한쪽이 그만두어야 합니다. 왜 우리는 그만두지 못하는 겁니까? 만약 적들이 이탈리아로 쳐들어온다 해도 결국은 지쳐 물러날 겁니다. 그들에게도 자기들의 나라가 있으니까요. 하지만 안 그러죠, 그 대신 전쟁을 계속할 뿐입니다.”

“자네는 연설가이군.”

“우리도 생각을 합니다. 책도 읽습니다. 시골 농부가 아니라고요. 우리는 정비공입니다. 하지만 농부들도 전쟁을 믿을 만큼 무지하진 않습니다. 모두가 이 전쟁을 싫어합니다.”

"멍청하고 아무것도 깨닫지 못하고 깨달을 수도 없는 계급이 지금 한 나라를 지배하고 있습니다. 그런 자들 때문에 우리가 이놈의 전쟁을 하는 겁니다."

"게다가 그자들은 전쟁으로 돈도 벌지."

"대부분은 그렇지 않아," 파시니가 말했다. "너무 멍청하거든. 아무 이유도 없이 하는 거야. 어리석어서."

"이제 그만들 해," 마네라가 말했다. "아무리 *중위님* 앞이라도 너무 지나쳤어."

"아마 좋아하실걸," 파시니가 말했다. "우리가 이분을 전향시키는 거지."

"하지만 지금은 그만하자니까." 마네라가 말했다.

"식사는 아직 더 있어야 합니까, *중위님*?" 가부치가 물었다.

"가서 알아보지." 내가 말했다. 고르디니가 일어나서 따라나왔다.

"제가 할 일이 있을까요, *중위님*? 뭐 도와드릴 일 있습니까?" 그는 넷 중 가장 말수가 적었다. "원한다면 같이 가지," 내가 대답했다. "가서 보자고."

바깥은 어두웠고, 탐조등의 긴 광선이 산 위에서 움직이고 있었다. 대형 탐조등은 이따금 밤중에 전선 근처 도로를 지나는 군용 트럭에 실려 있었는데, 최전선 바로 뒤쪽 도로에서 약간 벗어난 곳에 트럭이 서 있고 한 장교가 조명의 방향을 지시하고 병사들은 겁에 질려 있었다. 우리는 벽돌 공장을 가로질러 구호소 본부 앞에서 발을 멈췄다. 입구 위쪽은 초록색 나뭇가지들로 약간 가려져 있고 햇볕에 마른 나뭇잎들이 어둠 속에서 밤바람에 바스락거렸다. 안에는 불이 켜져 있었다.

소령이 상자에 걸터앉아 통화하고 있었다. 군의관 대위가 공격이 한 시간 연기됐다고 말했다. 그는 내게 코냑을 권했다. 나는 판자 탁자와 불빛에 반짝이는 도구들과 대야와 마개 닫힌 병들을 바라보았다. 고르디니는 내 뒤에 서 있었다. 소령이 전화를 끊고 일어섰다.

"곧 시작이야," 그가 말했다. "원래대로 다시 변경됐어."

밖을 내다보니 어두웠고, 오스트리아군의 탐조등이 우리 뒤쪽 산을 비추고 있었다. 잠시 정적이 흐르더니 우리 뒤쪽에서 일제히 포격이 시작됐다.

"*사보이아*여.*" 소령이 말했다.

"수프 말인데요, 소령님." 내가 말했다. 그는 내 말을 듣지 못했다. 나는 다시 말했다.

"아직 오지 않았어."

대형 포탄 하나가 날아와 벽돌 공장에서 터졌다. 또 한 발 터졌고 시끄러운 폭음 속에서 벽돌과 흙덩이가 비처럼 쏟아지는 소리가 들렸다.

"먹을 것 좀 있습니까?"

"파스타 아시우타**가 좀 있네." 소령이 말했다.

"뭐든 주시는 걸 가져가겠습니다."

소령이 지시하자 당번병이 뒤쪽으로 사라지더니 곧바로 식은 마카로니를 담은 철제 그릇을 들고나왔다. 나는 이것을 고르디니에게 건넸다.

"치즈는 없습니까?"

---

* 이탈리아왕국을 통일한 사보이아(Savoia) 가문의 이름을 이탈리아를 상징하는 의미로 사용한 듯함.

** 소스를 끼얹는 방식의 일반적 파스타.

소령이 마지못한 듯 당번병에게 지시하자 그는 다시 뒤쪽 참호로 들어가더니 화이트치즈 1쿼터를 들고나왔다.

"정말 고맙습니다." 내가 말했다.

"밖으로 나가지 않는 게 좋을 거야."

입구 옆에 뭔가 내려놓는 소리가 들렸다. 그것을 들고 온 두 병사 중 하나가 구호소 안을 들여다보았다.

"안으로 들고 와," 소령이 말했다. "뭐하는 건가? 우리가 나가서 들고 와야 해?"

들것병 두 명이 부상병의 팔과 다리를 들어 안으로 옮겼다.

"재킷을 찢어." 소령이 말했다.

그는 겸자 끝으로 거즈를 집어들었다. 대위 둘은 외투를 벗었다. "나가보게." 소령이 들것병들에게 말했다.

"가자." 나는 고르디니에게 말했다.

"포격이 끝날 때까지 기다리는 게 좋을 텐데." 소령이 어깨너머로 말했다.

"병사들이 배고파하고 있습니다." 내가 말했다.

"좋을 대로 하게."

우리는 밖으로 나와 벽돌 공장을 가로질러 달렸다. 포탄 하나가 강둑 부근에서 터졌다. 다음 순간 소리도 못 들었는데 또하나가 갑자기 날아와 떨어졌다. 우리는 땅바닥에 납작 엎드렸고 섬광과 폭발 진동에 이어 화약 냄새가 퍼지면서 포탄 파편이 날아가는 소리와 벽돌이 와르르 무너지는 소리가 들렸다. 고르디니가 일어나 참호를 향해 내달렸다. 나도 말랑한 표면에 벽돌 먼지가 잔뜩 달라붙은 치즈를 들고 뒤따라 달렸다. 참호 안에서는 운전병 셋이 벽에 기대앉아 담배를 피우고 있었다.

"여기 있네, 애국자들." 내가 말했다.

"차량들은 어떻습니까?" 마네라가 물었다.

"괜찮아."

"놀라지 않으셨습니까, *중위님*?"

"당연히 놀랐지." 내가 말했다.

나는 칼을 꺼내 날을 닦은 뒤 더러워진 치즈 표면을 잘랐다. 가부치가 마카로니 그릇을 내 쪽으로 밀었다.

"먼저 드십시오, *중위님*."

"괜찮아," 내가 말했다. "바닥에 놔. 다 같이 먹지."

"포크가 없습니다."

"젠장." 내가 영어로 말했다.

나는 치즈를 잘게 잘라 마카로니 위에 얹었다.

"자, 앉지." 내가 말했다. 다들 앉아서 기다렸다. 나는 마카로니 속에 엄지와 다른 손가락들을 넣어 집어올렸다. 한 덩어리가 들렸다.

"높이 드십시오, *중위님*."

팔을 끝까지 들자 늘어진 가닥들이 깔끔하게 떨어졌다. 나는 덩어리를 내려 입에 쭉 빨아들여 잘라 씹고 치즈를 한입 베어먹고 와인을 마셨다. 녹슨 금속 같은 맛이 났다. 나는 수통을 파시니에게 다시 넘겨줬다.

"상했는데요," 그가 말했다. "너무 오래 됐네요. 차 안에 있었거든요."

모두 그릇에 턱을 바짝 대고 고개를 젖힌 채 면발을 죽죽 빨아들였다. 나도 면발과 치즈를 한입 더 먹고 와인으로 입가심했다. 그때 밖에서 뭔가가 떨어지며 대지를 뒤흔들었다.

"420밀리 포이거나 미넨베르퍼*일 겁니다." 가부치가 말했다.

"저 산에는 420밀리 포가 없어." 내가 말했다.

"스코다 대형 포가 있습니다. 포탄 자국을 봤습니다."

"그건 305밀리지."

우리는 식사를 계속했다. 기관차 시동 소리 같은 것이 울리더니 다시 대지를 뒤흔드는 폭발음이 들렸다.

"이 참호는 그렇게 깊지 않은데." 파시니가 말했다.

"지금 건 참호용 대형 박격포 같은데."

"네, 그렇습니다."

나는 남은 치즈 조각을 먹고 와인을 한 모금 마셨다. 다른 소음 속으로 덜컥거리는 소리가 들리더니 추-추-추-추 하며 용광로 문이 활짝 열린 것처럼 섬광이 번쩍했고, 돌풍과 함께 커다란 폭발음이 처음에는 하얗게, 그러고는 점점 붉게 변하며 계속해서 들려왔다. 숨을 쉴 수가 없었고 나 자신이 내 몸안에서 밖으로, 밖으로, 또 밖으로 떨어져나가는 느낌, 바람에 한꺼번에 휩쓸려나가는 느낌이 들었다. 모든 것이 순식간에 빠져나가며 이제 죽었구나 싶었지만, 방금 죽었다고 생각한 것이 착각임을 깨달았다. 다음 순간 나는 허공에 둥실 떠올랐지만 계속 떠오르는 게 아니라 미끄러지듯 떨어졌다. 숨을 쉬자 의식이 돌아왔다. 땅바닥이 헤집어지고 내 머리 앞쪽에 박살난 나무 기둥이 흩어져 있었다. 정신이 아득한데 울음소리가 들렸다. 누군가 비명을 지르

* 단거리 박격포. 당시 독일군이 주로 사용했다.

는 것 같았다. 움직이려 했지만 옴짝달싹할 수 없었다. 강 건너편과 강둑을 따라 기관총과 소총 소리가 들렸다. 첨벙하는 소리가 크게 나더니 조명탄이 하늘로 올라가 하얗게 작렬하며 퍼지고 로켓탄들이 날아가 터지는 소리가 들렸는데 전부가 한순간의 일이었고, 그때 바로 옆에서 누군가가 "*맘마 미아*[*]*! 오, 맘마 미아!*" 하는 소리가 들렸다. 몸을 당기고 뒤틀어 마침내 두 다리가 빠져나오자 나는 몸을 돌려 그를 만져보았다. 파시니였고, 내가 만지자 비명을 질렀다. 그의 두 다리는 내 쪽을 향하고 있었는데 어둠과 빛이 교차하는 속에서 그의 두 무릎이 윗부분까지 날아가버린 것이 보였다. 한쪽 다리는 아예 사라졌고, 다른 하나는 힘줄과 바짓단에 겨우 붙어 있었는데 잘리고 남은 부분이 이미 몸에서 끊어진 것처럼 꿈틀거리며 경련했다. 파시니는 자기 팔을 물어뜯으며 신음했다. "오, *맘마 미아, 맘마 미아.*" "*살려주세요, 성모님. 살려주세요, 성모님.* 오오 예수님 저를 쏴주세요. 예수님, 저를 쏴주세요. *맘마 미아 맘마 미아* 오 순결하신 성모님, 저를 좀 쏴주세요. 제발 멈춰줘. 멈춰줘. 멈춰줘요. 오오 예수님 성모님 부디 멈춰주세요. 오 오 오 오." 그러고는 숨넘어가는 목소리로 "*맘마 맘마 미아*" 하고 외쳤다. 이윽고 그는 자신의 팔을 문 채 잠잠해졌고, 남아 있는 다리는 계속 꿈틀거렸다.

"*부상병 데려가!*" 나는 손나팔을 만들어 외쳤다. "*부상병 데려가!*" 파시니의 다리에 지혈대를 감기 위해 다가가려 했지만 움직일 수 없었다. 다시 한번 기를 쓰자 다리가 조금 움직였다. 팔과 팔꿈치로 겨우 몸

* '맙소사, 엄마야' 등을 뜻하는 이탈리아어.

을 뒤쪽으로 밀 수 있었다. 파시니는 이제 잠잠했다. 그의 옆에 앉아 재킷을 벗고 셔츠 자락을 찢으려 했다. 잘 찢어지지 않자 천 가장자리를 물고 뜯으려 했다. 그 순간 파시니의 각반이 생각났다. 나는 모직 양말을 신었지만 파시니는 각반을 차고 있었다. 운전병은 모두 각반을 차는데 파시니는 이제 다리가 한쪽뿐이었다. 나는 각반을 풀기 시작했지만 그사이 그가 이미 죽어 애써 지혈대를 만들 필요가 없다는 것을 깨달았다. 나는 그가 죽었는지 확인했다. 나머지 병사 셋을 찾아야 했다. 몸을 일으켜 똑바로 앉는 사이 머릿속에서 인형 눈알을 굴리는 추 같은 것이 움직이더니 눈알 안쪽을 쳤다. 다리가 뜨끈하고 축축했고, 구두 속도 축축하고 뜨끈했다. 나는 포탄 파편에 맞은 것을 깨닫고 몸을 숙여 손으로 무릎을 더듬어보았다. 무릎이 거기 없었다. 더듬어보니 무릎은 정강이 아래 있었다. 셔츠에 손을 닦고 있는데 어른거리는 빛줄기가 아주 천천히 내려와 다리가 보이자 나는 끔찍한 공포에 휩싸였다. 오, 하느님, 제발 이곳에서 저를 구해주십시오, 나는 말했다. 하지만 병사 셋이 아직 더 남아 있다는 것을 알고 있었다. 운전병은 모두 넷이었다. 파시니는 죽었다. 셋이 남아 있었다. 누군가가 내 겨드랑이 밑으로 손을 넣어 부축하고 또다른 누군가가 내 두 다리를 들어올렸다.

"세 사람이 더 있어," 내가 말했다. "하나는 죽었고."

"저 마네라입니다. 들것을 가지러 갔는데 하나도 없었습니다. 괜찮으십니까, *중위님*?"

"고르디니와 가부치는 어디 있나?"

"고르디니는 구호소에서 붕대를 감고 있습니다. 가부치는 지금 *중위님* 다리를 들고 있고요. 제 목을 잡으십시오, *중위님*. 많이 다쳤습니까?"

"다리를. 고르디니는 어떤가?"

"그 친구는 괜찮습니다. 참호용 대형 박격포였습니다."

"파시니는 죽었어."

"네, 죽었습니다."

포탄 하나가 가까이에 떨어지자 두 사람이 엎드리며 나를 놓쳐 바닥에 떨어뜨렸다. "죄송합니다, *중위님*," 마네라가 말했다. "제 목을 꽉 잡으십시오."

"또 떨어뜨리기만 해봐."

"겁이 나서 그랬습니다."

"자네들은 안 다친 건가?"

"둘 다 가벼운 부상입니다."

"고르디니는 운전할 수 있나?"

"못할 것 같습니다."

구호소로 가는 도중 그들은 또 한번 나를 떨어뜨렸다.

"이런 개자식들." 내가 말했다.

"죄송합니다, *중위님*," 마네라가 말했다. "다시는 떨어뜨리지 않겠습니다."

구호소 밖 어둠 속 땅바닥에 수많은 부상자가 누워 있었다. 들것병들이 잇달아 부상자들을 안으로 나르고 밖으로 내왔다. 들것병들이 장막을 열고 들고날 때마다 구호소에서 새어나오는 불빛이 보였다. 사망자들은 한쪽으로 밀쳐져 있었다. 푸주한처럼 붉은 피를 뒤집어쓴 군의관들이 어깨까지 소매를 걷어붙이고 치료하고 있었다. 들것이 부족했다. 일부 부상자는 소리를 질렀지만 대부분은 조용했다. 바람이 불어 구호소 입구 위에 덮어두었던 나뭇잎들이 흔들렸고 밤공기는 차가워졌다. 들것병들이 계속 들어와 부상자들을 내리고 밖으로 나갔다. 구호소에 도착하자마자 마네라가 위생 부사관 한 명을 데려왔고 그가 내 다리에 붕대를 감아주었다. 상처에 흙이 잔뜩 들어가 출혈이 심하지 않았다고 했다. 그는 되도록 빨리 치료해주겠다고 말했다. 그리고 다시 안으로 들어갔다. 고르디니는 운전할 수 없습니다, 마네라가 말했다. 고르디니는 어깨뼈가 부서지고 머리도 다쳤다. 처음에는 못 느꼈지만 지금은 어깨가 뻣뻣한 모양이었다. 그는 벽돌을 쌓은 담에 기대앉아 있었다. 마네라와 가부치는 부상자들을 가득 태우고 떠났다. 그들은 운전을 할 수 있었다. 영국군이 구급차 세 대를 몰고 왔고 한 차에 둘씩 있었다. 몹시 창백하고 아파 보이는 고르디니가 그중 한 명을 내게 데려왔다. 영국인이 허리를 숙여 나를 보았다.

"부상이 심하십니까?" 그는 키가 컸고 쇠테 안경을 쓰고 있었다.

"다리가."

"중상이 아니어야 할 텐데요. 담배 한 대 피우시겠습니까?"

"고맙네."

"운전병 둘을 잃었다고 들었습니다."

"그래. 한 명은 죽었고, 다른 한 명은 자네를 데려온 그 병사지."

"지독하게 운이 나빴군요. 우리가 구급차를 몰고 갈까요?"

"그걸 부탁하려던 참이었어."

"조심히 몰고 가서 빌라에 반납하겠습니다. 206호죠?"

"그래."

"아름다운 곳입니다. 그 근처에서 뵌 적 있습니다. 미국인이시라던데."

"응."

"저는 영국인입니다."

"그럴 리가!"

"아니요, 영국인 맞습니다. 이탈리아인이라고 생각하셨습니까? 우리 부대에 이탈리아인이 몇 명 있긴 합니다만."

"자네가 우리 구급차를 몰아준다니 다행이군." 내가 말했다.

"아주 조심히 다루겠습니다," 그는 허리를 펴고 일어섰다. "이 사람이 중위님을 꼭 만나달라고 간청했습니다." 그는 고르디니의 어깨를 가볍게 두드렸다. 고르디니는 움찔하더니 미소지었다. 영국인은 능숙하고 완벽한 이탈리아어를 구사했다. "이제 전부 해결됐군. 당신 *중위님*도 만났고. 우리가 차량 두 대를 인수하기로 했어. 이제 걱정 말라고," 그는 잠시 말을 멈췄다. "여기서 모시고 나가려면 해야 할 일이 있습니다. 의무대 사람들을 만나봐야겠습니다. 우리가 후송해드리겠습니다."

그는 부상자들 사이를 조심스럽게 디뎌 구호소로 걸어갔다. 그리고 걸어놓은 담요를 들추고 새어나오는 불빛 속으로 들어갔다.

"저 친구가 돌봐드릴 겁니다, *중위님*." 고르디니가 말했다.

"자네는 어때, 프랑코?"

"저는 괜찮습니다." 그는 내 옆에 앉았다. 잠시 후 구호소 입구에 걸어놓은 담요가 들리며 들것병 둘과 키 큰 영국인이 나왔다. 그가 들것병들을 내게 데려왔다.

"미국인 *중위*시다." 그가 이탈리아어로 말했다.

"나는 나중에 가는 게 낫겠어," 내가 말했다. "나보다 부상이 훨씬 심한 사람들이 많아. 나는 괜찮아."

"자, 어서요," 그가 말했다. "영웅심은 버리십시오." 그러고는 이탈리아어로 말했다. "다리는 아주 조심해서 들어. 다리 통증이 심하시니까. 윌슨 대통령의 아드님이시다." 그들이 나를 들어올려 구호소 안으로 옮겼다. 모든 수술대에서 수술이 한창이었다. 키 작은 소령이 화가 난 듯 우리를 쳐다보았다. 그는 나를 알아보고 겸자를 흔들었다.

"*괜찮은가Ça va bien?*"

"*괜찮습니다Ça va.*"

"제가 모셔왔습니다," 키 큰 영국인이 이탈리아어로 말했다. "미국 대사님의 외아드님입니다. 치료 준비가 될 때까지 여기 있게 해주십시오. 끝나면 제가 첫번째 차로 후송하겠습니다," 그가 내 위로 허리를 숙였다. "제가 부사관을 찾아 서류를 준비시키죠, 그러면 훨씬 빨리 처리될 겁니다." 그는 몸을 굽혀 밖으로 나갔다. 소령은 겸자들을 풀어 대야에 떨어뜨렸다. 나는 그의 손동작을 눈으로 좇았다. 이제 그는 붕대를 감고 있었다. 들것병들이 그 부상자를 수술대에서 내렸다.

"제가 미국인 *중위*를 맡겠습니다." 군의관 대위 하나가 말했다. 그들은 나를 수술대에 올려놓았다. 딱딱하고 미끄러웠다. 화학약품 냄새와 들척지근한 피냄새 등 온갖 냄새가 진동했다. 그들이 내 바지를 벗기고 군의관 대위가 치료를 하며 부사관에게 상태를 구술했다. "좌우 대퇴부, 좌우 무릎 및 우측 다리 다수 외상. 우측 무릎과 우측 발에 깊은 상처. 두피 열상(그가 탐침으로 조사했다—"아픈가?"—"젠장, 아픕니다!)과 두개골에 골절 가능성. 전투중 부상. 이렇게 해둬야 자해로 군법회의에 회부될 염려가 없거든." 그가 말했다. "브랜디 한잔하겠나? 대체 어쩌다 이 지경이 된 건가? 뭘 하다가 그랬나? 자살하려고 했나? 파상풍 주사 준비해주게, 양쪽 다리에 십자 표시를 해두고. 고맙네. 상처를 깨끗이 닦고 붕대를 감아주지. 자네 피는 아주 보기 좋게 응고됐군."

부사관, 서류에서 얼굴을 들고, "부상 원인은요?"

군의관 대위, "뭐에 맞았나?"

나, 눈을 감은 채, "참호용 박격포입니다."

대위, 조직을 잘라내는 듯 끔찍하게 아픈 뭔가를 하며—"확실한가?"

나—살이 잘릴 때 뱃속이 뒤집히는 것 같았지만 아닌 척하며, "그럴 겁니다."

군의관 대위—(뭔가 발견하고 흥미를 보이며), "적이 쏜 참호용 박격포 파편들이군. 원하면 이런 게 좀더 있는지 찾아보겠지만 그럴 필요까진 없겠지. 여기다 바르고—그래 아픈가? 좋아, 나중에 느낄 고통에 비하면 이건 아무것도 아니야. 통증은 아직 시작도 안 됐어. 이 사람에게 브랜디 한 잔 가져다주게. 충격은 고통을 완화해주지. 하지만 괜찮아. 감염만 안 되면 걱정할 게 없어. 근래에는 그런 일이 별로 없으니까. 여기 머리는 어때?"

"이런 젠장!" 내가 말했다.

"그럼 브랜디는 많이 마시지 않는 게 좋겠어. 골절이라면 염증을 조심해야 하니까. 여기는?"

온몸에 식은땀이 솟았다.

"빌어먹을!" 내가 말했다.

"골절이 맞나보군. 붕대를 감을 테니 머리 움직이지 말게." 그는 아주 재빠르게 손을 놀려 붕대를 감았고 점점 팽팽하고 단단해졌다. "좋아, 행운을 빌겠네, *프랑스 만세*."

"저 친구는 미국인이야." 다른 대위가 말했다.

"프랑스인이라고 들었던 것 같은데. 프랑스어를 했잖아," 대위가 말했다. "전에 본 적도 있어. 나는 전부터 이 친구가 프랑스인인 줄 알았어." 그는 코냑을 반잔 들이켰다. "중상자부터 데려오게. 파상풍 약도 더 가져오고." 대위가 나를 손으로 가리켰다. 병사들이 나를 들어올렸고 구호소를 나올 때 걸려 있던 담요 자락이 내 얼굴을 스쳤다. 밖으로 나오자 부사관이 누운 내 옆에 무릎을 꿇고는 "성이 뭡니까?" 하고 부드럽게 물었다. "중간이름은? 이름은? 계급은? 출생지는? 병과는? 소속은?" 등이 이어졌다. "머리 부상은 유감입니다, *중위님*. 점차 좋아지실 겁니다. 영국군 구급차로 후송해드리겠습니다."

"나는 괜찮아," 내가 말했다. "정말 고맙네." 소령이 말했던 통증이 시작됐고 그러자 주위에서 일어나는 어떤 일에도 관심이나 흥미를 가질 수 없었다. 얼마 후 영국군 구급차가 도착하자 병사들이 나를 들것에 실어 구급차 높이로 들어올린 뒤 그대로 안으로 밀어넣었다. 내 옆에 들것이 하나 더 있었는데 얼굴에 붕대를 감은 남자의 밀랍같이 창백한 코만 보였다. 그는 아주 힘겹게 숨을 쉬었다. 위쪽에는 쇠사슬로 고정한 들것들이 있었다. 키 큰 영국인 운전병이 다가와 안을 들여다보았다. "아주 조심해서 몰겠습니다," 그가 말했다. "편안하시도록." 그가 앞좌석에 타 시동을 걸고 브레이크를 풀고 클러치를 밟는 것이 느껴졌고 우리는 출발했다. 나는 가만히 누운 채 고통이 오는 대로 내버려두었다.

구급차는 달리다가 오르막에서 길이 혼잡해지자 속도를 줄이고 이따금 멈추기도 하고 후진하기도 했지만 마침내 꽤 빠른 속도로 달려올라갔다. 뭔가 뚝뚝 떨어지는 것 같았다. 처음에는 천천히 규칙적으로 떨어지다가 곧 후드득 쏟아졌다. 나는 운전병에게 소리쳤다. 그는 차를 멈추고 운전석 뒤 구멍으로 돌아보았다.

"무슨 일입니까?"

"내 위쪽 들것에 누운 사람이 피를 흘리고 있어."

"정상까지 멀지 않습니다. 저 혼자서는 들것을 꺼낼 수도 없습니다." 그는 다시 차를 출발시켰다. 출혈은 계속되었다. 어두워서 머리 위 들것의 어디쯤에서 떨어지는지도 알 수 없었다. 떨어지는 피를 맞지 않으려고 나는 몸을 옆으로 움직였다. 피가 흘러든 셔츠 안이 미지근하고 끈적끈적했다. 춥고 다리가 몹시 아팠다. 잠시 후 머리 위쪽 들것에서 떨어지던 피가 줄어들더니 다시 뚝뚝 방울로 떨어졌고, 위쪽 들것에 누운 사람이 한결 편한 자세를 취한 듯 캔버스 천이 스치는 소리와 움직임이 느껴졌다.

"그 사람은 어떻습니까?" 영국인이 뒤쪽에 대고 물었다. "정상에 거의 다 왔습니다."

"죽은 것 같아." 내가 말했다.

핏방울은 해가 진 뒤 고드름에서 떨어지는 물방울처럼 아주 천천히 떨어지고 있었다. 어두운 밤 오르막을 오르는 구급차 안은 추웠다. 언덕 꼭대기 대기소에 도착하자 병사들이 그 들것을 내가고 다른 들것을 실었고 우리는 계속 달려갔다.

10

야전병원 병동에서 내게 오후에 문병객이 올 거라고 알려주었다. 무더운 날이었고 병실에는 파리가 들끓었다. 나를 담당하는 당번병이 종이를 가늘게 잘라 막대기 끝에 묶어 파리 쫓는 채를 만들었다. 나는 파리들이 날아가 천장에 앉는 것을 보았다. 파리를 쫓아주던 당번병이 잠들자 파리들이 다시 내려왔고 나는 입으로 바람을 불어 파리를 쫓다가 결국 두 팔로 얼굴을 가리고 잠을 청했다. 날은 찌는 듯했고 잠이 깨자 다리가 가려웠다. 당번병을 깨우자 붕대 위에 광천수를 부어주었다. 침대가 젖으면서 시원해졌다. 잠이 깬 우리는 병상 너머로 이야기를 나눴다. 오후는 조용했다. 오전에는 간호병 셋과 군의관 하나가 차례로 병상을 돌면서 환자를 침대에서 내려 치료실로 데려갔고 상처를 치료하는 동안 침상이 정돈되었다. 치료실에 다녀오는 건 별로 유쾌한 일이 아니었는데, 나는 환자가 침대가 있을 때도 자리를 정돈할 수 있다는 것을 나중에야 알았다. 당번병이 물을 끼얹어 침대가 시원하고 쾌적해지자 당번병에게 발바닥의 가려운 데를 알려주며 긁어달라고 하고 있는데, 그때 군의관이 리날디를 데리고 들어왔다. 리날디는 아주 재빠르게 들어와 침대 위로 몸을 굽혀 내게 키스했다. 장갑을 끼고 있었다.

"안녕, 베이비? 기분은 좀 어때? 이걸 가져왔지—" 코냑 한 병이었다. 그는 당번병이 의자를 가져오자 앉았다. "좋은 소식도 가져왔어. 자네가 훈장을 받게 됐어. *실버훈장*이면 좋을 텐데 브론즈일지도 몰라."

"뭘 했다고?"

"중상을 입었잖아. 영웅적인 행동을 했다는 걸 증명한다면 실버를 받을 수 있어. 안 그러면 브론즈일 거고. 무슨 일이 있었는지 정확히 말해봐. 영웅적인 행동을 했나?"

"아니," 내가 말했다. "우린 치즈를 먹다가 포탄에 맞았을 뿐이야."

"진지하게 생각해봐. 그전이나 그후에 분명 뭔가 영웅적인 행동을 했을 거야. 잘 떠올려봐."

"안 했어."

"누굴 업고 옮기지 않았나? 고르디니는 자네가 여러 명을 업어 날랐다던데, 제1구호소 군의관 소령이 그건 불가능했을 거라고 말하긴 했지만. 표창추천서에 그 사람이 서명을 해야 하거든."

"나는 아무도 업어 나르지 않았어. 움직일 수도 없었다고."

"그건 상관없어." 리날디가 말했다.

그는 장갑을 벗었다.

"자네가 실버를 받도록 해줄 수 있을 것 같은데. 남들 먼저 하라고 치료를 양보하지 않았어?"

"단호하게 한 건 아니야."

"그건 중요하지 않아. 어쩌다가 다쳤는지 생각해봐. 늘 최전선에 가겠다고 자청한 자신의 용감한 행동을 한번 생각해보라고. 게다가 공격 작전도 성공했어."

"무사히 강을 건넌 건가?"

"아주 성공적이었지. 포로도 천 명 가까이 잡았어. 관보에도 나왔는데. 못 봤어?"

"못 봤는데."

"내가 가져다주지. 성공적인 기습이었어."

"다른 상황은 어때?"

"잘 돌아가. 다들 아주 좋아. 모두 자네를 자랑스러워하고 있어. 어떻게 부상을 당한 건지 자세히 말해봐. 분명 실버를 받을 수 있을 거야. 말해보라고. 하나도 빠뜨리지 말고 말해줘." 그는 잠시 말을 멈추고 생각에 잠겼다. "어쩌면 영국 훈장도 탈 수 있을지 몰라. 거기 영국인 병사도 한 명 있었잖아. 그 친구를 만나서 자네를 추천해줄 수 있는지 물어봐야겠군. 뭔가 해줄 수 있을 거야. 많이 아파? 한잔해. 당번병, 코르크 따개 좀 가져다주겠나. 아, 자네가 소장을 3미터나 잘라내는 내 수술 솜씨를 봤어야 하는 건데. 〈랜싯〉*에 실릴 만한 거였어. 자네가 번역해준다면 〈랜싯〉에 기고할 생각이야. 내 의술은 나날이 좋아지고 있어. 가여운 우리 베이비, 좀 어때? 빌어먹을 코르크 따개는 어디 있는 거야? 자네가 너무 용감하게 견디니까 아프다는 것도 잊어버리게 되잖아." 그가 장갑으로 침대 가장자리를 철썩 쳤다.

"코르크 따개 가져왔습니다, *중위님*." 당번병이 말했다.

"병을 따줘. 잔도 가져오고. 마셔, 베이비. 다친 머리는 어때? 자네 서류를 봤어. 골절은 전혀 없더군. 제1구호소 그 소령은 돼지 잡는 푸주한 같아. 나라면 자네를 아프지 않게 치료했을 텐데. 나는 누구도 아프게 하지 않아. 그러는 방법을 배우고 있거든. 나날이 더 능숙하게 치료하는 요령을 깨우치고 있지. 말이 너무 많더라도 좀 참아줘, 베이비. 심한 부상을 당한 걸 보니까 너무 마음이 아파서 그래. 자, 이걸 마셔.

---

* 영국왕립의학회에서 펴내는 의학 잡지.

좋은 거야. 15리라나 줬어. 그러니 당연히 좋겠지. 별 다섯 개짜리야. 여기서 나가면 나는 그 영국인을 만날 거고 그 친구가 영국 훈장을 받도록 도와줄 거야."

"영국은 그런 일에 훈장을 주지 않아."

"너무 겸손한 거 아닌가. 연락 장교를 그리로 보내야겠어. 영국인을 다룰 줄 아는 사람이거든."

"혹시 미스 바클리 봤나?"

"여기 데려와주지. 당장 가서 데려올게."

"가지 마," 내가 말했다. "고리치아 얘기나 해줘. 아가씨들은 잘 있나?"

"아가씨들은 없다고 봐야지. 이 주 동안 아가씨들이 한 번도 바뀌지 않았거든. 나는 이제 거기 안 가. 민망해서. 아가씨들이 아니라 오래된 전우들이야."

"전혀 안 가?"

"새로 온 아가씨가 있나 확인차 갔었지. 잠깐 들렀어. 모두 자네 안부를 묻더군. 거기서 너무 오래 머물다 모두와 친구가 돼버렸으니 민망한 일이야."

"아가씨들이 더는 전선에 오지 않으려고 하나보지."

"아니, 오려고 해. 아가씨들은 많아. 관리 방법이 이상한 거지. 후방 참호에 들어앉아 있는 놈들 위안거리로 붙잡아두는 거야."

"불쌍한 리날디," 내가 말했다. "새 아가씨들도 없이 혼자 전선에 있다니."

리날디는 코냑을 한 잔 더 따랐다.

"이 정도는 나쁘지 않을 거야, 베이비. 마셔."

코냑이 들어가자 뱃속까지 따뜻해지는 것 같았다. 리날디는 또 한 잔을 따랐다. 아까보다 말수가 줄었다. 그가 잔을 들었다. "자네의 영광스러운 부상을 위해. 실버훈장을 위해. 말해봐, 베이비, 이렇게 더운 날 종일 누워만 있으려니 화나지 않아?"

"때로는."

"난 이렇게 누워 있는 건 상상도 할 수 없어. 나라면 미쳐버릴 거야."

"자네는 이미 미쳤지."

"자네가 돌아오면 좋겠어. 연애질하다 밤중에 돌아오는 녀석도 없어. 놀려줄 사람도 없고. 돈을 빌려주는 사람도 없고. 피를 나눈 형제도 없고 룸메이트도 없잖아. 대체 왜 부상 따위를 당한 거야?"

"신부를 놀려주면 될 텐데."

"그 신부 말이군. 신부를 놀리는 사람은 내가 아니야. 대위지. 나는 그 신부를 좋아해. 신부가 필요하면 그 사람을 부르면 되겠군. 자네를 만나러 올 거야. 뭔가 거창하게 준비하고 있던데."

"나도 그 신부 좋아해."

"오, 그럴 줄 알았어. 가끔 자네하고 그 신부가 그렇고 그런 사이가 아닌가 생각했어. 알지?"

"설마."

"아니, 진짜 그래. 안코나 여단 제1연대 녀석들처럼 말이야."

"아, 꺼져버려."

그는 일어나서 장갑을 꼈다.

"자네를 놀리는 건 너무 재밌어, 베이비. 신부나 영국 여자를 가지고 말이지, 사실 자네 속은 나랑 똑같아."

"아니, 달라."

"아니야, 그래. 자네는 진정한 이탈리아인이야. 연기를 뿜으며 활활 타지만 속은 텅 비었지. 자네는 미국인인 척할 뿐이야. 우리는 형제이고 서로 사랑하지."

"내가 없는 동안 얌전히 지내." 내가 말했다.

"미스 바클리를 보낼게. 나 없는 데서 미스 바클리와 있는 게 좋겠지. 자네가 더 순수하고 친절하니까."

"아, 꺼지라고."

"보내줄게. 자네의 사랑스럽고 멋진 여신. 영국의 여신. 맙소사, 그런 여자에게 남자가 숭배 말고 뭘 할 수 있겠어? 영국 여자를 달리 어디다 쓰겠느냐고?"

"무식하고 입 더러운 데이고*."

"뭐라고?"

"무식한 와프**."

"와프라니. 그럼 자네는 얼음 얼굴의…… 와프야."

"무식한 놈. 멍청이." 이 말에 그가 발끈하는 것을 보고 나는 계속했다. "못 배웠어. 경험도 없고, 경험이 없으니 어리석지."

"진심인가? 그럼 나도 자네의 착한 여인에 대해 한마디할까. 자네의 그 여신들에 대해. 착해빠진 아가씨를 취하는 것과 여인을 취하는 것의 차이는 딱 하나야. 아가씨와는 골치가 아파. 그게 다야." 그가 장갑

---

* 이탈리아인, 스페인인, 포르투갈인을 속되게 이르는 말.

** 이탈리아인을 속되게 이르는 말.

으로 침대를 철썩 쳤다. “그리고 아가씨가 정말로 그걸 좋아할지 그렇지 않을지는 절대 알 수 없지.”

“화내지 마.”

“화난 거 아니야. 나는 다만 자네를 위해 말해주는 거야, 베이비. 고생을 덜어주려고.”

“그게 유일한 차이라고?”

“그래. 하지만 자네 같은 수백만의 바보는 그걸 모르지.”

“알려줘서 고맙군.”

“말싸움 그만하자고, 베이비. 나는 자네를 아주 사랑해. 하지만 바보가 되진 마.”

“알았어. 자네처럼 현명해질게.”

“화내지 마, 베이비. 웃어. 한잔하고. 이제 진짜 가봐야 해.”

“자네는 좋은 친구야.”

“이제야 아는군. 근본적으로 우린 똑같다니까. 전우지. 작별키스해줘.”

“자넨 애정 표현이 과해.”

“아니. 내가 정이 더 많은 거지.”

나는 그의 숨결이 다가오는 것을 느꼈다. “잘 있어. 곧 또 보러 올게.” 그의 숨결이 멀어졌다. “원하지 않으면 키스는 안 할게. 자네의 영국 여자는 보내주지. 안녕, 베이비. 코냑은 침대 밑에 있어. 얼른 낫고.”

그는 갔다.

11

신부가 온 것은 해가 질 무렵이었다. 수프가 나오고 얼마 뒤 그릇이 치워진 다음 나는 한 줄로 늘어선 침대들을 보다가 창문 너머로 저녁 미풍에 가볍게 흔들리는 나무 우듬지를 바라보며 누워 있었다. 창문으로도 바람이 불어들었고 저녁이 되자 더 서늘해졌다. 파리들이 천장과 전선에 매달린 전구들 위에 앉아 있었다. 전구는 밤중에 누군가 입실하거나 뭔가 일을 할 때만 켜졌다. 해가 져서 어둠이 내리고 그 어둠이 이어지자 아주 어린 시절로 돌아간 기분이 들었다. 일찌감치 저녁을 먹고 나서 침대에 눕혀진 것 같았다. 당번병이 침대들 사이로 걸어와 옆에 멈춰 섰다. 누군가 함께 있었다. 신부였다. 작은 체구에 가무잡잡한 얼굴의 신부가 어색한 표정으로 서 있었다.

"좀 어떠십니까?" 신부가 물었다. 그러고는 침대 옆 바닥에 작은 꾸러미들을 내려놓았다.

"괜찮습니다, 신부님."

그는 아까 리날디를 위해 가져다놓은 의자에 앉아 어색한 듯 창밖을 내다보았다. 얼굴이 몹시 피곤해 보였다.

"잠깐만 있겠습니다," 신부가 말했다. "너무 늦은 시간이라."

"늦지 않았습니다. 장교식당 친구들은 잘 있습니까?"

그는 미소지었다. "여전히 저를 놀리고 있죠," 목소리도 피곤하게 들렸다. "다행히 모두 잘 지냅니다."

"괜찮다니 정말 다행입니다," 그가 말했다. "고통스럽지 않으면 좋겠네요." 그는 몹시 피곤해 보였는데 나는 그의 그런 모습을 처음 보는 것 같았다.

“이젠 아프지 않습니다.”

“식당에 갈 때마다 중위님이 생각납니다.”

“저도 그곳에 있고 싶네요. 신부님과 대화하는 게 늘 큰 즐거움이었는데.”

“변변치 않지만 몇 가지 가져왔습니다.” 그는 꾸러미를 집어들었다. “이건 모기장. 이건 베르무트*입니다. 베르무트 좋아하시죠? 이건 영국 신문들이고요.”

“풀어서 보여주십시오.”

신부는 기뻐하며 꾸러미를 풀었다. 나는 모기장을 집어들었다. 신부는 베르무트병을 들어 보여준 뒤 다시 침대 옆 바닥에 내려놓았다. 나는 영국 신문들 중 하나를 집어들었다. 창문으로 들어오는 흐릿한 빛 쪽으로 신문을 돌리자 헤드라인을 읽을 수 있었다. 〈뉴스 오브 더 월드〉였다.

“다른 신문들에는 삽화가 있죠.” 신부가 말했다.

“신문을 다 읽다니 정말 기쁘군요. 어디서 구하셨습니까?”

“메스트레에서 보내온 겁니다. 좀더 받을 거고요.”

“이렇게 와주셔서 정말 기쁩니다, 신부님. 베르무트 한잔하시겠어요?”

“고맙습니다. 그냥 넣어두십시오. 중위님을 위한 거니까.”

“아니요, 드십시오.”

“그럴까요. 다음에 또 가져오면 되죠.”

---

* 와인에 향료 등을 가미한 혼성주.

당번병이 잔을 가져오고 병을 땄다. 그가 코르크를 부러뜨리는 바람에 남은 부분은 병 속으로 밀어넣어야 했다. 신부는 실망한 표정이었지만 이렇게 말했다. “괜찮아요. 상관없습니다.”

“신부님의 건강을 위해.”

“중위님의 쾌유를 위해.”

신부는 마신 뒤에도 잔을 들고 있었고, 우리는 서로를 마주보았다. 우리는 종종 이야기도 나누고 좋은 친구로 지냈지만 오늘밤은 그러기가 어려웠다.

“무슨 일 있습니까, 신부님? 무척 피곤해 보입니다.”

“피곤하지만, 제가 그럴 권리가 있나요.”

“더위 때문이겠죠.”

“아닙니다. 아직 봄이잖아요. 그냥 기분이 가라앉네요.”

“전쟁 혐오증이군요.”

“아닙니다. 전쟁이 싫긴 하지만.”

“저도 좋아하지 않습니다.” 내가 말했다. 그는 고개를 저으며 창밖을 내다보았다.

“중위님은 신경쓰지 않는 것 같은데요. 알지도 못하고요. 용서하십시오. 부상당한 사람한테.”

“그저 사고였죠.”

“부상을 당했다고 해도 중위님은 전쟁을 몰라요. 저는 알죠. 전쟁을 직접 보지는 못하지만 조금은 느낄 수 있습니다.”

“제가 부상을 당할 때 모두 그런 얘기를 하고 있었어요. 파시니가 얘기하고 있었죠.”

신부는 잔을 내려놓았다. 그는 다른 생각에 잠겨 있었다.

"저는 병사들을 이해합니다. 저도 똑같거든요." 그가 말했다.

"신부님은 다르죠."

"하지만 사실 저도 병사들과 다를 게 없습니다."

"장교들이야말로 아무것도 모르죠."

"어떤 장교들은 압니다. 감정이 아주 예민해서 우리 중 누구보다 전쟁을 혐오하죠."

"대부분은 아닙니다."

"교육이나 돈 때문이 아니에요. 다른 게 있습니다. 교육을 받고 돈이 있다고 해도 파시니 같은 사람은 장교가 되려고 하지 않았을 겁니다. 저도 장교가 되고 싶지 않았고요."

"신부님 계급은 장교입니다. 저도 장교이고요."

"실제로는 아니죠. 중위님은 이탈리아인도 아니잖아요. 외국인이죠. 하지만 중위님은 병사보다는 장교 쪽에 가까워요."

"뭐가 다르죠?"

"쉽게 설명할 수가 없군요. 세상에는 전쟁을 일으키는 사람들이 있습니다. 이 나라에는 그런 사람들이 많죠. 하지만 전쟁을 하지 않으려는 사람들도 있습니다."

"첫번째 사람들이 나머지 사람들에게 전쟁을 시키는 거군요."

"맞습니다."

"그리고 저는 그들을 돕고요."

"중위님은 외국인이에요. 애국자이고."

"전쟁을 하지 않으려는 사람들이, 그 사람들이 전쟁을 멈추게 할 수 있을까요?”

“모르겠습니다.”

그는 다시 창밖을 내다보았다. 나는 그의 얼굴을 살펴보았다.

“그 사람들이 전쟁을 멈출 수 있었던 적이 있었습니까?”

“그 사람들은 전쟁을 멈출 만큼 조직화되어 있지도 않고, 조직화된다 해도 그 사람들의 지도자가 그들을 배반할 겁니다.”

“그렇다면 희망이 없는 겁니까?”

“아주 없는 건 아니죠. 하지만 가끔 희망을 품을 수 없을 때가 있습니다. 늘 희망을 가지려고 애쓰지만 때로는 그게 안 돼요.”

“전쟁이 끝날지도 모르잖습니까.”

“그렇게 되길 바라죠.”

“그렇게 되면 뭘 하실 생각인가요?”

“가능하다면 아브루치로 돌아갈 겁니다.”

신부의 가무잡잡한 얼굴이 갑자기 환해졌다.

“아브루치를 사랑하는군요?”

“그럼요. 무척 사랑하죠.”

“그럼 꼭 가야죠.”

“그럼 더없이 행복할 겁니다. 거기서 살면서 하느님을 사랑하고 섬길 수 있다면.”

“존경도 받으면서요.” 내가 말했다.

“네, 존경받으면서요. 못 그럴 것도 없겠죠?”

“못 그럴 이유가 없죠. 신부님은 존경받아야 합니다.”

“아무래도 상관없습니다. 우리 고향에서는 남자가 하느님을 사랑할 수도 있다는 걸 이해합니다. 이건 상스러운 농담이 아니에요."

"압니다."

신부가 나를 보며 미소지었다.

"알지만 하느님을 사랑하지는 않죠."

"네."

"전혀 사랑하지 않습니까?" 그가 물었다.

"때로 밤중에 그분이 두렵다는 생각이 들긴 합니다."

"그분을 사랑해야 합니다."

"저는 누구든 별로 사랑하지 않습니다."

"아닙니다," 신부가 말했다. "중위님도 사랑을 할 겁니다. 밤에 들려준 이야기들. 그건 사랑이 아니에요. 열정과 정욕일 뿐입니다. 사랑을 하면 그 사랑을 위해 뭔가 하고 싶어지죠. 그것을 위해 희생하고 싶어집니다. 봉사하고 싶어집니다."

"저는 사랑하지 않아요."

"하게 될 겁니다. 꼭 그럴 거예요. 그러면 행복해질 거고요."

"저는 행복합니다. 늘 행복했고요."

"그건 다른 겁니다. 느껴보기 전에는 그것을 알 수 없어요."

"글쎄요," 내가 말했다. "만약 그런 사랑을 하게 되면 신부님에게 알려드리죠."

"너무 오래 있으면서 말이 많았네요." 신부는 자신이 정말 그랬을까봐 걱정했다.

"아닙니다. 가지 마십시오. 여자를 사랑하는 건 어떨까요? 제가 진심으로 한 여자를 사랑하게 된다면 그런 행복을 느낄까요?"

"그건 모르겠군요. 여자를 사랑해본 적이 없어서."

"어머니는요?"

"그렇죠, 어머니는 당연히 사랑했죠."

"신부님은 늘 하느님을 사랑했습니까?"

"아주 어릴 때부터요."

"음," 내가 말했다. 무슨 말을 해야 할지 몰랐다. "착한 아이로군요." 내가 말했다.

"맞습니다," 그가 말했다. "하지만 중위님은 저를 아버지*라고 부르죠."

"그게 예의니까요."

신부는 미소지었다.

"이제 정말 가봐야겠습니다," 그가 말했다. "뭐 제가 해드릴 건 없습니까?" 그는 기대에 차서 물었다.

"없습니다. 이야기 나누는 것만으로도 충분합니다."

"장교식당 친구들에게 안부 전하겠습니다."

"여러 가지 좋은 선물들 고맙습니다."

"별것도 아닌데요."

"또 와주십시오."

"그러죠. 그럼 가보겠습니다." 그는 내 손등을 가볍게 두드렸다.

"안녕히 가십시오." 나는 사투리로 말했다.

"*차우*." 신부가 대답했다.

---

* 신부와 아버지를 뜻하는 'father'를 가지고 한 농담.

이제 병실은 컴컴했고 침대 발치에 앉아 있던 당번병이 일어나 신부와 함께 나갔다. 나는 신부를 무척 좋아했고 그래서 그가 언젠가 아브루치에 돌아갈 수 있길 바랐다. 식당에서 고약한 놀림을 받으면서도 잘 견디며 지내는 그가 고향에서는 어떤 모습으로 지낼지 생각해보았다. 그는 나에게 카프라코타 마을 아래쪽 냇가에 송어가 산다고 말했었다. 그 마을에서는 밤중에 피리를 부는 게 금지라고도 했다. 젊은 남자가 연인에게 세레나데를 불러줄 때도 피리만은 안 된다는 것이었다. 나는 왜냐고 물었다. 소녀들이 밤에 피리 소리를 듣는 것이 좋지 않기 때문이라고 했다. 그곳 농부들은 길에서 낯선 사람을 만나면 모자를 벗어 '*나리*'라고 부르며 인사를 한다. 그의 아버지는 매일 사냥을 나가고 농부의 집에서 점심을 먹는다. 농부들은 그것을 영광으로 생각한다. 외국인이 사냥을 하려면 체포된 적 없다는 증명서를 제출해야 한다. 그란사소디탈리아에는 곰들이 살지만 그곳은 너무 멀다. 아퀼라는 아름다운 마을이다. 여름밤은 시원하고 아브루치의 봄은 이탈리아에서도 가장 아름답다. 그러나 무엇보다 근사한 계절은 밤나무숲으로 사냥을 갈 수 있는 가을이다. 새들은 포도를 먹어 고기가 맛있고 농부들은 자기 집에서 식사를 대접하는 것을 언제나 영광으로 생각하기 때문에 점심은 싸갈 필요가 없다. 얼마 후 나는 잠이 들었다.

12

병실은 길고 오른쪽에 창문들이 있고 맨 끝에 치료실로 통하는 문이 있었다. 내 침대가 있는 줄은 창을 마주보고 창문 아래쪽에 있는 다른 줄은 벽을 향하고 있었다. 왼쪽으로 누우면 치료실 문이 보였다. 또다른 끝에도 문이 하나 더 있는데 가끔 그 문으로 사람들이 들어왔다. 죽음이 임박한 사람이 있으면 침대 주위로 장막을 쳐 보이지 않도록 하기 때문에 군의관들과 간호병들의 신발과 각반이 보이고 이따금 그들이 중얼거리는 소리만 들렸다. 그러고 나면 신부가 장막 뒤에서 나오고 이어 간호병들이 장막 뒤로 다시 들어가 담요를 덮은 시체를 들고 나와 침대들 사이 통로로 운반했고, 그런 다음에는 누군가가 장막을 걷어 가지고 나갔다.

그날 아침 병동 책임자인 소령이 내게 다음날 이동할 수 있겠느냐고 물었다. 나는 할 수 있다고 대답했다. 그러자 아침 일찍 나를 후송하겠다고 했다. 그는 날씨가 너무 더워지기 전에 떠나는 게 나을 거라고 말했다.

사람들이 나를 침대에서 들어올려 치료실로 데려갈 때 창밖으로 마당에 새로 만든 무덤이 보였다. 한 병사가 마당 쪽 문밖에 앉아 십자가를 만들고 마당에 묻힐 병사들의 이름과 계급, 소속 연대를 페인트로 적고 있었다. 병원에서 심부름도 하는 그 병사는 언젠가 여가 시간에 내게 오스트리아군 소총의 빈 탄창으로 라이터를 만들어주었었다. 군의관들은 무척 친절하고 유능해 보였다. 그들은 더 성능이 좋은 엑스레이 장비가 있고 또 수술 후 물리치료도 받을 수 있는 밀라노로 나를 보내고 싶어했다. 나도 밀라노에 가고 싶었다. 공격이 개시되면 병원에 있는 모든 침대가 필요해지기 때문에 그들은 되도록이면 우리를 후방으로 보내려 했다.

야전병원을 떠나기 전날 밤, 리날디가 장교식당 친구인 소령을 데리고 찾아왔다. 두 사람은 얼마 전 밀라노에 생긴 미군 병원으로 내가 후송될 거라고 말했다. 미국 구급차 부대가 파견될 예정인데 이 병원에서 그 부대와 이탈리아군에 복무하는 미국인들을 맡는다는 것이었다. 적십자사에는 미국인이 많았다. 미국은 독일에 선전포고를 했지만 오스트리아에는 하지 않은 상태였다.

이탈리아인들은 미국이 오스트리아에도 선전포고할 거라 확신했고 미군이 온다는 소식에 무척 흥분했다. 심지어 적십자조차 반겼다. 그들은 윌슨 대통령이 오스트리아에 선전포고할 것 같으냐고 물었고 나는 시간문제라고 대답했다. 미국이 오스트리아에 척진 게 뭐가 있는지 모르지만 독일에 선전포고를 했다면 오스트리아에도 하는 것이 당연한 순리 같았다. 그들은 터키에도 선전포고를 할 것 같으냐고 물었다. 나는 그럴 것 같지는 않다고 대답했다. 터키는 미국의 국민 새이기 때문이라고 말했지만*, 그들이 이 농담을 제대로 알아듣지 못해 당황하고 의아스럽다는 표정을 짓자 나는 그렇다고, 아마 터키에도 선전포고할 것 같다고 대답했다. 그럼 불가리아에는? 이미 브랜디를 몇 잔 마신 나는 당연히 미국은 불가리아에도 일본에도 선전포고할 거라고 말했다. 하지만 일본은 영국의 동맹국인데, 그들이 말했다. 영국놈들을 어떻게 믿어. 일본은 하와이를 원합니다, 내가 말했다. 하와이가 어디 있지? 태평양에 있잖아요. 일본이 왜 거길 원하는데? 진짜로 원하는 건 아니죠, 나는 말했다. 소문이 그렇단 거죠. 일본인은 춤과 약한 와인을

* 터키(turkey)는 칠면조를 의미하는 단어이기도 하다.

좋아하는 키 작고 흥미로운 사람들입니다. 프랑스인과 비슷하군, 소령이 말했다. 우리는 프랑스에게서 니스와 사부아를 빼앗을 거야. 또 코르시카와 아드리아해 전 연안을 점령할 거야, 리날디가 말했다. 이탈리아가 로마의 영광을 되찾는 거지, 소령이 말했다. 저는 로마가 싫어요, 내가 말했다, 더운데다 벼룩 천지죠. 로마가 싫다고? 아니, 나는 로마가 좋아. 로마는 모든 국가의 어머니지. 나는 테베레강의 젖을 먹고 자란 로물루스*를 잊을 수가 없어. 뭐라고요? 아무것도 아니야. 모두 같이 로마로 가자. 오늘밤 로마로 가서 다시는 돌아오지 말자. 로마는 아름다운 도시지, 소령이 말했다. 모든 국가의 어머니이자 아버지죠, 내가 말했다. 로마는 여성형이야, 리날디가 말했다. 아버지는 될 수 없어. 그럼 아버지는 누구지, 성령인가? 신을 모독하지 마. 모독하는 게 아니라 알고 싶어서 물어본 거야. 자네 취했군, 베이비. 누가 나를 이렇게 만들었는데? 내가 그랬지, 소령이 말했다. 자네를 사랑하고 미국이 참전해주었으니까 취하게 한 거지. 완전히 취했죠, 내가 말했다. 자네는 아침에 떠나, 베이비, 리날디가 말했다. 로마로, 내가 말했다. 아니, 밀라노로. 밀라노로 가는 거야, 소령이 말했다. 수정궁으로, 코바로, 캄파리로, 비피로, 갈레리아로**. 운이 좋은 친구야. 그란이탈리아에도 가야죠, 내가 말했다. 가서 조지에게 돈을 빌릴 겁니다. 스칼라극장에도 가, 리날디가 말했다. 스칼라에는 가야지. 매일 밤 갈 거야, 내가 말했다. 매일 밤 가기에는 돈이 부족할걸, 소령이 말했다.

---

* 로마를 건국한 전설상의 인물. 바구니에 담겨 테베레강에 버려지고 늑대 젖을 먹고 자랐으나 작가가 혼동함.

** 모두 밀라노의 명소들.

표가 아주 비싸거든. 할아버지 이름으로 일람불어음*을 끊을 겁니다, 내가 말했다. 뭐? 일람불어음이요. 할아버지가 돈을 내주시거나 제가 감옥에 가겠죠. 은행의 커닝엄씨가 해줄 겁니다. 저는 일람불어음으로 살거든요. 이탈리아를 살리려다가 죽음에 처한 이 애국자 손자를 할아버지가 설마 감옥에 보내겠습니까? 미국의 가리발디 만세, 리날디가 말했다. 일람불어음 *만세*, 내가 말했다. 조용히 좀 하게, 소령이 말했다. 조용히 해달라고 벌써 여러 번 지적받았네. 정말 내일 떠나는 건가, *페데리코*? 미군 병원으로 간다잖습니까, 리날디가 말했다. 예쁜 간호사들이 있는 곳으로요. 턱수염 난 야전병원 간호병들이 아니라요. 그래, 그래, 소령이 말했다, 미군 병원으로 가는 건 알고 있어. 나는 간호병들 턱수염 같은 건 신경쓰지 않아, 내가 말했다, 소령님은 왜 턱수염을 기르지 않습니까? 방독면이 잘 안 들어가잖아. 아니요 들어갑니다. 방독면에는 뭐든 들어가요. 저는 방독면 속에다 토한 적도 있는데요. 목소리 좀 낮춰, 베이비, 리날디가 말했다. 자네가 전선에 있었다는 건 모르는 사람이 없으니까, 오, 나의 착한 베이비, 자네가 가고 없으면 나는 어쩌지? 우린 이제 가야겠어, 소령이 말했다. 점점 감상적이 되어가고 있잖아. 들어봐, 깜짝 놀랄 소식이 있어. 자네의 영국 여자. 알지? 자네가 매일 밤 병원으로 만나러 가던 그 영국인. 그 여자도 밀라노에 간다는군. 또 한 사람과 함께 미군 병원으로 옮긴대. 밀라노에는 미국에서 아직 간호사들이 도착하지 않았다거든. 오늘 그들 부서 책임자와 얘기를 나눴어. 여기 전선에 여자들이 너무 많다나. 일부를

* 어음 제시 즉시 현금을 지급받는 어음.

후방으로 돌려보낸다고 하더군. 어때, 베이비? 잘됐지. 안 그래? 자네는 이제 큰 도시로 나갈 거고 꼭 껴안아줄 영국 여자도 있어. 대체 나는 왜 부상도 안 당하는 거야? 그렇게 될 수도 있어, 내가 말했다. 우린 이제 가야 해, 소령이 말했다. 술 마시고 떠들어대면서 *페데리코*를 괴롭혔군. 가지 마십시오. 안 돼, 가야 해. 잘 있게. 행운을 빌어. 재미 많이 봐. *차우*. *차우*. *차우*. 빨리 돌아와, 베이비. 리날디가 내게 키스했다. 리졸 냄새가 나는군. 안녕, 베이비. 안녕. 재미 많이 봐. 소령이 내 어깨를 두드렸다. 그들은 발끝으로 조용히 걸어나갔다. 나는 꽤 취했지만 곧 잠이 들었다.

다음날 아침 우리는 밀라노를 향해 출발했고 사십팔 시간 뒤 도착했다. 고된 여행이었다. 메스트레에 도착하기 직전 기차는 오랫동안 대피선에서 기다려야 했고, 아이들이 몰려와 열차 안을 기웃거렸다. 나는 한 사내아이에게 코냑을 사다달라고 했는데 아이는 돌아와 그라파밖에 구할 수 없다고 말했다. 그것이라도 사오라고 다시 보냈고 아이가 술을 사오자 거스름돈을 심부름값으로 주고 옆자리 사람과 나눠 마신 뒤 술에 취해 비첸차까지 잠을 자다가 깨어 바닥에 토했다. 옆자리 친구가 벌써 몇 번이나 토해놓았기 때문에 문제될 것도 없었다. 그후 갈증을 견딜 수 없어 베로나 교외 정거장에서 열차 옆을 왔다갔다하고 있던 병사를 불러 물을 얻어 마셨다. 나는 술에 취한 옆자리 친구 조르제티를 깨워 물을 권했다. 그는 어깨에 물을 부어달라더니 다시 잠이 들었다. 물을 준 병사는 내가 준 동전을 받지 않으려 했고 도리어 과육이 꽉 찬 오렌지를 주었다. 과즙을 빨아먹고 찌꺼기는 뱉어내면서 나는 아까 그 병사가 화물열차 옆을 걸어다니는 모습을 바라보았고 잠시 후 열차가 덜컹거리더니 출발했다.

2부

13

우리는 이른 아침 밀라노에 도착해 화물 조차장에 내려졌다. 나는 구급차에 실려 미군 병원으로 갔다. 들것에 실린 채 구급차를 타고 있었기 때문에 시내 어디를 지나는지 알 수 없었지만 들것을 내리자 장터와 문을 연 와인 가게 앞에서 청소하는 아가씨가 보였다. 사람들이 거리에 물을 뿌리고 있어 이른 아침 냄새가 풍겼다. 병사들은 들것을 내려놓고 안으로 들어갔다. 그들이 수위와 함께 나왔다. 회색 콧수염을 기른 수위는 도어맨 모자를 쓰고 위에는 셔츠만 입고 있었다. 들것이 승강기 안에 들어가지 않자 그들은 나를 들것에서 내려 승강기로 올라갈지, 들것에 태운 채 계단으로 올라갈지 상의했다. 나는 그들의 대화에 귀를 기울였다. 그들은 승강기 쪽으로 결정하고 나를 들것에서 들어올렸다. "조심해줘." 내가 말했다. "살살 해달라고."

승강기 안은 사람들로 혼잡했고, 나는 다리가 굽혀져서 몹시 아팠다. "다리를 펴줘." 내가 말했다.

"그럴 수가 없습니다, *중위님*. 그럴 수 있는 공간이 없습니다." 나를 안고 있던 병사가 말했고 나는 그의 목에 팔을 감고 있었다. 내 얼굴에 닿는 그의 입김에서 마늘과 레드와인 향이 섞인 금속 냄새가 났다.

"살살 해." 다른 병사가 말했다.

"살살 하고 있어, 개자식아!"

"살살 해." 내 다리를 붙잡은 병사가 다시 말했다. 승강기 문이 닫히고 철창이 내려오자 수위가 4층 버튼을 눌렀다. 그는 걱정스러운 표정을 짓고 있었다. 승강기가 천천히 올라갔다.

"무겁나?" 나는 마늘 냄새를 풍기는 병사에게 물었다.

"괜찮습니다." 그가 대답했다. 그는 얼굴에 땀을 흘리며 끙끙대고 있었다. 승강기가 천천히 올라가 멈췄다. 내 다리를 붙잡은 병사가 승강기 문을 열고 밖으로 나갔다. 발코니였다. 놋쇠 손잡이가 달린 문이 몇 개 있었다. 다리를 붙잡은 병사가 벨을 눌렀다. 안쪽에서 벨소리가 울렸다. 아무도 나오지 않았다. 그때 수위가 계단으로 올라왔다.

"사람들은 어디 있습니까?" 들것병이 물었다.

"모르겠는데요," 수위가 말했다. "다들 아래층에서 자거든요."

"누구라도 좀 데려와요."

수위가 벨을 누르고 문을 두드리더니 문을 열고 안으로 들어갔다. 그는 안경을 쓴 중년 여자를 데리고 나왔다. 올린 머리가 헝클어져 반쯤 흘러내린 여자는 간호사 제복을 입고 있었다.

"못 알아듣겠어요," 그녀가 말했다. "이탈리아어를 몰라요."

"제가 영어를 합니다," 내가 말했다. "이 사람들은 저를 어딘가에 내려놓으려고 해요."

"준비된 병실이 없어요. 환자가 오는 줄 몰랐거든요." 그녀는 머리를 매만지며 근시의 눈으로 나를 보았다.

"저를 내려놓을 수 있게 아무데라도 좋으니 알려주십시오."

"저는 몰라요," 그녀가 말했다. "환자가 올 줄 몰랐어요. 아무데나 들일 순 없어요."

"어떤 데라도 상관없습니다," 내가 말했다. 그러고는 수위에게 이탈리아어로 말했다. "빈방을 찾아봐줘요."

"전부 비어 있습니다," 수위가 말했다. "당신이 첫번째 환자거든요." 그는 모자를 손에 들고 중년의 간호사를 바라보았다.

"제발 아무데라도 들어가게 해줘요."

굽혀진 다리에 통증이 계속되고 뼛속까지 치고 나오는 것 같았다. 수위가 문 안으로 들어가자 머리가 희끗한 여자도 따라들어갔고, 수위는 서둘러 다시 나왔다. "따라오십시오." 그가 말했다. 그들은 기다란 복도를 지나 블라인드가 쳐진 어느 방으로 나를 들고 갔다. 새로 들인 가구 냄새가 났다. 침대와 거울이 달린 커다란 옷장이 있었다. 그들이 나를 침대에 눕혔다.

"시트는 못 드려요," 여자가 말했다. "넣어놓고 모두 잠가버렸거든요."

나는 대꾸하지 않았다. "내 주머니에 돈이 있습니다," 나는 수위에게 말했다. "단추를 잠근 주머니 속에." 수위가 돈을 꺼냈다. 들것병 둘은 모자를 손에 쥔 채 침대 옆에 서 있었다. "저 친구들에게 5리라씩 주고 당신도 5리라 가져요. 내 서류는 다른 쪽 주머니에 있어요. 그걸 저 간호사에게 건네주겠습니까."

들것병들은 거수경례를 하고 고맙다고 인사했다. "잘 가게," 내가 말했다. "정말 고마웠네." 그들은 다시 한번 경례하고 밖으로 나갔다.

"그 서류에는," 나는 간호사에게 말했다. "제 증상과 치료 경과가 적혀 있습니다."

여자는 서류를 들고 안경 너머로 들여다보았다. 서류는 세 장이고 모두 접혀 있었다. "뭘 어떻게 해야 할지 모르겠어요," 그녀가 말했다. "이탈리아어를 못 읽거든요. 의사의 지시 없이는 아무것도 할 수 없단 말이에요." 그녀는 울먹이며 앞치마 주머니에 서류를 집어넣었다. "미국분인가요?" 그녀가 울면서 물었다.

"네. 서류는 침대 옆 탁자에 놔두세요."

병실은 어둡고 서늘했다. 침대에 누우니 반대쪽 벽에 걸린 커다란 거울이 보였지만 무엇이 비치는지는 볼 수 없었다. 수위는 침대 옆에 서 있었다. 그는 인상이 좋고 무척 친절했다.

"이제 가도 좋습니다," 나는 그에게 말했다. "당신도요," 간호사에게도 말했다. "성함이?"

"워커예요."

"가셔도 됩니다, 워커 부인. 저는 좀 자야겠어요."

나는 병실에 혼자 남았다. 서늘한데다 병원 냄새도 나지 않았다. 매트리스는 단단하고 편안했고 나는 거의 숨도 쉬지 않고 가만히 누워 통증이 가라앉는 것을 느끼며 안도감에 젖었다. 잠시 후 물을 마시고 싶어 둘러보다 침대 옆 줄에 달린 벨을 발견하고 눌렀지만 아무도 오지 않았다. 나는 잠이 들었다.

잠이 깨자 주위를 둘러보았다. 덧문 사이로 햇살이 들이비쳤다. 커다란 옷장과 휑한 벽, 의자 두 개가 보였다. 지저분한 붕대가 감긴 내 다리는 침대 밖으로 삐죽 튀어나와 있었다. 나는 다리를 움직이지 않으려고 조심했다. 목이 말라서 팔을 뻗어 벨을 눌렀다. 문 열리는 소리가 나서 돌아보니 간호사였다. 젊고 아름다운 여자였다.

"안녕하세요." 내가 말했다.

"안녕하세요," 그녀가 인사하고 침대로 다가왔다. "의사 선생님과는 아직 연락이 안 됐어요. 코모호수에 가셨거든요. 환자가 온다는 걸 아무도 몰랐어요. 어디가 아프시죠?"

"부상입니다. 다리와 발과 머리에."

"성함은요?"

"헨리. 프레더릭 헨리입니다."

"몸을 닦아드릴게요. 하지만 선생님이 오실 때까지 드레싱 부위는 건드릴 수 없어요."

"미스 바클리가 여기 있습니까?"

"아니요. 그런 이름을 가진 사람은 없어요."

"제가 들어왔을 때 울었던 여자분은 누굽니까?"

간호사는 웃었다. "워커 부인이에요. 야간근무를 하고 지금은 주무세요. 환자가 오리라곤 생각도 못했거든요."

이야기하는 동안 그녀는 내 옷을 벗겼고, 붕대 부분을 제외한 온몸을 아주 부드럽고 능숙하게 닦아주었다. 몸을 닦자 기분이 무척 상쾌했다. 머리에도 붕대를 감고 있었지만 그녀는 가장자리를 돌아가며 깨끗이 닦아주었다.

"어디서 부상당하셨어요?"

"플라바 북쪽 이손초에서요."

"거기가 어딘데요?"

"고리치아 북쪽이에요."

그녀는 그중 어느 곳도 모르는 게 분명했다.

"많이 아프세요?"

"아닙니다. 이젠 그렇게 심하지 않아요."

그녀는 내 입에 체온계를 물렸다.

"이탈리아인들은 겨드랑이에 꽂던데요." 내가 말했다.

"말하지 말아요."

그녀는 체온계를 꺼내 숫자를 읽고는 흔들었다.

"몇 도예요?"

"환자에게는 알려드리지 않아요."

"몇 도인지 말해줘요."

"거의 정상이에요."

"열은 난 적 없어요. 두 다리에는 낡은 강철 파편이 잔뜩 박혀 있지만."

"무슨 말이에요?"

"박격포 파편이며 낡은 나사못이며 침대 스프링 같은 것들이 박혀 있단 말입니다."

그녀는 고개를 내저으며 미소지었다.

"다리에 이물질이 박혔다면 염증이 생겨 열이 났을 거예요."

"좋아요," 내가 말했다. "뭐가 나올지 두고 봅시다."

그녀는 병실에서 나가더니 새벽에 보았던 중년의 간호사와 함께 돌아왔다. 그들은 나를 그대로 둔 채 침대를 정돈해주었다. 나에게는 새로운 일이었는데 솜씨가 훌륭했다.

"여기 책임자는 누구입니까?"

"미스 밴 캠펀이에요."

"간호사는 몇 분이죠?"

"우리 둘뿐이에요."

"좀더 오지 않나요?"

"몇 명 더 올 거예요."

"언제 오죠?"

"모르겠어요. 아픈 분이 질문도 많군요."

"저는 아픈 게 아닙니다," 내가 말했다. "부상당한 거지."

침대 정돈이 끝나고 나는 깨끗하고 감촉이 좋은 시트를 깔고 또 한 장은 덮고 누워 있었다. 워커 부인이 나가더니 파자마 상의를 가지고 돌아왔다. 그들이 파자마를 입혀주자 아주 깨끗해지고 옷을 갖춰 입은 느낌이 들었다.

"정말 친절하군요," 내가 말했다. 미스 게이지라는 간호사가 킥킥 웃었다. "물 좀 마실 수 있을까요?" 내가 물었다.

"물론이죠. 그리고 아침식사를 하셔야죠."

"아침 생각은 없는데요. 덧문 좀 열어주겠어요?"

덧문을 열자 어두웠던 병실 안으로 환한 햇살이 들어왔고 발코니 너머로 기와지붕들과 굴뚝들이 내다보였다. 기와지붕 위로 흰 구름과 청명한 하늘이 보였다.

"다른 간호사들이 언제 오는지 아십니까?"

"왜요? 우리가 잘 못해주나요?"

"아주 잘해주고 있죠."

"환자용 변기 사용하시겠어요?"

"한번 해보죠."

그들이 부축하며 도와주었지만 소용이 없었다. 그후 나는 누운 채 열린 창문으로 발코니 쪽을 내다보고 있었다.

"의사는 언제 옵니까?"

"오셔야 오시는 거죠. 코모호수로 전화해두었어요."

"다른 의사들은 없나요?"

"그분이 이 병원 담당 선생님이세요."

미스 게이지가 물주전자와 컵을 가져왔다. 나는 석 잔을 마셨고 간호사들이 나가자 창밖을 좀더 바라보다가 다시 잠들었다. 점심을 조금 먹었고 오후에는 관리책임자인 밴 캠펀이 나를 보러 왔다. 그녀는 나를 좋아하지 않았고 나도 그녀가 마음에 들지 않았다. 그녀는 몸집이 작고 의심이 많고 자신의 능력에 비해 지위가 낮다고 생각했다. 그녀는 많은 질문을 했고 내가 이탈리아군에 있는 것을 다소 수치스럽게 생각하는 것 같았다.

"식사 때 와인을 마셔도 됩니까?" 내가 물었다.

"의사 선생님 허락이 있을 때만요."

"의사가 올 때까지는 마실 수 없다는 건가요?"

"절대 안 돼요."

"오긴 오는 겁니까?"

"코모호수로 전화해뒀어요."

그녀가 나가고 미스 게이지가 돌아왔다.

"왜 미스 밴 캠펀에게 무례하게 구셨어요?" 그녀는 아주 능숙하게 어떤 처치를 한 뒤 내게 물었다.

"그럴 생각은 아니었어요. 하지만 좀 거만하더군요."

"미스 밴 캠펀은 당신이 거만하고 무례하다던데요."

"안 그랬어요. 하지만 의사도 없는 병원이 말이 됩니까?"

"오신다니까요. 코모호수로 전화해뒀어요."

"거기서 뭘 한답니까? 수영이라도 하나요?"

"아니에요. 그곳에도 진료소가 있어요."

"왜 의사를 더 구하지 않죠?"

"쉿. 쉿. 얌전히 계시면 선생님이 곧 오실 거예요."

나는 수위를 불러달라고 했고 그가 오자 와인 가게에 가서 친차노 한 병과 키안티 피에스코*, 그리고 석간신문을 사다달라고 이탈리아어로 부탁했다. 그는 밖으로 나가더니 잠시 후 술병을 신문지에 싸서 가져와 신문지를 벗겼고, 나는 그에게 코르크마개를 따서 와인과 베르무트를 침대 밑에 놓아달라고 부탁했다. 사람들이 나가고 혼자 남자 나는 침대에 누운 채 잠시 신문을 펼쳐 전선 소식이며 전사한 장교들의 명단이며 그들에게 수여된 훈장 목록을 읽다가 침대 밑으로 손을 뻗어 친차노병을 배 위에 올려놓고 시원한 유리컵도 배에 두고 조금씩 마시면서 병실 바깥 지붕들 위로 어둠이 내리는 것을 바라보았는데 술을

* 짚으로 둘러싼 플라스크 형태의 병.

마시는 동안에도 병을 그대로 두었기 때문에 배에 둥그런 자국이 생겼다. 나는 원을 그리며 빙빙 도는 제비들과 지붕 위를 날아다니는 쏙독새들을 바라보며 친차노를 마셨다. 미스 게이지가 유리잔에 에그노그*를 담아 가지고 왔다. 그녀가 들어오는 것을 보고 나는 베르무트병을 침대 반대쪽에 내려놓았다.

"미스 밴 캠펀이 셰리를 좀 넣었어요." 그녀가 말했다. "그분에게 무례하게 대하시면 안 돼요. 나이가 적지도 않고 이 병원에서 막중한 책임을 맡고 있는 분이라고요. 워커 부인은 너무 나이가 드셔서 별 도움이 안 되고요."

"훌륭한 분이군요." 내가 말했다. "정말 고맙다고 전해줘요."

"곧 저녁식사를 가져올게요."

"괜찮아요." 내가 말했다. "배고프지 않아요."

그녀는 저녁식사 쟁반을 들고 와 침대 옆 탁자에 올려놓았고 나는 고맙다고 하고 조금 먹었다. 이윽고 밖이 어두워지자 하늘에 탐조등 불빛이 움직이는 것이 보였다. 그것을 잠깐 바라보다 잠이 들었다. 딱 한 번 식은땀을 흘리며 놀라서 깼지만 깊은 잠을 잤고 꿈을 꾸지 않으려고 애쓰며 다시 잠을 청했다. 나는 해가 뜨기 한참 전에 눈을 떠 수탉들의 울음소리를 들었고 동이 틀 때까지 깨어 있었다. 피곤했던 나는 주위가 완전히 환해지고 나서야 다시 잠이 들었다.

---

* 브랜디나 럼주에 우유, 크림, 설탕, 거품 낸 달걀 따위를 섞어 만든 식전주.

14

잠에서 깼을 때는 병실 안에 햇살이 가득했다. 나는 순간 전선으로 다시 돌아왔다고 생각하며 침대에서 기지개를 켰다. 다리가 아팠고 아직 더러운 붕대가 감긴 다리를 내려다본 뒤에야 내가 있는 곳이 어딘지 생각났다. 손을 뻗어 줄에 달린 벨을 눌렀다. 복도에서 찌르릉 하고 벨소리가 나더니 고무창을 댄 신발을 신은 누군가가 복도를 걸어오는 소리가 들렸다. 미스 게이지였는데 밝은 햇살 아래서 보니 나이가 좀 더 들어 보이고 그리 예쁘지도 않았다.

"안녕하세요." 그녀가 말했다. "잠은 잘 주무셨나요?"

"네. 정말 고마워요." 내가 말했다. "이발사를 부를 수 있을까요?"

"어떤가 보러 왔었는데 침대에 이걸 놔둔 채 주무시던데요."

그녀가 옷장 문을 열고 베르무트병을 꺼냈다. 거의 비어 있었다. "침대 밑에 있던 다른 술병도 여기 넣어뒀어요." 그녀가 말했다. "왜 잔을 달라고 하지 않았어요?"

"못 마시게 할 거라고 생각했거든요."

"함께 마셔드릴 수도 있었는데."

"좋은 분이군요."

"혼자서 마시는 건 좋지 않아요." 그녀가 말했다. "절대 그러지 마세요."

"알았어요."

"중위님 친구라는 미스 바클리가 왔어요." 그녀가 말했다.

"정말입니까?"

"네. 마음에 안 드는 사람이에요."

"좋아하게 될 겁니다. 아주 좋은 사람이에요."

그녀는 고개를 저었다. "당연히 좋은 사람이겠죠. 이쪽으로 몸을 돌릴 수 있어요? 좋아요. 아침식사 전에 몸을 닦아드릴게요." 그녀가 따뜻한 물을 적셔 비누질한 천으로 나를 닦아주었다. "어깨를 들어봐요," 그녀가 말했다. "좋아요."

"아침식사 전에 이발사를 부를 수 있을까요?"

"수위에게 데려오라고 할게요." 그녀가 나갔다가 돌아왔다. "데리러 갔어요." 그러면서 들고 있던 천을 대야 물에 담갔다.

이발사가 수위와 함께 들어왔다. 끝이 위로 말린 콧수염을 기른 쉰 살쯤 된 남자였다. 미스 게이지가 일을 마치고 나가자 이발사가 내 얼굴에 비누 거품을 바르고 수염을 깎기 시작했다. 그는 아주 근엄하고 말수가 적었다.

"무슨 일 있습니까? 들은 소식은 없나요?" 내가 물었다.

"무슨 소식 말입니까?"

"무엇이든요. 시내에서 무슨 일 있었습니까?"

"지금은 전시입니다," 그가 말했다. "사방에 적의 귀가 있습니다."

나는 그를 올려다보았다. "얼굴을 움직이지 마십시오," 그는 말하고 면도를 계속했다. "나는 아무것도 말하지 않겠습니다."

"대체 무슨 일입니까?" 내가 물었다.

"나는 이탈리아인입니다. 적과는 소통하지 않습니다."

나는 그만두었다. 미친 사람이라면 조금이라도 빨리 면도날 아래서 벗어나는 게 나았다. 한번은 그의 얼굴을 제대로 보려 했다. "조심하십시오," 그가 말했다. "날이 날카롭습니다."

면도가 끝나자 나는 요금을 지불하고 팁으로 반 리라를 주었다. 그는 동전을 돌려주었다.

"받지 않겠습니다. 전선에 있지는 않지만 나는 이탈리아인이니까요."

"썩 꺼져주십시오."

"허락하신다면," 그는 이렇게 말하고 면도칼을 신문지로 쌌다. 그리고 동전 다섯 닢을 침대 옆 탁자에 그대로 둔 채 나갔다. 나는 벨을 눌렀다. 미스 게이지가 들어왔다. "수위 좀 불러주겠습니까?"

"그러죠."

수위가 들어왔다. 그는 웃음을 참느라 애쓰고 있었다.

"그 이발사 미친 사람 아닙니까?"

"아닙니다, *시뇨리노**. 그 사람은 착각한 겁니다. 제대로 알아듣지 못하고 제가 당신을 오스트리아 장교라고 말한 줄 알았답니다."

"아." 내가 말했다.

"하 하 하," 수위는 웃음을 터뜨렸다. "웃기는 사람입니다. 이발사 말이 당신이 까딱만 했으면 아마 자기가—" 그는 검지로 목을 그었다.

"하 하 하," 그는 웃음을 참느라 애썼다. "오스트리아인이 아니라고 했더니. 하 하 하."

"하 하 하," 나는 씁쓸하게 웃으며 말했다. "내 목을 그었다면 참 웃겼겠네요, 하 하 하."

"아닙니다, *시뇨리노*. 아닙니다, 아니에요. 그 사람은 오스트리아인

---

* 젊은 남성에 대한 존칭.

을 무척 무서워하거든요. 하 하 하."

"하 하 하," 나도 웃었다. "이만 나가보세요."

그가 나간 뒤에도 복도에서 웃는 소리가 들렸다. 다른 누군가가 복도를 걸어오는 소리가 들렸다. 나는 문 쪽을 보았다. 캐서린 바클리였다.

그녀가 병실로 들어와 침대로 다가왔다.

"안녕, 달링?" 그녀가 말했다. 그녀는 생기 있고 젊고 무척 아름다웠다. 나는 그렇게 아름다운 여자를 처음 보는 기분이었다.

"안녕." 내가 말했다. 나는 그녀를 본 순간 사랑에 빠졌다. 내 안의 모든 것이 요동쳤다. 그녀는 문 쪽을 바라보고 아무도 없는 것을 확인하자 침대 가장자리에 앉아 몸을 숙여 내게 키스했다. 그녀를 끌어당겨 키스하자 내 가슴에서 그녀의 심장이 뛰는 것이 느껴졌다.

"귀여운 사람," 내가 말했다. "당신을 여기서 보다니 정말 멋지지 않아?"

"여기 오는 건 별로 어렵지 않았어요. 오래 있긴 어려울 수도 있지만."

"당신은 여기 있어야 해," 내가 말했다. "아, 당신은 정말 멋져." 나는 그녀에게 완전히 빠졌다. 그녀가 진짜 여기 있다는 것이 믿기지 않아 꽉 끌어안았다.

"안 돼요," 그녀가 말했다. "당신은 아직 환자예요."

"괜찮아. 이리 와요."

"아니에요. 아직 당신은 기력이 없어요."

"아니, 괜찮아요. 그렇다니까. 제발."

"나를 사랑해요?"

"정말 사랑해. 미치도록. 이리 와요 제발."

"우리 심장이 뛰는 소리를 느껴봐요."

"그런 건 아무래도 상관없어. 나는 당신을 원해. 미치도록 당신을 원해."

"정말 나를 사랑해요?"

"그런 말 좀 그만해요. 얼른. 제발. 제발, 캐서린."

"좋아요, 하지만 잠깐만이에요."

"좋아," 내가 말했다. "문을 닫아요."

"안 돼요. 이러면 안 돼요."

"어서 와. 말은 하지 말고. 제발, 어서."

캐서린은 침대 옆 의자에 앉아 있었다. 문은 복도를 향해 열려 있었다. 격정의 순간이 지났고 나는 전에 없이 기분이 좋았다.

그녀가 물었다. "이젠 내가 당신을 사랑한다는 걸 믿어요?"

"아, 당신은 정말 사랑스러워," 내가 말했다. "당신은 꼭 여기 있어야 해. 누구도 당신을 다른 데로 보낼 수 없어. 나는 미치도록 당신을 사랑하니까."

"우리 정말 조심해야 해요. 좀전의 일은 진짜 미친 짓이었어. 다시는 그러면 안 돼."

"밤에는 괜찮을 텐데."

"아주 조심해야 한다고요. 다른 사람들 앞에서 조심해줘요."

"그러지."

"꼭 그래야 해요. 내 사랑. 당신 나 사랑하죠?"

"이제 그 말은 좀 그만해요. 그 말을 들을 때마다 내 기분이 어떤지 당신은 모를 거야."

"그럼 조심할게요. 당신이 싫다는 건 하고 싶지 않으니까. 이제 정말 가야 해요."

"곧 돌아와줘."

"가능하면 다시 올게요."

"안녕."

"안녕, 내 사랑."

그녀는 나갔다. 하늘에 맹세하지만 나는 그녀와 사랑에 빠지고 싶지 않았다. 어느 누구와도 사랑에 빠지고 싶지 않았다. 그런데 하늘에 맹세하지만 나는 사랑에 빠지고 말았고 밀라노의 어느 병실 침대에 누워 있는 나의 머릿속에는 온갖 상념이 오갔지만 그래도 행복했다. 이윽고 미스 게이지가 들어왔다.

"의사 선생님이 오신대요," 그녀가 말했다. "코모호수에서 전화하셨어요."

"언제 도착하죠?"

"오늘 오후에 오실 거예요."

15

오후까지는 아무 일도 없었다. 의사는 마르고 말이 없고 키가 작은 사람인데 전쟁에 불안을 느끼는 것 같았다. 그는 불쾌감을 세련되고 섬세하게 감추며 내 허벅지에서 작은 강철 파편 여러 개를 끄집어냈다. '스노snow'인지 뭔지 하는 국소마취제를 사용했는데, 눈처럼 조직을 얼려 탐침이나 메스나 핀셋을 살에 대도 통증을 느끼지 않게 해주는 마취제였다. 마취 부위는 환자도 분명히 알 수 있었는데, 얼마쯤 시간이 지나자 의사의 허약한 섬세함도 바닥이 났는지 엑스레이를 찍어 보는 것이 좋겠다고 말했다. 탐침으로는 충분하지 않다는 것이었다.

엑스레이는 마조레병원에서 찍었는데 담당의사는 다혈질에 유능하고 쾌활한 사람이었다. 어깨를 들어올려 찍기 때문에 환자도 기계를 통해 큰 이물질들 중 일부는 직접 볼 수 있었다. 찍은 원판들은 나중에 보내준다고 했다. 그는 자기 수첩에 내 이름과 소속 연대, 소감을 적어달라고 했다. 그는 내 몸속에 있는 이물질들이 추하고 고약하고 끔찍하다고 단언했다. 오스트리아군은 개자식들이죠. 제가 몇 명이나 죽였느냐고요? 나는 한 명도 죽이지 않았지만 그를 즐겁게 해주려는 마음에―수두룩하게 죽였다고 대답했다. 미스 게이지가 함께 있었는데 의사는 그녀에게 팔을 두르며 클레오파트라보다 더 예쁘다고 말했다. 그녀가 그 말을 알아들었을까? 옛날 이집트 여왕 클레오파트라. 그렇다, 하늘에 맹세하지만 그녀는 정말 예뻤다. 우리는 구급차를 타고 작은 우리 병원으로 돌아왔고 잠시 후 나는 또 사람들에게 들려 한바탕 난리를 피우며 위층 내 침대에 다시 눕혀졌다. 엑스레이 사진은 그날 오후에 왔는데, 그날 오후에 꼭 보내겠다던 의사가 약속을 지킨 것이었다. 캐서린 바클리가 그것을 내게 보여주었다. 그녀는 빨간 봉투에서 원판을 꺼내 불빛에 비췄고 우리는 함께 들여다보았다.

"이게 당신 오른쪽 다리예요." 그녀는 이렇게 말하고 사진을 다시 봉투에 넣었다. "이건 왼쪽 다리고요."

"그건 치워두고," 내가 말했다. "침대로 와."

"안 돼요," 그녀가 말했다. "이걸 보여주려고 잠깐 온 거예요."

그녀는 나가고 나는 자리에 누웠다. 무더운 오후였고 침대에 누워 있으려니 지겨웠다. 수위를 불러 살 수 있는 신문은 다 사다달라고 부탁했다.

그가 돌아오기 전에 의사 셋이 병실에 들어왔다. 진찰 경험이 부족한 의사들은 서로 상의하고 도우려는 경향이 있다는 것을 나는 알고 있었다. 맹장수술도 제대로 할 줄 모르는 의사가 편도선수술도 잘 못하는 의사를 추천하는 것이다. 이 세 사람이 그런 의사들이었다.

"바로 이 젊은이입니다." 섬세한 손을 가진 이 병원 담당의사가 말했다.

"안녕하십니까?" 턱수염을 기른 키 크고 몸이 마른 의사가 말했다. 엑스레이 사진이 들어 있는 빨간 봉투를 든 세번째 의사는 아무 말도 하지 않았다.

"붕대를 풀어볼까요?" 턱수염 의사가 물었다.

"그러죠. 붕대를 풀어줘요, 간호사." 담당의사가 미스 게이지에게 말했다. 미스 게이지가 붕대를 풀었다. 나는 내 다리를 내려다보았다. 야전병원에서 보았을 때는 오래되어 신선하지 않은 고기로 만든 햄버그스테이크 같았었다. 지금은 딱지가 앉았고 무릎이 붓고 색이 변하고, 종아리는 움푹 꺼졌지만 고름은 없었다.

"아주 깨끗해," 담당의사가 말했다. "아주 깨끗하고 괜찮군요."

"음," 턱수염 의사가 말했다. 세번째 의사는 담당의사 어깨너머로 살펴보았다.

"무릎을 움직여봐요." 턱수염 의사가 말했다.

"움직일 수가 없습니다."

"관절을 테스트해볼까요?" 턱수염 의사가 물었다. 그의 소매에는 별 세 개에 옆으로 줄 하나가 있었다. 선임대위라는 뜻이었다.

"그래야죠." 담당의사가 말했다. 두 사람이 내 오른쪽 다리를 잡고 조심스럽게 구부렸다.

"아픕니다." 내가 말했다.

"그래요. 그래요. 조금만 더요, 선생."

"그만하십시오. 더이상은 안 됩니다." 내가 말했다.

"부분적 관절 손상이군," 선임대위가 말했다. 그러고는 허리를 폈다. "사진을 다시 볼 수 있을까요, 선생?" 세번째 의사가 사진 중 하나를 건넸다. "아니요. 왼쪽 다리 사진을."

"그게 왼쪽인데요, 선생."

"그렇군요. 내가 다른 각도에서 봤군요." 그는 그것을 돌려주더니 또다른 사진을 한동안 들여다보았다. "보이죠, 선생?" 그는 불빛에 선명하게 비치는 둥근 형태의 이물질을 가리켰다. 그들은 사진을 한참 들여다보았다.

"한 가지 확실한 건," 턱수염 선임대위가 말했다. "시간문제라는 겁니다. 아마도 석 달, 어쩌면 여섯 달입니다."

"분명 관절액이 재형성되어야 하겠죠."

"그렇죠. 이건 시간문제입니다. 피낭이 다리의 파편을 둘러싸기 전까지는 양심상 이런 무릎을 절개할 순 없습니다."

"동의합니다, 선생."

"육 개월 동안 뭘 한다고요?" 내가 물었다.

"피낭이 이물질을 둘러쌀 때까지 육 개월은 기다려야 무릎을 안전하게 열 수 있단 말입니다."

"설마요." 내가 말했다.

"무릎을 지키고 싶겠죠, 젊은이?"

"아닙니다." 내가 말했다.

"뭐라고요?"

"잘라버리고 싶습니다," 내가 말했다. "갈고리를 달면 되니까요."

"무슨 소리를 하는 거요? 갈고리라니?"

"농담하는 겁니다," 담당의사가 말했다. 그는 내 어깨를 아주 가볍게 두드렸다. "무릎을 지키고 싶겠죠. 아주 용감한 젊은이입니다. 용맹함으로 실버훈장을 탈 거고요."

"축하합니다," 선임대위가 말했다. 그는 내게 악수를 청했다. "내가 말할 수 있는 건, 안전하게 수술하려면 적어도 여섯 달은 기다려야 한다는 겁니다. 물론 얼마든지 다른 소견을 들어봐도 좋아요."

"정말 고맙습니다," 내가 말했다. "선생님 의견을 존중합니다."

선임대위가 시계를 보았다.

"우리는 가야겠군," 그가 말했다. "행운을 빕니다."

"저도 행운을 빕니다. 고맙습니다," 내가 말했다. 나는 세번째 의사와 악수했다. "바리니 *대위요—엔리 중위입니다.*" 그리고 그들은 모두 병실에서 나갔다.

"미스 게이지," 내가 불렀다. 그녀가 들어왔다. "담당의사 선생님에게 잠깐만 다시 와달라고 전해주겠습니까."

의사가 손에 모자를 쥔 채 들어와 침대 옆에 섰다. "나를 보자고 했어요?"

"네. 저는 여섯 달이나 수술을 기다릴 수 없습니다. 세상에, 선생님은 여섯 달 동안 침대에서 누워 지내보신 적 있습니까?"

"침대에만 누워 있진 않을 겁니다. 우선 상처에 햇볕을 쬐어줘야 해요. 그런 뒤 목발을 짚고 다닐 수 있을 거고요."

"여섯 달을 기다려야 수술할 수 있다는 거죠?"

"그래야 안전합니다. 피낭이 이물질을 둘러싸고 관절액이 재형성될 때까지 시간이 필요합니다. 그런 다음 절개수술을 하는 게 안전해요."

"정말 그렇게 오래 기다려야 한다고 생각하십니까?"

"그게 안전해요."

"그 선임대위는 어떤 분입니까?"

"밀라노의 아주 훌륭한 외과의사죠."

"선임대위, 맞죠?"

"그래요, 하지만 아주 실력 좋은 외과의사예요."

"저는 선임대위에게 제 다리를 갖고 놀게 하고 싶지 않습니다. 정말 훌륭하다면 소령이 되었겠죠. 선임대위가 어떤 건지 저는 잘 압니다, 선생님."

"그 선생은 뛰어난 외과의사이고, 나라면 다른 어떤 외과의사보다 그 선생 판단에 따를 겁니다."

"다른 선생님에게 봐달라고 할 수 있을까요?"

"원한다면 가능하죠. 하지만 나라면 닥터 바렐라의 의견에 따를 겁니다.”

“다른 외과의사를 불러주실 수 있습니까?”

“발렌티니에게 부탁해보죠.”

“어떤 분입니까?”

“마조레병원의 외과의사예요.”

“좋습니다. 정말 고맙습니다. 아시겠지만, 선생님, 저는 여섯 달 동안 침대에서 누워 지낼 수는 없습니다.”

“침대에만 있지 않을 겁니다. 우선 일광욕 치료를 할 겁니다. 그러고 나서 가벼운 운동을 할 거고요. 그뒤에 피낭이 형성되면 수술을 한단 말입니다.”

“하지만 여섯 달을 기다릴 순 없습니다.”

의사는 모자를 쥔 섬세한 손가락들을 펴며 미소지었다. “그렇게 빨리 전선에 돌아가고 싶어요?”

“안 됩니까?”

“참 대단하군요,” 그가 말했다. “훌륭한 젊은이예요.” 그는 몸을 굽혀 내 이마에 아주 가볍게 키스했다. “발렌티니를 불러오죠. 걱정하지도 말고 흥분하지도 말아요. 얌전히 있어요.”

“한잔하시겠습니까?” 내가 물었다.

“아니 괜찮아요. 나는 술을 전혀 못합니다.”

“한 잔만 하십시오.” 나는 수위에게 잔을 가져오게 하려고 벨을 눌렀다.

“아니에요. 고맙지만 됐어요. 사람들이 기다리고 있어요.”

“그럼 안녕히 가십시오.” 내가 말했다.

"잘 쉬어요."

두 시간 뒤 닥터 발렌티니가 병실에 들어왔다. 그는 몹시 서둘렀고 콧수염 끝이 위를 향해 뻗어 있었다. 소령이었고, 햇볕에 그을린 얼굴은 언제나 웃음을 띠었다.

"어쩌다 이 빌어먹을 지경이 되었나?" 그가 물었다. "사진 좀 볼까. 그래. 그래. 이거로군. 자네는 염소처럼 건강하군. 저 예쁜 아가씨는 누군가? 자네 여자친구인가? 그럴 거라 생각했네. 정말 빌어먹을 전쟁이지? 이러면 아픈가? 멋진 젊은이로군. 내가 새 다리보다 더 말끔하게 고쳐주지. 여기도 아픈가? 당연히 아프겠지. 의사들은 사람들을 아프게 하는 걸 좋아해, 그 군의관들 말이야. 그 사람들이 지금까지 자네를 위해 뭘 해줬나? 저 아가씨는 이탈리아어를 못하나? 그럼 배워야지. 정말 예쁜 아가씨로군. 내가 가르쳐줄 수도 있는데. 나도 여기 환자로 들어올까. 안 되겠지, 그럼 자네들 출산을 모두 공짜로 봐줄 텐데. 저 아가씨가 내 말을 알아듣는 건가? 자네에게 귀여운 사내아이를 낳아주겠군. 자기처럼 예쁜 금발 사내아이를 말이야. 좋아. 이제 다 됐네. 참 예쁜 아가씨로군. 언제 나와 저녁식사 한번 같이하겠느냐고 물어봐주게. 아니, 자네에게서 빼앗진 않겠네. 고맙군. 아주 고맙소, 간호사. 다 됐네."

"내가 알고 싶은 건 다 알았네." 그는 내 어깨를 가볍게 두드렸다. "붕대는 풀어두게."

"한잔하시겠습니까, 닥터 발렌티니?"

"한잔? 물론이지. 열 잔이라도 마시지. 어디 있나?"

"옷장에 있습니다. 미스 바클리가 꺼내줄 겁니다."

"건배하지. 간호사, 당신에게도 건배. 정말 예쁜 아가씨야. 내가 이것보다 더 좋은 코냑을 가져다주지." 그는 콧수염을 닦았다.

"수술은 언제 할 수 있습니까?"

"내일 아침. 그전에는 안 돼. 위를 비워야 하거든. 뱃속을 씻어내야지. 아래층에 있는 나이 많은 간호사에게 지시해두지. 잘 있게. 내일 봐. 이보다 더 좋은 코냑을 가져오지. 자네는 여기서 편안하게 지내나 보군. 잘 있게. 푹 자두고. 내일 일찍 보자고." 그는 문가에서 손을 흔들었고 콧수염이 위로 뻗은 가무잡잡한 얼굴은 웃고 있었다. 소령인 그의 소매에는 사각테 안에 별이 하나 달려 있었다.

16

그날 밤 열어놓은 발코니 문으로 박쥐 한 마리가 병실로 날아들어왔고 우리는 그 문 너머로 시가지 지붕들에 내려앉은 밤 풍경을 바라보았다. 시가지 위 하늘의 희미한 빛을 빼면 병실은 온통 어두컴컴해서 박쥐는 겁내지 않고 마치 밖에 있는 듯이 구석구석 누비고 다녔다. 우리는 누워서 박쥐를 보았고 너무 꼼짝도 하지 않고 있었기 때문에 박쥐는 우리를 보지 못한 것 같았다. 박쥐가 밖으로 사라지자 탐조등이 켜지고 빛줄기가 하늘을 가로지르더니 곧 꺼지고 다시 어두워졌다. 밤바람이 가볍게 불어들었고 이웃집 옥상에 있는 대공포對空砲 대원들이 나누는 이야기 소리가 들렸다. 밤이 서늘해서 병사들은 망토를 걸치고 있었다. 밤중에 누가 올라올까봐 걱정했는데 캐서린이 모두 자고 있다고 말했다. 함께 잠이 들었다가 밤중에 눈을 떠보니 그녀가 없었고 복도에서 발소리가 들리더니 문이 열리고 그녀가 다시 침대로 돌아와서는 아래층에 내려가보았는데 모두 자고 있었다며 괜찮다고 말했다. 미스 밴 캠펀의 방 앞까지 갔는데 자는 숨소리만 들렸다고 했다. 그녀가 가져온 크래커를 함께 먹고 베르무트를 조금 마셨다. 우리는 배가 많이 고팠는데 그녀는 나에게 아침이 되면 먹은 것을 모두 비워내야 한다고 말했다. 나는 동틀 무렵에야 다시 잠이 들었고 깨어나보니 그녀는 또 없었다. 그녀는 생기 있고 사랑스러운 모습으로 다시 들어와 침대에 걸터앉았고 내가 체온계를 입에 물고 있는 동안 해가 떠올랐는데 지붕에 내린 이슬 냄새와 이웃집 옥상에 있는 대공포 대원들이 마시는 커피 향이 풍겼다.

"함께 산책을 나갈 수 있으면 좋겠어요," 캐서린이 말했다. "휠체어가 있으면 내가 밀어줄 텐데."

"휠체어에는 어떻게 앉지?"

"우리가 앉혀주면 되죠."

"그러면 공원에 나가 밖에서 아침식사를 할 수도 있겠군." 나는 열린 문 밖을 내다보았다.

"하지만 우리가 해야 할 일은," 그녀가 말했다. "당신 친구인 닥터 발렌티니가 오시기 전에 수술 준비를 하는 거예요."

"뛰어난 사람 같던데."

"나는 당신만큼 그 사람이 마음에 들진 않아요. 아주 좋은 사람 같긴 하지만."

"침대로 돌아와, 캐서린. 제발." 내가 말했다.

"그럴 수 없어요. 멋진 밤을 보냈잖아요?"

"오늘밤도 야간근무를 할 수 있을까?"

"할 수 있을 거예요. 하지만 당신이 날 원하지 않을걸요."

"아니, 원해."

"아니에요. 당신은 수술을 받아본 적이 없잖아요. 그게 어떤지 몰라요."

"괜찮을 거야."

"너무 아파서 나는 눈에도 안 들어올걸요."

"그럼 지금 와."

"안 돼요," 그녀가 말했다. "차트를 써야 해요, 달링, 그리고 당신 수술 준비도 해야 하고."

"진심으로 나를 사랑하지 않는 게 아니라면 다시 와."

"이런 철부지 같으니," 그녀는 내게 키스했다. "차트는 아무 문제 없어요. 당신 체온은 계속 정상이고요. 당신은 체온까지 정말 멋져."

"당신은 뭐든 다 좋다고 하는군."

"오, 아니에요. 정말 멋진 체온이에요. 나는 당신 체온이 정말 자랑스러워."

"우리 아이들도 건강한 체온이겠군."

"우리 아이들 체온은 고약할지도 모르죠."

"발렌티니의 수술을 위해 당신이 무슨 준비를 해야 하지?"

"별것 아니에요. 하지만 별로 유쾌하지 않은 일들이죠."

"당신이 해야 하는 게 아니면 좋겠는데."

"아니요. 나는 다른 사람이 당신 몸에 손대는 거 싫어요. 바보 같지만. 다른 사람들이 당신에게 손을 대면 아주 화가 나요."

"퍼거슨도?"

"특히 퍼거슨과 게이지와 또 한 사람, 그 사람 이름이 뭐더라?"

"워커?"

"맞아요. 이 병원에는 간호사가 너무 많아요. 환자가 더 들어오지 않으면 우리를 다른 곳으로 보낼지도 몰라요. 간호사가 넷이나 되잖아요."

"환자가 더 오겠지. 간호사도 그만큼은 필요할 거고. 꽤 큰 병원이니까."

"환자가 좀더 오면 좋겠어요. 나를 다른 곳으로 가라고 하면 어떡하죠? 환자가 더 들어오지 않으면 그럴 텐데."

"그럼 나도 가면 되지."

"바보 같은 소리 말아요. 당신은 아직 움직이지 못해. 그러니까 얼른 나아요, 달링, 그래서 어디든 가요."

"그다음에는?"

"전쟁도 끝이 나겠죠. 영원히 계속되지는 않을 테니까."

"나는 나을 거야," 내가 말했다. "발렌티니가 고쳐줄 테니까."

"그런 콧수염을 가졌으니 당연히 그래야죠. 그런데 당신, 마취할 땐 뭔가 다른 생각을 하도록 해요—우리 생각 말고. 사람들은 마취 상태에서 나오는 대로 말을 지껄이거든요."

"무슨 생각을 해야 할까?"

"뭐든요. 우리 생각만 빼고 뭐든. 당신과 가까운 사람들을 생각해요. 아니면 다른 여자라도."

"싫어."

"그럼 기도해요. 그러면 아주 멋진 인상을 줄 거예요."

"어쩌면 아무 말 안 할지도 모르지."

"맞아요. 가끔 아무 말도 하지 않는 사람들도 있죠."

"나는 안 할 거야."

"장담 말아요, 달링. 장담은 금물이에요. 당신같이 좋은 사람에게 허풍은 안 어울려요."

"한마디도 안 할 거라니까."

"또 그러네요, 달링. 그럴 필요 없다니까. 심호흡하라고 하면 기도를 하거나 시를 외워봐요. 그러면 멋진 인상을 줄 거고 나는 당신이 자랑스러울 거예요. 어쨌든 나는 당신이 자랑스러워. 당신은 멋진 체온을 가졌고 아이처럼 베개를 껴안고는 나를 안은 것처럼 잠을 자죠. 혹시 다른 아가씨인가? 예쁜 이탈리아 아가씨?"

"당신이야."

"물론 나겠죠. 아, 나는 당신을 정말 사랑하고, 발렌티니는 당신 다리를 멋지게 고쳐줄 거예요. 내가 그걸 지켜보지 않아도 된다니 다행이야."

"그럼 오늘밤 야간근무를 하겠군."

"그래요. 하지만 당신은 나를 신경도 안 쓸걸요."

"두고 보면 알겠지."

"자, 달링. 이제 몸이 안팎으로 모두 깨끗해졌어요. 말해봐요. 이제까지 사랑했던 사람이 몇 명이었어요?"

"하나도 없어."

"나도요?"

"당신은 아니지."

"정말로 몇 명인데요?"

"없었어."

"지금까지 몇 명과—그걸 뭐라고 하지?—같이 있어봤어요?"

"아무하고도."

"거짓말."

"정말인데."

"상관없어요. 계속 거짓말해요. 그게 내가 바라는 거니까. 예뻤어요?"

"아무하고도 같이 있지 않았어."

"그렇군요. 매력적인 여자들이었나요?"

"나는 그런 거 아무것도 몰라."

"당신은 내 남자예요. 그게 사실이고 당신은 이제까지 단 한 번도 다른 여자의 남자였던 적이 없어요. 하지만 그런 적이 있었더라도 상관없어요. 나는 그 여자들이 두렵지 않아요. 하지만 그 여자들 이야기는 하지 말아요. 남자가 여자와 같이 있을 때 여자는 언제 돈 이야기를 꺼내요?"

"몰라."

"물론 모르겠죠. 그 여자들도 남자에게 사랑한다고 말하나요? 말해줘요. 그건 알고 싶어요."

"하지. 남자가 원하면."

"남자도 그 여자에게 사랑한다고 말하나요? 제발 말해줘요. 이건 중요해요."

"본인이 하고 싶으면 하지."

"하지만 당신은 그런 적 없어요? 정말로?"

"없어."

"사실이 아니에요. 진실을 말해줘요"

"안 했어." 나는 거짓말했다.

"당신은 하지 않았을 거예요," 그녀가 말했다. "그럴 줄 알았어. 아, 사랑해요, 달링."

밖에는 해가 벌써 지붕 위로 떠올라 성당의 첨탑이 햇볕에 반짝이고 있었다. 나는 몸 안팎을 깨끗이 하고 의사를 기다렸다.

"그럼 이런 건가요?" 캐서린이 말했다. "여자는 남자가 원하는 말을 해줄 뿐이다?"

"늘 그렇진 않아."

"하지만 나는 그럴 거예요. 당신이 듣고 싶어하는 말을 해주고 원하는 걸 해줄게요. 그러면 당신은 절대로 다른 여자를 원하지 않겠죠?" 그녀는 행복한 얼굴로 나를 바라보았다. "당신이 원하는 걸 하고 듣고 싶어하는 말을 한다면 나는 정말 대성공이겠죠?"

"그럼."

"이제 준비는 다 됐고 혹시 내게 원하는 거 있어요?"

"다시 침대로 와줘."

"좋아요. 그럴게."

"아, 달링, 달링, 달링." 내가 말했다.

"봐요," 그녀가 말했다. "당신이 원하는 건 뭐든 해주잖아요."

"당신은 정말 사랑스러워."

"나는 아직 그게 좀 서툰 것 같아."

"당신은 사랑스러워."

"당신이 원하는 게 내가 원하는 거예요. 나라는 존재는 이제 더이상 없어. 당신이 원하는 것만 있을 뿐."

"귀여운 사람."

"나 잘하죠. 잘하지 않나요? 당신 이제는 다른 여자가 필요하지 않겠죠?"

"그럼."

"알겠죠? 나도 잘해요. 당신이 원하는 대로 하잖아."

17

수술 후 깨어나보니 나는 저세상에 가 있지 않았다. 세상을 뜨는 것이 아니었다. 다만 기절할 뿐이었다. 화학약품으로 감각이 사라질 뿐이지 죽음과는 다르고 점점 술 취한 상태와 비슷해지며 구토를 해도 담즙 외에 아무것도 나오지 않고 구토 후에도 기분이 나아지지 않는다는 것만 달랐다. 침대 끝에 모래주머니들이 보였다. 깁스 밖으로 나온 파이프에 매달려 있었다. 잠시 후 미스 게이지가 들어와 말했다. "이제 좀 어때요?"

"더 괜찮아졌어요." 내가 말했다.

"무릎 수술이 아주 잘됐어요."

"얼마나 걸렸습니까?"

"두 시간 반이요."

"제가 쓸데없는 소리를 지껄이던가요?"

"아무 소리도 하지 않았어요. 말하면 안 돼요. 안정을 취해야 해요."

과연 캐서린이 말한 대로 나는 상태가 좋지 않았다. 누가 야간근무를 하든 상관없었다.

이제 병원에는 다른 환자가 세 명 더 있었는데, 조지아 출신으로 적십자사에서 근무하다 말라리아에 걸린 야윈 청년과, 뉴욕 출신으로 말라리아와 황달에 걸린 역시 야위고 착한 청년, 그리고 유산탄과 고성능 폭탄 혼합탄의 뇌관 뚜껑을 기념물로 가져가려고 빼내려다 부상당한 멋진 청년이었다. 그가 만진 포탄은 오스트리아군이 산악 지대에서 사용하는 유산탄인데, 그 뇌관 뚜껑은 폭발 뒤에도 뭔가에 닿기만 해도 터지는 것이었다.

캐서린 바클리가 야간근무를 도맡아 하자 다른 간호사들은 무척 반겼고, 말라리아에 걸린 두 미국 청년을 돌보는 일이 꽤 바쁘긴 했지만 뇌관 뚜껑을 빼내려던 청년은 우리와 가까워져서 꼭 필요한 일이 아니면 밤중에 벨을 누르지 않았기 때문에 우리는 그녀가 근무하는 사이사이에도 함께했다. 나는 그녀를 아주 깊이 사랑했고 그녀도 나를 사랑했다. 나는 낮시간에 잠을 잤고 깨어 있을 때는 쪽지를 써서 퍼거슨을 통해 주고받았다. 퍼거슨은 좋은 여자였다. 그러나 나는 그녀의 두 오빠가 각각 52사단과 메소포타미아에 있다는 것과 그녀가 캐서린 바클리에게 무척 잘한다는 것 외에는 그녀에 대해 아는 것이 없었다.

"우리 결혼식에 와줄 거죠, 퍼기*?" 한번은 내가 이렇게 물었다.

"결혼은 절대 못할걸요."

"할 겁니다."

"아니요, 못해요."

"왜 못해요?"

"결혼하기 전에 싸울 테니까요."

"우리는 안 싸워요."

"아직은 그렇겠죠."

"우리는 안 싸운다고요."

"아니면 당신이 죽겠죠. 싸우거나 죽거나. 인간사가 다 그렇죠. 결혼은 못할 거예요."

나는 손을 뻗어 그녀의 손을 잡으려고 했다. "잡지 말아요," 그녀가 말했다. "나 우는 거 아니에요. 어쩌면 당신들은 잘될 수도 있겠죠. 하지만 캐서린을 힘들게 하지 말아요. 그랬다간 내가 가만 안 놔둘 거예요."

"절대 힘들게 하지 않을게요."

"아무튼 조심해야 해요. 두 사람이 잘되길 바랄게요. 즐겁게 지내고요."

"즐겁게 지내고 있어요."

"그러니 싸우지 말고 캐서린을 힘들게 하지도 말아요."

"안 그럴게요."

"정말 조심해야 해요. 캐서린이 전쟁고아를 갖는 꼴은 보고 싶지 않으니까."

---

* 퍼거슨의 애칭.

"당신은 좋은 사람이에요, 퍼기."

"아니에요. 괜히 비행기 태우지 말아요. 다리는 어때요?"

"괜찮아요."

"머리는요?" 그녀가 손가락으로 내 정수리를 만져보았다. 저린 발을 만지는 것 같은 감각이었다. "아무 느낌 없는데요."

"이 정도로 다치면 정신이 이상해질 수도 있는데. 정말 아무렇지도 않아요?"

"네."

"운이 좋군요. 쪽지 다 썼어요? 이제 내려가려고요."

"여기 있습니다." 내가 말했다.

"캐서린에게 당분간 야간근무는 그만하라고 해요. 많이 피곤해해요."

"알겠습니다. 그러죠."

"내가 하겠다고 해도 캐서린이 말을 듣지 않아요. 다른 간호사들은 캐서린이 해주니까 좋아하죠. 당신이라면 캐서린을 좀 쉬게 할 수 있잖아요."

"알겠어요."

"미스 밴 캠펀이 당신이 오전 내내 잠만 잔다고 말했어요."

"그랬겠죠."

"한동안 야간근무는 하지 않게 해줘요."

"나도 캐서린이 그러면 좋겠어요."

"아니면서. 하지만 그렇게 한다면 나는 당신을 존경할 거예요."

"그렇게 할게요."

"안 믿어요." 그녀는 쪽지를 들고 나갔다. 나는 벨을 눌렀고 잠시 후 미스 게이지가 들어왔다.

“무슨 일이에요?”

“할말이 있어서요. 미스 바클리가 당분간 야간근무를 그만해야 할 것 같지 않아요? 너무 피곤해 보여요. 왜 미스 바클리만 계속 야간근무를 하는 겁니까?”

미스 게이지는 나를 물끄러미 보았다.

“전 당신들 친구예요,” 그녀가 말했다. “저한테는 그런 식으로 말할 필요 없어요.”

“무슨 말이죠?”

“바보 같은 소리 말아요. 그게 다예요?”

“베르무트 한잔할래요?”

“좋아요. 그런데 곧 가봐야 해요.” 그녀는 옷장에서 병을 꺼내고 잔을 가져왔다.

“잔으로 마셔요,” 내가 말했다. “저는 병째 마실게요.”

“당신의 건강을 위해.” 미스 게이지가 말했다.

“제가 아침 늦게까지 잔다고 밴 캠펀이 뭐라고 하나요?”

“그냥 투덜거린 거예요. 당신이 우리 병원 특권층 환자래요.”

“빌어먹을 여자 같으니.”

“못된 사람은 아니에요,” 미스 게이지가 말했다. “나이가 많고 까다로운 거죠. 처음부터 당신을 좋아하지 않았잖아요.”

“그랬죠.”

“하지만 저는 좋아해요. 당신의 친구이고요. 그걸 잊지 말아요.”

“당신은 무지무지 좋은 사람이에요.”

"아니에요. 전 당신이 누굴 좋게 생각하는지 다 알거든요. 그래도 전 당신 친구예요. 다리는 좀 어때요?"

"괜찮습니다."

"차가운 광천수를 가져와서 다리에 부어줄게요. 깁스 안쪽이 가려울 거예요. 바깥쪽이 더우니까."

"정말 친절하군요."

"많이 가려워요?"

"아니요, 괜찮아요."

"모래주머니를 봐드릴게요." 그녀는 허리를 구부렸다. "전 당신 친구예요."

"압니다."

"아니요, 몰라요. 하지만 언젠가는 알게 되겠죠."

캐서린 바클리는 사흘 동안 야간근무를 하지 않다가 다시 시작했다. 각자 긴 여행을 떠났다가 돌아와 다시 만난 기분이었다.

18

그해 여름 우리는 멋진 시간을 보냈다. 내가 외출을 할 수 있게 되자 우리는 공원에서 마차를 탔다. 그 마차, 천천히 달리던 말, 반들거리는 높은 모자를 쓴 마부의 등과 내 옆에 앉은 캐서린 바클리가 아직도 기억난다. 손만 닿아도, 서로의 손끝이 조금 스치기만 해도 우리는 흥분을 느꼈다. 나중에 내가 목발을 짚고 다니게 되면서부터는 갈레리아*

의 비피나 그란이탈리아 같은 식당에 저녁식사를 하러 가서 야외 테이블에 자리를 잡았다. 웨이터들이 드나들고 사람들이 오가고 테이블보에는 촛불 그림자가 어른거렸고, 나중에 그란이탈리아가 가장 마음에 든다고 둘이 마음을 정한 뒤부터는 수석웨이터 조지가 우리 테이블을 잡아주었다. 그는 훌륭한 웨이터였고 우리는 주문을 그에게 맡기고는 식사가 나올 때까지 오가는 사람들과 저물녘의 갈레리아를 보았고 서로를 마주보았다. 그리고 아이스 버킷에 넣은 드라이화이트 카프리를 마셨고 가끔 프레사**나 바르베라***나 달콤한 화이트와인을 마시기도 했다. 전쟁 탓에 식당에 소믈리에가 없었기 때문에 조지는 프레사 같은 와인에 대해 물으면 멋쩍게 미소를 지었다.

"딸기맛이 나는 와인을 만드는 나라가 있다고 생각하시는 건 아니겠죠." 그가 말했다.

"왜 그러면 안 되는데요?" 캐서린이 물었다. "멋질 것 같은데."

"그럼 숙녀분이 시음하시겠습니까," 조지가 말했다. "물론 원하신다면요. 하지만 *중위님*에게는 마고 와인 작은 병을 가져오겠습니다."

"나도 시음해보죠, 조지."

"신사분에게는 추천하지 않습니다. 딸기맛도 나지 않습니다."

"날지도 몰라요," 캐서린이 말했다. "그럼 정말 좋을 텐데."

"그럼 가져와보죠," 조지가 말했다. "숙녀분이 충분히 맛보신 후 가

---

* 밀라노 두오모 광장 북쪽에 있는 개선문 모양의 대형 아케이드로, 정식 명칭은 갈레리아 비토리오 에마누엘레 2세다.

** 이탈리아 레드와인의 일종으로, '프레사'는 딸기를 뜻하는 스페인어다.

*** 이탈리아 레드와인 품종.

져가도록 하겠습니다."

별로 대단한 와인은 아니었다. 그가 말한 대로 딸기맛이 나지도 않았다. 우리는 다시 카프리로 바꿨다. 어느 저녁, 나는 돈이 부족해서 조지에게 100리라를 빌렸다. "괜찮습니다, *중위님*." 그가 말했다. "이해합니다. 남자도 돈이 부족할 때가 있죠. 두 분 중 누구라도 돈이 필요하시면 언제든 빌려드리겠습니다."

저녁식사 후에는 문을 닫은 다른 레스토랑들과 가게들 앞을 거닐며 갈레리아 안을 산책하다가 작은 샌드위치 가게 앞에서 걸음을 멈췄다. 햄과 상추를 넣은 샌드위치와 손가락 길이밖에 안 되는 작고 윤이 나는 갈색 롤빵으로 만든 안초비 샌드위치를 팔고 있었다. 밤에 배고플 때 먹을 야식이었다. 그러고는 갈레리아에서 나와 성당 앞에서 무개마차를 타고 병원으로 돌아왔다. 병원에 도착하면 수위가 목발을 짚은 나를 도와주기 위해 입구로 나왔다. 나는 마부에게 돈을 주고 승강기를 타고 올라갔다. 캐서린은 간호사 숙소가 있는 아래층으로 가고 나는 위층으로 가 목발을 짚고 복도를 걸어 내 병실로 갔는데, 때로는 곧바로 옷을 벗고 자리에 누웠고 때로는 발코니에 앉아 한쪽 다리를 다른 의자에 올린 채 지붕 위를 날아다니는 제비들을 바라보며 캐서린을 기다렸다. 그녀가 올라오면 마치 오랜 여행을 마치고 돌아온 사람인 양 반가워하며 목발을 짚고 그녀를 따라 복도를 걸어다니며 대야를 날라주기도 하고 병실문 밖에서 기다리기도 하고 때로는 안까지 따라들어가기도 했는데, 병실에 들어가고 들어가지 않고는 그 병실의 환자가 우리 편이냐 아니냐에 달려 있었다. 일을 모두 끝마치면 우리는 내 병실 바깥 발코니에 앉았다. 그런 뒤 내가 먼저 들어가 침대에 눕고, 모두가 잠들어 더이상 자신을 찾는 사람이 없을 것 같다는 확신이 들면 캐서린도 침대에 들어왔다. 나는 그녀의 머리를 풀어주는 것을 좋아했는데 머리를 만지는 내게 갑자기 허리를 굽혀 키스할 때를 제외하면 그녀는 꼼짝도 않고 침대에 앉아 있었고, 머리핀을 빼서 시트 위에 놓으면 머리가 풀어지고 그녀가 가만히 있는 동안 나머지 핀 두 개를 마저 빼면 머리가 온통 흘러내렸는데, 그녀가 고개를 숙여 우리 둘이 머리카락 속에 함께 파묻히면 마치 텐트 안쪽이나 폭포 뒤쪽에 들어간 기분이었다.

캐서린의 머리카락은 놀라울 정도로 아름다웠고 때때로 나는 침대에 누운 채 열린 문으로 새어드는 빛 속에서 그녀가 머리를 말아올리는 모습을 지켜보곤 했는데 동이 트기 직전 눈부시게 반짝이는 수면처럼 그녀의 머리카락은 밤에도 빛이 났다. 그녀는 얼굴도 몸도 아름다웠고 살결도 부드럽고 아름다웠다. 함께 누워 손끝으로 그녀의 뺨과 이마와 눈가와 턱과 목을 어루만지며 내가 말했다. "피아노 건반처럼 매끄러워." 그러면 그녀는 손가락으로 내 턱을 만지며 말했다. "사포처럼 부드러워서 피아노 건반이 못 배겨요."

"그렇게 거칠어?"

"아니요, 달링. 농담이에요."

밤에는 언제나 유쾌했고 우리는 서로의 몸만 닿아도 행복했다. 본격적인 사랑의 시간 외에도 우리는 온갖 소소한 방법으로 사랑을 나눴고 떨어져 있을 때는 상대방에게 자신을 생각나게 하기 위해 애를 썼다. 그것이 때로는 효과가 있는 것 같았는데 아마도 같은 생각을 하고 있었기 때문일 것이다.

우리는 그녀가 이 병원에 처음 온 날 결혼한 거라고 서로에게 말하며 그날로부터 몇 달이 지났는지 헤아려보곤 했는데, 나는 정식으로 결혼하고 싶었지만 캐서린은 그러면 자신이 여기서 쫓겨날 테고 그저 수속만 밟아도 그들이 자신을 감시하고 우리를 갈라놓으려 할 거라고 말했다. 혼인을 하려면 이탈리아 법대로 해야 하는데 절차가 무척 까다로웠다. 나는 아이가 생길지도 모른다는 우려에 결혼을 하고 싶었지만, 이미 결혼한 부부처럼 지냈기 때문에 크게 걱정하지는 않았고 사실 결혼하지 않고 지내는 것을 더 즐겼던 것도 같다. 어느 밤 그 문제에 대해 이야기하다가 캐서린이 말했다. "하지만 병원에서 나를 다른 데로 보낼 거예요, 달링."

"안 그럴 수도 있지."

"그럴 거예요. 나를 집으로 돌려보내면, 우리는 전쟁이 끝날 때까지 헤어져 있어야 해요."

"내가 휴가를 받아서 갈게."

"휴가 정도로는 스코틀랜드까지 다녀갈 수 없어요. 게다가 나는 당신 곁을 떠나고 싶지 않아. 지금 결혼하는 게 무슨 의미가 있어요? 우리는 사실상 결혼한 거예요. 이보다 더 확실한 결혼 상태가 어디 있어요."

"당신을 위해 하려는 거야."

"나라는 존재는 없어. 내가 바로 당신이에요. 당신과 나를 떼어놓지 말아요."

"여자들은 언제나 결혼을 원하는 줄 알았는데."

"맞아요. 달링, 하지만 나는 결혼했어요. 당신과 결혼했다고요. 나, 좋은 아내 아니에요?"

"사랑스러운 아내지."

"그래요, 달링, 나도 결혼을 고대했던 적이 있었죠."

"그 이야기는 듣고 싶지 않은데."

"내가 당신 외에는 아무도 사랑하지 않는 거 알잖아요. 과거에 누군가 나를 사랑했다는 건 신경쓰지 말아요."

"신경이 쓰여."

"모든 걸 다 가진 사람이 죽은 사람을 질투하면 못 써요."

"그건 아니야, 하지만 그 이야기는 듣고 싶지 않아."

"가여운 사람. 나는 당신이 별의별 여자들과 다 어울렸다는 걸 알지만 상관 않잖아요."

"몰래 결혼할 순 없을까? 그러면 내게 무슨 일이 생기거나 아이가 생겨도."

"교회나 국가 허락 없이는 결혼할 수 없어요. 우리는 몰래 결혼한 거나 마찬가지고요. 당신도 알겠지만, 달링, 내게 종교가 있다면 이건 중대한 문제였을 거예요. 하지만 나는 종교가 없어요."

"당신이 내게 성 안토니오를 줬잖아."

"그건 행운을 위해서죠. 어떤 사람이 내게 줬어요."

"그럼 당신은 아무것도 걱정되지 않아?"

"당신과 떨어지는 것만 걱정될 뿐이에요. 당신이 내 종교예요. 당신이 내가 가진 전부라고요."

"좋아. 하지만 당신이 결혼하자고 하면 나는 그날 바로 할 거야."

"나를 꼭 법적인 아내로 삼아야 하는 것처럼 말하지 말아요. 나는 오롯이 당신 아내니까. 당신이 스스로 행복하고 자랑스럽게 여긴다면 부끄러울 거 없어요. 당신은 행복하지 않아요?"

"하지만 당신이 날 버리고 다른 사람에게 갈 수도 있잖아."

"아니요, 달링. 당신을 버리고 다른 사람에게 가는 일은 절대 없어. 우리는 온갖 무서운 일을 겪게 될 수도 있어요. 하지만 그것만큼은 걱정 안 해도 돼요."

"걱정하지 않아. 하지만 나는 당신을 너무나 사랑하는데 당신은 전에 다른 사람을 사랑했잖아."

"그런데 그 사람이 어떻게 됐죠?"

"죽었지."

"그래요. 그 사람이 죽지 않았다면 당신을 만나지 못했겠죠. 나는 부정한 여자가 아니에요. 결점은 많지만 정숙한 여자라고요. 너무 정숙해서 당신이 싫증낼 거예요."

"나는 곧 전선으로 돌아가야 해."

"우리 그때까지 그 생각은 하지 말기로 해요. 보다시피 나는 행복하고, 달링, 우리는 즐거운 시간을 보내고 있잖아요. 나는 오랫동안 행복을 몰랐고 당신을 만났을 때는 거의 미치기 직전이었어요. 아마 진짜 미쳤었는지도 몰라. 하지만 지금 우리는 행복하고 서로 사랑해요. 우리 그냥 이렇게 행복을 누려요. 당신도 행복하죠? 내가 당신이 싫어하는 일을 하나요? 어떻게 하면 당신을 기쁘게 할 수 있죠? 머리를 풀까? 사랑을 나누고 싶어요?"

"응, 침대로 와."

"알았어요. 먼저 환자들을 둘러보고 갈게."

19

여름은 그렇게 지나갔다. 날이 무척 더웠고 신문에 승리 소식이 자주 실렸다는 것 외에는 하루하루가 어떻게 지났는지 기억나지 않는다. 나는 아주 건강해졌고 다리의 회복도 빨라서 목발을 쓴 지 얼마 안 돼 지팡이를 짚고 걷게 되었다. 그뒤에는 마조레병원에서 다리굽혀펴기 연습, 물리치료, 반사경이 있는 상자 속에서 자외선 쬐기, 마사지나 목욕 치료를 받기 시작했다. 병원에는 오후에 갔고 돌아오는 길에 카페에 들러 술을 마시며 신문을 읽었다. 나는 시내를 돌아다니지 않고 카페에서 곧장 병원으로 돌아가고 싶었다. 원하는 건 캐서린과 만나는 것뿐이었다. 나머지 시간은 그냥 빈둥빈둥 보냈다. 오전에는 주로 잤고, 오후에는 가끔 경마장에 갔다가 늦게야 물리치료를 받으러 갔다. 가끔은 앵글로아메리칸 클럽에 들러 창문 앞 푹신한 가죽 의자에 앉아 잡지를 읽었다. 목발이 필요 없게 되자 병원에서는 캐서린과 단둘이 외출하는 것을 허락하지 않았는데, 샤프롱*도 없이 여자 간호사가 도움이 필요 없어 보이는 환자와 함께 다니는 것이 보기 좋지 않기 때문이었고, 그래서 오후에는 함께 보낼 시간이 많지 않았다. 퍼거슨이 동행하면 가끔 함께 저녁을 먹으러 갈 수 있었다. 미스 밴 캠펀은 우리가 좋은 친구 사이라는 것을 인정해줬는데, 그것은 캐서린이 병원 일을 많이 덜어주었기 때문이다. 그녀는 캐서린을 아주 좋은 집안 출신이라고 생각해 편애라 할 만큼 잘해주었다. 미스 밴 캠펀은 집안을 아

---

* 사교계에서 젊은 여자의 보호자 역할을 하는 나이든 여성.

주 중시하는 사람이었고 그녀 자신도 좋은 집안 출신이었다. 병원 일이 무척 바빠져서 그녀도 계속 분주하게 일했다. 무더운 여름이고 나는 밀라노에 아는 사람도 많았지만 날이 저물 때면 늘 병원에 돌아가고 싶어 안달했다. 전선의 아군은 카르소까지 전진해 이미 플라바 건너편 쿠크를 점령하고 바인시차 고지 점령을 앞두고 있었다. 서부 전선의 상황은 좋지 않은 것 같았다. 아무래도 장기전에 접어든 것 같았다. 미국이 참전하기는 했지만 많은 병력을 투입하고 전투 훈련을 시키려면 일 년은 걸릴 것 같았다. 내년에는 전세가 더 악화되거나 아니면 반대로 유리해질 것이다. 이탈리아군은 막대한 병력을 소모하고 있었다. 그런 식으로 버틸 수 있을지 가늠할 수 없었다. 바인시차나 가브리엘레산을 전부 점령한다 해도 오스트리아까지는 여전히 많은 산으로 가로막혀 있었다. 나는 그 산들을 보았었다. 가장 높은 산들이 모두 그 너머에 있었다. 카르소에서는 아군이 전진하고 있지만 그 아래 해안 쪽은 늪과 습지가 많았다. 나폴레옹이라면 산악 지대에서 싸우지 않고 평지에서 오스트리아군을 격파했을 것이다. 아마 평지로 유인해 베로나 근방에서 격파했을 것이다. 서부 전선에서는 어느 쪽도 몰아붙이지 못하고 있었다. 아마도 한쪽의 승리는 없을 것 같다. 어쩌면 전쟁은 영원히 계속될지도 모른다. 제2의 백년전쟁이 될지도 모른다. 나는 선반에 신문을 다시 걸어놓고 클럽을 나왔다. 조심스럽게 계단을 내려와 비아 만초니를 걸어올라갔다. 그란 호텔 앞에 이르러 막 마차에서 내리는 마이어스 부부를 만났다. 그들은 경마장에서 돌아오는 길이었다. 가슴이 큰 마이어스 부인은 검은색 새틴 옷을 입고 있었다. 키 작고 나이들고 흰 콧수염을 기른 마이어스는 지팡이를 짚고 단호하게 걸었다.

"안녕하세요? 잘 지냈어요?" 부인은 나와 악수했다. "잘 있었나." 마이어스가 말했다.

"경마는 어땠습니까?"

"좋았어요. 아주 멋졌죠. 세 번이나 이겼거든."

"어떠셨습니까?" 나는 마이어스에게 물었다.

"괜찮았지. 한 번 이겼네."

"이 사람이 어떻게 맞히는지는 절대 알 수가 없어요," 마이어스 부인이 말했다. "절대 내게 말해주지 않거든."

"나는 잘하고 있어," 마이어스가 말했다. 다정한 태도였다. "자네도 나와야지." 마이어스씨와 이야기를 나눌 때면 나는 그가 상대방을 보지 않거나 상대방을 다른 사람으로 착각하는 것 같은 느낌을 받았다.

"그러겠습니다." 내가 말했다.

"당신을 보러 병원으로 찾아갈 생각이었어요," 마이어스 부인이 말했다. "아들들에게 가져다줄 게 있거든. 여러분 모두가 내 아들들이지요. 아주 소중한 아들들."

"오시면 다들 기뻐할 겁니다."

"내 소중한 아들들. 당신도 그래요. 당신도 내 아들이지."

"저는 이만 가보겠습니다." 내가 말했다.

"우리 소중한 아들들에게 안부 전해줘요. 가지고 갈 게 아주 많아요. 고급 마르살라*하고 케이크들."

---

* 이탈리아 시실리아 와인.

"안녕히 가십시오," 내가 말했다. "오시면 모두 아주 기뻐할 겁니다."

"잘 가게," 마이어스가 말했다. "갈레리아에 한번 오게. 내가 앉는 테이블 알지? 우리는 오후에 늘 거기 있네." 나는 거리를 따라 걸어올라갔다. 코바에서 캐서린에게 줄 선물을 사고 싶었다. 코바에 들어가 초콜릿 한 상자를 사고 여점원이 포장하는 동안 안쪽 바로 가보았다. 영국인 두 명과 조종사 몇 명이 있었다. 나는 혼자 마티니를 마시고 술값을 계산한 뒤 바깥 판매대에서 초콜릿 상자를 집어들고 병원으로 향했다. 스칼라극장 거리 위쪽에 있는 작은 술집 바깥 자리에 아는 얼굴들이 있었는데, 부영사와 성악을 공부하는 두 친구, 샌프란시스코에서 온 이탈리아인으로 이탈리아군에 입대한 에토레 모레티였다. 나는 그들과 술을 마셨다. 성악가 중 한 명은 랠프 시먼스인데 엔리코 델크레도라는 예명으로 노래를 불렀다. 얼마나 잘 부르는지는 모르지만 그는 언제나 뭔가 대단한 일을 앞둔 사람처럼 행동했다. 뚱뚱하고 코와 입 주위가 건초열에라도 걸린 것처럼 헐어 있었다. 그는 피아첸차에서 공연을 하고 막 돌아온 참이었다. 〈토스카〉를 불렀는데 아주 대단했다고 했다.

"물론 자네는 내 노래를 들어본 적이 없지." 그가 말했다.

"여기서는 언제 부를 건가?"

"올가을에 스칼라에서."

"청중이 분명 의자를 던질걸," 에토레가 말했다. "모데나에서 청중이 이 친구에게 의자를 던졌다는 이야기 들었나?"

"그건 빌어먹을 거짓말이야."

"사람들이 의자를 던졌다고," 에토레가 말했다. "나도 거기 있었어.

나도 의자를 여섯 개 던졌지."

"자네는 프리스코*에서 온 와프야."

"저 친구는 이탈리아어 발음도 제대로 못하잖아," 에토레가 말했다. "그러니 가는 데마다 의자 세례를 받지."

"피아첸차는 북부 이탈리아에서 제일 노래 부르기 힘든 곳이야," 다른 테너가 말했다. "정말이라니까, 거긴 정말 노래하기 힘든 곳이라고." 이 테너의 이름은 에드거 손더스로, 에두아르도 조반니라는 예명으로 노래했다.

"나도 거기 가서 자네가 청중에게 의자 세례를 당하는 꼴을 보고 싶군," 에토레가 말했다. "자네는 이탈리아어로 노래를 못하잖아."

"바보 같은 친구," 에드거 손더스가 말했다. "저 친구는 의자 던지는 얘기밖에 몰라."

"자네들 둘이 노래하면 사람들도 그럴 수밖에 없을 거야," 에토레가 말했다. "그런데도 미국에 가서는 스칼라에서 대성공을 거뒀다고 떠벌리겠지. 스칼라에서는 입도 한번 제대로 못 떼고 잘릴 거면서."

"스칼라에서 노래할 거야," 시먼스가 말했다. "10월에 〈토스카〉를 부를 거라고."

"우리도 가볼게, 그럴 거지, 맥?" 에토레가 부영사에게 말했다. "이 친구들을 보호해줄 사람이 필요할 테니까."

"미군이 와서 보호해줄지도 모르지," 부영사가 말했다. "한잔 더 하겠나, 시먼스? 손더스, 자네는?"

---

* '샌프란시스코'를 이르는 입말.

“좋지.” 손더스가 말했다.

“자네는 실버훈장을 받는다던데,” 에토레가 내게 말했다. “무슨 표창을 받는 건가?”

“나도 몰라. 받을지 못 받을지도 모르고.”

“받을 거야. 오, 친구, 코바의 아가씨들이 대단하게 여기겠는걸. 다들 자네가 오스트리아 병사를 이백 명쯤 죽였거나 혼자서 참호를 통째로 점령했다고 생각할 거야. 사실 나도 훈장을 타려고 애 좀 썼지.”

“몇 개나 받았어, 에토레?” 부영사가 물었다.

“온갖 훈장을 다 받았지,” 시먼스가 말했다. “저런 친구 때문에 전쟁이 계속되고 있는 거라고.”

“브론즈훈장 두 개와 실버훈장 세 개,” 에토레가 말했다. “하지만 그중 하나만 증서로 왔어.”

“나머지는 어떻게 됐는데?” 시먼스가 물었다.

“공격 작전이 성공하지 못했거든,” 에토레가 말했다. “성공 못하면 훈장은 다 보류돼.”

“부상은 몇 번 당했지, 에토레?”

“세 번 심하게. 그래서 상이기장이 세 개야. 보여?” 그는 소매를 잡아당겨 돌렸다. 검은 바탕에 은색 줄이 나란히 새겨진 기장이 어깨선에서 8인치쯤 아래 꿰매져 있었다.

“자네도 하나 받았잖아,” 에토레가 나에게 말했다. “정말이지 그거 받을 만하던데. 나라면 훈장보다 차라리 그걸 받겠어. 정말 그걸 세 개 받았다는 건 대단한 거야. 병원에 석 달 입원할 정도의 부상을 입어야 겨우 하나 받잖아.”

"어디에 부상을 입었어, 에토레?" 부영사가 물었다.

에토레가 소매를 걷었다. "여기," 그는 깊고 매끈해진 붉은 흉터를 보여주었다. "여기 다리에도 있어. 각반을 차서 보여주지는 못해. 발에도 하나 있고. 발뼈가 썩어서 지금도 악취를 풍겨. 아침마다 뼈 부스러기들을 뽑아내는데 냄새가 정말 지독하지."

"뭐에 맞았나?" 시먼스가 물었다.

"수류탄. 감자 으깨는 기구처럼 생긴 놈 있잖아. 그게 발 한쪽을 통째로 날려버렸어. 자네도 그 감자 으깨는 기구처럼 생긴 수류탄 알지?" 그가 나를 돌아보며 말했다.

"물론이지."

"그 개자식이 그걸 던지는 걸 봤는데," 에토레가 말했다. "맞고 쓰러졌을 때는 정말 죽는 줄 알았는데 그 빌어먹을 것이 속이 텅 빈 거였지 뭔가. 그래서 그 개자식을 소총으로 쐈지. 나는 내가 장교인 걸 숨기려고 늘 소총을 들고 다니거든."

"그때 그놈이 어떤 표정을 짓던가?" 시먼스가 물었다.

"놈이 가진 건 그거 하나뿐이었어," 에토레가 말했다. "그걸 왜 던졌는지 모르겠어. 언제고 한번 던져보고 싶었나보지. 진짜 전투는 처음이었을지도 모르고. 하여간 난 그 개자식을 쐈어."

"쏘니까 그놈 표정이 어땠느냐니까?" 시먼스가 물었다.

"젠장, 내가 어떻게 알아?" 에토레가 말했다. "나는 배를 쐈어. 머리를 쏘면 자칫 빗나갈 것 같아서."

"장교가 된 지 얼마나 됐지, 에토레?" 내가 물었다.

"이 년. 이제 곧 대위로 진급할 거야. 자네는 중위를 얼마나 했지?"

"삼 년째야."

"자네는 이탈리아어를 잘 못해서 대위가 못 될 거야," 에토레가 말했다. "말은 하지만 읽고 쓰는 건 서툴잖아. 대위가 되려면 교육을 받아야 해. 왜 미군에 들어가지 않았나?"

"앞으로 그럴지도 모르지."

"나도 미군에 들어가고 싶어. 이봐 친구, 대위는 얼마나 받지, 맥?"

"정확히는 몰라. 250달러쯤일걸."

"젠장 250달러면 오만 걸 할 수 있겠네. 자네는 빨리 미군에 들어가, 프레드*. 나도 데려가줄 수 있는지 알아봐주고."

"알았어."

"나도 이탈리아어로 하면 일개 중대쯤은 지휘할 수 있어. 영어로 하는 것도 금방 익힐 거야."

"자네는 장군감이지." 시먼스가 말했다.

"아니, 그 정도는 아니야. 장군은 엄청나게 많은 걸 알아야 한다고. 자네들은 전쟁이 별것 아니라고 생각하나보군. 그런 머리로는 이등하사도 못 돼."

"그러지 않아도 되니 정말 다행이군." 시먼스가 말했다.

"자네 같은 병역 기피자들을 모두 모아놓으면 될 수 있을지도 모르지. 이봐 친구들, 자네들 둘을 내 소대에 넣고 싶군. 맥 자네도. 그럼 내 당번병을 시켜줄게."

"자넨 대단한 친구야, 에토레," 맥이 말했다. "하지만 군국주의자야."

---

* 프레더릭의 애칭.

"나는 전쟁이 끝나기 전에 대령이 될 거야." 에토레가 말했다.

"놈들이 죽이지 않는다면."

"놈들은 날 못 죽여." 그는 엄지와 검지로 옷깃에 있는 별을 만졌다. "이거 봤나? 누가 전사에 대해 입에 올릴 때마다 우린 언제나 이렇게 별을 만져."

"그만 가자, 심." 손더스가 일어서며 말했다.

"그러지."

"잘 가," 내가 말했다. "나도 가야 해." 바 안에 있는 벽시계를 보니 여섯시 십오 분 전이었다. "*차우*, 에토레."

"*차우*, 프레드," 에토레가 말했다. "자네가 실버훈장을 받는다니 정말 잘됐어."

"받을지 못 받을지 몰라."

"받을 거야, 프레드. 자네가 받을 거라는 소문을 들었어."

"그래, 또 만나세," 내가 말했다. "사고 치지 마, 에토레."

"내 걱정은 마. 나는 술도 안 마시고 쏘다니지도 않으니까. 나는 술꾼도 아니고 유곽에 죽치고 있지도 않지. 나한테 이로운 게 뭔지 잘 알고 있어."

"잘 가," 내가 말했다. "대위로 진급한다니 잘됐어."

"나는 진급을 기다릴 필요가 없어. 전공을 세워서 대위가 되는 거거든. 자네도 알겠지. 별 세 개에 엇갈린 칼 두 자루, 그 위에 왕관. 그게 나야."

"행운을 빌어."

"행운을 비네. 전선에는 언제 돌아가나?"

"곧."

"그래, 또 봐."

"잘 가."

"잘 가. 조심하고."

나는 병원으로 가는 지름길인 뒷골목으로 걸어갔다. 에토레는 스물세 살이었다. 샌프란시스코에 있는 삼촌 집에서 자랐고 토리노에 사는 부모를 방문했을 때 전쟁이 터졌다. 하나 있는 여동생도 함께 미국에 건너가 삼촌 집에서 자랐고 올해 사범학교를 졸업할 예정이다. 그는 진정한 전쟁 영웅이지만 만나는 모든 사람을 지루하게 했다. 캐서린은 에토레라면 질색했다.

"여기도 영웅은 많아요," 그녀는 말했다. "하지만 그 사람들은 대체로 훨씬 조용하죠."

"나는 별로 싫지 않던데."

"그렇게 우쭐대면서 사람을 지루하고, 지루하고, 또 지루하게 하지만 않는다면 나도 싫진 않을 거예요."

"지루하긴 하지."

"그렇게 말해주니 고마워요, 달링. 하지만 그럴 필요 없어. 당신은 전선에 있는 그 사람 모습을 상상할 수 있으니까 능력이 있다는 걸 알겠지만 그 사람은 내가 아주 싫어하는 타입이에요."

"알아."

"알아줘서 정말 고마워요, 좋아하려고 노력은 해보겠지만 그래도 정말 끔찍하고 끔찍한 남자예요."

"오늘 오후에 만났는데 대위로 진급한다더군."

"잘됐네요," 캐서린이 말했다. "아주 기분이 좋았겠네."

"당신은 내 계급이 좀더 올라갔으면 하지 않아?"

"아니, 달링. 더 좋은 레스토랑에 들어갈 수 있는 정도면 충분해요."

"그건 지금 계급으로도 되잖아."

"멋진 계급이에요. 더이상 진급하는 건 바라지 않아요. 그럼 우쭐해할 테니까. 오 달링, 나는 당신이 잘난 체하지 않아서 너무 좋아요. 물론 잘난 체하는 사람이었어도 결혼했겠지만, 잘난 체하지 않는 남편이어서 얼마나 편안한지 몰라."

우리는 발코니에서 조용히 대화하고 있었다. 달이 떠오를 시간이었지만 안개가 자욱해 달은 보이지 않았고 잠시 후 이슬비가 내리기 시작하자 우리는 안으로 들어왔다. 안개가 비로 바뀌더니 이윽고 지붕을 세차게 때리는 빗소리가 들렸다. 나는 일어나 문가로 가서 병실 안으로 비가 들이치는지 살펴보았지만 그렇지 않아 문은 그대로 열어두었다.

"또 누구를 만났어요?" 캐서린이 물었다.

"마이어스 부부."

"그분들도 이상해요."

"마이어스는 자기 나라 감옥에 있어야 했던 사람이지. 죽으라고 국외로 보낸 것 같아."

"그런데 밀라노에서 내내 행복하게 살고 있군요."

"얼마나 행복한지는 모르지."

"감옥에서 나왔으니 마냥 행복하겠죠."

"부인이 여기로 뭔가 가져오시겠다던데."

"그분은 늘 좋은 선물을 들고 오시죠. 당신도 그분의 소중한 아들이

래요?"

"그중 하나지."

"당신들 모두가 그분의 소중한 아들들이죠," 캐서린이 말했다. "그분은 소중한 아들들을 편애하시고요. 빗소리 좀 들어봐요."

"세차게 내리네."

"그래도 당신은 언제나 나를 사랑할 거죠?"

"그럼."

"비가 쏟아져도 변함없이?"

"그럼."

"좋아요. 나는 비가 무섭거든요."

"왜?" 나는 졸렸다. 밖에서는 비가 줄기차게 내리고 있었다.

"몰라요. 언제나 비가 무서웠어."

"나는 좋은데."

"빗속을 걷는 건 좋아해요. 하지만 비는 사랑에 큰 방해가 돼요."

"나는 언제까지나 당신을 사랑할 거야."

"나도 당신을 사랑할 거예요, 비가 오든 눈이 오든 우박이 떨어지든—또 뭐가 있지?"

"몰라. 졸리네."

"그럼 자요, 달링, 날씨가 어떻든 당신을 사랑할 거예요."

"설마 진짜로 비가 무서운 건 아니지?"

"당신과 있을 때는 무섭지 않아요."

"왜 비가 무서워?"

"모르겠어요."

"말해봐."

"그러지 말아요."

"말해봐."

"싫어."

"말해보라니까."

"좋아요. 내가 비를 무서워하는 건 가끔 빗속에서 죽은 나를 보기 때문이에요."

"말도 안 돼."

"빗속에서 죽은 당신을 볼 때도 있어요."

"그건 좀 그럴싸하군."

"아니, 아니에요, 달링. 당신은 내가 지킬 거니까. 난 그럴 수 있어요. 하지만 자기 자신은 어쩔 수 없죠."

"제발 그만해. 당신이 오늘밤 스코틀랜드 기질이 발동해 이상하게 구는 건 싫어. 함께 있을 시간도 얼마 없는데."

"맞아요, 하지만 나는 스코틀랜드인이고 이상한 사람이에요. 그래도 그만할게요. 다 말도 안 되는 소리니까."

"그래, 다 말도 안 되는 소리야."

"모두 말도 안 되는 소리죠. 실없는 소리예요. 나는 비가 무섭지 않아요. 무섭지 않다고요. 오, 오, 하느님, 정말 아니었으면 좋겠어." 그녀는 울고 있었다. 내가 달래자 그녀는 울음을 그쳤다. 그러나 밖에는 아직도 비가 내리고 있었다.

20

어느 오후에 우리는 경마장에 갔다. 퍼거슨과 뇌관 뚜껑이 폭발해 눈을 다친 청년 크로얼 로저스도 함께 갔다. 점심식사를 마치고 여자들이 옷을 갈아입으러 간 사이 크로얼과 나는 그의 병실 침대에 걸터앉아 경마 신문에서 말들의 과거 전적과 예상 기사를 읽었다. 크로얼은 머리에 붕대를 감고 있었고 경마에는 별로 흥미가 없었지만 할일이 없어 경마 신문을 계속 읽다보니 모든 말의 기록을 꿰고 있었다. 그는 여기 말들이 하나같이 형편없고 그저 그런 말뿐이라고 말했다. 마이어스 노인은 크로얼을 좋아해 정보를 주었다. 마이어스는 거의 모든 경기에서 돈을 따지만 배당금이 줄기 때문에 정보 주기를 꺼렸다. 경마에는 부정이 판쳤다. 다른 나라 경마장에서 출전이 금지된 기수들이 이탈리아에서 출전했다. 마이어스의 정보는 믿을 만하지만 물어도 대꾸도 하지 않을 때가 있는데다 정보를 줄 때도 싫은 내색을 보였기 때문에 나는 그에게 묻기가 싫었는데, 무슨 이유인지 우리에게 대답해줘야 한다고 생각하는 듯했고, 크로얼에게 알려주는 건 별로 싫지 않은 듯했다. 크로얼은 양쪽 눈을 다쳤고 한쪽이 특히 심했는데, 마이어스는 자신도 눈에 문제가 있기 때문에 크로얼을 좋아했다. 마이어스는 자신이 무슨 말에 걸었는지 아내에게도 절대 말해주지 않아서 딸 때도 있지만 대부분 잃는 그의 아내는 늘 말이 많았다.

우리 네 사람은 무개마차를 타고 산 시로를 향해 달렸다. 날씨는 화창했고 마차는 공원을 가로지르고 전찻길을 따라 달려서 시내를 벗어나 먼지투성이 길로 들어섰다. 철책이 둘리고 초목이 우거진 넓은 정원이 있는 빌라들과 물이 흐르는 도랑, 잎에 먼지가 뒤덮인 채소밭들이 있었다. 멀리 들판 너머로 농가들과 관개 용수로가 있는 초록의 비옥한 농장들과 북쪽의 산들이 보였다. 수많은 마차가 경마장으로 들어갔고 정문의 안내인들은 우리가 군복을 입은 걸 보더니 입장권도 없는데 들여보냈다. 우리는 마차에서 내려 프로그램을 산 뒤 경마 트랙과 부드럽고 두껍게 자란 잔디밭을 가로질러 말 대기소로 갔다. 나무로 지어진 낡은 특별관람석이 있고, 마권 판매소는 관람석 아래쪽 마사馬舍 근처에 한 줄로 늘어서 있었다. 트랙 내부에는 울타리를 따라 군인들이 많이 있었다. 말 대기소에도 사람이 많았고, 특별관람석 뒤쪽 나무 밑에서는 말들이 사람들에 이끌려 원을 돌고 있었다. 아는 얼굴들도 보였는데 우리는 퍼거슨과 캐서린에게 의자를 가져다준 뒤 말들을 지켜보았다.

말들은 사람 손에 이끌려 고개를 떨어뜨린 채 줄을 지어 원을 돌았다. 크로얼은 자줏빛이 도는 검정말을 가리키며 염색시킨 거라고 장담했다. 자세히 살펴보니 그런 것도 같았다. 그 말은 안장을 얹으라는 신호 벨이 울리기 직전에 나왔다. 기수의 팔뚝에 붙은 숫자를 보고 프로그램에서 찾아보았더니 자팔라크라는 이름의 거세한 검정말이었다. 이번 경주는 1천 리라 이상이 걸린 경주에서 한 번도 우승한 적 없는 말들이 벌이는 경주였다. 캐서린도 그 말이 염색된 게 틀림없다고 확신했다. 퍼거슨은 잘 모르겠다고 했다. 나는 의심스럽다고만 생각했다. 우리는 모두 그 말에 걸기로 하고 100리라를 모았다. 배당표를 보니 이 말의 우승 배당률은 35배나 되었다. 크로얼이 마권을 사러 간 사이 우리는 기수들이 말을 타고 한 바퀴 더 도는 것을 지켜보았고, 그런 뒤 기수들은 나무 아래를 지나 트랙의 출발 지점까지 서서히 갤럽*으로 말을 달렸다.

우리는 경주를 보기 위해 특별관람석으로 갔다. 당시 산 시로에는 발마發馬 장치가 없어 출발 신호원이 모든 말을 한 줄로 세웠기 때문에 트랙 저쪽 말들은 아주 작게 보였다. 이윽고 신호원이 긴 채찍으로 철썩 소리를 내어 말들을 출발시켰다. 검정말은 선두에서 달리며 우리 앞을 지나갔고 코너에서 다른 말들을 완전히 제쳤다. 반대쪽 트랙을 달릴 때 쌍안경으로 보니 기수가 말의 속도를 제어하려고 기를 쓰는데도 되지 않는 것 같았고 코너를 돌아 직선 코스로 진입했을 때는 검정말이 다른 말들보다 무려 15마신**이나 앞서 있었다. 말은 결승점을 지나고서도 계속 달려 코너를 돌았다.

"정말 멋져," 캐서린이 말했다. "우리 3천 리라 넘게 벌었어요. 진짜 대단한 말이에요."

"염색이 빠지지 않아야 할 텐데요," 크로얼이 말했다. "배당금을 주기 전에 말이죠."

"정말 멋진 말이에요," 캐서린이 말했다. "마이어스씨가 저 말에 걸었을지 궁금한데요."

"우승마에 거셨습니까?" 나는 마이어스에게 물었다. 그는 고개를 끄덕였다.

"나는 아닌데," 마이어스 부인이 말했다. "젊은이들은 어느 말에 걸었나요?"

---

* 말이 한 발짝마다 네발을 모두 땅에서 뗀 상태로 빠르게 달리는 것.

** 경마에서 두 말 사이의 거리를 잴 때 말 한 마리 정도 되는 길이의 단위.

"자팔라크요."

"정말? 그 말은 35배인데!"

"그 말 색깔이 마음에 들었거든요."

"나는 싫었어. 초라해 보였거든. 사람들이 그 말에 걸지 말라고도 했고."

"배당이 많진 않을 걸세." 마이어스가 말했다.

"배당표에는 35배라고 나와 있었는데요." 내가 말했다.

"많이 받진 못할 거야," 마이어스가 말했다. "막판에 사람들이 그 말에 많은 돈을 걸었거든."

"누가요?"

"켐프턴과 그 일당이지. 두고 보게. 두 배 이상은 아닐 거야."

"그럼 3천 리라를 버는 게 아니네," 캐서린이 말했다. "이런 사기 경마 마음에 안 들어!"

"200리라는 받겠지."

"그건 아무것도 아니잖아요. 그걸로 뭘 할 수 있다고. 나는 우리가 3천 리라를 받을 줄 알았는데."

"이건 사기이고 역겨워." 퍼거슨이 말했다.

"맞아," 캐서린이 말했다. "사기가 아니었다면 우리가 그 말에 돈을 걸게 되지도 않았겠지. 3천 리라를 받고 싶었는데."

"내려가서 뭘 좀 마시면서 배당이 얼마나 되는지 알아보죠." 크로얼이 말했다. 우리는 숫자를 게시하는 곳으로 갔고 지급 벨이 울리자, 자팔라크 우승이라는 글자 뒤에 18.50이라는 숫자가 걸렸다. 10리라 배팅에 배당금이 두 배도 안 된다는 의미였다.

우리는 특별관람석 아래쪽 바에서 위스키소다를 한 잔씩 마셨다. 그리고 거기서 내가 알고 지내는 이탈리아인 두 명과 부영사 맥애덤스를 만났는데, 우리가 여자들이 있는 곳으로 가자 그들도 따라 올라왔다. 이탈리아인들은 매너가 아주 좋았고 맥애덤스가 캐서린과 이야기를 나누는 동안 우리는 다시 마권을 사러 내려갔다. 마이어스씨가 배당금 게시기 근처에 서 있었다.

"가서 어느 말에 걸었는지 여쭤봐." 나는 크로얼에게 말했다.

"어느 말에 거셨습니까, 마이어스씨?" 크로얼이 물었다. 마이어스는 프로그램을 꺼내더니 연필로 5번을 가리켰다.

"우리도 걸어도 될까요?" 크로얼이 물었다.

"그래. 그래. 하지만 내가 알려주더라고 내 아내에게 말하진 말게."

"한잔하시겠습니까?" 내가 물었다.

"고맙지만 됐네. 나는 술을 안 하거든."

우리는 5번 말에 단승식으로 100리라, 연승식으로 100리라 건 뒤 위스키소다를 한 잔씩 더 마셨다. 나는 유쾌한 기분으로 또다른 이탈리아인 둘과 어울리며 술을 마신 뒤 함께 여자들이 있는 곳으로 돌아왔다. 이 이탈리아인들 역시 아까 만난 이탈리아인들만큼 무척 매너가 좋았다. 잠시 동안 아무도 자리에 앉지 않고 서 있었다. 나는 캐서린에게 마권을 주었다.

"어느 말이에요?"

"나도 몰라. 마이어스씨가 골라서."

"이름도 몰라요?"

"몰라. 프로그램에 있을 거야. 5번이던가."

"감동적인 믿음이네요." 그녀가 말했다. 5번 말이 이겼지만 배당금은 한 푼도 없었다. 마이어스씨는 화를 냈다.

"20리라 벌려고 200리라를 걸다니," 그가 말했다. "10리라 배당금이 12리라야. 이거야 할 가치도 없군. 아내는 20리라를 잃었어."

"나도 같이 내려갈래요." 캐서린이 내게 말했다. 이탈리아인들도 모두 일어났다. 우리는 내려가 말 대기소로 갔다.

"경마가 좋아요?" 캐서린이 물었다.

"응. 그런 것 같아."

"괜찮긴 하지만," 그녀가 말했다. "달링, 이렇게 많은 사람을 만나는 건 싫어요."

"그렇게 많은 건 아닌데."

"그렇죠. 하지만 저 마이어스 부부, 아내와 딸들을 데리고 온 은행원에……"

"내 일람불어음을 현금으로 바꿔주는 사람이지." 내가 말했다.

"그래요, 달링, 하지만 그건 다른 사람도 해줄 수 있는 일이죠. 마지막에 온 젊은 사람 넷은 끔찍했어요."

"여기 울타리 밖에서 경기를 볼 수도 있어."

"그게 좋겠어요. 그럼 우리 전혀 모르는 말에 걸어봐요. 마이어스씨가 걸지 않는 말에."

"좋아."

우리는 라이트 포 미Light For Me라는 말에 걸었고 그 말은 다섯 필이 뛰는 경주에서 4위로 들어왔다. 우리는 울타리에 몸을 기댄 채 말들이 쿵쿵 말발굽소리를 내며 지나가는 모습을 지켜보았고, 멀리 산들과 나무들, 경마장 너머 밀라노를 바라보았다.

"기분이 훨씬 상쾌해요." 캐서린이 말했다. 말들은 땀에 흠뻑 젖은 채 문을 지나 돌아왔고 기수들은 말을 진정시키며 달리다가 나무 아래서 내렸다.

"뭐 좀 마실래요? 여기서 마시면서 말을 구경할 수 있겠어요."

"내가 사올게." 나는 말했다.

"보이에게 시키면 돼요." 캐서린이 말했다. 그녀가 손을 들자 마사 옆 파고다 바에서 보이가 나왔다. 우리는 둥근 철제 테이블 앞에 앉았다.

"우리 둘만 있는 게 더 좋지 않아요?"

"그렇군." 내가 말했다.

"사람들과 다 같이 있을 때 난 외로웠어."

"이 자리 정말 좋은데." 내가 말했다.

"그래요. 정말 멋진 코스예요."

"멋져."

"당신 흥을 깨고 싶진 않아요, 달링. 당신이 원하면 언제든 돌아가요."

"아니야," 내가 말했다. "여기 있으면서 한잔 마시지. 그런 다음 더 내려가 물웅덩이 옆에서 장애물 경주를 구경하자고."

"당신은 내게 정말 잘해줘요." 그녀가 말했다.

우리는 잠시 단둘이 있었고 다시 다른 사람들과 기분좋게 어울렸다. 즐거운 시간이었다.

21

9월이 되어 밤공기가 서늘해지고 뒤이어 낮에도 서늘해지면서 공원의 나뭇잎이 물들기 시작하자 여름도 다 갔다는 게 느껴졌다. 전선의 상황은 아주 불리했고 산가브리엘레도 점령하지 못했다. 바인시차 고지의 전투는 끝났고 그달 중순 무렵에는 산가브리엘레의 전투도 막바지였다. 결국 그곳도 차지하지 못했다. 에토레는 전선으로 복귀했다. 말들도 로마로 옮겨져 더이상 경마는 열리지 않았다. 크로얼은 로마를 거쳐 미국으로 송환되었다. 시내에서 두 차례 반전시위가 있었고 토리노에서 일어난 시위는 심각했다. 클럽에서 만난 한 영국인 소령이 바인시차 고지와 산가브리엘레 전투에서 잃은 병력이 무려 15만 명이라고 말해주었다. 카르소에서도 4만 명을 잃었다. 함께 술을 마시면서 소령은 떠들어댔다. 그는 이 아래쪽의 금년 전투는 끝났고 이탈리아군이 과도하게 욕심을 부렸다고 말했다. 플랑드르 전선의 공격도 패색이 짙었다. 이번 가을처럼 병사들이 죽어나간다면 연합군은 내년이면 나가떨어질 것이다. 그는 우리 모두 끝장이 났지만 그 사실을 깨닫지 못하는 한은 괜찮다고 말했다. 우리 모두 끝장났어. 문제는 그 사실을 인정하지 않는다는 거지. 자신들이 이미 끝났다는 걸 인정하지 않는 나라가 결국은 전쟁에서 승리하게 돼 있어. 우리는 한 잔 더 마셨다. 내가 누구의 참모였느냐고? 아닐세. 그러나 그는 참모였다. 전부 허튼짓이야. 우리는 커다란 가죽 소파에 앉아 있었고 클럽에는 우리 둘뿐이었다. 그의 광택 없는 가죽 군화는 매끈하게 닦여 있었다. 멋진 군화였다. 그는 다 허튼짓이라고 말했다. 그들은 사단이니 병력의 차원에서

만 생각하지. 모두 사단이 어쩌고저쩌고 언쟁하다가 막상 도착하면 내보내 전멸시킬 뿐이야. 모두 끝났어. 승자는 독일군이지. 옛날의 훈족이야말로 진정한 군인이었으니까. 하지만 놈들도 끝장인 건 마찬가지야. 우리 모두가 끝장이라니까. 나는 러시아에 대해 물어보았다. 그는 러시아도 이미 끝장이라고 했다. 그들이 끝장났다는 걸 곧 알게 될 거라고. 오스트리아군도 끝장났어. 독일군 몇 개 사단이 그들을 지원한다면 전쟁을 계속할 수도 있겠지. 그들이 올가을에 공격할까요? 물론이지. 이탈리아군은 이미 끝장났어. 그들 모두가 알고 있지. 훈족의 후예가 트렌티노를 통과해 내려와서 비첸차에서 철도를 차단한다면 이탈리아군이 딛고 서 있을 땅이 있겠나? 그들은 1916년에도 그런 작전을 썼죠, 내가 말했다. 독일군이 아니었어. 독일군이었습니다, 내가 말했다. 하지만 아마 그런 작전은 안 쓸 거야, 그가 말했다. 그건 너무 단순하잖아. 뭔가 복잡한 작전을 쓰려고 하다가 장엄하게 나가떨어지겠지. 그만 가봐야겠습니다, 내가 말했다. 병원으로 돌아가야 해서요. "잘 가게." 그가 말했다. 그러고는 쾌활하게 "모든 행운이 함께하길!" 이라고 말했는데 그의 비관적인 세계관과 개인적 쾌활함이 무척 대조적이었다.

나는 이발소에 들러 면도를 하고 병원으로 돌아갔다. 내 다리는 긴 시간을 들인 만큼 나름 좋아져 있었다. 사흘 전에 검사를 받았다. 마조레병원에서 전반적인 치료가 모두 끝날 때까지는 아직 몇 가지 치료를 더 받아야 했다. 나는 절룩거리지 않도록 연습하면서 골목길을 걸었다. 한 노인이 갈레리아에서 실루엣 초상을 오리고 있었다. 나는 걸음을 멈추고 구경했다. 두 아가씨가 포즈를 취하고 있었고 노인은 고개를 한쪽으로 기울인 채 아주 재빠르게 손을 놀려 실루엣을 오려나갔다. 아가씨들은 킥킥거렸다. 노인은 오린 실루엣을 내게 보여준 뒤 흰색 종이에 풀로 붙여 아가씨들에게 건넸다.

"멋지죠?" 그가 말했다. "한번 해보시겠소, *중위*?"

아가씨들은 자기들의 실루엣을 보고 웃으며 자리를 떠났다. 예쁜 아가씨들이었다. 그중 하나는 병원 맞은편 와인 가게에서 일하는 아가씨였다.

"좋습니다." 내가 말했다.

"모자를 벗으시게."

"아닙니다. 쓴 채 하겠습니다."

"그럼 별로 멋지지가 않을 텐데," 노인이 말했다. "하지만," 그의 얼굴이 밝아졌다. "그쪽이 더 군인답긴 하겠군."

그는 검은색 종이를 오린 다음 겹쳐놓았던 종이 두 장을 분리해 카드 위에 내 옆모습을 풀로 붙여 내게 건넸다.

"얼마입니까?"

"됐소." 노인은 손을 저었다. "그냥 드리리다."

"아닙니다." 나는 동전을 꺼냈다. "성의로라도."

"아니라니까. 재미삼아 한 거요. 여자친구에게 주시게."

"정말 감사하고 다시 뵙길 바랍니다."

"다시 봅시다."

나는 병원에 돌아왔다. 편지들이 와 있었는데, 공문 하나와 개인적인 편지들이었다. 삼 주간 요양휴가를 가진 뒤 복귀하라는 내용이었다. 나는 꼼꼼히 읽었다. 요컨대 그런 내용이었다. 요양휴가는 치료가 끝나는 10월 4일부터였다. 삼 주는 이십일 일이다. 그러니까 10월 25일까지였다. 나는 외출한다고 알리고 병원에서 조금 올라간 곳에 있는 길가의 식당으로 걸어가 저녁을 먹으며 편지와 〈코리에레 델라 세라〉 신문을 읽었다. 가족들 소식과 애국적인 격려의 말, 200달러짜리 환어음과 스크랩한 기사들이 든 할아버지의 편지, 장교식당 친구인 신부의 고리타분한 편지, 프랑스 공군 조종사인 친구가 거기서 거친 동료들과 어울렸다고 쓴 편지, 그리고 대체 언제까지 밀라노에서 죽치고 있을 거냐, 뭐 새로운 소식은 없나? 하고 묻는 리날디의 짧은 편지 등인데 리날디는 레코드판을 사오라며 그 목록도 적어 보냈다. 나는 식사하며 키안티 작은 병을 마시고 코냑과 함께 커피를 마시며 신문을 읽은 뒤 편지를 주머니에 넣고 신문과 팁을 테이블에 올려두고 거리로 나왔다. 병실에 돌아와 파자마로 갈아입고 가운을 걸친 뒤 발코니로 통하는 문에 커튼을 치고 침대에 걸터앉아 마이어스 부인이 병원의 아들들을 위해 두고 간 신문 뭉치에서 〈보스턴 신문〉을 골라 읽었다. 아메리칸리그에서는 시카고 화이트삭스가 우승했고 내셔널리그에서는 뉴욕자이언츠가 선두를 달리고 있었다. 베이브 루스가 이 무렵 보스턴 팀의 투수였다. 신문은 지루하고 그 지방 소식에 케케묵은 내용들뿐이었고, 전쟁 기사 역시 다 오래된 것들이었다. 미국 기사는 온통 신병훈련소 이야기뿐이었다. 내가 훈련소 신병이 아닌 게 천만다행이라고 생각했다. 읽을거리는 야구 기사뿐이었지만 전혀 관심이 가지 않았다. 신문이 많으니 흥미가 뚝 떨어졌다. 해묵은 기사들뿐이었지만 그래도 잠시 신문을 읽었다. 미국이 정말로 참전할 것인지, 그럼 메이저리그는 중지될 것인지 궁금했다. 아마 아닐 것이다. 밀라노에서는 여전히 경마가 열리고 있고 전쟁은 이보다 더 악화될 수도 없었다. 그러나 프랑스에서는 경마가 중지됐다. 우리가 돈을 걸었던 자팔라크도 프랑스에서 온 말이었다. 캐서린은 아홉시에 근무를 시작했다. 근무 시작 시간이 되자 곧 복도를 걸어가는 그녀의 발소리가 들렸고 복도를 지나가는 모습도 한 번 보였다. 그녀는 다른 병실들을 둘러보고 마지막에 내 병실로 왔다.

"늦었어요, 달링," 그녀가 말했다. "할일이 많아서. 좀 어때요?"

나는 공문과 휴가 이야기를 했다.

"잘됐네," 그녀가 말했다. "어디 가고 싶어요?"

"아무데도. 여기 있고 싶어."

"바보 같은 소리. 갈 곳을 고르면 나도 갈게요."

"당신이 어떻게?"

"몰라요. 하지만 그럴 거야."

"당신은 정말 대단해."

"아니에요. 하지만 잃을 게 없으면 사는 것도 그리 어렵지 않아요."

"무슨 소리야?"

"아무 뜻 없어요. 한때는 그렇게도 커 보였던 장애물이 어쩌면 이리 작아 보일까 하고 생각할 뿐이죠."

"그래도 생각대로 사는 건 쉽지가 않지."

"안 그럴 거예요, 달링. 필요하면 나는 그냥 떠날 거야. 물론 마음대로 되진 않겠지만."

"어디로 갈까?"

"어디라도 상관없어요. 당신이 원하는 데면. 아무데나 우리를 아는 사람이 없는 곳으로 가요."

"어디든 좋아?"

"그래요. 어디든 좋아."

그녀는 뭔가 속상하고 긴장한 것 같았다.

"무슨 일 있어, 캐서린?"

"없어요. 아무 일도."

"아니야, 있어."

"아무것도 아니에요. 정말이야."

"뭔가 있어. 말해봐, 달링. 말해줄 수 있잖아."

"아무것도 아니라니까요."

"말해봐."

"말하고 싶지 않아요. 당신을 속상하게 하거나 걱정시키고 싶지 않아."

"안 그럴 거야."

"정말이에요? 나야 괜찮지만 당신이 걱정할 것 같아서."

"당신이 괜찮으면 나도 괜찮아."

"말하고 싶지 않아요."

"말해줘."

"꼭 그래야 해요?"

"응."

"아이를 가졌어요, 달링. 삼 개월쯤 됐어요. 당신, 걱정하는 거 아니죠? 제발, 제발 그러지 말아요. 걱정하면 안 돼."

"알았어."

"정말 괜찮아요?"

"물론이지."

"온갖 방법을 시도해봤어요. 별별 것을 다 먹어봤지만 아무 소용이 없었어."

"나는 걱정 안 해."

"어쩔 수 없었어요, 달링, 하지만 나는 걱정하지 않아. 그러니까 당신도 걱정하거나 당황하면 안 돼요."

"당신이 걱정될 뿐이야."

"바로 그거예요. 그걸 하지 말라는 거예요. 누구나 아이를 가져요. 모두가 아이를 갖는다고요. 자연스러운 일이에요."

"당신은 정말 대단해."

"아니에요. 하지만 걱정 말아요, 달링. 당신을 괴롭게 하지 않을 거야. 문제를 만들었다는 거 알아요. 하지만 나, 지금까지 당신에게 좋은 여자였잖아요? 당신 전혀 몰랐죠, 안 그래요?"

"응."

"앞으로도 그럴 거예요. 당신은 그냥 걱정 안 하면 되는 거야. 당신 걱정하고 있군요. 그러지 말아요. 걱정은 당장 그만둬요. 한잔할래요, 달링? 술 마시면 늘 기분이 좋아지잖아."

"아니. 나는 기분좋아. 당신은 정말 대단하고."

"아니에요. 당신이 갈 곳만 고르면 함께 갈 수 있도록 내가 다 준비할게요. 10월이라 아주 좋을 거예요. 우리는 멋진 시간을 보낼 거고, 달링, 당신이 전선에 있는 동안 매일 편지를 쓸게요."

"당신은 어디에 있으려고?"

"아직 모르겠어요. 하지만 어디든 좋은 데. 내가 알아서 다 찾아볼게요."

우리는 한동안 말없이 조용히 있었다. 캐서린은 침대에 앉아 있고 나는 그녀를 바라보고 있었지만 서로의 몸에 손을 대지는 않았다. 누군가가 방에 들어와 어색함을 느낄 때처럼 우리는 떨어져 앉아 있었다. 그녀가 손을 뻗어 내 손을 잡았다.

"화나지 않았죠, 달링?"

"그럼."

"함정에 빠진 느낌이에요?"

"아마 약간은. 하지만 당신 때문이 아니야."

"나 때문이란 뜻이 아니었어. 바보같이 굴지 말아요. 그냥 함정에 빠진 느낌이냐고요."

"생물학적으로는 늘 함정에 빠진 기분이지."

몸을 움직이지도 손을 놓지도 않았는데 그녀가 아득히 멀어졌다.

"'늘'이라는 말은 듣기 좋은 말이 아니군요."

"미안해."

"괜찮아요. 하지만 나는 아이를 가져본 적도, 누구를 사랑해본 적도 없어요. 그래서 당신이 원하는 여자가 되려고 애썼는데, 당신은 '늘'이라고 말하는군요."

"내 혀를 잘라버리고 싶군." 내가 말했다.

"오, 달링!" 아득히 멀어졌던 그녀가 되돌아왔다. "신경쓰지 말아요." 우리는 다시 하나가 되었고 어색함도 사라졌다. "우린 정말 하나니까 쓸데없이 오해해선 안 돼요."

"안 그럴게."

"하지만 사람들은 그래요. 서로 사랑하면서도 쓸데없이 오해를 하고 다투다가 갑자기 남이 되어버리죠."

"우리는 싸우지 않을 거야."

"우리는 그러면 안 돼요. 우리 두 사람 외에 나머지 세상 사람들은 모두 남이니까. 우리 사이에 무슨 일이 생기면 우리는 끝나는 거고 사람들에게 휘둘릴 거예요."

"그런 일은 없을 거야," 내가 말했다. "당신은 너무나 용감하니까. 용감한 사람에게는 아무 일도 벌어지지 않아."

"그런 사람도 죽기는 하죠."

"하지만 한 번뿐이야."

"모르겠어요. 누가 한 말이죠?"

"비겁한 사람은 천 번 죽지만, 용감한 사람은 한 번 죽는다*는 말?"

"네. 누가 한 말이죠?"

"모르겠어."

"그 말을 한 사람은 비겁한 사람이었을 거예요," 그녀가 말했다. "비겁한 사람에 대해서는 잘 알지만 용감한 사람에 대해서는 아무것도 알지 못하는 사람. 용감하고 영리한 사람이라면 아마 2천 번은 죽을 거예요. 그렇다고 말하지 않을 뿐이지."

"모르겠어. 용감한 사람 머릿속을 들여다보기는 어려우니까."

"맞아요. 그래서 그렇게 용감한 거예요."

"마치 무슨 권위자 같은데."

---

* "비겁한 사람은 죽음에 앞서 여러 번 죽지만, 용감한 사람은 한 번 죽는다." 셰익스피어 『율리우스 카이사르』에 나오는 카이사르의 대사.

"맞아요, 달링. 나는 그런 말 들을 자격이 있어."

"당신은 용감해."

"그렇지 않아요," 그녀가 말했다. "하지만 용감해지고 싶어."

"나는 아니지," 내가 말했다. "나는 내가 어떤 사람인지 알아. 오랫동안 전선에 있다보니 알게 됐어. 나는 타율이 2할 3푼이고 자신이 그 이상은 칠 수 없다는 걸 아는 야구 선수 같아."

"2할 3푼을 치는 야구 선수가 어떤 건데요? 아주 멋진 거 같은데요."

"그렇지 않아. 그냥 평범한 타자지."

"그래도 타자는 타자죠." 그녀는 나를 쿡 찔렀다.

"우리 둘 다 자만했던 것 같아," 내가 말했다. "그래도 당신은 용감해."

"아니에요. 하지만 용감해지고 싶어."

"우리는 둘 다 용감해," 내가 말했다. "나는 술이 들어가면 더욱 용감해지고."

"우리는 멋진 사람들이에요," 캐서린이 말했다. 그러고는 옷장에서 코냑과 유리잔을 가져왔다. "마셔요, 달링," 그녀가 말했다. "당신은 아주 좋은 사람이야."

"실은 별로 마시고 싶지 않아."

"한 잔만."

"그러지." 나는 유리잔에 코냑을 3분의 1쯤 따르고 단숨에 마셨다.

"대단해요," 그녀가 말했다. "브랜디가 영웅들이 마시는 술이라는 건 알아요. 하지만 너무 과하면 안 돼."

"전쟁이 끝나면 어디서 살까?"

"아마 양로원에 있을지도 모르죠," 그녀가 말했다. "지난 삼 년 동안 어린애처럼 전쟁이 크리스마스에 끝나기를 기대했어요. 하지만 이제는 우리 아들이 소령이 될 때쯤이길 바라야겠네요."

"장군이 될지도 모르지."

"백년전쟁이라도 된다면 두 자리 다 해볼 수 있겠군요."

"당신은 안 마셔?"

"네. 당신은 술을 마시면 기분이 좋아지지만, 달링, 나는 머리만 아파요."

"브랜디도 안 마셔봤어?"

"안 마셔봤어요. 난 정말 구닥다리 아내거든요."

나는 팔을 뻗어 마룻바닥에 있는 술병을 들어 또 한 잔 따랐다.

"당신 전우들을 살펴보러 가야겠어요," 캐서린이 말했다. "돌아올 때까지 신문이라도 읽어요."

"꼭 가야 하나?"

"지금이든 나중이든."

"알았어. 지금 가."

"이따 다시 올게요."

"신문이나 마저 읽고 있을게." 내가 말했다.

22

그날 밤 추워지더니 다음날 비가 내렸다. 마조레병원에서 돌아오는 길에 큰비가 쏟아져 흠뻑 젖은 채 돌아왔다. 병실에 올라가니 발코니

밖에 비가 세차게 쏟아지고 바람 때문에 빗발이 유리문을 두드리고 있었다. 나는 옷을 갈아입고 브랜디를 마셨지만 맛이 없었다. 밤중에 몸이 좋지 않았는데 아침식사 후에는 속이 메스꺼웠다.

"틀림없군," 병원 담당의사가 말했다. "환자 흰자위를 봐요, 간호사."

미스 게이지가 들여다보았다. 그들이 내게 거울을 들어 보여주었다. 흰자위가 노랗게 변한 것이 황달이었다. 나는 이 주 동안 황달을 앓았다. 그래서 우리는 함께 요양휴가를 떠날 수 없었다. 마조레호수 근처에 있는 팔란차에 가기로 했었다. 가을 단풍이 아름다운 곳이었다. 산책하기 좋고 호수에서 트롤낚시로 송어도 잡을 수 있었다. 팔란차는 스트레사보다 인구가 적어서 더 좋았을 것이다. 스트레사는 밀라노에서 쉽게 오갈 수 있어 가면 언제나 아는 사람이 있었다. 팔란차에는 멋진 마을이 있고 어부들이 사는 섬까지 보트를 저어 갈 수 있으며 가장 큰 섬에는 식당도 있다. 하지만 우리는 가지 못했다.

황달로 누워 있던 어느 날 미스 밴 캠펀이 병실에 들어오더니 옷장을 열어 빈 술병들을 찾아냈다. 내가 수위를 시켜 빈병을 잔뜩 치우게 했는데 그걸 보고 더 있을 거라 생각하고 올라온 게 분명했다. 대부분 베르무트와 마르살라, 카프리, 키안티였고 코냑도 몇 개 있었다. 수위는 베르무트 큰 병들과 짚으로 싼 키안티병을 먼저 내가고 브랜디병들은 마지막에 가져가려고 남겨뒀었다. 미스 밴 캠펀이 찾아낸 것은 그 브랜디병들과 퀴멜주가 든 곰 모양의 병이었다. 그녀는 특히 그 곰 모양의 병을 보고 크게 화를 냈다. 술병을 들자 곰이 앞발을 쳐들고 웅크려 앉은 모양이었는데, 유리로 된 머리에는 코르크마개가 있고 바닥에는 끈적거리는 결정체가 조금 남아 있었다. 나는 웃음을 터뜨렸다.

"퀴멜이죠," 내가 말했다. "최고급품은 그렇게 곰 모양의 병에 들어 있거든요. 러시아산입니다."

"저건 전부 브랜디병이죠?" 미스 밴 캠펀이 물었다.

"여기서는 다 보이지 않지만," 내가 말했다. "아마 그럴 겁니다."

"얼마나 오랫동안 이렇게 마셨죠?"

"제가 직접 사온 겁니다," 내가 말했다. "이탈리아 장교들이 자주 병문안을 와서 접대용으로 사뒀어요."

"당신은 안 마셨고요?" 그녀가 말했다.

"물론 저도 마셨죠."

"브랜디라니," 그녀가 말했다. "빈병 열한 개에 저 곰 술병까지."

"퀴멜이요."

"사람을 불러 다 치우게 할 거예요. 저것들이 전부인가요?"

"지금으로선."

"그런 줄도 모르고 황달이라고 가여워했군요. 당신은 동정해줄 가치도 없어요."

"고맙군요."

"전선으로 돌아가고 싶지 않은 심정이야 비난할 수 없죠. 하지만 알코올중독 때문에 황달에 걸리는 것보다는 좀더 똑똑한 방법을 찾았어야 해요."

"뭐 때문이라고요?"

"알코올중독이요. 알아들었으면서." 나는 아무 말도 하지 않았다. "다른 방법을 못 찾으면 황달이 낫는 대로 전선으로 돌아가야겠군요. 고의로 황달에 걸린 당신은 요양휴가를 받을 자격이 없다고 생각해요."

"그렇습니까?"

"그럼요."

"황달에 걸려본 적 있습니까, 미스 밴 캠펀?"

"아니요, 하지만 환자는 많이 봤어요."

"환자들이 그 병에 걸린 걸 좋아하던가요?"

"전선에 있는 것보다는 낫다고 생각하겠죠."

"미스 밴 캠펀," 내가 말했다. "자기 발로 제 음낭을 차서 불구가 되려고 하는 사람 본 적 있습니까?"

미스 밴 캠펀은 그 질문을 무시했다. 그녀는 못 들은 척하거나 방에서 나가야 했다. 그러나 나갈 마음이 없어 보였고, 그것은 오래전부터 나를 싫어해왔는데 지금이 결판낼 기회이기 때문이었다.

"자해 부상으로 전선에 가지 않으려던 사람들을 많이 봤어요."

"제 질문은 그게 아닙니다. 저도 자해 부상자는 본 적 있습니다. 그러나 제 질문은 자기 음낭을 걷어차서 불구가 되려는 사람을 본 적 있느냐는 거였습니다. 그 고통이 황달과 가장 가까운 고통인데 여자들은 경험하지 못할 고통이죠. 그래서 황달에 걸려본 적 있느냐고 물은 겁니다, 미스 밴 캠펀, 왜냐하면—" 미스 밴 캠펀은 병실에서 나가버렸다. 나중에 미스 게이지가 들어왔다.

"밴 캠펀에게 뭐라고 하셨어요? 머리끝까지 화가 났던데요."

"감각을 비교해보고 있었죠. 아이를 낳아본 적 없지 않느냐고 말하려던 참이었는데—"

"바보 같군요," 게이지가 말했다. "당신 머릿가죽을 벗기려 들 거예요."

"벌써 벗겨서 가졌죠," 내가 말했다. "요양휴가를 취소시켰고 아마

군법회의에 넘길지도 몰라요. 정말 못됐어요."

"처음부터 당신을 좋아하지 않았잖아요," 게이지가 말했다. "그런데 무슨 일로 그런 거예요?"

"전선에 돌아가지 않으려고 일부러 술을 마셔서 황달에 걸렸다고 생각해요."

"세상에," 게이지가 말했다. "당신이 한 방울도 마시지 않았다고 증언해드리죠. 모두가 그렇게 해줄 거예요."

"그 여자가 술병들을 찾아냈어요."

"그것들 좀 치우라고 백 번도 더 말했잖아요. 지금 어디 있는데요?"

"옷장에요."

"가방 있어요?"

"아니요. 저 배낭에 넣어줘요."

미스 게이지는 배낭에 병들을 넣었다. "수위에게 가져갈게요." 그녀가 말했다. 그러고는 문 쪽으로 걸어갔다.

"잠깐," 그때 미스 밴 캠펀이 나타나 말했다. "그 병들은 제가 가져가죠." 그녀는 수위와 함께 서 있었다. "옮겨줘요," 그녀가 말했다. "보고서 작성할 때 군의관에게 보여드리고 싶으니까."

그녀는 복도로 나갔다. 수위는 배낭을 들고 뒤따랐다. 그는 그 안에 뭐가 들었는지 알고 있었다.

휴가를 빼앗긴 것 말고는 아무 일도 일어나지 않았다.

23

전선으로 돌아가던 날 밤, 나는 역으로 수위를 보내 토리노발 기차가 들어오면 좌석 하나를 잡아달라고 부탁했다. 기차는 자정 출발이었다. 토리노에서 정비를 마치고 밤 열시 삼십분에 밀라노에 도착해 출발 전까지 역에서 대기하는 것이다. 좌석을 잡으려면 기차가 들어올 때 역에 있어야 했다. 수위는 양복점에서 일하다가 기관총수로 복무하는 휴가중인 친구를 데리고 갔는데, 둘이 가면 좌석 하나는 잡을 수 있을 거라 확신했다. 나는 승강장 입장권 살 돈을 건네며 내 짐도 가져가게 했다. 큰 배낭 한 개와 잡낭 두 개였다.

나는 다섯시쯤 병원에서 작별인사를 하고 나왔다. 짐은 수위가 자기 숙소에 옮겨두었고 나는 그에게 자정 조금 전까지 역으로 가겠다고 말했다. 그의 아내는 나를 '*시뇨리노*'라고 부르며 눈물을 흘렸다. 눈물을 훔치고 악수를 나눈 뒤에도 울었다. 내가 그녀의 등을 다독이자 또 울었다. 그동안 내 옷을 수선해주곤 했던 그녀는 아주 작은 키에 통통하고, 하얗게 센 머리에 늘 표정이 행복했다. 울 때는 얼굴이 온통 쭈글쭈글해졌다. 나는 거리 모퉁이에 있는 와인 가게에 들어가 창밖을 내다보며 기다렸다. 밖은 어둡고 추웠고 안개가 끼어 있었다. 커피와 그라파 값을 치르고 창가의 불빛으로 지나가는 사람들을 지켜보았다. 나는 캐서린을 발견하고 창을 두드렸다. 그녀가 두리번거리다가 나를 보고 미소지었고, 나는 밖으로 나가 그녀를 맞았다. 그녀는 짙은 푸른색 망토에 부드러운 펠트 모자를 쓰고 있었다. 우리는 와인 가게들이 늘어선 보도를 따라 걸어가다 시장 광장을 가로질러 올라간 뒤 아치 길을 통해 성당 광장으로 들어섰다. 전차 선로가 있었고 성당은 그 너머에 있었다. 성당은 안개에 젖어 희뿌옇게 보였다. 우리는 전차 선로를 건넜다. 왼쪽으로 불을 밝힌 가게들과 갈레리아 입구가 있었다. 광장은 안개에 싸여 있고 성당 정면으로 다가가자 석조 건물이 아주 크게 보이고 돌은 젖어 있었다.

"들어가볼까?"

"아니요." 캐서린이 말했다. 우리는 계속 걸었다. 앞쪽 석재 부벽 그늘에 한 군인이 여자와 함께 서 있었고 우리는 그들 옆을 지나갔다. 돌벽에 바짝 기댄 채 남자가 자신의 망토로 여자를 감싸안고 있었다.

"우리 같은 사람들이군." 내가 말했다.

"아무도 우리 같지 않아요." 캐서린이 말했다. 행복하다는 뜻으로 한 말은 아니었다.

"저 두 사람 어디 갈 데라도 있으면 좋을 텐데."

"갈 곳이 있더라도 달라질 건 없을 거예요."

"글쎄. 그래도 누구든 갈 곳은 있어야지."

"성당이 있잖아요." 캐서린이 말했다. 우리는 성당을 지나쳤다. 광장 끝에서 성당을 뒤돌아보았다. 안개에 싸인 성당은 아름다웠다. 우리는 가죽 제품 가게 앞에서 걸음을 멈췄다. 진열창에 승마 부츠와 배낭, 스키 부츠 등이 있었다. 가운데에 배낭, 한쪽에 승마 부츠, 반대쪽에 스키 부츠가 일정한 간격으로 진열되어 있었다. 검은색 가죽은 기름을 먹여 길들인 안장처럼 매끄러워 보였다. 전등 불빛이 기름 먹인 광택 없는 가죽을 비췄다.

"언제 스키 타러 가지."

"두 달 뒤면 뮈렌에서는 탈 수 있을 텐데." 캐서린이 말했다.

"그럼 거기로 가."

"좋아요." 그녀가 말했다. 우리는 다른 가게의 진열창들을 지나치고 골목을 돌아 걸어내려갔다.

"와본 적 없는 길이에요."

"내가 병원에 다니던 길이야." 내가 말했다. 길이 좁아 우리는 오른쪽에 붙어서 걸었다. 많은 사람이 안개 속에서 오가고 있었다. 가게들이 늘어서 있고 진열창마다 불을 밝히고 있었다. 우리는 한 진열창 안에 쌓인 치즈 더미를 보았다. 나는 총포 가게 앞에서 걸음을 멈췄다.

"잠깐 들어가지. 총을 사야 해."

"어떤 총이요?"

"권총." 우리는 가게 안으로 들어갔고, 나는 빈 권총집이 달린 벨트를 풀어 카운터에 올려놓았다. 카운터에는 여자 점원이 둘 있었다. 점원들이 권총을 몇 자루 가지고 나왔다.

"이 권총집에 맞아야 해요." 나는 권총집을 열며 말했다. 시내에 다닐 때 휴대하려고 중고품으로 산 회색 가죽 권총집이었다.

"괜찮은 게 있어요?" 캐서린이 물었다.

"다 비슷비슷하네. 이거 한번 쏴볼 수 있습니까?" 나는 여자에게 물었다.

"지금은 그럴 수 있는 곳이 없어요," 그녀가 말했다. "하지만 아주 좋은 물건이에요. 이거면 절대 빗맞는 일 없을 거예요."

나는 찰칵 하고 방아쇠를 당겨보았다. 스프링이 조금 빡빡한 감이 있지만 부드럽게 작동했다. 조준하고 다시 한번 당겨보았다.

"중고품이에요," 여자가 말했다. "명사수였던 장교가 쓰던 총이죠."

"여기서 팔았던 겁니까?"

"네."

"그런데 어떻게 다시 돌아왔죠?"

"그분 당번병에게서요."

"내 것도 여기 있을지 모르겠군," 내가 말했다. "얼마입니까?"

"50리라예요. 아주 싸죠."

"좋습니다. 예비 탄 클립 두 개와 실탄 한 상자도 주십시오."

여자 점원이 카운터 밑에서 물건들을 꺼냈다.

"칼은 필요 없으세요?" 그녀가 물었다. "아주 싼 중고품이 몇 개 있는데요."

"저는 전선에 갈 겁니다." 내가 말했다.

"아, 그럼 필요 없으시겠네요." 그녀가 말했다.

나는 실탄과 권총 값을 지불하고 탄창을 채워 제자리에 꽂은 뒤 권총을 빈 권총집에 넣고 예비 탄 클립에 탄알을 재서 권총집 위에 있는 가죽 구멍에 끼운 뒤 벨트를 다시 찼다. 권총을 차니 벨트가 묵직했다. 그래도 정식 권총을 갖는 편이 낫지, 나는 생각했다. 총알은 언제든 구할 수 있을 테니까.

"이제 완전 무장이로군," 내가 말했다. "잊지 말고 꼭 해야 할 유일한 일이었어. 병원으로 후송되던 중 누가 내 권총을 가져가버렸거든."

"성능이 좋은 권총이면 좋겠네요." 캐서린이 말했다.

"더 필요한 건 없으세요?" 여자가 물었다.

"없는 것 같은데요."

"그 권총에는 끈도 달려 있어요." 여자가 말했다.

"봤습니다." 여자는 뭔가 더 팔고 싶어했다.

"호루라기는 필요 없으세요?"

"필요 없습니다."

여자와 인사하고 우리는 보도로 나왔다. 캐서린이 창문 안쪽을 들여다보았다. 여자가 밖을 내다보며 우리에게 고개 숙여 인사했다.

"나무에 박아놓은 저 작은 거울들은 무슨 용도예요?"

"새들을 유인하는 거야. 들판에 나가 저걸 빙빙 돌리면 종달새들이 보고 날아오거든. 이탈리아인들은 그렇게 해서 총을 쏘아 잡아."

"기발한 사람들이네요." 캐서린이 말했다.

"미국에선 종달새를 잡지 않죠, 달링?"

"그다지."

우리는 거리를 가로질러 반대편 보도를 걷기 시작했다.

"이제 기분이 나아졌어요," 캐서린이 말했다. "아까는 너무 우울했는데."

"함께 있을 때는 늘 기분이 좋잖아."

"우린 늘 함께 있을 거예요."

"응, 자정에 내가 떠나는 것만 빼면."

"그 생각은 하지 말아요, 달링."

우리는 거리 위쪽으로 걸어갔다. 안개 때문에 불빛이 노랗게 보였다.

"피곤하지 않아요?" 캐서린이 물었다.

"당신은 어때?"

"나는 괜찮아요. 걷는 게 재미있어."

"그래도 너무 오래 걷지는 말자."

"그래요."

우리는 불빛이 없는 골목길로 꺾어들어 그 길을 걸어갔다. 나는 걸음을 멈추고 캐서린에게 키스했다. 키스하며 그녀가 내 어깨로 손을 올리는 것을 느꼈다. 그녀가 내 망토를 당겨 자기 몸을 감쌌고 우리는 함께 망토에 싸였다. 우리는 길가의 높은 담에 기대어 서 있었다.

"어디든 가지." 내가 말했다.

"좋아요." 캐서린이 말했다. 우리는 그 길을 따라 운하 옆 좀더 넓은 길로 빠져나왔다. 운하 건너편에는 벽돌담들과 건물들이 늘어서 있었다. 바로 앞쪽 길 아래로 다리를 지나가는 전차가 보였다.

"저 다리로 가면 마차를 잡을 수 있을 거야." 내가 말했다. 우리는 안개에 싸인 다리 위에 서서 마차를 기다렸다. 집으로 돌아가는 사람들을 가득 실은 전차가 몇 대 지나갔다. 그러고 나서 마차가 왔지만 손님이 타고 있었다. 안개가 비로 바뀌었다.

"걷든지 전차를 타든지 해야겠어요." 캐서린이 말했다.

"곧 올 거야," 내가 말했다. "여기가 길목이니까."

"저기 오네요." 그녀가 말했다.

마부가 말을 세우고 미터기의 금속 표지를 내렸다. 마차 포장이 내려져 있고 마부의 외투에 빗방울이 묻어 있었다. 광택 처리를 한 마부의 모자도 비에 젖어 반짝거렸다. 우리는 함께 자리에 앉았고 포장이 내려져 마차 안은 어두웠다.

"어디로 가라고 했어요?"

"역으로. 역 맞은편에 우리가 갈 만한 호텔이 하나 있어."

"이대로 가도 괜찮아요? 짐도 없이?"

"괜찮아." 내가 말했다.

빗속에서 골목길을 달려 역까지 가는 데 꽤 오랜 시간이 걸렸다.

"저녁은 안 먹어요?" 캐서린이 말했다. "배가 고플 것 같은데."

"방에서 먹자."

"입을 옷이 없어요. 잠옷조차도."

"사면 되지." 나는 이렇게 말하고 마부를 불렀다.

"비아 만초니로 해서 올라갑시다." 마부가 고개를 끄덕이고는 다음 모퉁이에서 왼쪽으로 꺾었다. 큰길로 나가자 캐서린이 가게를 찾았다.

"저기 있어요." 그녀가 말했다. 나는 마부에게 세워달라고 했고 캐서린은 마차에서 내려 길을 가로질러 가게로 들어갔다. 나는 마차에 앉아 그녀를 기다렸다. 내리는 비에 젖은 거리의 냄새와 빗속에서 김을 내뿜는 말 냄새가 났다. 그녀가 포장된 꾸러미를 들고 돌아오자 마차는 다시 달리기 시작했다.

"대단한 사치를 했어요, 달링," 그녀가 말했다. "하지만 아주 좋은 잠옷이에요."

호텔에 도착하자 나는 캐서린에게 마차에서 기다리라고 하고 안에서 지배인과 이야기했다. 빈방은 많았다. 나는 마차로 돌아와 마부에게 돈을 지불하고 캐서린과 안으로 들어갔다. 단추 달린 제복을 입은 작은 소년이 꾸러미를 날랐다. 지배인이 고개 숙여 인사하고 승강기로 안내했다. 온통 붉은색 플러시*와 황동으로 꾸며져 있었다. 지배인도

* 벨벳과 유사한 천.

우리와 함께 승강기에 올랐다.

"*신사분*, *숙녀분* 모두 방에서 식사를 하시겠습니까?"

"네. 메뉴를 보내주겠습니까?" 내가 말했다.

"특별히 원하시는 게 있을까요. 들새 요리라든가 수플레라든가요?"

승강기는 층마다 철컹거리며 세 층을 지나더니 다시 철컹하고는 멈춰 섰다.

"들새는 뭐가 있습니까?"

"꿩과 멧도요가 있습니다."

"멧도요로 하죠." 내가 말했다. 우리는 복도를 걸어갔다. 카펫은 해져 있었다. 문들이 즐비했다. 지배인이 걸음을 멈추고 열쇠로 문을 열었다.

"여깁니다. 멋진 방이죠."

단추 달린 제복을 입은 작은 소년이 방 한가운데 테이블에 꾸러미를 올려놓았다. 지배인이 커튼을 젖혔다.

"안개가 자욱하군요." 그가 말했다. 방도 붉은색 플러시로 꾸며져 있었다. 거울이 많고, 의자 두 개와 새틴 커버가 덮인 커다란 침대가 있었다. 욕실로 통하는 문도 보였다.

"메뉴를 보내드리겠습니다." 지배인이 말했다. 그는 고개 숙여 인사하고 나갔다.

나는 창문으로 다가가 밖을 내다보고 줄을 당겨 두꺼운 플러시 커튼을 쳤다. 캐서린은 침대에 걸터앉아 유리에 무늬를 새긴 샹들리에를 올려다보았다. 모자를 벗은 그녀의 머리카락이 불빛에 반짝거렸다. 그녀는 거울을 보며 머리를 매만졌다. 나는 다른 세 개의 거울에 비친 그녀의 모습을 바라보았다. 행복해 보이지 않았다. 그녀는 망토를 침대 위에 떨어뜨렸다.

“왜 그래, 달링?”

“전에는 한 번도 그런 적 없는데 매춘부가 된 기분이 들어요.” 그녀가 말했다. 나는 창문으로 다가가 커튼을 젖히고 밖을 내다보았다. 그런 생각을 하리라고는 생각 못했다.

“당신은 매춘부가 아니잖아.”

“알아요, 달링. 하지만 그런 기분이 들어서 싫어요.” 그녀의 목소리는 메마르고 단조로웠다.

“여긴 우리가 들어갈 수 있는 가장 좋은 호텔이야.” 내가 말했다. 나는 창밖을 내다보았다. 광장 건너편에 기차역 불빛이 보였다. 거리에 마차들이 오가고 공원의 나무들도 보였다. 호텔 불빛이 비쳐 비에 젖은 도로가 반짝거렸다. 아, 젠장, 우리가 지금 다퉈야 하나? 나는 생각했다.

“이리 와요,” 캐서린이 말했다. 목소리에서 단조로움은 말끔히 사라지고 없었다. “제발 이리 와요. 다시 착한 여자가 될게.” 나는 침대 쪽으로 고개를 돌렸다. 그녀는 미소짓고 있었다.

나는 침대로 가 그녀 옆에 앉아 키스했다.

“당신은 내 착한 여자야.”

“그렇고말고요.” 그녀가 말했다.

식사를 마치자 우리는 기분이 나아졌고, 그후 한결 더 좋아져서 곧 호텔방이 우리집처럼 느껴졌다. 병원에서 내 병실이 우리집이었듯 이 방도 우리집이 되었다.

식사하는 동안 캐서린은 어깨에 내 재킷을 걸치고 있었다. 우리는 배가 많이 고팠고 식사는 훌륭했으며, 카프리와 생테스테프*를 한 병씩 마셨는데 대부분은 내가 마셨지만 캐서린도 조금 마신 덕분에 기분이 좋아진 듯했다. 저녁식사로는 멧도요 요리와 감자 수플레, 밤 퓌레, 샐러드를 먹고 디저트로 자바이오네**를 먹었다.

"좋은 방이에요," 캐서린이 말했다. "근사해요. 밀라노에 머무는 동안 여기서 지냈어야 했는데."

"재미있는 방이야. 하지만 좋아."

"나쁜 짓도 재미있네," 캐서린이 말했다. "그런 짓을 하는 사람들도 나름 괜찮은 취향이 있나봐요. 저 붉은색 플러시는 정말 멋져. 딱 어울려요. 저 거울들도 아주 매력적이고."

"당신은 사랑스러운 여자이고."

"이런 방에서 아침에 잠이 깨면 어떤 기분이 들까? 하지만 정말 근사한 방이에요." 나는 생테스테프를 한 잔 더 따랐다.

"우리도 한번 나쁜 짓을 해보면 좋을 텐데," 캐서린이 말했다. "우리가 하는 짓은 전부 너무 순진하고 소박해요. 우리는 그런 짓은 못할 거예요."

"당신은 훌륭한 여자야."

"나는 배가 고플 뿐이에요. 너무 배가 고파."

"당신은 착하고 단순한 여자야." 내가 말했다.

"단순한 여자죠. 당신 말고는 지금까지 아무도 그걸 몰랐지만."

---

* 프랑스 와인의 일종.

** 달걀과 설탕, 화이트와인 등을 중탕한 소스 겸 디저트.

"처음 당신을 만났을 때 나는 오후 내내 어떻게 하면 당신을 카보우르호텔에 데려갈 수 있을까, 그러면 기분이 어떨까, 그런 생각을 했어."

"정말 뻔뻔하군요. 여긴 카보우르호텔이 아니잖아요?"

"아니지. 그 호텔은 우리를 받아주지도 않았을 거야."

"언젠가는 받아주겠죠. 하지만 우리 둘의 차이가 그거였네요, 달링. 나는 아무 생각도 안 했는데."

"전혀 안 했다고?"

"조금은." 그녀가 말했다.

"아, 당신은 정말 사랑스러워."

나는 와인을 한 잔 더 따랐다.

"나는 아주 단순한 여자예요." 캐서린이 말했다.

"처음에는 그렇게 보이지 않았어. 정신이 이상한 줄 알았거든."

"약간 이상하긴 했죠. 하지만 복잡하게 정신이 돈 건 아니었어요. 그래서 당신이 혼란스러웠던 건 아니잖아요, 달링?"

"와인은 위대해," 내가 말했다. "나쁜 일은 모두 잊게 해주니까."

"좋은 거죠," 캐서린이 말했다. "하지만 그것 때문에 우리 아버지는 심한 통풍을 앓고 계세요."

"아버지가 살아 계셔?"

"그럼요," 캐서린이 말했다. "통풍에 걸리셨어요. 아버지를 만날 필요는 없어요. 당신은 아버지가 안 계세요?"

"응," 내가 말했다. "양부가 계시지."

"내가 그분을 좋아하게 될까요?"

"만날 필요 없을 거야."

"우리는 지금 좋은 시간을 보내고 있고," 캐서린이 말했다. "나는 이제 다른 일엔 아무 관심 없어. 당신과 결혼해서 정말 행복해요."

그때 웨이터가 들어와 그릇들을 가져갔다. 잠시 후 우리는 아무 말 없이 가만히 빗소리에만 귀를 기울였다. 저 아래 거리에서 자동차가 경적을 울렸다.

> "'하지만 등뒤에서 언제나 들리지 날개를 단 시간의 전차가 급히 다가오는 소리가*.'"

내가 읊었다.

"나도 그 시 알아요," 캐서린이 말했다. "마블이잖아요. 하지만 그건 남자와 같이 살지 않으려는 여자를 노래한 시예요."

정신이 아주 맑고 냉철해지자 현실적인 이야기를 하고 싶었다.

"아이는 어디서 낳을 생각이야?"

"모르겠어요. 가장 좋은 데를 찾을 거예요."

"어떻게 준비할 건데?"

"최선을 다해야죠. 걱정 말아요, 달링. 전쟁이 끝나기 전에 몇 명 더 낳게 될지도 모르니까."

"갈 시간이 거의 다 됐어."

"알아요. 원한다면 지금 나가요."

"아니야."

---

* 17세기 영국 시인 앤드루 마블의 시 「수줍어하는 연인에게」 일부.

"그리고 걱정 말아요, 달링. 지금까지 좋았는데 이제 와서 무슨 걱정이에요."

"걱정 안 할게. 편지 자주 쓸 거지?"

"매일이요. 군대에서 편지를 읽어볼까요?"

"그 사람들은 내용을 훼손할 정도로 영어를 잘하지 못해."

"아주 알쏭달쏭하게 쓸게요." 캐서린이 말했다.

"너무 그렇게는 쓰지 마."

"약간만 그렇게 할게요."

"이제 가야 할 것 같은데."

"알겠어요, 달링."

"이렇게 좋은 우리집을 떠나기가 싫군."

"나도 그래요."

"그래도 가야지."

"그래요. 그러고 보니 우리는 한 번도 우리집에서 오래 머물렀던 적이 없네요."

"그럴 날이 올 거야."

"당신이 돌아올 때까지 근사한 집을 마련해놓을게요."

"어쩌면 바로 돌아올지도 몰라."

"발에 가벼운 부상만 입고요."

"아니면 귓불이거나."

"안 돼요. 당신 귓불은 지금 이대로가 좋아."

"발은 안 그렇고?"

"발은 이미 다쳤잖아요."

"이제 가야 해, 달링. 정말로."

"좋아요. 당신 먼저 나가요."

24

우리는 승강기를 타지 않고 계단으로 내려왔다. 계단의 카펫도 해져 있었다. 저녁식사 요금은 객실로 가져왔을 때 이미 냈는데 아까 식사를 날랐던 웨이터가 문 가까이 의자에 앉아 있었다. 그는 벌떡 일어나 고개 숙여 인사했고 나는 그를 따라 옆방으로 들어가 객실비를 지불했다. 지배인은 나를 안다며 선불이 필요 없다고 말했지만 막상 퇴근하면서는 내가 돈을 내지 않고 나가지 못하도록 문 앞에 웨이터를 앉혀두는 것을 잊지 않았다. 아마 전에 그런 일을 당한 적이 있었을 것이다. 그것도 친구라는 사람들에게. 전쟁중에는 친구가 많아지는 법이다.

웨이터에게 마차를 불러달라고 하자 그는 내가 들고 있던 캐서린의 꾸러미를 받아들더니 우산을 들고 밖으로 나갔다. 창밖으로 그가 빗속에서 길을 건너는 모습이 보였다. 우리는 옆방에 서서 창밖을 내다보았다.

"기분 어때, 캣*?"

"졸려요."

"나는 속이 허전하고 배가 고파."

* 캐서린의 애칭.

“먹을 건 좀 있어요?”

“응, 잡낭 속에.”

마차가 오는 것이 보였다. 마차가 멈추고 말이 빗속에서 고개를 수그렸고, 웨이터는 마차에서 내려 우산을 펴더니 호텔 쪽으로 걸어왔다. 우리는 현관문 앞에서 그를 맞아 우산을 건네받고 비에 젖은 길을 걸어 연석 옆에 서 있는 마차로 갔다. 하수구로 빗물이 흘러들고 있었다.

“꾸러미는 좌석에 두었습니다.” 웨이터가 말했다. 그는 우리가 마차에 탈 때까지 우산을 들어주었고 나는 그에게 팁을 주었다.

“고맙습니다. 즐거운 여행 하시길 바랍니다.” 그가 말했다. 마부가 고삐를 올리자 말이 움직이기 시작했다. 웨이터는 우산을 든 채 몸을 돌려 호텔로 돌아갔다. 마차는 거리를 달려내려가 왼쪽으로 돈 뒤 다시 오른쪽으로 돌아 역 앞에서 멈췄다. *헌병* 두 명이 가로등 바로 아래 빗속에 서 있었다. 가로등 불빛에 그들의 모자가 빛났다. 역에서 새어 나오는 불빛에 비는 맑고 투명해 보였다. 짐꾼 하나가 비를 피하느라 어깨를 잔뜩 웅크린 채 역사 통로 밑에서 나왔다.

“됐어요,” 내가 말했다. “괜찮습니다. 나올 필요 없었는데.”

그는 아치형 통로로 돌아갔다. 나는 캐서린을 돌아보았다. 그녀의 얼굴은 마차의 포장 그늘에 가려져 있었다.

“이제 작별인사를 해야겠어.”

“나도 같이 가면 안 될까요?”

“안 돼.”

“잘 있어, 캣.”

“마부에게 병원으로 가달라고 말해줄래요?”

"그러지."

나는 마부에게 목적지를 알려주었다. 그는 고개를 끄덕였다.

"잘 있어," 내가 말했다. "몸조심하고 꼬마 캐서린도 잘 돌보고."

"안녕, 달링."

"안녕." 내가 말했다. 내가 빗속으로 나가자 마차가 움직이기 시작했다. 캐서린이 밖으로 몸을 내밀자 불빛에 그녀의 얼굴이 보였다. 그녀는 미소지으며 손을 흔들었다. 마차는 거리를 달려갔고, 캐서린은 아치형 통로 쪽을 손짓으로 가리켰다. 돌아보니 헌병 두 명과 아치형 통로가 보였다. 비를 피해 거기로 들어가라는 뜻 같았다. 나는 그 밑으로 들어가 우두커니 선 채 마차가 길모퉁이를 돌아 사라지는 것을 지켜보았다. 그런 뒤 통로를 나가 기차가 있는 곳으로 내려갔다.

병원 수위가 승강장에서 나를 찾고 있었다. 나는 그를 따라 기차에 올라 붐비는 사람들을 헤치고 통로를 지나 사람들이 꽉 들어찬 한구석에 기관총수가 나 대신 앉아 있는 칸막이 객실의 문을 열고 들어갔다. 내 배낭과 잡낭들은 그의 머리 위 선반에 있었다. 통로에도 많은 사람이 서 있었는데 우리가 들어가자 객실 안 승객들이 모두 우리를 쳐다보았다. 좌석이 부족했기 때문에 다들 곱지 않은 시선이었다. 기관총수가 내가 앉도록 자리에서 일어났다. 누군가 내 어깨를 톡톡 두드렸다. 돌아보니 키가 아주 크고 깡마르고 턱에 붉은 흉터가 있는 포병 대위였다. 통로 창문으로 들여다보다가 안으로 들어온 것이었다.

"무슨 일입니까?" 내가 물었다. 나는 돌아서서 그를 마주보았다. 그는 나보다 키가 컸고 모자 차양에 그늘진 얼굴은 무척 수척했고 상처는 최근에 생긴 듯 반질거렸다. 객실에 있는 모든 사람이 나를 쳐다보고 있었다.

"이러면 안 돼," 그가 말했다. "병사를 시켜 자리를 맡아두지 말았어야지."

"이미 끝난 일입니다."

그가 마른침을 삼키자 목젖이 올라갔다 내려오는 것이 보였다. 기관총수는 좌석 앞에 서 있었다. 다른 사람들도 창문 너머로 안을 들여다보았다. 객실의 누구도 입을 열지 않았다.

"그럴 권리는 없어. 나는 당신이 오기 두 시간 전부터 와서 기다렸어."

"원하시는 게 뭡니까?"

"그 자리."

"저도 그렇습니다."

나는 그의 얼굴을 빤히 쳐다보았다. 객실 안 모든 사람이 내게 적대적이라는 것이 느껴졌다. 그들을 비난할 수는 없었다. 대위의 말도 옳았다. 하지만 나도 그 자리를 원했다. 여전히 아무도 입을 열지 않았다.

이런 빌어먹을, 나는 생각했다.

"앉으십시오, *대위님*." 내가 말했다. 기관총수가 자리를 비키자 키 큰 대위가 자리에 앉았다. 그는 나를 올려다보았다. 표정이 좋지 않았다. 그래도 그는 자리를 차지했다. "내 짐을 내려주겠나." 나는 기관총수에게 말했다. 우리는 통로로 나갔다. 기차는 만원이라 빈자리가 있을 리 만무했다. 나는 수위와 기관총수에게 10리라씩 주었다. 그들이 통로를 지나 승강장으로 내려가 바깥에서 창문 너머를 들여다보며 다녔지만 빈자리는 하나도 없었다.

"브레시아에서 일부 내릴지도 모릅니다." 수위가 말했다.

"브레시아에서는 더 탈 겁니다." 기관총수가 말했다. 나는 그들과 악수하며 작별인사를 했고 그들은 돌아갔다. 두 사람 모두 낙담했다. 기차가 출발할 때 사람들은 모두 통로에 서 있었다. 기차가 역을 빠져나가는 동안 나는 역의 불빛과 역 구내가 눈앞에서 스쳐가는 것을 보았다. 여전히 비가 내리고 있어서 곧바로 창문들이 젖으며 밖이 보이지 않았다. 얼마 후 나는 돈과 서류가 든 지갑을 셔츠와 바지 속에 넣어 바짓가랑이 안쪽으로 오도록 한 뒤 통로에 누워 잠을 청했다. 나는 밤새도록 잤고, 브레시아와 베로나에서 더 많은 사람이 올라타는 바람에 깼지만 금방 다시 잠들었다. 잡낭 하나는 베고 다른 하나는 계속 몸에 닿도록 껴안고 잤는데 사람들은 나를 밟지 않기 위해 발을 들어 내 위를 넘어가야 했다. 통로 바닥 가득 사람들이 누워 자고 있었다. 창틀을 붙잡거나 문에 기대선 사람들도 있었다. 기차는 계속 만원이었다.

3부

25

이제 가을로 접어들어 나무들은 헐벗고 길은 진흙탕이 되었다. 나는 군용 트럭을 타고 우디네에서 고리치아로 갔다. 우리 트럭이 다른 군용 트럭들을 추월하며 달리는 동안 나는 시골 풍경을 바라보았다. 뽕나무는 잎이 모두 떨어졌고 들판은 갈색이었다. 줄지어 선 헐벗은 가로수의 낙엽들이 비에 젖어 길에 뒹굴고, 길가를 따라 나무들 사이에 쌓아놓은 돌무더기에서 사람들이 돌을 날라다가 자동차 바퀴에 파인 구덩이를 메우는 작업을 하고 있었다. 산은 안개에 가려 있고 그 사이로 마을이 보였다. 강을 건너면서 보니 물이 불어나 있었다. 산악 지대에 비가 내리고 있었다. 우리는 공장과 주택과 빌라 들을 지나 시내로 들어갔고 전보다 많은 집이 포격으로 부서져 있는 것을 보았다. 좁은 길에서 영국 적십자사 구급차를 지나쳤다. 모자를 쓴 운전병의 야윈 얼굴이 시커멓게 그을려 있었다. 모르는 얼굴이었다. 시장市長 관사 앞 커다란 광장에 이르러 나는 트럭에서 내렸고, 운전병이 건네준 배낭을 걸머지고 잡낭 두 개는 어깨에 걸친 채 숙소인 빌라로 걸어갔다. 집에 돌아왔다는 기분은 들지 않았다.

나는 나무들 사이로 빌라를 바라보면서 자갈이 깔린 축축한 진입로를 걸어갔다. 창문은 모두 닫혀 있었지만 출입문은 열려 있었다. 안으로 들어가 보니 벽에 붙은 지도와 타이핑된 서류들 외에는 휑뎅그레한 방 책상 앞에 소령이 앉아 있었다.

"왔나," 그가 말했다. "잘 지냈나?" 그는 전보다 더 늙고 메말라 보였다.

"잘 지냈습니다," 내가 말했다. "여기는 어떻습니까?"

"모든 게 끝장이지," 그가 말했다. "짐을 내려놓고 앉게." 나는 배낭과 잡낭 두 개를 바닥에 내려놓고 모자를 벗어 배낭 위에 놓았다. 그러고는 벽 가에 있는 의자를 가져와 책상 옆에 놓고 앉았다.

"힘든 여름이었어," 소령이 말했다. "이제 건강해진 건가?"

"네."

"훈장은 받았지?"

"네. 잘 받았습니다. 정말 고맙습니다."

"어디 한번 볼까."

나는 망토를 젖혀 리본 두 개를 보여주었다.

"메달 상자도 받았나?"

"아닙니다. 표창장만 받았습니다."

"상자는 나중에 올 거야. 그건 시간이 좀 걸리더군."

"저는 이제 뭘 하면 됩니까?"

"차들은 모두 나가 있어. 북쪽 카포레토에 여섯 대가 있지. 카포레토 아나?"

"압니다." 내가 말했다. 내 기억에는 골짜기에 종탑이 있는 작고 하얀 마을이었다. 아담하고 깨끗한 마을이고 광장 한복판에 멋진 분수가 있었다.

"거기서 일하고 있어. 지금 거기 환자가 많거든. 전투는 끝났고."

"다른 차들은 어디 있습니까?"

"산 위에 두 대 올라가 있고, 네 대는 아직 바인시차에 있지. 다른 두 구급차 소대는 제3군 소속으로 카르소에 있어."

"저는 뭘 해야 합니까?"

"괜찮다면 바인시차로 가서 거기 있는 구급차 네 대를 맡게. 지노가 오랫동안 거기 있었어. 자네 그쪽에는 가본 적 없지?"

"없습니다."

"정말 안 좋았어. 구급차 세 대를 잃었네."

"저도 들었습니다."

"그래, 리날디가 편지에 썼겠지."

"리날디는 어디 있습니까?"

"이곳 병원에 있어. 여름과 가을 내내 여기 있었지."

"그렇군요."

"최악이었네," 소령이 말했다. "얼마나 나빴는지 자네는 상상도 못할 거야. 자네가 부상을 입은 게 차라리 다행이었다는 생각이 가끔 들 정도였으니까."

"저도 압니다."

"내년에는 상황이 더 나빠질 거야," 소령이 말했다. "적의 공격이 있을지도 몰라. 그럴 거라는 말이 있는데 나는 믿어지지가 않아. 이미 너무 늦었거든. 강 봤지?"

"봤습니다. 벌써 수위가 높던데요."

"이미 우기가 시작돼서 나는 적이 공세를 취할 것 같지 않거든. 곧 눈도 내릴 테고 말이야. 자네 나라 사람들은 대체 어떻게 된 건가? 자네 말고 미군들이 오기는 하나?"

"천만의 군대를 훈련시키고 있답니다."

"일부라도 좀 보내주면 좋겠어. 하지만 프랑스군이 다 차지하겠지. 우리 차례는 오지도 않을 거야. 좋아. 자네는 오늘밤 여기서 자고 내일 소형차로 가서 지노를 돌려보내. 길을 아는 병사를 딸려 보내지. 자세한 설명은 지노가 전부 해줄 거야. 아직도 포격이 좀 있긴 하지만 거의 끝났네. 자네도 바인시차를 한번 보고 싶을 테지."

"가보고 싶습니다. 다시 뵙게 되어 기쁩니다, 소령님."

소령이 미소지었다. "그렇게 말해주니 고맙군. 나는 이 전쟁에 아주 지쳤어. 내가 후송되었다면 나는 돌아오지 않았을 거야."

"그렇게 상황이 나쁩니까?"

"그래. 아주 나쁘고 계속 나빠지고 있어. 어서 가서 씻고 자네 친구 리날디를 만나게."

나는 그 방을 나와 짐을 들고 위층으로 올라갔다. 리날디는 방에 없었지만 물건들은 그대로 있었고 나는 침대에 걸터앉아 각반을 풀고 오른쪽 구두를 벗었다. 그러고는 침대에 누웠다. 피곤하고 오른발이 아팠다. 구두 한쪽만 벗고 침대에 누운 것이 웃긴 것 같아 몸을 일으켜 다른 쪽 구두끈도 풀어 바닥에 벗어던지고 다시 담요 위에 드러누웠다. 창문이 닫혀 있어 방안 공기가 답답했지만 너무 피곤해 일어나 창문을 열러 갈 수가 없었다. 내 물건들은 방 한구석으로 치워져 있었다. 날이 어두워지고 있었다. 나는 침대에 누워 캐서린을 생각하며 리날디를 기다렸다. 밤에 잠들기 전 말고는 캐서린을 생각하지 않을 작정이었다. 하지만 지금은 피곤하고 달리 할일도 없었기 때문에 누워서 캐서린을 생각했다. 그런 생각에 잠겨 있을 때 리날디가 들어왔다. 그는 여전했다. 아니 전보다 조금 야윈 것 같았다.

"여어, 베이비." 그가 말했다. 나는 침대에 일어나 앉았다. 그가 다가와 옆에 앉더니 두 팔로 나를 끌어안았다. "사랑하는 베이비." 그러면서 내 등을 철썩 치길래 나는 그의 두 팔을 붙잡았다.

"사랑하는 베이비," 그가 말했다. "무릎 좀 보여줘."

"그럼 바지를 벗어야 해."

"벗으면 되지, 베이비. 우린 친구잖아. 그 사람들이 어떻게 해놨는지 보고 싶어서 그래." 나는 일어서서 바지를 내리고 무릎보조기를 풀었다. 리날디는 바닥에 꿇어앉아 내 무릎을 가만가만 앞뒤로 폈다 구부렸다 했다. 손가락으로 상처를 쓸어보다가 양쪽 엄지로 슬개골 위를 눌러보고 무릎을 잡고 부드럽게 흔들기도 했다.

"관절은 이 정도로 됐대?"

"응."

"이런 상태로 전선에 돌려보내는 건 범죄 행위야. 더 완전하게 움직일 수 있을 때 보냈어야지."

"많이 좋아진 거야. 전에는 널빤지처럼 뻣뻣했어."

리날디는 내 무릎을 더 구부려보았다. 나는 그의 손을 지켜보았다. 섬세한 외과의사의 손이었다. 정수리를 보니 윤기 흐르는 머리칼이 좌우로 부드럽게 갈라져 있었다. 그가 내 무릎을 크게 구부렸다.

"아야!" 내가 소리쳤다.

"물리치료를 좀더 받아야 해." 리날디가 말했다.

"전보다 좋아졌다니까."

"그건 그렇지, 베이비. 하지만 이런 건 자네보다 내가 잘 알잖아." 그는 일어나 침대에 앉았다. "무릎 수술 자체는 잘됐어." 그가 무릎 검사를 마치고 말했다. "이제 하나도 빼지 말고 말해봐."

"할 이야기가 없어," 내가 말했다. "그냥 조용히 지냈어."

"마치 결혼한 사람처럼 구는군," 그가 말했다. "무슨 일 있었어?"

"아무 일도," 내가 말했다. "자네야말로 무슨 일 없어?"

"이놈의 전쟁 때문에 죽을 맛이지," 리날디가 말했다. "너무 우울해." 그는 자기 무릎 위에 양손을 포갰다.

"이런." 내가 말했다.

"왜지? 나는 인간적인 충동도 없는 줄 아나?"

"그럴 리 없어. 자네는 그동안 즐거운 시간을 보냈을 거야. 말해봐."

"여름과 가을 내내 수술만 했어. 일만 하고 살았다고. 혼자 일을 도맡아 한 셈이야. 힘든 일은 다 내 차지였으니까. 세상에, 베이비, 나는 지금 유능한 외과의사가 다 됐어."

"그거 잘됐군."

"머릿속이 텅 비었어. 그래, 맹세코, 아무 생각이 없어. 수술만 할 뿐이야."

"그렇군."

"하지만 이제 다 끝났어, 베이비. 지금은 수술을 하지 않지만 기분은 지옥 같아. 정말 끔찍한 전쟁이야, 베이비. 정말 그래. 이제 자네가 나를 위로해줄 차례야. 레코드판 가져왔어?"

"응."

종이에 싸서 마분지 상자에 넣은 레코드판들은 배낭에 있었다. 너무 피곤해서 꺼내두지도 못했다.

"어디가 안 좋은 거야, 베이비?"

"죽을 맛이지."

"이 전쟁은 너무 끔찍해," 리날디가 말했다. "그래. 술이라도 마시고 기운을 내볼까. 그리고 유곽에 가자. 그럼 기분이 좋아지겠지."

"황달에 걸렸었어," 내가 말했다. "그래서 술 마시면 안 돼."

"오, 베이비, 어쩌다 이런 꼴로 돌아왔나. 신중한 겁쟁이가 됐군. 그러니까 이 전쟁이 정말 끔찍하다는 거야. 대체 우리는 어쩌다 이 짓을 하게 됐을까?"

"한잔하지. 취하고 싶진 않지만 어쨌든 한잔해."

리날디가 방을 가로질러 세면대로 가서 잔 두 개와 코냑 한 병을 가져왔다.

"오스트리아 코냑이야," 그가 말했다. "별 일곱 개짜리. 산가브리엘레에서 얻은 유일한 전리품이지."

"자네도 거기 갔었나?"

"아니. 나는 아무데도 가지 않았어. 내내 여기서 수술만 했다니까.

보라고, 베이비, 이건 자네가 쓰던 양치 컵이야. 자네를 잊지 않으려고 그대로 둔 거야."

"이 닦는 걸 잊지 않으려고 그랬겠지."

"아니야. 내 건 따로 있어. 매일 아침 욕을 하면서 아스피린을 삼키고 매춘부들을 저주하며 이에서 빌라 로사를 닦아내려고 애쓰던 자네를 잊지 않으려고 둔 거야. 이 컵을 볼 때마다 칫솔로 양심을 깨끗이 닦으려고 애쓰던 자네가 생각나거든." 그가 침대로 다가왔다. "내게 키스 한번 해주고 심각하지 않다고 말해줘."

"자네한텐 절대 키스 안 해. 이 원숭이야."

"알아, 자네는 착하고 얌전한 앵글로색슨 청년이지. 안다고. 자네는 반성할 줄 아는 청년이지, 알다마다. 그럼 나는 앵글로색슨이 칫솔로 오입의 흔적을 닦아내는 모습을 볼 때까지 기다려야겠군."

"코냑이나 따라봐."

우리는 잔을 부딪치고 마셨다. 리날디는 나를 놀려댔다.

"자네를 취하게 한 뒤 자네 간을 꺼내고 좋은 이탈리아 간을 집어넣어 다시 사내로 만들어야겠어."

나는 코냑을 더 따르라고 잔을 들었다. 바깥은 어두워져 있었다. 나는 코냑 잔을 들고 창가로 다가가 창문을 열었다. 비는 그쳤다. 바깥은 더 추워졌고 나무들은 안개에 싸여 있었다.

"코냑을 창밖에 버리진 마," 리날디가 말했다. "안 마실 거면 날 줘."

"자네 거나 마셔." 내가 말했다. 리날디를 다시 만나서 좋았다. 그는 이 년 동안 나를 놀려댔지만 나는 언제나 그것을 즐겼다. 우리는 서로를 아주 잘 이해했다.

“결혼했나?” 그가 침대에서 물었다. 나는 창가 벽에 기대서 있었다.

“아직.”

“사랑하나?”

“응.”

“그 영국 여자?”

“응.”

“불쌍한 베이비. 그 여자가 잘해주던가?”

“물론이지.”

“내 말은, 실질적으로 그 일을 잘해줘?”

“입 다물어.”

“알았어. 자네도 알겠지만 난 정말 무척이나 세심한 남자거든. 그러니까 그 여자가—?”

“리닌,” 내가 말했다. “제발 입 다물어. 내 친구가 되고 싶다면, 입 다물라고.”

“친구가 되고 싶은 게 아니지, 베이비. 난 이미 자네 친구잖아.”

“그러니까 입 다물어.”

“알았어.”

나는 침대로 다가가 리날디 옆에 걸터앉았다. 그는 잔을 든 채 바닥을 내려다보았다.

“이해하지, 리닌?”

“아, 그럼. 나는 예전부터 신성한 영역의 주제들에 맞서왔어. 하지만 자네하고는 그런 일이 거의 없었지. 자네한테도 그런 주제는 당연히 있을 거야.” 그는 바닥을 내려다보았다.

"자네한테는 그런 게 없어?"

"없어."

"전혀 없어?"

"없어."

"내가 자네 어머니나 누이를 두고 이러쿵저러쿵해도?"

"그리고 자네 누이에 대해서도." 리날디가 재빨리 말했다. 우리는 둘 다 웃음을 터뜨렸다.

"대단한 놈." 내가 말했다.

"내가 질투를 하는 건가." 리날디가 말했다.

"아니, 그렇지 않아."

"그런 뜻이 아니야. 다른 뜻이 있어. 결혼한 친구 있어?"

"있지." 내가 말했다.

"나는 없어," 리날디가 말했다. "부부 금슬이 좋은 녀석과는 친구가 될 수 없어."

"왜 안 되지?"

"나를 좋아하지 않으니까."

"왜?"

"내가 뱀이라서. 나는 이성의 뱀*이거든."

"혼동하고 있군. 사과가 이성이지."

"아니야, 뱀이야." 그는 한결 쾌활해졌다.

"자네는 깊이 생각하지 않을 때가 더 나아." 내가 말했다.

---

* 에덴의 뱀을 가리킴.

"사랑하는 베이비," 그가 말했다. "자네는 내가 이탈리아의 위대한 사상가가 되려 할 때마다 김을 빼놓지. 하지만 나는 말로 설명할 수 없는 많은 걸 알고 있어. 자네보다 많은 걸 안다고."

"그래. 그렇지."

"하지만 자네가 나보다 더 즐거운 인생을 살 거야. 후회를 하면서도 자네는 나보다 더 즐거운 인생을 살 거야."

"그럴 것 같지 않은데."

"아니, 그럴 거야. 나는 이제 일할 때만 행복해." 그는 다시 바닥을 내려다보았다.

"극복할 거야."

"아니야. 일 말고 좋아하는 건 두 가지뿐이야. 하나는 내 일에 해롭고 다른 하나는 삼십 분이나 십오 분으로 끝나는 거지. 그보다 빨리 끝날 때도 있고."

"그보다 훨씬 빨리 끝날 때도 있고."

"어쩌면 그건 나아졌을걸. 자네는 몰라. 어쨌거나 내게는 이 두 가지와 일밖에 없어."

"앞으로 다른 것들이 생길 거야."

"아니. 절대로 아무것도 생기지 않아. 우리가 지금 가진 건 태어날 때 가지고 태어난 것이고 새로 배워서 얻은 건 없어. 새로운 건 절대 얻을 수 없어. 완성된 상태로 출발한 거라고. 자네는 라틴계로 태어나지 않은 걸 다행으로 알아."

"라틴계 같은 건 없어. 그게 '라틴식' 사고방식이지. 자네는 결점을 너무 자랑스러워하는군." 리날디는 고개를 쳐들고 웃었다.

"그만하자, 베이비. 생각을 너무 많이 했더니 피곤하네." 그는 들어올 때부터 피곤해 보였었다. "곧 식사 시간이야. 자네가 돌아오니 좋군. 자네는 나의 가장 친한 친구이자 전우야."

"전우들은 몇시에 식사하지?" 내가 물었다.

"이제 곧. 자네 간을 위해 한잔 더 하자."

"사도 바울처럼."

"틀렸어. 그건 와인과 위장이지. 그대의 위장을 위해 와인을 좀 마시도록 하시오.*"

"병 속에 뭐가 들었든," 내가 말했다. "자네가 말하는 그것을 위해 일단 마시지."

"자네 여자를 위해." 리날디가 말했다. 그는 잔을 내밀었다.

"좋아."

"자네 여자에 대해 지저분한 말은 절대 하지 않을게."

"너무 애쓸 건 없어."

그는 코냑을 마셨다. "나는 순수해," 그가 말했다. "나도 자네와 비슷하다고, 베이비. 나도 영국 여자와 사귈 거야. 사실 자네 여자도 내가 먼저 알았지만 나에게는 키가 좀 크더군. 키 큰 여자는 누이로 모셔라." 그가 인용했다.

"사랑스럽고 순수한 마음을 지녔군." 내가 말했다.

"그렇지? 그래서 사람들이 나를 *가장 순수한 리날도*Rinaldo Purissimo라고 부르잖아."

---

* 「디모데전서」 5장 23절에서 인용함.

"*가장 방탕한 리날도* *Rinaldo Sporchissimo*겠지."

"자, 베이비, 내 마음이 아직 순수할 때 내려가서 식사나 하자고."

씻고 머리를 빗은 뒤 그와 함께 계단을 내려갔다. 리날디는 약간 취해 있었다. 우리가 식사를 할 식당은 아직 식사 준비가 되어 있지 않았다.

"술을 가져올게." 리날디가 말했다. 그는 다시 계단을 올라갔다. 나는 식탁 앞에 앉았고 리날디가 술병을 들고 돌아와 텀블러에 코냑을 반잔씩 따랐다.

"너무 많은데." 나는 말하고 잔을 들어 식탁 위 램프 불빛에 비춰보았다.

"빈속인데 뭐가 많아. 술이란 대단해. 위장을 완전히 태워버리잖아. 자네에게는 이보다 더 해로운 것도 없어."

"괜찮아."

"나날이 자멸이지," 리날디가 말했다. "위장을 망가뜨리고 손을 떨리게 하고. 외과의사에게 제격이야."

"그걸 권하는 건가?"

"진심으로. 다른 건 필요 없어. 죽 들이켜, 베이비, 그리고 병이 나길 기다려보라고."

나는 절반쯤 비웠다. 복도에서 당번병이 외치는 소리가 들렸다. "수프입니다! 수프 준비됐습니다!"

소령이 들어와 우리에게 고개를 끄덕이고는 자리에 앉았다. 식탁에 앉은 그는 무척 왜소하게 보였다.

"우리가 전부인가?" 그가 물었다. 당번병이 수프 그릇을 내려놓고 가득 떠담았다.

"전부입니다," 리날디가 말했다. "신부가 오지 않는다면요. *페데리코*가 여기 있다는 걸 알면 나타날 텐데 말이죠."

"어디 있는데?" 내가 물었다.

"307부대에 가 있지," 소령이 대답했다. 그리고 부지런히 수프를 먹었다. 그는 입을 닦고 위로 뻗은 회색 콧수염도 조심스레 닦았다. "올 거야. 내가 전화해서 자네가 돌아왔다고 전갈을 남겼거든."

"떠들썩하던 식당이 그립군요." 내가 말했다.

"음, 조용해졌지." 소령이 말했다.

"내가 떠들게." 리날디가 말했다.

"와인 어떤가, *엔리코*." 소령이 말했다. 그는 내 잔을 채워줬다. 스파게티가 나오자 다들 먹느라 바빴다. 신부는 우리가 스파게티를 거의 다 먹었을 때쯤 들어왔다. 그는 전과 다름없이 작은 체구에 가무잡잡한 얼굴이고 빈틈없어 보였다. 나는 일어나 그와 악수했다. 그는 내 어깨에 손을 얹었다.

"소식을 듣자마자 왔습니다." 그가 말했다.

"앉으세요," 소령이 말했다. "늦었군요."

"안녕하십니까, 신부님," 리날디가 영어로 인사했다. 전에 신부를 놀려대던 영어를 좀 하는 대위에게 배운 것이었다. "안녕하세요, 리날도*." 신부가 말했다. 당번병이 수프부터 내왔지만 신부는 스파게티부터 먹겠다고 했다.

"어떻게 지냈습니까?" 그가 물었다.

---

* 리날디의 이름.

"잘 지냈습니다." 내가 말했다. "여긴 어땠습니까?"

"와인 좀 드십시오, 신부님." 리날디가 말했다. "위장을 위해 좀 드셔야죠. 아시겠지만, 이건 사도 바울이 한 말입니다."

"네, 압니다." 신부가 공손히 말했다. 리날디가 그의 잔을 채웠다.

"사도 바울이야말로," 리날디가 말했다. "온갖 사달의 근원입니다." 신부는 나를 보고 미소지었다. 그는 이제 그런 놀림에도 아랑곳하지 않았다.

"사도 바울은," 리날디가 말했다. "주정뱅이에다 여자 꽁무니나 쫓아다니던 사람이었잖아요. 그래놓고는 자기가 시들해지니까 그런 건 좋지 않다고 말했단 말입니다. 자기는 할 만큼 다 하고 아직 한창인 우리한테는 그런 규칙을 만들어놓은 거예요. 안 그래, *페데리코*?"

소령이 웃었다. 우리는 이제 고기 스튜를 먹고 있었다.

"나는 날이 저물면 성인에 대해선 절대 논하지 않아." 내가 말했다. 신부가 스튜 그릇에서 고개를 들고 나를 향해 미소지었다.

"이 친구 보게, 신부 편으로 넘어갔는데?" 리날디가 말했다. "신부를 놀려대던 우리 친구들은 다 어디로 갔지? 카발칸티는 어디 있나? 브룬디는 어디 있지? 체사레는 어디 있어? 지원도 없이 나 혼자서 놀려야 하는 거야?"

"이분은 훌륭한 신부님이야." 소령이 말했다.

"훌륭한 신부님이죠," 리날디가 말했다. "그래도 신부는 신부입니다. 나는 이 장교식당을 예전의 분위기로 돌려보려는 거라고요. *페데리코*를 행복하게 해주고 싶어서요. 지옥으로 꺼지세요, 신부님!"

소령은 리날디를 쳐다보았고 그가 취했다는 것을 알아차린 것 같았다. 그의 야윈 얼굴이 창백했다. 검은 머리가 흰 이마에 대비되어 유난히 검어 보였다.

"괜찮습니다, 리날도." 신부가 말했다. "괜찮습니다."

"지옥으로 꺼지라 그래," 리날디가 말했다. "빌어먹을 전쟁이고 뭐고 다 지옥으로 꺼지라고." 그는 의자에 기대앉았다.

"스트레스를 받는데다 지쳐서 그래." 소령이 내게 말했다. 그는 고기를 건져먹고 빵조각으로 그레이비소스까지 싹싹 닦아 먹었다.

"될 대로 되라지," 리날디가 식탁에 앉은 우리에게 말했다. "빌어먹을 전쟁이고 뭐고 지옥으로 꺼지라고 해." 그는 도전적인 눈길로 식탁 주위를 둘러보았는데, 눈은 풀려 있고, 얼굴은 창백했다.

"맞아," 내가 말했다. "빌어먹을 전쟁 따윈 지옥으로 꺼지라지."

"아니, 아니야," 리날디가 말했다. "자네는 못해. 자네는 못한다고. 자네는 못한다니까. 자네는 메마르고 텅 빈 인간이고 다른 건 아무것도 없어. 다른 건 아무것도 없다고. 빌어먹을 것 하나 없어. 알아, 나는 일을 그만두면 아무것도 없어."

신부는 고개를 내저었다. 당번병이 스튜 접시를 치웠다.

"고기를 왜 먹습니까?" 리날디가 신부에게 물었다. "오늘이 금요일인 거 몰라요?"

"목요일입니다." 신부가 말했다.

"거짓말. 오늘은 금요일이에요. 신부님은 주님의 몸을 먹고 있습니다. 그건 하느님의 살이에요. 나는 압니다. 그건 오스트리아인의 시체예요. 우리가 그걸 먹는 거라고요."

"하얀 고기는 장교의 것이고." 그 케케묵은 농담을 내가 마무리했다.

리날디는 웃음을 터뜨렸다. 그는 자기 잔을 채웠다.

"나는 신경쓰지 마," 그가 말했다. "약간 미쳤을 뿐이니까."

"당신은 휴가가 필요해요." 신부가 말했다.

소령은 그를 보며 고개를 내저었다. 리날디는 신부를 보았다.

"내가 휴가를 가야 한다고 생각하십니까?"

소령은 신부에게 고개를 내저었다. 리날디는 신부를 보고 있었다.

"원하신다면요," 신부가 말했다. "싫으면 말고요."

"지옥으로나 꺼져버려요," 리날디가 말했다. "나를 쫓아내려고 안달이군. 밤마다 나를 쫓아낼 궁리를 하는 겁니까. 나는 싸울 겁니다. 내가 걸렸다 한들 그게 뭐 어떻다고요. 모두가 걸렸는데. 온 세상이 다 걸렸는데. 처음에는," 그는 연사 같은 어조로 계속했다. "작은 뾰루지가 생기지. 다음에 어깨 사이에 발진이 나타나고. 그다음에는 아무런 징후도 보이지 않아. 우리는 수은을 믿습니다."

"아니면 살바르산*이나." 소령이 조용히 끼어들었다.

"그것도 수은 제품이죠," 리날디가 말했다. 이제 그는 아주 의기양양했다. "그 두 가지만큼 효과가 좋은 다른 것을 알아요. 우리 착한 신부님은," 그가 말했다 "절대 걸리지 않겠죠. 우리 베이비는 걸릴 거고. 이건 산업재해예요. 단순한 산업재해."

당번병이 단것과 커피를 내왔다. 디저트는 하드소스**를 곁들인 검은 브레드 푸딩 같은 것이었다. 램프에서 그을음이 나며 등피 쪽으로 검은 연기가 피어올랐다.

---

* 매독 치료제로 쓰이던 비소 화합물.

** 파이나 푸딩에 얹는 버터, 설탕, 크림을 휘저은 소스.

"양초를 두 자루 가져오고 이 램프는 치우게." 소령이 말했다. 당번병이 불을 붙인 양초 두 자루를 접시에 받쳐 가져왔고 램프를 들고 가며 입으로 불어 껐다. 리날디는 이제 잠잠해졌다. 진정이 된 것 같았다. 우리는 이야기를 나누고 커피를 마신 후 모두 복도로 나갔다.

"자네는 신부님과 이야기하고 싶겠지? 나는 시내에 가봐야 해." 리날디가 말했다. "안녕히 주무십시오, 신부님."

"편히 쉬세요, 리날도." 신부가 말했다.

"이따 봐, 프레디*." 리날디가 말했다.

"응." 내가 말했다. "일찍 돌아와." 그는 얼굴을 찌푸리며 문밖으로 나갔다. 소령은 우리와 같이 서 있었다. "저 친구는 과로로 너무 지쳤고," 그가 말했다. "자신이 매독에 걸렸다고 생각하고 있어. 나는 믿지 않지만 사실일지도 몰라. 자신이 직접 치료하고 있지. 잘들 가게. 해뜨기 전에 떠날 거지, *엔리코*?"

"네."

"그럼 잘 가고," 그가 말했다. "행운을 비네. 페두치가 자네를 깨워서 같이 가줄 걸세."

"조심히 들어가십시오, 소령님."

"잘 가게. 오스트리아군이 공격한다는 소문이 있지만 나는 믿지 않아. 아니면 좋겠어. 어쨌거나 여기는 아니겠지. 지노가 다 설명해줄 거야. 전화는 이제 잘 되네."

"정기적으로 연락드리겠습니다."

---

* 프레더릭의 애칭.

"그래주게. 잘 자게. 리날디가 브랜디를 너무 많이 마시지 않도록 해주고."

"그러겠습니다."

"안녕히 가십시오, 신부님."

"편히 쉬십시오, 소령님."

소령은 자기 사무실로 갔다.

26

나는 문가로 가서 밖을 내다보았다. 비는 그쳤지만 안개가 끼어 있었다.

"위층으로 갈까요?" 나는 신부에게 물었다.

"잠깐밖에 있을 수 없어요."

"올라가시죠."

우리는 계단을 올라 내 방으로 갔다. 나는 리날디의 침대에 기대앉았다. 신부는 당번병이 마련해준 내 간이침대에 걸터앉았다. 방안은 어두웠다.

"그런데," 그가 말했다. "몸은 정말 어때요?"

"괜찮습니다. 오늘밤은 좀 피곤하지만."

"저도 피곤하네요, 이유도 없이."

"전쟁은 어떤가요?"

"곧 끝날 거라고 생각합니다. 왠지 몰라도 그런 느낌이 들어요."

"왜 그런 느낌이 들죠?"

"소령님이 어떤지 보셨죠? 유순해졌죠? 지금은 많은 사람이 그렇습니다."

"저도 그런 느낌이 듭니다." 내가 말했다.

"끔찍한 여름이었죠," 신부가 말했다. 그는 내가 이곳을 떠나기 전보다 훨씬 확신에 차 있었다. "얼마나 끔찍했는지 들어도 믿기지 않을 겁니다. 현장에서 실제로 보지 않았다면요. 많은 사람이 이번 여름에 전쟁을 제대로 깨달았습니다. 절대로 깨닫지 못할 것 같던 장교들도 이제는 깨달았죠."

"어떻게 될까요?" 나는 손으로 담요를 쓰다듬었다.

"모르지만 오래갈 것 같지는 않아요."

"어떻게 될까요?

"전쟁을 멈추겠죠."

"어느 쪽이요?"

"양쪽 다요."

"그러면 좋겠군요." 내가 말했다.

"당신은 안 믿습니까?"

"양쪽이 동시에 전쟁을 멈출 거라고 생각할 수가 없어서요."

"저도 그렇게 생각합니다. 지나친 기대죠. 하지만 사람들에게 나타나는 변화를 보면 전쟁이 계속될 것 같지는 않아요."

"이번 여름에는 어느 쪽이 이겼습니까?"

"어느 쪽도."

"오스트리아군이 이겼죠," 내가 말했다. "산가브리엘레를 사수했잖습니까. 그쪽이 이겼어요. 오스트리아군은 전쟁을 멈추지 않을 겁니다."

"그쪽도 우리와 같은 걸 느낀다면 멈출 수도 있겠죠. 같은 일을 겪었으니까."

"이기고 있는 싸움을 멈추는 사람은 없습니다."

"맥빠지는 소리군요."

"제 생각을 말했을 뿐입니다."

"그럼 전쟁이 언제까지나 계속될 거라고 생각하는 겁니까? 이대로 아무 일도 일어나지 않고요?"

"모르겠습니다. 다만 이기고 있는 오스트리아군이 그만두지는 않을 것 같다는 겁니다. 우리가 기독교도가 되는 건 지고 있을 때뿐이죠."

"오스트리아인들도 기독교도입니다—보스니아인들은 아니지만*."

"형식적인 의미의 기독교도를 말하는 게 아닙니다. 주님 같은 사람을 뜻하는 거죠."

그는 아무 말도 하지 않았다.

"우리는 졌기 때문에 유순해진 겁니다. 만약 베드로가 그 동산에서 주님을 구했다면 주님은 어떻게 되었을까요?"

"그래도 똑같았을 겁니다."

"저는 그렇게 생각하지 않는데요." 내가 말했다.

"맥빠지는 소리군요," 신부가 말했다. "저는 무슨 일이 일어날 거라고 믿고 또 기도하고 있습니다. 그것이 아주 임박했다는 걸 느끼고 있어요."

---

* 당시 오스트리아-헝가리 제국에 합병된 상태였던 보스니아는 15세기부터 오스만제국의 지배 아래 이슬람교의 영향을 받았다.

"무슨 일이 일어날 수도 있겠죠," 내가 말했다. "하지만 그건 우리에게만 일어날 겁니다. 그쪽도 우리처럼 느낀다면 좋겠죠. 하지만 적들은 우리를 이겼습니다. 그러니 우리와 생각이 다릅니다."

"많은 병사들이 그렇게 느껴왔습니다. 전투에 졌기 때문이 아니에요."

"병사들은 처음부터 패배해 있었어요. 농장에서 군대로 끌려온 순간 이미 졌다고요. 농부가 지혜로운 건, 처음부터 지고 들어가기 때문입니다. 권력을 쥐여줘보면 농부들이 얼마나 지혜로운지 알게 될 겁니다."

그는 아무 말도 하지 않았다. 생각에 잠겨 있었다.

"이제는 저도 우울하군요," 내가 말했다. "그래서 이런 문제들에 대해 생각하지 않는 겁니다. 아무 생각 하지 않지만 그래도 일단 말하기 시작하면 머릿속에 떠오르는 대로 생각 없이 지껄이게 돼요."

"저는 뭔가를 기대해왔어요."

"패배를요?"

"아닙니다. 그보다 나은 뭔가를."

"그보다 나은 건 없습니다. 승리 말고는요. 그게 더 나쁠지도 모르지만."

"저는 오랫동안 승리를 바라왔어요."

"저도 마찬가지입니다."

"이제는 모르겠어요."

"둘 중 어느 하나가 되겠죠."

"저는 이제 더이상 승리를 믿지 않습니다."

"저도 그렇습니다. 하지만 패배도 믿지 않아요. 그게 더 나을지도 모르지만."

"그럼 뭘 믿습니까?"

"잠자는 거요." 내가 말했다. 그는 일어섰다.

"너무 오래 있어서 미안합니다. 하지만 당신과 이야기하는 게 좋아서."

"이렇게 다시 이야기 나눌 수 있어 저도 정말 좋습니다. 잠 이야기는 별 뜻 없이 한 소리예요."

우리는 일어나 어둠 속에서 악수했다.

"저는 지금 307부대에서 지내고 있습니다." 그가 말했다.

"저는 내일 아침 일찍 임지로 나갑니다."

"돌아오면 또 만나죠."

"함께 산책하며 이야기합시다." 나는 그와 함께 문까지 걸어갔다.

"내려오지 마십시오," 그가 말했다. "돌아와서 무척 기쁩니다. 당신에게는 별로 좋은 일도 아니겠지만." 신부가 내 어깨에 손을 올렸다.

"저는 괜찮습니다," 내가 말했다. "안녕히 가십시오."

"편히 쉬십시오. *차우!*"

"*차우!*" 나는 말했다. 죽을 것처럼 졸렸다.

27

리날디가 들어왔을 때 나는 잠이 깼지만 그가 아무 말도 하지 않아서 다시 잠이 들었다. 아침에는 날이 밝기도 전에 옷을 입고 출발했다. 내가 나올 때까지 리날디는 깨지 않았다.

바인시차에는 가본 적 없었는데 내가 부상당했던 강의 지점을 지나

오스트리아군이 주둔했던 언덕으로 올라가자니 기분이 이상했다. 가파른 새 도로가 보이고 트럭들이 많이 다녔다. 좀더 가자 길이 평평해졌고 안개에 싸인 숲과 가파른 언덕들이 보였다. 아군이 신속하게 점령해서 파괴되지 않은 숲들이었다. 그 너머에 언덕으로 엄호되지 않는 도로 양쪽과 위쪽은 거적으로 차폐되어 있었다. 도로는 어느 파괴된 마을에서 끝났다. 그 너머 위쪽에 전선이 있었다. 주위에 대포가 즐비했다. 집들은 크게 파손됐지만 다른 것들은 매우 잘 정돈되어 있고 곳곳에 표지판들이 있었다. 우리는 지노가 있는 곳을 찾아내 커피를 대접받았고 나는 그와 함께 가서 여러 사람을 만나고 대기소들도 둘러보았다. 지노는 영국군 구급차들이 바인시차에서 훨씬 내려간 라브네에서 활동하고 있다고 말했다. 그는 영국군에게 무척 감탄하고 있었다. 아직 포격은 조금씩 있지만 부상자는 그리 많지 않았다. 그러나 우기가 시작됐으니 환자가 많아질 것이다. 오스트리아군이 공격한다는 소문을 그는 믿지 않는다고 했다. 아군이 공격한다는 말이 있었지만, 새로 증원군이 오지 않았으니 그것도 무산된 거라고 했다. 그리고 식량이 부족한 이곳을 떠나 고리치아로 돌아가면 실컷 먹을 수 있을 거라며 기뻐했다. 어제 저녁에 뭘 먹었습니까? 내가 대답하자 그는 굉장하다고 말했다. 특히 돌체*에 감동했다. 자세히 설명하지 않고 돌체라고만 했는데도 아마 브레드 푸딩보다 더 공들인 뭔가로 생각하는 것 같았다.

제가 어디로 배치되는지 아십니까? 하고 그는 물었고 나는 그건 모

* 디저트로 먹는 단 음식.

르지만 다른 구급차 몇 대가 카포레토에 가 있다고 대답했다. 그는 그곳에 가고 싶다고 했다. 소박하고 멋진 곳이고 그 너머에 솟아 있는 높은 산들이 마음에 든다고 했다. 좋은 청년이고 모두가 그를 좋아하는 것 같았다. 그는 산가브리엘레의 전투와 실패로 끝난 롬 너머로 했던 공격이 정말 지옥 같았다고 말했다. 오스트리아군은 우리 위쪽과 그 너머로 이어지는 테르노바 능선을 따라 숲에 엄청난 수의 대포를 배치하고 밤마다 도로에 집중포화를 퍼부었다고 한다. 특히 그의 신경을 자극한 것은 해군의 함포 사격이었다. 수평탄도이기 때문에 나도 보면 바로 알아볼 수 있을 거라고 했다. 포격이 시작되자마자 쉬익 하고 대기를 찢는 포성이 시작된다. 보통 한 번에 두 발을 연달아 발사하는데 폭발할 때 파편이 어마어마하게 쏟아진다. 그는 길이가 1피트가 넘고 들쭉날쭉한 톱날 모양의 금속 파편 하나를 보여주었다. 배빗메탈* 같았다.

"위력은 그렇게 크지 않지만," 지노가 말했다. "무섭습니다. 포탄이 전부 나한테 날아오는 것처럼 들리거든요. 쾅 하고 울리는 소리가 들리자마자 대기를 찢는 소리와 함께 폭발하죠. 안 다치면 뭐합니까, 죽을 만큼 무섭습니다."

그는 우리 진지 맞은편에 크로아티아 병사들과 약간의 마자르** 병사들이 있다고 했다. 아군은 여전히 공세를 취하고 있었다. 그러나 오스트리아군이 공격을 해온다면 우리에게는 철조망도 없는데다 후퇴해 방어할 지점도 없다고 그는 말했다. 고원 아래쪽으로 방어 진지로 삼

---

* 아연, 주석, 구리, 규소, 납 등을 함유한 합금.

** 헝가리의 주류 민족.

을 만한 나지막한 산지가 있지만 그곳을 방어용으로 잘 구성해보려는 시도는 전혀 없었다. 어쨌거나 바인시차는 어떤 것 같습니까? 그가 물었다.

나는 고원 지대처럼 좀더 평평한 곳일 거라 생각했었다. 이렇게 기복이 있을 줄 몰랐다.

"*고원*이지만," 지노가 말했다. "*평원*은 아니죠."

우리는 그가 머물고 있는 집 지하실로 돌아왔다. 나는 꼭대기가 평평하고 약간 깊이 들어간 곳도 있는 산등성이가 작은 산들이 연속되는 봉우리보다 더 방어에 용이하고 실용적이라 생각한다고 말했다. 그리고 산악 지대로 올라가며 공격하는 것이 평지에서보다 더 어려울 것도 없다고 주장했다. "그것도 산 나름이죠," 그가 말했다. "산가브리엘레를 보십시오."

"그래," 내가 말했다. "하지만 적들이 고전했던 곳은 산꼭대기의 평평한 지점이었어. 산꼭대기까지는 쉽게 올라왔지만."

"그렇게 쉽지는 않았습니다." 그가 말했다.

"그랬지," 내가 말했다. "하지만 거긴 산이라기보다 요새였으니까 특수한 경우였어. 오스트리아군이 지난 몇 년 동안 그곳을 요새화했잖아." 나는 전략적인 관점에서 어느 정도 유동성이 있는 전쟁에서 산악 지대는 너무 쉽게 우회할 수 있기 때문에 전선으로 사수할 가치가 없다고 말한 것이었다. 기동성이 필요하지만 산을 움직일 수는 없다. 더구나 산 위에서 아래를 향해 발사하면 언제나 사정거리를 넘겨버린다. 또한 측면을 우회당하면 아무리 최정예부대라 하더라도 가장 높은 산지에 남겨질 것이다. 나는 산악전의 가치를 믿지 않았다. 이 문제에 대해서는 많이 생각해봤어, 나는 말했다. 아군이 산 하나를 빼앗으면 적군도 다른 산 하나를 빼앗고 하다가 본격적인 전투가 시작되면 양쪽 다 산에서 내려올 수밖에 없게 되거든.

그럼 국경이 산인 경우는 어떡합니까? 그가 물었다.

그것까지는 아직 연구해보지 않았어, 내가 말했고, 우리는 둘 다 웃음을 터뜨렸다. "하지만," 나는 말했다. "옛날에 오스트리아군은 늘 베로나 부근 방형方形 지대에서 격파됐어. 적군이 그들을 평지로 내려오도록 유인해 거기서 격파했거든."

"그렇죠," 지노가 말했다. "하지만 그건 프랑스 군대였고 다른 나라에서 싸우는 군대는 군사적인 문제를 명쾌하게 해결할 수 있습니다."

"그렇지," 나는 동의했다. "자기 나라에서는 그렇게 합리적으로 싸우질 못하지."

"러시아군은 그랬죠, 나폴레옹을 함정에 빠뜨리기 위해서."

"그래. 하지만 러시아는 국토가 넓잖아. 이탈리아에서 나폴레옹을 함정에 빠뜨리기 위해 후퇴하다가는 브린디시*까지 갈걸."

"끔찍한 곳이죠," 지노가 말했다. "가보셨습니까?"

"머문 적은 없어."

"저는 애국자이지만," 지노가 말했다. "브린디시나 타란토는 좋아할 수가 없습니다."

"바인시차는 좋은가?" 내가 물었다.

"신성한 땅이죠," 그가 말했다. "하지만 감자를 좀더 재배하면 좋겠

* 이탈리아 남동쪽 끝의 항구 도시.

습니다. 처음 여기 왔을 때 오스트리아군이 심어놓은 감자밭이 있더라고요."

"정말 식량이 그렇게 부족했나?"

"한 번도 배불리 먹어본 적은 없지만 대식가인 저도 아직 굶어죽진 않았습니다. 식사는 보통 수준입니다. 전선의 연대는 꽤 괜찮은 음식을 먹는데 지원 부대는 보급이 충분하지 않습니다. 어디선가 무슨 문제가 있는 거죠. 식량은 충분할 텐데."

"곱상어* 같은 놈들이 어따 팔아먹나보지."

"맞아요. 전방 대대에는 최대한으로 보급해주지만 후방 부대는 보급이 부족합니다. 그래서 오스트리아군이 심어놓은 감자며 숲에서 딴 밤을 다 먹어치웠죠. 배식을 좀더 잘해줘야 합니다. 다들 대식가거든요. 식량은 분명 충분할 겁니다. 군인에게 식량 부족은 좋지 않습니다. 양식 문제가 병사들의 사고에 미치는 영향을 생각해보신 적 있습니까?"

"그렇지," 내가 말했다. "식량이 넉넉하다고 전쟁에서 이기는 건 아니지만 부족하면 지기 십상이지."

"지는 얘기는 그만하십시오. 그런 얘기는 물리도록 들었습니다. 우리가 올여름에 했던 일이 헛된 일이었을 리 없습니다."

나는 아무 말도 하지 않았다. 나는 신성이니 영광이니 희생이니 하는 말과 헛되다는 표현을 들을 때마다 늘 곤혹스러웠다. 그런 말들은 때로는 고함을 질러야 겨우 들릴 정도로 소리도 잘 들리지 않는 빗속에

---

* 헤밍웨이는 이탈리아어 대화의 실감을 전달하기 위해 이탈리아 단어를 직역한 영어 단어를 쓰곤 했는데, 이 단어도 이탈리아어 'pescecani'를 영어로 그대로 옮긴 것으로, 전쟁중 폭리로 부당이익을 취하는 사람이라는 의미도 있다.

서 들었고, 포고문 위에 겹겹이 덧붙여놓은 포고문들에서도 아주 오랫동안 읽어왔지만, 나는 신성한 것은 아무것도 보지 못했고, 영광스럽다고 하는 것들에는 영광이 없었으며, 희생은 고깃덩어리를 땅속에 파묻는 것 말고는 할일이 없는 시카고 도축장에서 벌어지는 살육이나 다름없었다. 참고 듣기 힘든 말이 너무 많았기 때문에 나중에는 지명地名만이 위엄을 갖게 되었다. 숫자와 날짜 같은 것들만이 지명과 더불어 우리가 말할 수 있고 의미를 부여할 수 있는 유일한 것이 되었다. 영광이니 명예니 용기니 신성이니 하는 추상적인 말들은 마을 이름이나 도로 번호, 강 이름, 연대 번호, 날짜 같은 구체적인 말 옆에서 외설스럽게 느껴졌다. 지노는 애국자여서 이따금 우리 사이를 갈라놓는 말을 했지만 그래도 좋은 청년이고 나는 그가 애국자인 것을 이해했다. 그는 타고난 애국자였다. 그는 페두치와 함께 차를 타고 고리치아로 돌아갔다.

그날은 온종일 폭풍이 불었다. 비바람이 몰아쳐 온 사방이 진흙탕에 물웅덩이였다. 부서진 집들의 회벽은 회색으로 젖었다. 비는 오후 늦게야 그쳤고, 제2구호소에서 바라보니 언덕 꼭대기에 구름이 낀 황량하고 젖은 가을의 시골 풍경과 도로 위에 덮인 거적들이 비에 젖어 물을 뚝뚝 흘리고 있는 모습이 보였다. 일몰 전 잠시 해가 능선 너머 헐벗은 숲을 비췄다. 그 능선의 숲속에는 오스트리아군의 대포가 많았지만 실제로 발사되는 건 몇 대뿐이었다. 나는 전선 근처 부서진 농가의 상공에서 갑자기 유산탄 포연이 둥그렇게 피어오르는 모습을 지켜보았다. 한가운데가 누렇고 흰 섬광이 번쩍이는 부드러운 연기 덩어리였다. 섬광이 번쩍인 뒤 포성이 들리고 그런 뒤 연기 덩어리가 공처럼 피어올라 바람에 흩어졌다. 부서진 집들의 잔해 속에도, 구호소로 쓰이는 부서진 집들 옆 도로에도 유산탄 파편들이 많이 보였지만 그날 오후 구호소 부근에는 포탄이 떨어지지 않았다. 우리는 구급차 두 대에 부상병들을 나눠 싣고 거적이 덮인 비에 젖은 길을 달렸고 일몰의 마지막 햇빛이 거적들 틈 사이로 스며들었다. 산 뒤쪽 거적으로 차폐해 놓지 않은 도로로 나가기 전에 해가 졌다. 우리가 그 길을 달려 모퉁이를 돌아 탁 트인 곳으로 나갔다가 거적으로 만들어진 각진 아치형 터널로 들어갔을 때 다시 비가 내리기 시작했다.

밤이 되자 바람이 강하게 불었고 새벽 세시쯤 억수 같은 비가 쏟아지면서 포격이 시작되고 크로아티아인 부대가 산간의 초원을 가로지르고 숲을 통과해 전선을 기습했다. 어둠 속에서 비를 맞으며 전투를 벌였고 놀란 제2전선의 병사들이 반격해 그들을 격퇴했다. 적들은 빗속에서도 포격을 퍼붓고 수많은 로켓탄을 발사하고 전선 전역에 기관총과 소총을 쏘아댔다. 그런 뒤 공격은 없었고 사방이 고요해지면서 돌풍과 빗소리 사이로 멀리 북쪽에서 요란한 포격 소리가 들려왔다.

부상병들이 일부는 들것에 실려, 일부는 제 발로 걸어, 또 일부는 전우들에게 업혀 들판을 가로질러 구호소로 왔다. 모두 비에 흠뻑 젖고 겁에 질려 있었다. 우리는 구호소 지하실에서 부상병이 누운 들것이 올라오는 대로 두 대의 구급차에 나누어 실었고 두번째 구급차 문을 닫고 잠글 때 내 얼굴을 때리던 비는 어느새 눈으로 바뀌어 있었다. 눈송이들이 빗속에서 빠르고 무겁게 떨어졌다.

날이 밝아도 폭풍은 여전했지만 눈은 그쳤다. 눈은 젖은 땅에 내리며 바로 녹았고 다시 비가 내렸다. 날이 밝자마자 또다시 시작된 적의 공격은 실패로 그쳤다. 우리는 공격을 예상하고 온종일 대기했지만 그 후 해가 질 때까지도 공격은 없었다. 포격은 오스트리아군 포병대가 집결해 있는 기다랗고 숲이 우거진 능선 아래 남쪽에서 시작됐다. 우리가 예상했던 포격은 없었다. 날이 어두워지고 있었다. 마을 뒤쪽 들판에서 대포들이 불을 뿜었고, 공중을 날아가는 포성이 듣기 좋았다.

남쪽의 공격이 실패했다는 소식이 들렸다. 그날 밤 적의 공격은 없었지만 북쪽 전선이 뚫렸다는 소식이 왔다. 밤중에 퇴각 준비 지시가 떨어졌다. 나는 구호소의 대위에게 이 소식을 들었다. 여단 사령부 지시라고 했다. 하지만 잠시 후 전화를 받고 돌아온 그는 그 지시가 사실이 아니라고 말했다. 여단 사령부에서는 무슨 일이 있어도 바인시차 전선을 사수해야 한다는 명령을 받았다는 것이었다. 아군의 전선이 뚫린 것이 사실이냐고 묻자, 대위는 오스트리아군이 카포레토 쪽에 있던 27군단을 돌파했다는 소식을 여단에서 들었다고 했다. 북쪽에서는 온종일 대규모 전투가 벌어졌던 것이다.

"그 자식들이 적들에게 뚫렸다면 우리는 끝장난 거야." 그가 말했다.

"지금 공격하는 건 독일군입니다." 의무 장교 중 하나가 말했다. 독일군이라는 말만으로도 두려웠다. 독일군과는 절대 엮이고 싶지 않았다.

"독일군에는 15개 사단이 있습니다," 의무 장교가 말했다. "놈들이 뚫고 들어왔다면 우리는 고립될 겁니다."

"여단 사령부에서는 이 전선을 사수해야 한다고 하고 있어. 심각하게 뚫린 게 아니니까 마조레산에서 산악 지대를 가로질러 전선을 사수한다고."

"여단 사령부는 그 얘기를 어디서 들은 겁니까?"

"사단 사령부지."

"퇴각 명령도 사단에서 왔습니다."

"우리는 군단 소속이지만," 내가 말했다. "여기서는 대위님 명령을 따르고 있습니다. 그러니까 대위님이 떠나라고 하시면 당연히 떠나겠습니다. 하지만 명령을 분명하게 내려주십시오."

"이곳에 있으라는 게 명령이다. 자네는 부상병들을 이곳에서 치료후송소로 데려가."

"때로는 치료후송소에서 야전병원으로 데려가기도 합니다," 내가 말했다. "말씀해주십시오, 저는 아직 퇴각해본 경험이 없습니다. 만일 퇴각한다면 부상병들은 다 어떻게 후송합니까?"

"전부는 못해. 최대한 후송하고 나머지는 남겨둬야지."

"그럼 구급차에는 뭘 싣습니까?"

"병원 장비지."

"알겠습니다." 내가 말했다.

다음날 밤 퇴각이 시작됐다. 독일군과 오스트리아군이 북쪽 전선을 돌파하고 치비달레와 우디네를 향해 계곡을 타고 내려오고 있다는 소식이 들렸다. 퇴각은 질서정연하게 이루어졌고, 비에 젖고 침울했다. 우리는 한밤중에 붐비는 도로를 따라 천천히 나아가며, 전선에서 물러나 빗속에서 행군하는 부대와 대포, 마차를 끄는 말, 노새, 트럭 들을 지나쳤다. 진군할 때와 마찬가지로 혼란은 없었다.

그날 밤 우리는 고원에서 가장 피해가 적은 마을에 설치했던 야전병원 철수를 위해 부상병들을 강변의 플라바 마을로 후송했고, 다음날에는 플라바의 야전병원들과 치료후송소를 철수하기 위해 빗속에서 온

종일 일했다. 비는 끊임없이 내렸고 바인시차에 있던 부대는 10월의 비를 맞으며 고원에서 내려와 그해 봄 큰 승리를 거뒀던 강을 건넜다. 우리는 다음날 점심때쯤 고리치아에 도착했다. 비는 그쳤고 시내는 거의 비어 있었다. 거리를 따라 가는데 병사용 유곽 앞에서 병사들이 아가씨들을 트럭에 태우고 있었다. 일곱 명이었고 모두 모자에 외투를 걸치고 작은 여행가방을 들고 있었다. 그중 두 아가씨는 울고 있었다. 나머지 아가씨들 중 하나가 우리를 향해 미소를 짓더니 혀를 내밀고 날름거렸다. 입술이 두툼하고 눈이 검은 아가씨였다.

나는 차를 멈추고 다가가 여주인에게 말을 걸었다. 그녀는 장교용 유곽의 아가씨들은 오늘 아침 일찍 떠났다고 말했다. 어디로 갔습니까? 코넬리아노로요, 그녀는 말했다. 트럭이 출발했다. 입술이 두툼한 아가씨가 우리를 향해 또다시 혀를 내밀었다. 여주인은 손을 흔들었다. 두 아가씨는 여전히 울고 있었다. 다른 아가씨들은 흥미롭다는 듯이 시내를 둘러보았다. 나는 차로 돌아왔다.

"우리도 저 아가씨들과 같이 가야겠는데요," 보넬로가 말했다. "그럼 여행이 재미있어질 텐데요."

"재미있는 여행을 하게 될 거야." 내가 말했다.

"끔찍한 여행을 하게 되겠죠."

"내 말이 그 말이야." 내가 말했다. 우리는 빌라 쪽으로 접어들었다.

"거친 놈들이 트럭에 기어올라 아가씨들을 덮치는 꼴이나 봤으면 좋겠네요."

"그럴 것 같나?"

"물론이죠. 제2군에서 저 여주인을 모르는 병사는 없습니다."

우리는 빌라 앞에 도착했다.

"모두 저 여주인을 수녀원장이라고 부르죠," 보넬로가 말했다. "아가씨들은 새로 온 것 같은데 저 여주인은 모르는 사람이 없습니다. 저 아가씨들은 퇴각 직전에 데려왔을 겁니다."

"저 아가씨들 고생 좀 하겠는데."

"분명 그렇겠죠. 나도 공짜로 한번 하면 좋겠네. 어쨌든 저 집은 너무 비싸게 받았습니다. 정부가 우리 돈을 뜯어낸 거라고요."

"차를 가져가서 정비병들에게 점검을 시켜," 내가 말했다. "오일을 교환하고 기어도 점검하고. 연료를 채운 뒤 잠이나 좀 자두도록 하지."

"네, *중위님*."

빌라는 텅 비어 있었다. 리날디는 병원 사람들과 함께 떠났다. 소령도 간부용 차량에 병원 사람들을 태우고 떠난 뒤였다. 복도에 쌓아둔 물건들을 차에 싣고 포르데노네로 오라고 내게 남긴 쪽지가 창문에 붙어 있었다. 정비병들도 이미 떠나고 없었다. 나는 다시 차고로 나갔다. 차고에 있는 동안 구급차 두 대가 도착해 운전병들이 내렸다. 또다시 비가 내리기 시작했다.

"너무—졸려서 플라바에서 여기까지 오는 동안 세 번이나 졸았습니다," 피아니가 말했다. "이제 우리는 뭘 하는 겁니까, *중위님*?"

"오일을 교환하고 기름을 치고 연료를 채운 뒤 입구에 차를 대고 남아 있는 잡다한 물건들을 싣는다."

"그러고는 출발합니까?"

"아니, 세 시간 동안 잠을 잔다."

"세상에, 잠을 잔다니 정말 좋습니다." 보넬로가 말했다. "눈을 뜨고 운전하는 게 고역이었습니다."

"자네 차는 어때, 아이모?" 내가 물었다.

"양호합니다."

"작업복을 가져다주면 오일 교환하는 걸 도와주지."

"그러실 필요 없습니다, *중위님*," 아이모가 말했다. "일도 아닌걸요. 가서 짐이나 싸십시오."

"짐은 이미 다 쌌어," 내가 말했다. "그럼 나는 가서 사람들이 가져오라고 남기고 간 물건들을 가져오지. 준비되는 대로 차를 가져와."

차를 빌라 앞으로 대자 우리는 복도에 쌓여 있던 병원 장비들을 실었다. 짐을 다 실은 구급차 세 대는 빗속 나무들 아래 차량 진입로에 한 줄로 세워져 있었다. 우리는 집안으로 들어갔다.

"부엌에 불을 지펴서 옷을 말려." 내가 말했다.

"옷은 안 말라도 상관없습니다," 피아니가 말했다. "잠이나 자고 싶습니다."

"저는 소령님 침대에서 자겠습니다," 보넬로가 말했다. "영감이 잠자던 곳이요."

"저는 아무데나 상관없습니다." 피아니가 말했다.

"여기 침대가 두 개 있군." 나는 방문을 열었다.

"그 방에 뭐가 있었는지 전혀 몰랐습니다." 보넬로가 말했다.

"생선대가리 영감이 쓰던 방이지." 피아니가 말했다.

"자네 둘은 여기서 자," 내가 말했다. "내가 깨워줄 테니까."

"너무 오래 주무시면 오스트리아군이 우리를 깨울 겁니다, *중위님*." 보넬로가 말했다.

"늦잠은 안 자," 내가 말했다. "아이모는 어디 있나?"

"부엌에 갔습니다."

"어서들 자." 내가 말했다.

"자야겠습니다," 피아니가 말했다. "온종일 앉은 채 졸았거든요. 정수리가 눈꺼풀 위를 계속 덮쳐누르는 기분이었습니다."

"구두는 벗어," 보넬로가 말했다. "생선대가리 영감 침대잖아."

"생선대가리고 뭐고 지금 뭔 상관이야." 피아니는 진흙투성이 군화를 신은 발을 그대로 내뻗고 팔베개를 하며 침대에 드러누웠다. 나는 부엌으로 갔다. 아이모가 난로에 불을 피우고 물주전자를 올리고 있었다.

"파스타 아시우타 좀 만들려고 합니다," 그가 말했다. "자고 일어나면 배가 고플 테니까요."

"졸리지 않나, 바르톨로메오?"

"별로 졸리지 않습니다. 물이 끓으면 그대로 두면 되겠군요. 불은 절로 사그라질 테니까요."

"좀 자두는 게 좋을 텐데," 내가 말했다. "치즈와 통조림 고기를 먹으면 돼."

"이게 더 낫죠," 그가 말했다. "저 두 무정부주의자에게는 뜨끈한 게 좋을 겁니다. 어서 주무십시오, *중위님*."

"소령님 방에 침대가 있어."

"거기서 주무십시오."

"아니, 나는 내가 쓰던 방으로 갈 거야. 한잔하겠나, 바르톨로메오?"

"떠날 때 하죠, *중위님*. 지금은 마셔봐야 소용없습니다."

"세 시간 뒤 자네가 깼는데도 내가 자네를 부르지 않거든 나를 깨워주겠나?"

"저는 시계가 없는데요, *중위님*."

"소령님 방 벽에 시계가 걸려 있어."

"알겠습니다."

나는 밖으로 나가 식당과 복도를 지나 대리석 계단을 올라가 리날디와 함께 썼던 방으로 갔다. 밖에는 비가 내리고 있었다. 나는 창가로 다가가 밖을 내다보았다. 날이 어두워지고 있었고 나무들 아래 구급차 세 대가 한 줄로 세워져 있었다. 비에 젖은 나무들에서 물방울이 뚝뚝 떨어졌다. 공기는 차가웠고 나뭇가지에 물방울들이 매달려 있었다. 나는 리날디의 침대에 누워 잠을 청했다.

출발하기 전 우리는 부엌에서 식사를 했다. 아이모가 양파와 통조림 소고기를 다져 스파게티를 한 양푼 만들었다. 우리는 식탁에 둘러앉아 지하실에 남아 있던 와인을 두 병 곁들여 먹었다. 밖은 어두웠고 비는 여전히 내리고 있었다. 피아니는 식탁에 앉아 꾸벅꾸벅 졸았다.

"나는 전진보다 후퇴가 좋아," 보넬로가 말했다. "후퇴할 때는 바르베라를 마시잖아."

"지금은 그걸 마시지. 하지만 내일은 빗물을 마시게 될지도 몰라." 아이모가 말했다.

"내일이면 우디네에 가 있겠지. 그럼 샴페인을 마시게 될 거야. 거긴 병역 기피자들이 사는 데잖아. 잠 좀 깨, 피아니! 내일은 우디네에서 샴페인을 마시는 거야!"

"깼어," 피아니가 말했다. 그는 자기 접시에 스파게티와 고기를 담았다. "토마토소스는 없나, 바르토*?"

"없어." 아이모가 말했다.

"우리는 우디네에서 샴페인을 마시게 될 거야." 보넬로가 말했다. 그는 자기 잔에 투명하고 붉은 바르베라를 가득 따랐다.

"우디네에 가기도 전에 ——**를 마실지도 모르지." 피아니가 말했다.

"충분히 드셨습니까, *중위님*?" 아이모가 물었다.

"많이 먹었어. 병 좀 줘, 바르톨로메오."

"차에 가져갈 것도 한 사람당 한 병씩 있습니다." 아이모가 말했다.

"좀 잤나?"

"많이 안 자도 괜찮습니다. 조금 잤습니다."

"내일 우리는 왕의 침대에서 잘 거야." 보넬로가 말했다. 그는 기분이 아주 좋아 보였다.

"내일 우리는 어쩌면 ——에서 잘지도 몰라." 피아니가 말했다.

"나는 왕비와 잘 거야." 보넬로가 말했다. 그는 내가 이 농담을 어떻게 받아들이는지 살피려고 쳐다보았다.

"자네는 ——랑 자겠지." 피아니가 졸린 듯이 말했다.

"그건 반역입니다, *중위님*." 보넬로가 말했다. "반역 아닙니까?"

"그만해." 내가 말했다. "와인 좀 마셨다고 너무 들떴군." 밖에는 비가 세차게 내리고 있었다. 나는 시계를 보았다. 아홉시 삼십분이었다.

"갈 시간이야." 나는 말하며 일어섰다.

---

* 바르톨로메오의 애칭.

** 헤밍웨이는 군인들이 실제로 쓰는 언어를 생생하게 쓰고 싶어했지만 편집자 맥스웰 퍼킨스는 독자들의 반응과 검열을 우려해 그가 쓴 저속한 단어들을 ——로 대체했다.

"누구 차에 타고 가실 겁니까, *중위님*?" 보넬로가 물었다.

"아이모와 가지. 그다음은 자네 차에. 그다음은 피아니 차에. 우리는 코르몬스행 가도를 타고 간다."

"졸까봐 걱정입니다." 피아니가 말했다.

"좋아. 그럼 자네와 타고 가지. 다음은 보넬로. 그다음은 아이모."

"그게 가장 좋겠습니다." 피아니가 말했다. "제가 너무 졸려서요."

"내가 운전할 테니 자넨 그동안 눈을 붙여."

"아닙니다. 졸아도 깨워줄 사람이 있다면 운전할 수 있습니다."

"내가 깨워주지. 불을 꺼, 바르토."

"그냥 둬도 괜찮을 것 같은데요." 보넬로가 말했다. "이제 여긴 쓸 일이 없을 테니까요."

"내 방에 자물쇠가 달린 작은 트렁크가 있는데," 내가 말했다. "내리는 걸 좀 도와주겠나, 피아니?"

"우리가 가져오겠습니다," 피아니가 말했다. "같이 가자, 알도." 그는 보넬로와 함께 복도로 나갔다. 그들이 위층으로 올라가는 소리가 들렸다.

"좋은 곳이었습니다," 바르톨로메오 아이모가 말했다. 그는 와인 두 병과 치즈 반 덩어리를 자기 잡낭에 집어넣었다. "이런 곳은 다시없을 겁니다. 어디로 퇴각하는 겁니까, *중위님*?"

"탈리아멘토강 너머라더군. 병원과 관련 부대는 포르데노네에 설치될 거라 하고."

"이곳이 포르데노네보다 더 좋죠."

"나는 포르데노네는 잘 몰라," 내가 말했다. "지나가본 적은 있지만."

"그리 대단한 곳은 아닙니다." 아이모가 말했다.

28

빌라에서 나와 시내로 들어서자 빗속에 간선도로를 지나가는 부대와 대포 행렬 외에는 텅 비고 어둠에 싸여 있었다. 수많은 트럭들, 다른 도로로 와서 간선도로로 합류한 짐마차 몇 대도 보였다. 가죽 공장들 앞을 지나 간선도로로 나오자 수많은 부대와 트럭들, 짐마차들, 대포들이 넓게 종대를 이뤄 느릿느릿 움직이고 있었다. 우리 차는 젖은 캔버스 천으로 높이 실은 짐을 덮은 채 앞서가는 트럭 후미에 라디에이터 뚜껑을 거의 붙이다시피 한 채 느리지만 꾸준히 앞으로 나아갔다. 갑자기 트럭이 멈춰 섰다. 대열 전체가 멈췄다. 그러다 다시 움직이면서 조금 전진하는가 싶더니 곧 다시 멈췄다. 나는 차에서 내려 트럭들과 짐마차들 사이와 비에 젖은 말들의 목 밑을 지나 앞쪽으로 걸어갔다. 길은 저 앞에서부터 막혀 있었다. 나는 도로를 벗어나 디딤판을 밟으며 도랑을 건너 들판을 따라 걸어갔다. 들판을 가로질러 앞쪽으로 가면서 보니 빗속에 길이 막혀 나무들 사이에서 오도 가도 못하고 서 있는 대열이 보였다. 나는 1마일쯤 걸어갔다. 멈춰 선 차량들 저 앞쪽에서는 병사들이 조금씩 움직이고 있었지만 대열은 거의 움직임이 없었다. 나는 차로 돌아갔다. 정체 구간은 우디네까지 이어져 있을지도 모른다. 피아니는 핸들에 엎드려 자고 있었다. 그의 옆자리에 올라타 나도 잠을 청했다. 몇 시간 후 바로 앞 트럭에서 삐걱하며 기어를 넣는 소리가 들렸다. 피아니를 깨워 출발했지만 몇 야드도 가지 못하고 멈추고 다시 움직이다 멈추기를 반복했다. 비는 여전히 내리고 있었다.

밤이 되자 다시 길이 막혀 멈춰 서더니 꼼짝도 하지 못했다. 나는 차에서 내려 아이모와 보넬로를 보러 뒤쪽으로 갔다. 보넬로는 공병 병장 둘을 차에 태우고 있었다. 내가 다가가자 병장들은 긴장했다.

"다리에서 작업하느라 남아 있었답니다," 보넬로가 말했다. "자기들 부대를 찾지 못한다고 해서 태워줬습니다."

"*중위님*이 허락해주시다면요."

"허락하지." 내가 말했다.

"*중위님*은 미국인입니다," 보넬로가 말했다. "누구든 태워주실 겁니다."

병장 하나가 미소지었다. 다른 병장은 보넬로에게 내가 북미나 남미 출신 이탈리아인이냐고 물었다.

"이탈리아인이 아닙니다. 북미 출신 영국인입니다."

병장들은 공손했지만 그 말을 믿지 않았다. 나는 그들 곁을 떠나 아이모에게 돌아갔다. 그는 옆에 두 소녀를 태우고 구석에 기대앉아 담배를 피우고 있었다.

"바르토, 바르토." 내가 불렀다. 그는 웃음지었다.

"이 아이들에게 말 좀 걸어보십시오, *중위님*," 그가 말했다. "뭐라는지 알아듣질 못하겠습니다. 이봐!" 그는 한 소녀의 허벅지에 손을 얹고 다정하게 꾹 눌렀다. 소녀는 숄을 당겨 몸을 감싸며 그의 손을 물리쳤다. "이봐!" 그가 말했다. "*중위님*에게 네 이름과 여기서 뭘 하고 있었는지 말해."

그러자 소녀가 나를 매섭게 노려보았다. 다른 한 소녀는 계속 눈을 내리깔고 있었다. 나를 노려본 소녀가 한마디도 알아들을 수 없는 사투리로 뭐라고 말했다. 통통하고 가무잡잡하고 열여섯 살쯤 되어 보였다.

"동생?" 내가 옆의 소녀를 가리키며 물었다.

소녀는 고개를 끄덕이며 미소지었다.

"좋아." 나는 대답하며 무릎을 가볍게 두드렸다. 내가 건드리자 몸이 굳으며 피하는 것이 느껴졌다. 동생은 한 번도 고개를 들지 않았다. 한 살쯤 어려 보였다. 아이모가 언니의 허벅지에 손을 얹자 소녀는 또다시 그 손을 물리쳤다. 그는 소녀를 보며 웃음을 터뜨렸다.

"좋은 사람," 그가 자신을 가리켰다. "좋은 사람," 그가 나를 가리켰다. "걱정할 것 없어." 소녀는 그를 매섭게 노려보았다. 두 소녀는 두 마리 들새 같았다.

"저를 싫어하면서 왜 제 차에 탔을까요?" 아이모가 물었다. "제가 손짓을 하니까 바로 올라탔거든요." 그는 소녀들 쪽을 돌아보았다. "걱정할 것 없어," 그가 말했다. "——할 위험은 없어." 그는 상스러운 말을 썼다. "——할 자리도 없어." 나는 소녀가 그 말뜻을 알아들었다는 것은 알 수 있었지만 그뿐이었다. 소녀는 잔뜩 겁먹은 눈으로 그를 쳐다보았다. 그러고서 숄로 몸을 단단히 여몄다. "차가 꽉 찼잖아," 아이모가 말했다. "——할 위험 없어. ——할 자리도 없어." 아이모가 말을 할 때마다 소녀는 점점 더 굳었다. 그러더니 뻣뻣하게 앉은 채 그를 바라보다가 울기 시작했다. 입술이 실룩거리더니 통통한 두 뺨을 타고 눈물이 뚝뚝 흘러내렸다. 동생은 여전히 고개를 들지 않은 채 언니 손을 잡고 그대로 앉아 있었다. 성난 표정으로 있던 언니가 소리내어 울기 시작했다.

"겁을 줬나보네," 아이모가 말했다. "그럴 생각은 아니었는데."

바르톨로메오가 잡낭을 꺼내 치즈 두 조각을 잘라냈다. "자," 그가 말했다. "그만 울어."

언니는 고개를 저으며 계속 울었지만, 동생은 치즈를 받아서 먹기 시작했다. 잠시 후 동생이 언니에게 남은 치즈 한 조각을 줬고 소녀들은 함께 치즈를 먹었다. 언니는 아직도 울먹거리고 있었다.

"곧 괜찮아질 겁니다." 아이모가 말했다.

그때 그는 무슨 생각을 떠올렸다. "처녀야?" 그가 옆에 앉아 있는 소녀에게 물었다. 소녀는 힘차게 고개를 끄덕였다. "너도?" 그가 동생을 가리켰다. 둘은 함께 고개를 끄덕였고 언니가 사투리로 뭐라고 말했다.

"알았어," 바르톨로메오가 말했다. "알았다고."

두 소녀는 기분이 나아진 것 같았다.

나는 구석에 기대앉은 아이모와 소녀들을 떠나 피아니의 차로 돌아갔다. 차량들은 꼼짝도 하지 않고 있었지만 부대는 계속해서 옆을 지나갔다. 비는 여전히 세차게 퍼부었고, 나는 자꾸만 정체되는 이유가 자동차 배선이 비에 젖어서인지도 모른다고 생각했다. 아니 그보다는 말들과 병사들이 잠이 들어버려서인지도 모른다고 생각했다. 하지만 모두가 깨어 있는 도시에서도 교통 정체는 있지 않은가. 말과 자동차가 한데 섞여 있는 게 문제일 것이다. 이것들은 서로에게 전혀 도움이 되지 않는다. 농부의 짐마차도 혼잡만 가중시킬 뿐이다. 바르토의 차에 탄 두 소녀는 착한 아이들이다. 이런 퇴각 행렬은 처녀애들이 있을 곳이 못 된다. 진짜 처녀애들이. 아마 신앙심도 깊을 것이다. 전쟁만 아니라면 우리는 아마도 모두 침대에 들어가 있을 텐데. 나도 침대에 들어가 머리를 눕히고 있겠지. 침대와 식탁*. 침대에서 판자처럼 뻿뻿하게. 캐서린도 지금쯤 시트 두 장 사이에 누워 있겠지, 한 장은 깔고 한 장은 덮고. 어느 쪽으로 누워서 잘까? 자지 않고 있을지도 모른다. 누워서 내 생각을 하고 있을지도 모른다. 불어라, 불어라, 서풍아.** 그래, 서풍은 불었지만 가랑비가 아니라 장대비구나. 밤새 내렸어. 내리고 또 내렸지. 저 봐라. 제기랄, 내 사랑을 품에 안고 다시 내 침대에 누웠으면. 내 사랑 캐서린. 내 달콤한 사랑 캐서린이 비로 내렸으면. 바람이 그녀를 다시 내게 실어 보내줬으면. 그래, 우리는 바람 속에 있어. 모두 그 속에 갇혀 있고, 가랑비로는 바람을 잠재우지 못해. "잘 자, 캐서린." 나는 크게 외쳤다. "당신이 편히 자길. 누운 쪽이 불편하면, 달링, 다른 쪽으로 돌아누워," 나는 말했다. "내가 냉수를 가져다 줄게. 조금만 있으면 아침이고 그러면 나아질 거야. 아기가 당신을 불편하게 할 걸 생각하니 미안하군. 눈을 붙여봐, 내 사랑."

나는 여태 자고 있었어요, 그녀가 말했다. 당신, 잠꼬대를 하던데요. 괜찮아요?

정말 거기 있는 거야?

물론 여기 있어요. 아무데도 안 가요. 이런 일이 있어도 우리 사이는

* bed and board는 숙박과 식사 또는 부부생활을 뜻한다.

** 16세기 작자 미상의 시에서 인용. 바람이 불어 비가 내리고 다시 연인과 한 침대에 눕기를 바라는 내용이다.

달라지지 않아요.

당신은 정말 귀엽고 사랑스러워. 밤이 되어도 떠나버리지 않을 거지?

물론 아무데도 안 가요. 언제나 여기 있어요. 당신이 원하면 언제든 올게요.

"———" 피아니가 말했다. "다시 움직이기 시작했습니다."

"깜박 졸았나보군." 내가 말했다. 시계를 보았다. 새벽 세시였다. 나는 좌석 뒤에 놓아둔 바르베라병을 집으려고 팔을 뻗었다.

"큰 소리로 잠꼬대를 하시던데요." 피아니가 말했다.

"영어로 말하는 꿈을 꿨어." 내가 말했다.

빗발은 점점 약해졌고 우리는 앞으로 나아갔다. 동이 트기 전 다시 한번 정체됐고 날이 밝았을 무렵에는 조금 높은 지대에 와 있었는데 멀리까지 이어진 퇴각로가 보였지만 대열 사이로 빠져나가는 보병들 외에는 모든 것이 멈춰 있었다. 대열이 다시 움직이기 시작했지만 낮 동안의 전진 속도로 보아 우디네에 도착하려면 어떻게든 간선도로를 벗어나 들판을 가로질러야 할 것 같았다.

밤이 되자 시골길을 따라 오던 많은 농부들이 여기저기서 간선도로로 합류해 대열에는 세간이 실린 짐마차들도 뒤섞였다. 매트리스 사이로 거울이 삐져나와 있고, 닭이며 오리가 짐마차에 묶여 있었다. 빗속에서 우리 앞에 가던 짐마차에는 재봉틀이 실려 있었다. 가장 값나가는 물건들을 챙겼을 것이다. 어떤 짐마차에는 비를 피해 웅크린 여자들이 있었고 될 수 있는 한 마차에 바싹 붙어 걸어가는 여자들도 있었다. 이제 대열에는 개들도 보였는데, 굴러가는 마차 밑에서 따라가고 있었다. 길은 진흙탕이고, 양쪽 도랑에는 물이 불었고 길가에 늘어선 나무들 너머로 보이는 들판은 비에 잠겨 가로지를 엄두도 나지 않았다. 나는 차에서 내려 걸어가면서 앞쪽에 들판을 가로질러갈 만한 길이 있는지 살펴보았다. 샛길이 많다는 건 알고 있었지만 앞이 막혀 있다면 소용이 없었다. 자동차로 간선도로를 달리면서 지나치기만 한데다 길이 다 비슷비슷해 보였기 때문에 잘 기억나지 않았다. 하지만 지금 이 도로를 통과하려면 어쨌든 샛길을 찾아야 했다. 오스트리아군이 지금 어디에 있고 전황이 어떤지 아무도 몰랐지만 비가 그치고 비행기들이 날아와 이 대열을 공격한다면 모두 끝장인 건 확실했다. 병사 몇이 트럭을 버리고 도망치거나 말 몇 마리만 죽어도 도로는 완전히 마비되고 말 것이었다.

이제 비는 잦아들어 이대로라면 날이 갤 것 같았다. 나는 길 가장자리를 따라 앞으로 걸어갔고 양쪽에 나무울타리가 있는 두 들판 사이 북쪽으로 뻗은 작은 길을 보고 그 길로 가는 게 좋겠다고 생각하고는 서둘러 차로 갔다. 나는 피아니에게 샛길로 빠지라고 말하고 보넬로와 아이모에게 갔다.

"만약 저 길이 아니면 돌아와서 다시 끼어들면 돼." 내가 말했다.

"이 사람들은 어떻게 합니까?" 보넬로가 물었다. 두 병장이 옆에 앉아 있었다. 그들은 면도도 하지 않았지만 이른 아침에도 군인다웠다.

"차를 밀 때 도움이 되겠군." 나는 말했다. 나는 아이모에게 돌아가 들판을 가로지를 생각이라고 말했다.

"이 처녀애들은 어떡하죠?" 아이모가 물었다. 둘은 잠들어 있었다.

"별로 필요하지 않을 것 같은데," 나는 말했다. "차를 밀 수 있는 사람을 태워야 해."

"뒤에 태울 수 있습니다," 아이모가 말했다. "아직 자리가 있으니까요."

"그건 좋을 대로 해," 내가 말했다. "차를 밀 수 있게 등판 넓은 사람을 골라봐."

"그거야 *경보병*이죠," 아이모가 싱긋 웃었다. "등판이야 그 사람들이 가장 넓습니다. 치수를 재거든요. 기분 어떠십니까, *중위님*?"

"좋아. 자네는?"

"좋습니다. 그런데 배가 너무 고픕니다."

"저 길로 올라가면 뭐든 있을 테니까 그때 차를 세우고 먹자고."

"다리는 괜찮으십니까, *중위님*?"

"괜찮아." 내가 대답했다. 구급차 발판을 딛고 서서 앞쪽을 보니 피아니의 차가 옆길로 빠져나가 앙상한 나무울타리 사이로 달려가는 모습이 보였다. 보넬로가 방향을 틀어 그 차 뒤를 따랐고, 피아니가 그렇게 앞장서고 우리는 울타리 사이 좁은 길을 따라 앞선 구급차 두 대를 좇아갔다. 길은 어느 농가로 이어졌다. 피아니와 보넬로가 농가 마당에 차를 세웠다. 나지막하고 길쭉한 농가이고 문 위에 포도나무 덩굴시렁이 있었다. 피아니는 라디에이터에 물을 채우기 위해 마당에 있는 우물에서 물을 길었다. 너무 오랫동안 저속기어로 달렸기 때문에 물이 끓어서 증발해버렸다. 농가는 버려져 있었다. 농가가 들판보다 약간 높은 지점에 있어 일대가 내려다보였고 왔던 길을 돌아보자 도로며 울타리며 들판이며 퇴각 행렬이 지나가고 있는 간선도로에 나란히 늘어선 가로수들이 보였다. 두 병장은 집안을 살펴보고 있었다. 두 소녀는 잠에서 깨어 마당과 우물, 농가 앞에 선 커다란 구급차 두 대와 우물가에 모여 있는 운전병 셋을 바라보고 있었다. 병장 하나가 시계를 들고 나왔다.

"다시 가져다놔." 내가 말했다. 그는 나를 쳐다보고 집안으로 들어가더니 빈손으로 나왔다.

"자네 동료는 어디 있나?" 내가 물었다.

"변소에 갔습니다." 그는 구급차에 올라탔다. 우리가 버리고 떠날까봐 걱정되는 듯했다.

"아침식사는 어떻게 할까요, *중위님*?" 보넬로가 물었다. "먹을 게 있을 것 같습니다. 오래 걸리지 않을 거고요."

"이 길에서 저쪽으로 내려가면 어디든 나오겠지?"

"물론이죠."

"좋아. 그럼 먹지." 피아니와 보넬로가 집안으로 들어갔다.

"내려." 아이모가 두 소녀에게 말했다. 그리고 차에서 내리는 걸 도와주려고 손을 내밀었다. 언니가 고개를 저었다. 둘은 버려진 농가에 들어갈 생각이 없는 듯했다. 우리 뒷모습만 바라보고 있었다.

"거참 까다롭네." 아이모가 말했다. 우리는 농가에 함께 들어갔다. 넓고 어두웠고, 버려진 집이었다. 보넬로와 피아니는 부엌에 있었다.

"먹을 게 많진 않습니다," 피아니가 말했다. "싹 치우고 떠났네요."

보넬로가 부엌의 육중한 식탁 위에서 큼직한 치즈를 잘랐다.

"치즈는 어디 있었지?"

"지하실에요. 피아니가 와인과 사과도 찾았습니다."

"훌륭한 아침식사군."

피아니가 고리버들 세공품으로 감싼 와인병의 코르크를 뽑았다. 그는 병을 기울여 구리냄비에 가득 따랐다.

“냄새는 괜찮군,” 그가 말했다. “컵 좀 찾아봐, 바르토.”

그때 두 병장이 들어왔다.

“치즈 좀 들어요, 병장님들.” 보넬로가 말했다.

“가야 합니다.” 치즈를 먹고 와인을 마시며 병장 하나가 말했다.

“갈 겁니다. 걱정 말아요.” 보넬로가 말했다.

“군대는 밥심으로 움직이지.” 내가 말했다.

“네?” 병장이 물었다.

“먹어두는 게 좋다고.”

“그렇죠. 하지만 시간이 없습니다.”

“이 자식들 벌써 뭘 먹었군.” 피아니가 말했다. 그러자 병장들이 그를 쳐다보았다. 그들은 우리를 싫어했다.

“길을 아십니까?” 병장 하나가 내게 물었다.

“아니.” 나는 대답했다. 그러자 그들은 서로를 쳐다보았다.

“이제 출발하는 게 좋겠습니다.” 첫번째 병장이 말했다.

“출발할 거야.” 내가 말했다. 나는 레드와인을 한 컵 더 마셨다. 치즈와 사과를 먹은 뒤라 술맛이 아주 좋았다.

“치즈를 챙겨.” 나는 말하고 밖으로 나갔다. 보넬로가 커다란 와인병을 들고나왔다.

“그건 너무 큰데.” 내가 말했다. 그는 아쉬운 듯 와인병을 보았다.

“그런 것 같군요,” 그가 말했다. “따라줄 테니 수통들 줘봐.” 그는 수통에 와인을 채웠고 일부가 흘러 마당의 돌바닥으로 떨어졌다. 그는 와인병을 문 바로 안쪽에 놓아두었다.

"이러면 오스트리아 놈들이 문을 부수지 않고도 찾아내겠네요." 그가 말했다.

"가볼까," 내가 말했다. "피아니와 내가 앞장서지." 두 공병 병장은 이미 보넬로 옆자리에 앉아 있었다. 두 소녀도 치즈와 사과를 먹었다. 아이모는 담배를 피웠다. 우리는 좁은 길로 나아가기 시작했다. 나는 뒤따라오는 구급차 두 대와 농가를 돌아보았다. 나지막하지만 견고하게 잘 지어진 석조 농가였고 우물의 철 세공도 아주 훌륭했다. 우리 앞쪽 길은 좁고 질퍽거렸고 길 양쪽에 높은 울타리가 둘려 있었다. 뒤에서 차들이 바싹 붙어 따라왔다.

29

정오에 우리는 우디네까지 10킬로미터쯤 남았다고 짐작되는 지점에서 진창에 꼼짝없이 박히고 말았다. 비는 오전 중에 그쳤다. 비행기가 날아오는 소리가 세 번 들렸고, 머리 위를 지나 왼쪽으로 멀리 날아가더니 곧이어 간선도로를 폭격하는 소리가 들렸다. 우리는 그물처럼 얽힌 지선도로를 겨우 빠져나와 샛길로 들어섰다가 앞이 막혀 다시 돌려 나오기를 반복하며 점점 우디네로 다가갔다. 그러다 아이모의 차가 막힌 길에서 되돌아 나오려고 후진하다가 길가의 진창에 빠졌고, 바퀴가 헛돌면서 점점 더 깊이 파고들더니 마침내 차동장치까지 박히고 말았다. 이렇게 된 이상 바퀴 앞쪽 흙을 파내고 체인이 걸리도록 나뭇가지를 집어넣은 다음 차가 길 위로 올라올 때까지 뒤에는 미는 수밖에 없었다. 우리는 모두 내려 차 주위에 있었다. 두 병장이 차를 살펴보고 바퀴를 점검했다. 그러더니 말도 없이 길 아래쪽으로 내려가기 시작했다. 나는 그들을 뒤따라갔다.

"이봐," 내가 말했다. "나뭇가지를 꺾어 와."

"우리는 가야 합니다." 한 병장이 말했다.

"어서," 내가 말했다. "나뭇가지를 꺾어 와."

"우리는 가야 합니다." 한 병장이 말했다. 다른 하나는 아무 말도 하지 않았다. 그들은 걸음을 서둘렀다. 나를 돌아보지도 않았다.

"명령이다, 구급차로 돌아오고 나뭇가지를 꺾어 와." 내가 말했다. 대답하던 병장이 돌아섰다. "우리는 가야 합니다. 곧 길이 차단될 겁니다. 당신은 우리에게 명령할 수 없습니다. 우리 상관이 아닙니다."

"나뭇가지를 꺾어 오라고 명령했다." 내가 말했다. 그들은 돌아서서 길을 내려가기 시작했다.

"정지," 내가 말했다. 그들은 양쪽에 울타리가 있는 진흙탕길을 계속 걸어갔다. "명령이다, 정지." 나는 외쳤다. 그들은 더 빨리 걸었다. 나는 권총집을 열고 권총을 꺼내, 말수가 많던 놈을 겨누고 발사했다. 총알은 빗나갔고 둘 다 뛰기 시작했다. 나는 세 발을 쏴서 한 명을 쓰러뜨렸다. 다른 하나는 울타리 사이로 빠져나가 시야에서 사라졌다. 나는 그가 들판을 가로질러 달아날 때 울타리 사이로 총을 쏘았다. 총알이 떨어져 찰깍 소리가 나자 탄 클립을 바꿔 끼웠다. 다른 한 놈을 쏘기에는 거리가 너무 멀었다. 그는 머리를 숙인 채 멀리서 들판을 가로질러 뛰고 있었다. 나는 또다시 빈 탄 클립을 채우기 시작했다. 보넬로가 다가왔다.

"제가 끝내게 해주십시오." 그가 말했다. 나는 권총을 건넸고 그는 공병 병장이 길바닥에 얼굴을 박고 쓰러져 있는 곳으로 걸어갔다. 보넬로는 몸을 숙여 병장의 머리에 권총을 겨누고 방아쇠를 당겼다. 권총은 발사되지 않았다.

"공이를 당겨야지." 내가 말했다. 그는 공이를 당기고 두 발 발사했다. 그러고는 병장의 두 다리를 붙잡아 길가 울타리 옆으로 끌어다 눕혔다. 그러고는 돌아와 내게 권총을 돌려주었다.

"개자식," 그가 말했다. 그는 병장 쪽을 바라보았다. "제가 쏘는 거 보셨습니까, *중위님*?"

"얼른 나뭇가지를 꺾어 와야 해." 내가 말했다. "내가 다른 한 놈을 조금이라도 맞혔나?"

"맞히지 못한 것 같습니다," 아이모가 말했다. "거리가 너무 멀었습니다."

"쓰레기 같은 놈." 피아니가 말했다. 우리는 다 함께 나뭇가지를 꺾었다. 차 안에 있는 물건을 모조리 꺼냈다. 보넬로는 바퀴 앞을 팠다. 준비가 되자 아이모가 시동을 걸고 기어를 넣었다. 바퀴가 나뭇가지와 진흙을 날리며 헛돌았다. 보넬로와 나는 관절에서 우두둑 소리가 나도록 차를 밀었다. 차는 꿈쩍도 하지 않았다.

"차를 앞뒤로 흔들어봐, 바르토." 내가 말했다.

그는 후진을 넣고 밟았다가 전진으로 바꾸었다. 바퀴는 점점 더 깊이 파고들어갔다. 그러다 다시 차동장치까지 빠지고 바퀴는 새로 파놓은 구멍에서 멋대로 헛돌았다. 나는 허리를 펴고 일어섰다.

"밧줄로 당겨보지." 내가 말했다.

"소용없을 것 같은데요, *중위님*. 똑바로 당길 수 없을 겁니다."

"시도는 해봐야지," 내가 말했다. "다른 방법으로는 뺄 수가 없잖아."

피아니와 보넬로의 차는 좁은 길을 따라 간신히 앞으로 나아갈 수 있었다. 우리는 두 차에 밧줄을 묶어 끌어보았다. 바퀴들은 바퀴 홈 속에서 옆으로만 움직일 뿐이었다.

"소용없어," 내가 외쳤다. "그만둬."

피아니와 보넬로가 차에서 내려 돌아왔다. 아이모도 내렸다. 두 소녀는 40야드쯤 떨어진 길가 돌담 위에 앉아 있었다.

"어떻게 할까요, *중위님*?" 보넬로가 물었다.

"땅을 파고 나뭇가지들로 다시 한번 해보지." 나는 말했다. 나는 길을 내려다보았다. 내 잘못이었다. 내가 여기로 이끌었다. 해는 이제 구름 뒤에서 거의 나왔고 병장의 시체는 울타리 옆에서 뒹굴고 있었다.

"저놈의 외투와 망토를 밑에 깔아봐." 내가 말했다. 보넬로가 옷을 벗기러 갔다. 나는 나뭇가지를 꺾고 아이모와 피아니는 바퀴 앞쪽과 바퀴 사이를 팠다. 나는 망토를 두 조각으로 찢어 진흙에 빠진 바퀴 밑에 깔고 바퀴가 걸리도록 나뭇가지를 쌓았다. 준비가 되자 아이모가 운전석에 올라 시동을 걸었다. 바퀴들이 돌았고 우리는 밀고 또 밀었다. 하지만 아무 소용이 없었다.

"이런 ——" 내가 말했다. "차에서 가져갈 게 있나, 바르토?"

아이모가 보넬로와 함께 차에 올라가 치즈와 와인 두 병과 자기 망토를 가지고 내렸다. 보넬로는 바퀴 뒤쪽에 앉아 병장의 외투 주머니를 뒤지고 있었다.

"그 외투는 버려," 내가 말했다. "바르토가 태운 처녀애들은 어떻게 하지?"

"뒷자리에 태우고 가죠," 피아니가 말했다. "길이 얼마 남지 않았을 겁니다."

나는 구급차 뒷문을 열었다.

"이리 와," 내가 말했다. "올라타라." 두 소녀는 차에 올라 구석에 앉았다. 그들은 좀전의 총격 사건은 알아채지 못한 것 같았다. 나는 뒤돌아 길 위를 보았다. 병장은 때 묻은 긴소매 속옷만 입은 채 누워 있었다. 나는 피아니와 차에 탔고 우리는 출발했다. 들판을 가로지르기로 했다. 들판으로 접어들자 나는 차에서 내려 앞에서 걸어갔다. 들판만 가로지르면 반대쪽에 길이 있었다. 그러나 가로지를 수 없었다. 차가 지나기에는 땅이 너무 무르고 진창이었다. 바퀴통까지 파묻혀 차가 완전히 오도 가도 못하자, 우리는 차를 들판에 버려두고 우디네를 향해 걷기 시작했다.

간선도로로 가는 길목에 접어들었을 때 나는 두 소녀에게 그쪽을 가리켰다.

"저쪽으로 가," 내가 말했다. "사람들을 만날 거야." 그들이 나를 쳐다보았다. 나는 지갑을 꺼내 10리라짜리 지폐를 한 장씩 주었다. "저쪽으로 가봐," 나는 손으로 가리키며 말했다. "친구들! 가족들!"

그들은 내 말을 알아듣지 못한 채 돈을 꼭 쥐고 길을 따라 내려가기 시작했다. 내가 도로 돈을 뺏을까봐 걱정이라도 되는 듯이 뒤를 돌아보았다. 나는 숄을 꼭 둘러싼 채 걱정스레 우리를 돌아보며 길을 따라 내려가는 그들을 지켜보았다. 운전병 셋은 웃고 있었다.

"제가 저쪽으로 가면 얼마나 주실 겁니까, *중위님*?" 보넬로가 물었다.

"적들에게 잡혀도 둘만 있는 것보다는 사람들 속에 있는 편이 나아." 내가 말했다.

"200리라만 주시면 저는 곧장 걸음을 돌려 오스트리아군에게 갈 겁니다." 보넬로가 말했다.

"놈들이 네 돈을 빼앗을걸." 피아니가 말했다.

"전쟁이 끝날지도 모르지." 아이모가 말했다. 우리는 최대한 빨리 길을 걸어올라갔다. 해가 구름 사이로 빠져나오고 있었다. 길가에는 뽕나무들이 있었다. 나무들 사이로 우리가 버리고 온 구급차 두 대가 처박혀 있는 모습이 보였다. 피아니도 뒤를 돌아보았다.

"저 차들을 빼내려면 길을 새로 만들어야겠어." 그가 말했다.

"자전거라도 있으면 정말 좋겠군." 보넬로가 말했다.

"미국에서도 자전거를 탑니까?" 아이모가 물었다.

"전에는 그랬지."

"여기서는 대단한 겁니다," 아이모가 말했다. "자전거는 굉장한 물건이죠."

"자전거가 있으면 좋을 텐데," 보넬로가 말했다. "나는 걷는 게 싫어."

"포성이었나?" 내가 물었다. 멀리서 포성이 들린 것 같았다.

"모르겠는데요." 아이모가 말했다. 그는 귀를 기울였다.

"맞는 것 같아." 내가 말했다.

"우리가 처음 만나는 건 아마도 기병일 겁니다." 피아니가 말했다.

"적군에는 기병대가 없을 텐데."

"없다면 다행이네," 보넬로가 말했다. "—— 같은 기병 창에 찔려 죽긴 싫거든."

"그 병장은 확실히 쏘신 거죠, *중위님*?" 피아니가 물었다. 우리는 빠르게 걷고 있었다.

"내가 죽였어," 보넬로가 말했다. "이번 전쟁에서 이제껏 한 놈도 못 죽였는데 평생 그런 병장 한 놈쯤 죽여보고 싶었어."

"주저앉은 놈을 죽여놓고는," 피아니가 말했다. "네가 쏠 때 그놈이 아주 빠르게 도망치고 있던 것도 아니잖아."

"어쨌든 그건 나한테 평생 못 잊을 일이야. 내가 그 —— 같은 병장을 죽였어."

"고해성사 때 뭐라고 할 건가?" 아이모가 물었다.

"이렇게 말할 거야, '축복해주십시오, 신부님, 병장을 죽였습니다.'" 다들 웃음을 터뜨렸다.

"이 친구는 무정부주의자죠," 피아니가 말했다. "성당에도 안 다닙니다."

"피아니도 무정부주의자입니다." 보넬로가 말했다.

"정말 둘 다 무정부주의자야?" 내가 물었다.

"아닙니다, *중위님*. 우리는 사회주의자입니다. 이몰라 출신이거든요."

"거기 가보신 적 있습니까?"

"아니."

"정말 멋진 곳입니다, *중위님*. 전쟁이 끝나면 꼭 오십시오. 우리가 멋진 구경을 시켜드리죠."

"모두가 사회주의자라고?"

"모두가요."

"좋은 도시인가?"

"끝내주죠. 그런 곳은 못 보셨을 겁니다."

"어쩌다 사회주의자가 됐지?"

"우리는 모두 사회주의자입니다. 모두가 사회주의자죠. 언제나 사회주의자였습니다."

"한번 오십시오, *중위님*. *중위님*도 사회주의자로 만들어드리겠습니다."

앞쪽에서 길이 왼쪽으로 구부러지더니 작은 언덕이 나왔고, 돌담 너머로 사과 과수원이 보였다. 오르막부터는 모두 말을 멈췄다. 우리는 시간을 다투며 함께 빠르게 걸어갔다.

30

잠시 후 우리는 강으로 이어지는 길 위에 있었다. 다리로 이어지는 도로에는 버려두고 간 트럭들과 짐마차들이 길게 늘어서 있었다. 아무도 보이지 않았다. 강물은 불어 있었고 다리는 중심부가 날아갔는데 석조 아치가 물속에 떨어지고 흙탕물이 그 위로 넘실거렸다. 우리는 건널 곳을 찾기 위해 강둑에 올라섰다. 더 위쪽에 있는 철교로 가면 건널 수 있을 것 같았다. 길은 젖어서 진흙탕이었다. 부대는 보이지 않았다. 버려진 트럭들과 물건들만 가득했다. 강둑 주위에는 젖은 덤불과 진흙땅뿐 사람도 물건도 보이지 않았다. 강둑을 따라 계속 올라가자 마침내 철교가 나타났다.

"정말 아름다운 다리로군." 아이모가 말했다. 평소 바싹 말라 있는 강바닥 위에 가로놓인 길고 수수한 철교였다.

"다리를 폭파시키기 전에 서둘러 건너는 게 좋겠어." 내가 말했다.

"폭파할 놈도 없을걸요," 피아니가 말했다. "다 달아났으니까요."

"지뢰를 묻어놓았을지도 몰라," 보넬로가 말했다. "먼저 건너십시오, *중위님*."

"저 무정부주의자 말하는 것 좀 보게," 아이모가 말했다. "저 녀석 먼저 보내십시오."

"내가 가지," 내가 말했다. "사람 하나 건넌다고 폭파되진 않을 거야."

"알겠냐," 피아니가 말했다. "저런 게 바로 머리란 거야. 너는 왜 머리가 없어, 이 무정부주의자야?"

"머리가 있으면 이런 데 있지도 않겠지." 보넬로가 말했다.

"저건 꽤 똑똑한데요, *중위님*." 아이모가 말했다.

"정말 똑똑하군." 내가 말했다. 우리는 다리 가까이에 이르렀다. 하늘은 다시 흐려져 조금씩 비를 뿌리고 있었다. 다리는 길고 튼튼해 보였다. 우리는 강둑 위로 올라갔다.

"한 번에 한 사람씩이다." 나는 이렇게 말하고 먼저 건너기 시작했다. 지뢰선이나 폭발물을 묻은 흔적이 있는지 침목과 레일을 살펴보았지만 아무것도 보이지 않았다. 침목들 틈새로 저 아래쪽에서 흙탕물이 빠르게 흐르고 있었다. 앞쪽 비에 젖은 들판 너머로 역시 비에 젖은 우디네가 보였다. 다리를 건넌 뒤 나는 뒤를 돌아보았다. 가까이 상류 쪽에 다리가 또하나 있었다. 내가 다리를 보고 있을 때 누런 진흙 색깔의 자동차 한 대가 그 다리를 건너갔다. 다리 난간이 높아 일단 차가 들어서자 차체는 보이지 않았다. 하지만 운전병과 그 옆에 앉은 남자, 뒷좌석에 앉은 두 남자의 머리는 보였다. 모두 독일군 철모를 쓰고 있었다. 이윽고 차는 다리를 건너 나무들과 길가에 버려진 차량들 뒤쪽으로 사라졌다. 나는 다리를 건너고 있는 아이모와 다른 두 병사에게 빨리 건너오라고 손짓했다. 그리고 다리에서 기어내려가 철둑 옆에 엎드렸다. 아이모가 나를 따라 내려왔다.

"그 차 봤나?" 내가 물었다.

"아니요. 우리는 *중위님*을 보고 있었습니다."

"독일군 참모 차 한 대가 저 위쪽 다리를 건너갔어."

"참모 차가요?"

"그래."

"맙소사."

다른 운전병들도 건너왔고 우리는 모두 철둑 옆 진창 속에 웅크려 앉아 철로 너머 다리와 늘어선 나무들과 도랑과 도로를 살펴보았다.

"우리 퇴로가 차단된 걸까요, *중위님*?"

"모르겠어. 내가 아는 건 독일군 참모 차가 저 다리를 지나갔다는 거야."

"이상한 기분 안 드십니까, *중위님*? 머릿속에 묘한 생각이 들지 않으세요?"

"쓸데없는 말 하지 마, 보넬로."

"한잔하시겠습니까?" 피아니가 물었다. "차단된 거라면 한잔하는 게 좋겠습니다." 피아니가 수통을 풀어 마개를 뽑았다.

"봐! 보라고!" 아이모가 말하며 도로 쪽을 가리켰다. 돌다리 난간 위로 독일군 철모들이 움직이는 것이 보였다. 앞으로 기울어진 철모들이 불가사의할 정도로 미끄러지듯이 움직이고 있었다. 다리를 건너자 그들의 모습이 보였다. 자전거 부대였다. 선두에 선 두 사람의 얼굴을 볼 수 있었다. 혈색이 좋고 건강해 보였다. 모두 이마와 옆얼굴을 가릴 만큼 철모를 깊숙이 내려쓰고 있었다. 카빈총이 자전거 프레임에 고정되어 있었다. 벨트에는 막대형 수류탄이 손잡이가 아래쪽으로 돌려진 채 매달려 있었다. 그들은 비에 젖은 철모와 회색 군복 차림으로 앞과 좌우를 살피며 가볍게 자전거를 달렸다. 처음에 둘, 다음에 나란히 넷, 그다음에 둘, 그다음에 열두어 명, 그다음에 또 열두어 명, 그리고 마지막에 한 명이 달려갔다. 그들은 말을 하지 않았지만 말을 했다 해도 물소리 때문에 들리지 않았을 것이다. 부대는 도로 위쪽으로 사라졌다.

"맙소사." 아이모가 말했다.

"독일군이었어," 피아니가 말했다. "오스트리아군이 아니라."

"왜 저놈들을 저지하는 사람이 없지?" 내가 말했다. "왜 저 다리를 폭파하지 않은 걸까? 왜 이 강둑에 기관총을 설치하지 않았을까?"

"명령을 내리십시오, *중위님*." 보넬로가 말했다.

나는 몹시 화가 났다.

"전부 미쳤군. 하류 쪽 작은 다리는 폭파했잖아. 여기 간선도로 다리를 남겨두다니. 다들 어디로 간 거야? 적을 저지할 생각이 없는 건가?"

"명령해주십시오, *중위님*." 보넬로가 말했다. 나는 입을 다물었다. 그것은 내 소관이 아니었다. 내 임무는 구급차 세 대를 몰고 포르데노네로 가는 것이었다. 나는 그 임무에 실패했다. 나는 포르데노네로 가야 한다. 하지만 우디네까지도 못 갈 수 있다. 젠장, 못 간다. 지금 할 수 있는 일은 침착하게 마음을 가라앉혀 총에 맞지 않고 포로가 되지 않도록 하는 것뿐이었다.

"수통 열지 않았나?" 나는 피아니에게 물었다. 그가 수통을 건넸다. 나는 길게 한 모금 마셨다. "출발하는 게 좋겠어," 내가 말했다. "하지만 서두를 건 없어. 뭐 좀 먹을까?"

"여긴 머물 곳이 못 됩니다." 보넬로가 말했다.

"좋아. 출발하지."

"이쪽으로 붙어서 걸어야 할까요—보이지 않게?"

"위쪽으로 올라가 걷는 게 좋겠어. 저들이 이 다리로 올 수도 있으니까. 우리가 보기도 전에 놈들이 우리 위쪽에서 나타나면 안 되잖아."

우리는 철로를 따라 걸었다. 양쪽으로 비에 젖은 들판이 펼쳐져 있었다. 들판 너머 앞쪽이 우디네의 언덕이었다. 언덕 위의 성은 지붕이 떨어져나가고 없었다. 종탑과 시계탑도 보였다. 들판에는 뽕나무들이 많이 있었다. 앞쪽에 철로 일부가 파괴되어 있었다. 파헤쳐진 침목들이 강둑 아래로 내동댕이쳐져 있었다.

"엎드려! 엎드려!" 아이모가 말했다. 우리는 철둑 옆에 엎드렸다. 또다른 자전거 부대가 길을 지나갔다. 나는 철둑 가장자리에서 그들이 지나가는 것을 지켜보았다.

"우리를 봤는데도 그냥 가는데요." 아이모가 말했다.

"위쪽으로 가다가는 죽을 겁니다, *중위님*." 보넬로가 말했다.

"저들은 우리를 쫓는 게 아니야," 내가 말했다. "뭔가 다른 걸 쫓고 있어. 그래도 저들이 우리 위에서 갑자기 나타나는 건 더 위험해."

"저는 눈에 띄지 않는 길로 가고 싶은데요." 보넬로가 말했다.

"그럼 그리로 가. 우리는 철로를 따라 걷지."

"빠져나갈 수 있을까요?" 아이모가 물었다.

"물론이지. 아직 수는 많지 않아. 어둠을 틈타 빠져나갈 수 있을 거야."

"그 참모 차는 뭘 하고 있었을까요?"

"누가 알겠어." 내가 말했다. 우리는 계속 철로를 따라 걸었다. 보넬로도 강둑의 진창길을 걷다 지치자 우리 있는 곳으로 올라와 함께 걸었다. 이제 철로는 간선도로를 벗어나 남쪽으로 뻗어 있었기 때문에 도로를 따라 뭐가 지나가고 있는지 볼 수 없었다. 운하에 걸린 짧은 다리는 폭파되어 있었지만 우리는 남아 있는 교각 위로 기어올라가 건넜다. 그때 앞쪽에서 포성이 들렸다.

우리는 운하 건너편 철로로 올라섰다. 철로는 나지막한 들판을 가로질러 곧장 마을 쪽으로 이어졌다. 앞쪽에 또다른 철로가 보였다. 북쪽에는 자전거 부대가 지나갔던 간선도로가 있었고 남쪽에는 들판 너머로 양쪽에 나무들이 무성하게 늘어선 작은 지선도로들이 있었다. 나는 남쪽으로 가로질러 가서 마을을 우회한 뒤 캄포포르미오 방향으로 가다가 다시 탈리아멘토강 쪽 간선도로로 가는 것이 좋겠다고 판단했다. 우디네를 지나 샛길로만 가면 아군이 후퇴하는 주요 도로는 피할 수 있을 것이다. 이 들판을 가로질러 가면 샛길이 많다는 것을 나는 알고 있었다. 나는 철둑 아래쪽으로 내려가기 시작했다.

"따라와." 나는 말했다. 우리는 샛길을 따라 마을 남쪽으로 빠질 작정이었다. 모두 철둑 아래쪽으로 내려가기 시작했다. 그때 샛길에서 우리를 향해 총알 한 방이 날아왔다. 총알은 철둑 진흙 속에 박혔다.

"뒤로 물러나." 나는 외쳤다. 나는 진흙에 미끄러지면서 철둑으로 뛰어올라갔다. 운전병들은 내 앞에 있었다. 나는 최대한 빨리 철둑으로 올라갔다. 무성한 숲에서 총성이 두 번 더 울렸고, 철로를 가로지르던 아이모가 비틀거리더니 얼굴을 바닥에 처박으며 고꾸라졌다. 우리는 그를 철로 반대편으로 끌고 내려가 반듯이 눕혔다. "머리가 비탈 위쪽을 향해야 해." 내가 말했다. 피아니가 그를 돌려 눕혔다. 아이모는 두 다리를 아래로 내뻗고 철둑 비탈의 진창에 누워 불규칙하게 피를 토했다. 우리 세 사람은 빗속에서 그를 둘러싼 채 웅크리고 앉아 있었다. 총알은 그의 목덜미 아래를 맞히고 위로 올라가 오른쪽 눈 밑을 뚫고 나갔다. 내가 두 군데 총구멍을 지혈하는 동안 그는 숨을 거두었다. 피아니는 그의 머리를 내려놓고 응급용 붕대로 얼굴을 닦아준 뒤 그대로 두었다.

"이런 ——" 그가 말했다.

"독일군이 아니야," 내가 말했다. "이런 곳에 독일군이 있을 수가 없어."

"이탈리아군이겠군요." 피아니는 경멸의 의미가 담긴 '이탈리아니'라는 단어를 썼다. 보넬로는 아무 말도 하지 않았다. 그는 아이모 옆에 앉아 있었지만, 쳐다보지는 않았다. 피아니가 철둑 아래로 굴러떨어진 아이모의 군모를 주워 와 얼굴을 덮어주었다. 그는 수통을 꺼냈다.

"마시겠나?" 피아니가 보넬로에게 수통을 건넸다.

"아니," 보넬로가 말했다. 그는 내 쪽으로 몸을 돌렸다. "철로로 걷다간 우리도 언제든 이런 일을 당할 겁니다."

"그렇지 않아," 내가 말했다. "이건 우리가 들판을 가로지르려 했기 때문이야."

보넬로는 고개를 저었다. "아이모가 죽었습니다." 그가 말했다. "다음은 누구 차례일까요, *중위님*? 이제 우리는 어디로 가야 합니까?"

"총을 쏜 건 이탈리아군이었다니까," 내가 말했다. "독일군이 아니었어."

"독일군이라면 우리 모두를 죽였겠죠." 보넬로가 말했다.

"지금 우리한테는 독일군보다 이탈리아군이 더 위험해," 내가 말했다. "후방의 부대는 모든 것에 겁을 내고 있어. 독일군이라면 자신들이 뭘 노리는지 알아."

"맞습니다, *중위님*." 보넬로가 말했다.

"그럼 이제 어디로 가죠?" 피아니가 물었다.

"어두워질 때까지 숨어 있는 게 좋겠어. 남쪽으로 가면 괜찮을 거야."

"저놈들은 제대로 쏘았다는 걸 증명하기 위해 또다시 우리에게 총질을 해댈 겁니다." 보넬로가 말했다. "저는 놈들을 시험하고 싶지 않습니다."

"가능한 한 우디네 가까운 곳에서 숨을 곳을 찾고 어두워진 뒤 빠져나가자."

"가시죠." 보넬로가 말했다. 우리는 철둑 북쪽으로 내려갔다. 나는 뒤를 돌아보았다. 아이모는 철둑 비탈의 진창에 누워 있었다. 그는 아주 작아 보였고 두 팔은 옆구리에 붙어 늘어져 있고, 각반을 찬 다리와 진흙투성이 군화는 가지런하고, 얼굴에는 군모가 덮여 있었다. 누가 봐도 죽은 자의 모습이었다. 비가 내리고 있었다. 나는 이제까지 알아온 그 누구 못지않게 아이모를 좋아했었다. 아이모의 신분증명서는 내 주머니에 있었고 나는 그의 가족에게 편지를 쓸 것이다. 들판 너머 앞쪽에 농가가 있었다. 주변에 나무들이 있고 옆에 부속 건물들도 보였다. 이층에는 기둥으로 받쳐놓은 발코니가 있었다.

"조금 간격을 두고 가는 게 좋겠어." 내가 말했다. "내가 먼저 가지." 나는 농가를 향해 걸어갔다. 들판을 가로지르는 샛길이 있었다.

들판을 가로지르면서, 나는 농가 주위의 나무 뒤나 농가 안에서 누군가가 우리에게 총을 쏠지도 모른다고 생각했다. 농가를 주시하면서 다가갔다. 이층 발코니는 헛간으로 연결되고, 기둥 사이로 건초가 삐져나와 있었다. 안마당에 판석이 깔려 있고 나무들에서 빗방울이 뚝뚝 떨어졌다. 커다란 이륜 수레가 손잡이 쪽이 높이 들린 채 빗속에 세워져 있었다. 나는 안마당을 거쳐 발코니 처마 밑에서 걸음을 멈췄다. 문이 열려 있었고 나는 안으로 들어갔다. 보넬로와 피아니가 뒤따라 들어왔다. 집안은 어두웠다. 나는 뒤쪽 부엌으로 갔다. 커다란 개방형 난로에 재가 남아 있었다. 재 위에 냄비들이 걸려 있었지만 모두 비어 있었다. 주위를 둘러보았지만 먹을 것이라곤 없었다.

"저기 헛간에 숨어 있는 게 좋겠어." 내가 말했다. "먹을 걸 좀 찾아서 거기로 가져올 수 있겠나, 피아니?"

"찾아보겠습니다." 피아니가 말했다.

"저도 찾겠습니다." 보넬로가 말했다.

"좋아." 내가 말했다. "나는 올라가서 헛간을 살펴보지." 나는 아래쪽 마구간에서 헛간으로 올라가는 돌계단을 발견했다. 비가 오는데도 마구간에서는 잘 건조된 기분좋은 냄새가 났다. 사람들이 떠나며 모두 데려갔는지 가축은 한 마리도 없었다. 헛간에는 건초가 절반쯤 차 있었다. 지붕에 창문이 두 개 있었는데, 하나는 판자로 막아놓았고 다른 하나는 북쪽을 향한 좁은 채광창이었다. 건초를 가축이 있는 아래로 던져주는 활강장치도 있었다. 들보들이 공간을 가로지르며 아래 바닥까지 엇갈리게 세워져 있어 건초수레를 들여놓고 건초를 위로 끌어올릴 수도 있었다. 지붕에 떨어지는 빗소리를 듣고 건초 냄새를 맡다가 아래로 내려갔고 마구간에서는 잘 말린 말똥 냄새가 났다. 남쪽 창문에 막아놓은 판자 하나를 조금 떼어내자 안마당을 내려다볼 수 있었다. 다른 창으로는 북쪽 들판이 보였다. 돌계단을 쓸 수 없게 된다면 둘 중 어느 창문으로든 나가 지붕에서 뛰어내리거나 활강장치를 타고 내려갈 수 있다. 헛간이 커서, 혹시 무슨 소리가 들리면 건초 더미에 몸을 숨길 수도 있다. 숨기에 좋은 곳이었다. 그들이 총을 쏘지 않았다면 우리는 분명 남쪽으로 빠져나갈 수 있었을 것이다. 그곳에 독일군이 있을 리 없었다. 독일군은 북쪽에서 내려와 치비달레 쪽 도로를 따라 남하하는 중이었다. 그들이 남쪽에서 올라왔을 리는 없다. 이탈리아군이 훨씬 더 위험했다. 그들은 겁에 질려 닥치는 대로 총질을 했다. 지난밤 후퇴할 때 우리는 북쪽에서 남하하며 퇴각하는 대열에 이탈리아군 군복을 입은 독일인이 많이 뒤섞였다는 소문을 들었다. 나는 그 말을 믿지 않았다. 전쟁통에 으레 떠도는 소문의 하나였다. 적은 언제나 그런 소문을 퍼뜨린다. 적을 교란하기 위해 독일군 군복을 입고 침투한 자가 있다는 이야기는 들은 적 없다. 실제 그런 일이 있다 해도 쉬운 일은 아닐 것이다. 나는 독일군이 그랬을 거라고 믿지 않는다.

그럴 필요가 있다고도 믿지 않는다. 우리의 후퇴를 혼란에 빠뜨릴 필요는 없지 않은가. 군대의 규모에 비해 도로 수가 적은 것만으로도 혼란스럽다. 독일군은 말할 것도 없고, 아무도 명령 같은 건 내리지 않았다. 그럼에도 그들은 우리를 독일군으로 오인하고 쏠 것이다. 그들이 아이모를 쏴 죽였다. 기분좋은 건초 냄새를 맡으며 헛간의 건초 더미에 누워 있자 지나온 세월이 모두 사라지는 것 같았다. 어릴 적에는 건초 위에 누워 이야기를 나누다 헛간 벽 높은 곳에 뚫린 삼각창에 앉은 참새를 공기총으로 쏘곤 했다. 이제 그 헛간은 없어졌고 어느 해엔가 솔송나무숲도 벌채되어 사라지고 숲이 있던 곳에 남은 건 그루터기와 말라버린 우듬지와 나뭇가지, 불탄 자리에 자란 잡초뿐이다. 이제 옛날로 돌아갈 수는 없다. 앞으로 전진하지 않으면 어떤 일이 일어날까? 다시는 밀라노로 돌아가지 못할 것이다. 혹시나 밀라노로 돌아간다면 어떤 일이 일어날까? 북쪽 우디네를 향해 발사하는 소리가 들렸다. 기관총 소리가 들렸다. 포성은 없었다. 그건 괜찮은 일이다. 도로를 따라 약간의 부대를 배치해놓은 게 분명했다. 건초 헛간의 어슴푸레한 빛 속에서 내려다보니 피아니가 건초를 끌어올리는 바닥에 서 있었다. 그는 긴 소시지와 항아리를 들고 양쪽 겨드랑이에 와인병을 하나씩 끼고 있었다.

"올라와," 내가 말했다. "사다리가 있어." 그러고 나서야 물건 옮기는 것을 도와야 한다는 것을 깨닫고 아래로 내려갔다. 건초 더미에 누워 있던 탓에 머리가 멍했다. 나는 선잠이 들었었다.

"보넬로는 어디 있지?" 내가 물었다.

"말씀드리겠습니다." 피아니가 말했다. 우리는 사다리를 올라가 건초 더미 위에 물건들을 내려놓았다. 피아니는 코르크 따개가 달린 칼을 꺼내 와인 코르크를 뽑았다.

"밀랍으로 막아놓았네요," 그가 말했다. "고급품이 분명해요." 그는 미소지었다.

"보넬로는 어디 있는데?" 내가 물었다.

피아니가 나를 바라보았다.

"도망쳤습니다, *중위님*," 그가 말했다. "차라리 포로가 되겠다고요."

나는 아무 말도 하지 않았다.

"우리도 모두 죽임을 당할까봐 두려웠나봅니다."

나는 와인병을 든 채 아무 말도 하지 않았다.

"어쨌거나 우리가 이 전쟁에 대해 소신이 있는 것도 아니잖습니까, *중위님*."

"자네는 왜 가지 않았지?" 내가 물었다.

"*중위님*을 버릴 순 없으니까요."

"보넬로는 어디로 간 건가?"

"모르겠습니다, *중위님*. 그냥 떠났습니다."

"그래," 내가 말했다. "그 소시지 좀 잘라주겠나?"

피아니는 희미한 빛 속에서 나를 바라보았다.

"얘기하는 동안 벌써 잘라놨습니다." 그가 말했다. 우리는 건초 더미에 앉아 소시지를 먹고 와인을 마셨다. 결혼식에 쓰려고 아껴둔 와인이 분명했다. 너무 오래되어 색이 변하고 있었다.

"이쪽 창밖을 살펴, 루이지*." 내가 말했다. "나는 다른 창으로 살필 테니까."

우리는 각자 와인병을 들고 마셨고 나는 마시던 와인병을 들고 가서 건초 더미에 주저앉아 좁은 창문으로 비에 젖은 시골 풍경을 바라보았

* 피아니의 이름.

다. 무엇을 살펴야 할지 몰랐지만 보이는 것은 들판과 앙상한 뽕나무들과 내리는 비뿐이었다. 와인을 마셨는데도 기분이 좋지 않았다. 너무 오래 저장해둔 탓에 술이 삭아서 맛과 색을 잃어버렸다. 나는 점점 어두워지는 바깥을 지켜보았다. 어둠은 아주 빠르게 내려앉았다. 비 내리는 캄캄한 밤이 될 것이다. 밖이 어두워져 경계해도 소용없을 것 같자 나는 피아니에게 갔다. 그는 잠들어 있었고 나는 깨우지 않고 잠시 옆에 앉아 있었다. 덩치가 큰 피아니는 곤히 자고 있었다. 잠시 후 그를 깨워 우리는 함께 출발했다.

무척이나 이상한 밤이었다. 내가 무엇을 예상했는지는 모르지만, 어쩌면 죽음이나 어둠 속의 총격이나 탈주를 예상했을지도 모르지만, 아무 일도 일어나지 않았다. 우리는 독일군 일개 대대가 지나가는 동안 간선도로 옆 도랑 너머에 납작 엎드려 기다리다가 그들이 사라지자 도로를 건너 북쪽으로 갔다. 빗속에서 두 번이나 독일군에게 아주 근접했지만 그들은 우리를 보지 못했다. 우리는 이탈리아군도 만나지 않고 시내를 통과해 북쪽으로 올라갔고 얼마 후 퇴각 대열 본류에 합류해 밤새 탈리아멘토강을 향해 걸었다. 그때까지 나는 퇴각의 규모가 얼마나 거대한지 알지 못했다. 군대뿐만 아니라 그 지방 전체가 이동하고 있었다. 우리는 차량보다는 빠른 속도로 밤새 걸었다. 다리가 아프고 피곤했지만 빠르게 이동했다. 차라리 포로가 되겠다는 보넬로의 결정은 매우 어리석은 것 같았다. 위험은 전혀 없었다. 우리는 아무런 사고 없이 양측 군대 사이를 빠져나왔다. 아이모가 죽지 않았다면 위험을 느끼지도 않았을 것이다. 철로를 따라 눈에 띄게 걸을 때도 아무도 우리를 신경쓰지 않았다. 아이모의 죽음은 갑작스럽고 이유도 없는 사고였다. 나는 보넬로가 어디에 있을지 궁금했다.

"기분 어떠십니까, *중위님?*" 피아니가 물었다. 우리는 차량들과 병사들로 혼잡한 도로의 가장자리를 걷고 있었다.

"좋아."

"이렇게 걷는 데 지쳤습니다."

"그래, 하지만 이제는 걷기만 하면 되잖아. 걱정할 필요도 없고."

"보넬로는 바보예요."

"맞아, 바보지."

"그 녀석을 어떻게 하실 생각입니까, *중위님?*"

"모르겠어."

"포로로 잡힌 걸로 할 수 없습니까?"

"모르겠어."

"전쟁이 계속된다면 그 녀석 가족이 고초를 겪게 될 겁니다."

"전쟁은 계속되지 않아," 한 병사가 끼어들었다. "우리는 집으로 가는 거야. 전쟁은 끝났어."

"모두 집으로 간다."

"우리 모두 집으로 가고 있다고."

"가시죠, *중위님.*" 피아니가 말했다. 그는 그들을 지나치고 싶어했다.

"*중위*라고? 누가 *중위*야? *장교들을 타도하라!* 장교들을 타도하라!"

피아니가 내 팔을 잡았다. "이름을 부르는 게 좋겠습니다," 그가 말했다. "저들이 말썽을 일으킬지도 모르니까요. 이미 장교 몇 명을 쏴 죽였습니다." 우리는 그들을 지나쳐 걸었다.

"보고서에 보넬로의 가족을 곤란하게 만드는 내용은 쓰지 않을 거야." 나는 대화를 이었다.

"전쟁이 끝난다면 상관없는 일이지만," 피아니가 말했다. "저는 전쟁이 끝났다는 말 믿지 않습니다. 그건 너무 꿈같은 일이거든요."

"곧 알게 되겠지." 내가 말했다.

"끝나지 않을 겁니다. 모두 끝났다고 생각하지만 저는 안 믿어요."

"*평화 만세!*" 한 병사가 외쳤다. "우리는 집으로 간다!"

"모두 집으로 돌아간다면 얼마나 좋을까요," 피아니가 말했다. "집에 가고 싶지 않으십니까?"

"가고 싶지."

"우리는 절대 못 갈 겁니다. 전쟁은 끝나지 않았습니다."

"*집에 돌아가자!*" 한 병사가 외쳤다.

"저들이 총을 버리고 있는데요," 피아니가 말했다. "행군하면서 소총 끈을 풀어 던지고 있습니다. 그러곤 소리를 질러대고요."

"소총은 가지고 있어야지."

"소총을 버리면 싸우게 하지 않을 거라 생각하는 거죠."

비 내리는 어둠 속에서 길을 걸으면서 보니 많은 병사가 여전히 소총을 소지하고 있었다. 소총은 그들의 망토 밖으로 비죽 튀어나와 있었다.

"당신들은 어느 여단 소속인가?" 한 장교가 소리쳤다.

"*평화 여단*," 누군가 외쳤다. "평화 여단!" 장교는 아무 말도 하지 않았다.

"뭐라는 건가? 저 장교가 뭐라고 했지?"

"장교를 타도하라. *평화 만세!*"

"가시죠." 피아니가 말했다. 우리는 차량들 속에 버려진 영국군 구급차 두 대를 지나쳤다.

"고리치아에서 온 차들입니다," 피아니가 말했다. "눈에 익은 것들이에요."

"우리보다 훨씬 멀리 왔었군."

"먼저 출발했으니까요."

"운전병들은 어디 있을까?"

"훨씬 앞에 있겠죠."

"독일군들은 우디네 외곽에서 멈췄어," 내가 말했다. "이 사람들이 모두 그 강을 건너겠지."

"그렇겠죠," 피아니가 말했다. "그래서 제가 전쟁이 계속된다고 생각하는 겁니다."

"독일군은 계속 진격할 수 있었어," 내가 말했다. "그런데 왜 안 그랬는지 모르겠어."

"글쎄요. 이런 전쟁에 대해 저는 아무것도 몰라서 말입니다."

"수송 차량이 도착하길 기다리는 중이겠지."

"모르겠습니다." 피아니가 말했다. 그는 혼자 남게 되자 상당히 점잖았다. 동료 병사들과 있을 때는 입이 몹시 험했었다.

"결혼은 했나, 루이지?"

"한 거 아시잖습니까."

"그래서 포로가 되고 싶지 않은 건가?"

"그것도 한 가지 이유죠. 결혼하셨습니까, *중위님*?"

"아니."

"보넬로도 안 했죠."

"결혼을 했다고 해서 그 사람 속을 알 수 있는 건 아니지. 하지만 결혼한 남자는 아내에게 돌아가고 싶을 거야." 내가 말했다. 나는 아내에 대해 이야기하는 것이 기분좋았다.

"그렇죠."

"발은 어때?"

"꽤 아픕니다."

우리는 날이 밝기 전 탈리아멘토강 강둑에 도착해 물이 불어난 강을 따라 모든 행렬이 건너고 있는 다리까지 내려갔다.

"이 강에서 사수할 수 있어야 할 텐데요." 피아니가 말했다. 어둠 속에서 강물 수위가 높아진 것이 보였다. 강물이 굽이치며 흐르고 강폭은 넓었다. 나무다리는 길이가 4분의 3마일쯤이고, 여느 때라면 다리 훨씬 아래 넓은 자갈 바닥에서 좁게 흘렀을 물이 다리의 나무판자 바닥 바로 아래서 넘실거리고 있었다. 우리는 강둑을 따라 걷다가 다리를 건너는 군중 속으로 끼어들었다. 군중 틈에 끼여 포병대 탄약 상자 바로 뒤에 붙어 탁류 몇 피트 위 빗속에서 천천히 다리를 건너면서 나는 난간 너머로 강을 내려다보았다. 원하는 속도를 낼 수 없어 몹시 피곤했다. 다리를 건넌다는 기쁨도 느낄 수 없었다. 대낮에 비행기가 이 다리를 폭격한다면 어떻게 될까.

"피아니." 내가 불렀다.

"여기 있습니다, *중위님.*" 그는 혼잡한 군중 틈에 끼여 조금 앞쪽에 있었다. 말을 하는 사람은 아무도 없었다. 모두 되도록 빨리 다리를 건너려 했다. 오직 그 생각뿐이었다. 우리는 다리를 거의 다 건넜다. 다리 끝 양쪽에서 장교들과 *헌병*들이 손전등을 비추며 서 있었다. 지평선을 배경으로 그들의 검은 윤곽이 보였다. 가까이 다가가는데 그중 한 장교가 대열 속 누군가를 가리켰다. *헌병*이 그 남자에게 다가가 팔을 붙들고 끌고 나왔다. 그는 남자를 길가로 데려갔다. 우리는 거의 그들 바로 앞에 있었다. 장교들은 대열 속 사람들을 샅샅이 살피면서 때로는 자기들끼리 말하기도 하고 앞으로 걸어나와 누군가의 얼굴에 손전등을 비추기도 했다. 우리와 마주보기 직전에도 그들은 또 누군가를 끌어냈다. 나는 그를 보았다. 중령이었다. 그들이 그에게 손전등을 비추자 소매에 붙은 사각형 테두리 안의 별들이 보였다. 그는 회색 머리에 키가 작고 뚱뚱했다. *헌병*이 그를 장교들 뒤로 끌고 갔다. 우리가 그들 앞에 이르렀을 때 한두 명이 나를 쳐다보았다. 한 장교가 나를 가리키며 *헌병*에게 무슨 말인가 했다. *헌병*이 대열 가장자리를 헤치고 오더니 곧 내 멱살을 잡았다.

"무슨 짓인가?" 나는 이렇게 말하고 그의 얼굴을 갈겼다. 모자 아래로 그의 얼굴과 위로 뻗은 콧수염과 뺨에 흘러내리는 피가 보였다. 또 하나가 우리 쪽으로 다가왔다.

"무슨 짓이야?" 내가 말했다. 그는 대답하지 않았다. 그는 나를 붙잡을 기회를 노리고 있었다. 나는 권총을 꺼내려고 팔을 뒤로 돌렸다.

"장교에게 손대면 안 되는 것도 모르나?"

다른 하나가 뒤에서 나를 덮치더니 내 팔을 잡고 비틀어 꺾었다. 내가 몸을 돌리자 또다른 자가 내 목을 움켜잡았다. 나는 그의 정강이를 걷어차고 왼쪽 무릎으로 사타구니를 때렸다.

"반항하면 쏴버려." 누군가 말하는 소리가 들렸다.

"그게 무슨 소리야?" 나는 고함치려 했지만 목소리가 크게 나오지 않았다. 그들은 나를 길가로 끌고 갔다.

"반항하면 쏴버려," 장교 하나가 말했다. "뒤쪽으로 끌고 가."

"당신 누구야?"

"알게 될 거야."

"누구냐고?"

"야전헌병이지." 다른 장교가 말했다.

"나보고 직접 오라고 하면 되지 왜 저 비행기*들을 시켜서 붙잡는 건가?"

그들은 대답하지 않았다. 대답할 필요가 없었던 것이다. 그들은 야전헌병이었다.

"다른 놈들과 같이 저 뒤로 끌고 가," 첫번째 장교가 말했다. "거봐. 이자 이탈리아어 억양이 이상한데."

"당신도 마찬가지야, 이 ——" 내가 말했다.

"다른 놈들과 같이 저 뒤로 끌고 가." 첫번째 장교가 말했다. 그들은 도로 아래 줄지어 선 장교들 뒤로 나를 데려가 강둑 옆 들판에 사람들이 모여 있는 곳으로 끌고 갔다. 우리가 그들 쪽으로 걸어가고 있는 사이 사격 소리가 났다. 소총의 섬광이 번쩍하며 총성이 울렸다. 우리는 사람들이 모여 있는 곳으로 갔다. 장교 네 명 앞에 서 있는 남자를 헌병이 양쪽에서 한 명씩 지키고 있었다. 또 한 무리가 헌병들의 감시를 받으며 서 있었다. 또다른 헌병 네 명이 카빈총에 기댄 채 심문하는 장

* 차양이 넓은 군모를 쓴 헌병을 이르던 별명.

교들 옆에 서 있었다. 차양이 넓은 군모를 쓴 헌병들이었다. 나를 끌고 온 두 명은 심문을 기다리는 사람들 속으로 나를 밀어넣었다. 나는 장교들의 심문을 받는 남자를 바라보았다. 아까 대열에서 끌려나온 회색 머리에 작고 뚱뚱한 중령이었다. 심문하는 장교들은 이탈리아 군인 중에서도 총을 쏘기만 할 뿐 정작 자신은 당해본 적 없는 자들 특유의 유능함과 냉정함, 통솔력을 모두 갖추고 있었다.

"소속 여단은?"

중령이 대답했다.

"연대는?"

그가 대답했다.

"왜 연대에서 이탈했나?"

그가 대답했다.

"장교는 소속 부대와 함께 행동해야 한다는 걸 모르나?"

그가 대답했다.

그게 전부였다. 다른 장교가 말했다.

"야만인들이 조국의 신성한 땅을 짓밟도록 만든 것이 바로 당신이나 당신 같은 자들이야."

"뭐라고 했나?" 중령이 말했다.

"우리가 승리의 결실을 잃어버리게 된 것이 바로 당신 같은 자의 반역 행위 때문이라고."

"후퇴해본 적 있나?" 중령이 물었다.

"이탈리아는 결코 후퇴하지 않아."

우리는 빗속에 서서 그들의 대화를 들었다. 우리는 장교들과 마주보고 있었고 체포된 자는 우리 앞쪽에서 약간 옆으로 비켜서 있었다.

"나를 총살할 거라면," 중령이 말했다. "더이상 묻지 말고 당장 쏴. 바보 같은 심문 하지 말고." 그는 성호를 그었다. 장교들이 모여 의논했다. 한 장교가 서류철에 뭔가 적었다.

"부대 이탈, 총살을 명한다." 그가 말했다.

헌병 둘이 중령을 강둑으로 끌고 갔다. 빗속에 군모도 쓰지 않은 노인이 양쪽의 *헌병*들에게 이끌려 걸어갔다. 나는 그들이 쏘는 것은 보지 못했지만 소리는 들었다. 장교들은 다른 사람을 심문했다. 그도 소속 부대에서 이탈한 장교였다. 그에게는 해명조차 허락되지 않았다. 그들이 서류철에 쓴 판결을 읽자 그는 울음을 터뜨렸고, 그가 총살당할 때 장교들은 이미 다른 사람을 심문하고 있었다. 그들은 먼저 심문받은 사람을 총살하는 동안 바로 다음 사람을 심문하기로 한 듯했다. 이런 식이면 피할 방법이 있을 수 없었다. 나는 심문을 기다려야 할지 지금 도주해야 할지 알 수 없었다. 그들에게 나는 이탈리아군 군복을 입은 독일인이었다. 그들의 머리가 어떻게 돌아가는지 보였다. 그들에게 머리라는 게 있고 그게 돌아간다면 말이다. 모두 젊은 장교들이었고 나름대로 자신들의 조국을 구하고 있었다. 제2군은 탈리아멘토강 너머에서 재편성되는 중이었다. 그들은 소속 부대에서 이탈한 소령급 이상의 장교들을 처형하고 있었다. 또한 이탈리아군 군복을 입은 독일군 선동자들을 즉결처분하고 있었다. 독일군은 모두 철모를 썼다. 우리 중 철모를 쓴 사람은 둘뿐이었다. *헌병* 몇몇도 철모를 썼다. 나머지는 모두 차양이 넓은 군모를 썼다. 우리는 그들을 비행기라고 불렀다. 우리는 빗속에 서 있다가 한 명씩 불려 나가 심문을 받고 총살을 당했

다. 지금까지 그들은 심문한 사람을 모조리 처형했다. 심문하는 자들에게는 자기 자신은 죽음의 위협을 받지 않으면서 죽음을 선고하는 자 특유의 놀라운 초연함과 준엄한 정의에 대한 충성심이 있었다. 이제 그들은 야전 연대 대령을 심문하고 있었다. 그때 장교 셋이 우리 무리에 끌려왔다.

"소속 연대는?"

나는 헌병들을 바라보았다. 그들은 새로 끌려온 장교들을 보고 있었다. 다른 사람들은 대령을 보고 있었다. 나는 몸을 낮추고 두 사람 사이를 밀치며 빠져나와 고개를 숙인 채 강으로 달렸다. 강가에서 발을 헛디디면서 그대로 물속으로 첨벙 뛰어들었다. 물이 몹시 차가웠지만 나는 최대한 오래 물속에서 버텼다. 물살 때문에 몸이 빙빙 도는 게 느껴졌고 다시는 물위로 떠오르지 못하고 죽을 것 같다는 생각이 들 때까지 물속에서 버텼다. 나는 물위로 올라오자마자 심호흡을 하고 다시 물속으로 들어갔다. 옷을 많이 껴입은데다 군화까지 신어서 잠수하기는 어렵지 않았다. 두번째 물위로 올라갔을 때 바로 앞에 떠가는 나무토막을 보고 한 손을 뻗어 붙잡았다. 나는 나무토막 뒤로 머리를 숨기고 그 너머는 쳐다보지도 않았다. 강둑 쪽은 보고 싶지 않았다. 달릴 때도 그랬고 처음 물위로 떠올랐을 때도 총성이 들렸다. 물위로 떠오르기 직전에도 총성이 들렸다. 그러나 지금은 들리지 않았다. 나무토막은 물살에 흔들리며 흘러갔고 나는 한 손으로 그것을 꼭 붙잡고 있었다. 강둑 쪽을 보았다. 아주 빠르게 떠내려가는 것 같았다. 강에는 나무토막들이 많이 있었다. 물이 몹시 차가웠다. 수면에 섬처럼 솟아 있는 잔가지 더미를 지나갔다. 나는 두 손으로 나무토막을 붙잡고 강물의 흐름에 몸을 맡겼다. 강기슭은 이제 보이지 않았다.

31

물살이 빠르면 물속에 얼마나 있었는지 가늠하기 어렵다. 길게 느껴질 수도 있고 아주 짧게 느껴질 수도 있다. 강물은 차갑고 비에 물이 불어 기슭에서 떠내려온 온갖 것이 떠다니고 있었다. 나는 다행히 두툼한 나무토막을 붙잡았고, 그것을 두 손으로 되도록 편하게 붙잡고 턱을 올린 채 얼음같이 차가운 물속에 있었다. 쥐가 날까봐 걱정돼 기슭으로 흘러가길 바랐다. 나는 큰 곡선을 그리며 강을 떠내려갔다. 날이 밝기 시작하자 기슭에 우거진 덤불이 보였다. 앞쪽에 덤불 섬이 있어서 물살이 기슭 쪽으로 흘렀다. 군화와 군복을 벗고 기슭으로 헤엄쳐 갈까 하다 그만두었다. 무슨 수를 쓰든 기슭까지 가야 한다고 생각했지만 맨발로 육지에 오르면 곤란해질 것 같았다. 어쨌든 메스트레까지는 가야 했다.

강기슭이 가까워졌다 멀어졌다 다시 가까워졌다. 전보다 떠내려가는 속도가 좀 느려졌다. 강기슭은 아주 가까이에 있었다. 버드나무 덤불의 잔가지들까지 보였다. 나무토막이 천천히 돌면서 기슭을 등지자 나는 소용돌이 속에 들어왔다는 것을 깨달았다. 나는 천천히 맴돌았다. 다시 보았을 때 강기슭은 아주 가까워져 있었고 나는 한 팔로 나무토막을 잡고 발을 차며 다른 한 팔로 헤엄쳐서 강기슭으로 가려 했지만 조금도 가까워지지 않았다. 소용돌이 밖으로 벗어나 멀어질까봐 두려웠다. 나는 한 손으로 나무토막을 잡고 두 다리를 그 옆까지 끌어올려 강기슭 쪽으로 힘껏 떠밀었다. 덤불이 눈앞에 보였지만, 아무리 반동을 주며 힘껏 헤엄을 쳐도 물살 때문에 강기슭에서 멀어지기만 했다. 군화 때문에 익사할지도 모른다는 생각이 들었지만 열심히 물살과 싸웠고, 고개를 들어 강기슭에 가까워진 것을 보고는 천근 같은 다리 때문에 공포에 질린 와중에도 기슭까지 죽어라 헤엄쳤다. 나는 버드나무 가지에 매달렸고 몸을 끌어올릴 기력조차 없었지만 익사는 면했다. 나뭇가지에 매달려 있는 한 물에 빠져 죽지는 않을 것이다. 힘을 쓰느라 뱃속과 가슴이 텅 빈 듯하고 울렁거려서 나뭇가지를 붙든 채 잠시 가만히 있었다. 울렁거림이 가라앉자 나는 버드나무 덤불을 끌어당겨 껴안고 나뭇가지를 팔에 감은 채 다시 쉬었다. 그런 뒤 덤불을 헤치고 기어서 강기슭으로 올라갔다. 날은 거의 밝았고 사람은 보이지 않았다. 나는 강기슭에 엎드려 강물 소리와 빗소리를 들었다.

잠시 후 일어나 강둑을 따라 걷기 시작했다. 라티사나까지는 강을 건널 다리가 없었다. 내가 있는 곳은 산비토 맞은편 같았다. 나는 어떻게 할지 고민하기 시작했다. 앞쪽에 강으로 흘러들어가는 도랑이 있었다. 나는 그쪽으로 갔다. 그때까지 아무도 보이지 않았기 때문에 나는 도랑둑 덤불 옆에 앉아 군화를 벗고 물을 빼냈다. 외투를 벗어 서류가 든 지갑과 전부 젖어버린 돈을 안주머니에서 꺼낸 뒤 외투의 물을 짰다. 바지도 벗어서 짜고 셔츠와 내의도 짰다. 나는 손바닥으로 몸을 두드리고 문지른 뒤 다시 옷을 입었다. 군모는 잃어버렸다.

외투를 입기 전 소매에서 헝겊 별을 떼어내 돈과 함께 안주머니에 넣었다. 돈은 젖었지만 이상은 없었다. 세어보니 3천 리라 조금 넘었다. 옷이 젖어 척척 달라붙었고 나는 혈액순환이 되도록 양팔을 두드렸다. 털로 짠 내의를 입고 있어 몸을 계속 움직이기만 하면 감기에 걸리지는 않을 것 같았다. 권총은 아까 그 길가에서 빼앗겼기 때문에 권총집만 외투 안쪽에 찼다. 망토도 없이 비를 맞자 추웠다. 나는 운하의 둑을 걷기 시작했다. 한낮이지만 축축하고 가라앉고 음산해 보였다. 들판은 황량하고 비에 젖어 있었다. 저멀리 평원에 솟아 있는 종탑이 보였다. 나는 도로로 나섰다. 앞쪽에서 부대가 걸어내려오고 있었다. 나는 절룩거리며 길 한쪽으로 뛰어갔는데 옆을 지나쳐 가면서도 아무도 내게 주의를 기울이지 않았다. 강 쪽으로 올라가는 기관총 파견대였다. 나는 계속 길을 따라 걸었다.

그날 나는 베네치아 평원을 가로질렀다. 원래 평평한 지대지만 비가 내리자 더욱 평평해 보였다. 바다 쪽으로는 해수 습지만 있고 길은 거의 없었다. 길은 모두 강어귀를 따라 바다로 향해 있기 때문에 이 지방을 횡단하려면 운하 옆길을 따라 가야 했다. 나는 북에서 남으로 이 지역을 가로질렀고 두 개의 철로와 많은 길을 지나 마침내 습지 옆을 달리는 철로로 이어지는 작은 길을 만났다. 베네치아에서 트리에스테로 향하는 간선철로로, 높고 단단한 철둑이 있고 단단한 노반에 복선이 깔려 있었다. 철로 조금 아래쪽에 신호정차역이 있고 보초를 서는 경비병들이 보였다. 철로 위쪽에 습지로 흘러가는 개울이 있고 거기에 다리가 있었다. 다리 위에도 경비병이 있었다. 북쪽으로 들판을 가로지를 때 평평한 들판이라 멀리서도 이 철로로 달려가는 기차가 보였었는데, 포르토그루아로에서 오는 기차 같았다. 나는 경비병들을 살피다가 양쪽 철로가 다 보이도록 철둑에 누웠다. 다리에 있던 경비병이 내가 누워 있는 쪽으로 조금 걸어오다가 뒤돌아 다시 다리로 돌아갔다. 나는 배고픔을 견디며 누운 채 기차를 기다렸다. 아까 본 기차는 많은 차량이 달려 있어 기관차가 천천히 움직였는데 그 정도면 기차에 올라탈 수 있겠다는 확신이 들었다. 기다리다 체념하려는 순간 기차가 달려오는 것이 보였다. 똑바로 달려오는 기관차가 조금씩 크게 보였다. 나는 다리에 있는 경비병을 바라보았다. 그는 다리 근처에서 걷고 있었지만 철로 반대쪽이었다. 기차가 지날 때는 그의 시야가 가려질 것이다. 나는 점점 가까이 다가오는 기관차를 주시했다. 열심히 달려오고 있었다. 많은 차량을 달고 있었다. 기차에도 경비병이 있다는 것을 알았기 때문에 어디 있는지 살펴보려 했지만 시야에 들어오지 않아 알아낼 수가 없었다. 기관차가 내가 누운 지점에 거의 다다랐다. 평지인데도 기관차는 증기를 뿜으며 헐떡거렸고, 기관사 모습이 스쳐가자 나는 벌떡 일어나 차량 옆으로 바짝 다가섰다. 경비병이 보더라도 철로 옆에 있는 편이 덜 의심스러울 것이다. 유개화차 몇 량이 지나갔다. 그 뒤에 곤돌라라고 부르는 나지막한 무개화차 한 량이 캔버스 천이 덮인 채 다가왔다. 나는 차량이 거의 다 지나갈 때까지 기다렸다가 몸을 날려 기차 끝 손잡이를 잡고 몸을 끌어올렸다. 그러고는 나를 가려줄 뒤쪽 높다란 유개화차와 곤돌라 사이로 기어들었다. 아무도 나를 못 본 것 같았다. 손잡이를 잡은 채 연결판에 발을 디디고 몸을 낮게 웅크렸다. 기차는 거의 다리 맞은편까지 왔다. 그때 경비병이 있다는 것이 생각났다. 기차가 통과하는 순간 그 경비병이 나를 보았다. 소년이고, 쓰고 있는 철모가 너무 커서 헐렁했다. 내가 무시하는 눈으로 쳐다보자 그는 시선을 돌렸다. 아마도 내가 기차에서 무슨 일을 하고 있다고 생각했을 것이다.

다리를 통과했다. 여전히 긴장한 얼굴로 통과하는 차량들을 지켜보는 경비병을 보다가 나는 캔버스 천이 어떻게 묶였는지 보려고 허리를 숙였다. 고리가 달려 있는 가장자리가 밧줄로 묶여 있었다. 칼을 꺼내 밧줄을 끊고 밑으로 팔을 넣어보았다. 비에 젖어 뻣뻣해진 캔버스 천 밑에 딱딱한 것이 불룩 튀어나와 있었다. 나는 고개를 들어 앞쪽을 바라보았다. 앞의 유개화차에 경비병이 타고 있지만 그는 전방만 주시하고 있었다. 나는 손잡이를 놓고 캔버스 천 밑으로 기어들어갔다. 뭔가에 이마를 세게 부딪혀 혹이 생기고 얼굴에 피가 흐르는 것이 느껴졌지만 나는 계속 기어들어가 납작 엎드렸다. 그러고는 몸을 돌려 캔버스 천을 다시 묶었다.

캔버스 천 아래에는 대포들이 있었다. 대포에서는 깨끗한 석유와 윤활유 냄새가 났다. 나는 캔버스 천에 떨어지는 빗소리와 철로 위에서 덜컹거리는 바퀴 소리를 들으며 누워 있었다. 누운 채 새어들어오는 희미한 빛으로 대포를 구경했다. 대포에도 캔버스 천이 덮여 있었다. 제3군에서 전선으로 수송되는 대포들이 분명했다. 이마의 혹이 부어올랐고 나는 가만히 누워 피가 멈추고 굳길 기다린 뒤 상처 난 곳만 남기고 마른 피딱지를 떼어냈다. 상처는 대수롭지 않았다. 손수건은 없었지만 손가락을 더듬어 캔버스 천에서 떨어지는 빗물로 피가 말라붙었던 자리를 씻어내고 외투 소매로 깨끗이 닦았다. 사람들 눈을 끌고 싶지 않았다. 메스트레에 도착하면 분명 대포들을 점검할 테니 그전에 빠져나가야 했다. 잃어버리거나 잊어버려도 되는 대포란 없다. 지독하게 배가 고팠다.

32

캔버스 천이 덮인 무개화차 바닥에서 대포들 옆에 누워 있자니 온몸이 젖어 추운데다 몹시 배가 고팠다. 결국 나는 몸을 돌려 두 팔에 머리를 얹고 엎드렸다. 무릎은 뻐근했지만, 지금까지 만족스럽게 버텨줬다. 발렌티니의 솜씨는 훌륭했다. 그가 수술해준 무릎으로 후퇴 구간 절반은 걷고 탈리아멘토강에서는 잠깐 헤엄도 쳤다. 이 무릎은 그의 것이다. 다른 쪽 무릎은 내 것이다. 의사가 몸에 손을 대면 더이상 그것은 자기 것이 아니다. 머리는 내 것이고, 배도 내 것이다. 그 배가 너무 고팠다. 속이 뒤집히는 것 같았다. 머리는 내 것이지만, 머리를 쓰지도 생각을 하지도 못하고, 오로지 많지 않은 몇 가지 기억만 떠올릴 수 있었다.

캐서린을 떠올렸지만 다시 만날 수 있을지 확신이 없는 상태에서 그녀를 생각하자니 미칠 것 같았고, 그러니 생각하지 않기로, 그저 아주 조금만, 캔버스 천 사이로 희미한 빛이 스며들어오는 화차 바닥에 캐서린과 함께 누워 덜컹거리며 천천히 달려가고 있다고만 상상하려 했다. 생각보다는 상상을 하고 싶었지만 화차 바닥은 누워 있기에 너무 딱딱했고, 그녀와 너무 오래 떨어져 있는데다, 옷은 젖고 바닥은 조금씩 흔들리고 외로운 마음으로 누워 젖은 옷과 딱딱한 바닥 대신 아내를 상상하는 건 괴로운 일이었다.

아무리 캔버스 천 아래가 편안하고 대포 옆에 있는 것이 즐겁다 해도, 무개화차 바닥과 캔버스 천에 덮인 대포와 바셀린 칠한 금속의 냄새와 비가 새어드는 캔버스 천을 사랑할 수는 없다. 그런데 너는 여기에 함께 있다고 상상할 수조차 없는 사람을 사랑하고 있구나. 이제는 아주 분명하고 냉정하게, 아니 냉정하다기보다는 분명하고 공허하게 그것이 보여. 너는 한 나라의 군대가 퇴각하고 다른 나라의 군대가 전진하는 곳에서 배를 깔고 엎드린 채 그 현장을 공허하게 목격했지. 너는 화재로 물건을 전부 잃어버린 매장 책임자처럼 네가 맡은 구급차들과 부하들을 모두 잃어버렸어. 그런데, 여기는 보험도 없어. 너는 이제 그 일에서 떠난 거야. 이제 의무도 사라졌어. 매장에 화재가 난 뒤, 늘 써오던 억양을 쓴다는 이유로 매장 책임자를 총살하려 했다면, 매장이 다시 문을 열어도 그 책임자는 돌아가지 않을 거야. 다른 직업을 찾겠지. 다른 일자리가 있고 경찰에 체포되지만 않는다면.

분노는 모든 의무와 함께 강물에 씻겨나갔다. 의무는 헌병이 내 멱살을 잡는 순간 이미 사라졌지만. 나는 외관에 별로 신경쓰지 않는 편이지만 군복은 벗어버리고 싶었다. 소매에서 별을 떼어버린 것도 편의 때문이었다. 명예의 문제가 아니었다. 반감 때문도 아니었다. 그냥 완전히 손을 뗀 것이었다. 나는 모두의 행운을 빌었다. 착한 사람, 용감한 사람, 침착한 사람, 현명한 사람이 있었고, 그들은 행운을 누려 마땅하다. 하지만 전쟁은 이제 더이상 내 일이 아니었고 나는 이 빌어먹을 기차가 메스트레에 도착하면 뭘 좀 먹고 생각을 그만하고 싶었다. 그만해야 했다.

피아니는 그들이 나를 쐈다고 말할 것이다. 그들은 총살한 사람들의 호주머니를 뒤져 서류를 가져갔다. 하지만 내 서류는 없을 것이다. 익사했다고 보고할 수도 있다. 미국에는 뭐라고 알릴까. 부상이나 어떤 이유로 죽은 줄 알 것이다. 빌어먹을, 배가 너무 고프다. 장교식당의 신부는 어떻게 되었을까. 그리고 리날디는. 아마 그는 포르데노네에 있을 것이다. 더이상 퇴각하지 않았다면. 그래, 이제 그를 다시 보지 못하겠구나. 그들 누구도 다시는 보지 못할 것이다. 그 생활은 끝났다. 나는 리날디가 매독에 걸렸다고 생각하지 않는다. 만약 걸렸더라도 제때 치료하면 심각한 병은 아니라고들 했다. 그래도 그는 걱정하겠지. 내가 걸렸더라도 걱정했을 것이다. 누구든 그럴 것이다.

나는 생각하는 존재로 만들어지지 않았다. 먹는 존재로 만들어졌다. 정말이지 그렇다. 먹고 마시고 캐서린과 함께 잠자리에 드는 것. 어쩌면 오늘밤. 아니 그건 불가능하다. 하지만 내일 밤이면 맛있는 음식과 시트가 있을 것이고 나는 그녀와 함께가 아니면 어디에도 가지 않을 것이다. 어쩌면 아주 급히 떠나야 할지도 모른다. 그녀도 갈 것이다. 그럴 거라는 걸 나는 안다. 언제 떠나야 할까? 그건 좀 생각해봐야 할 문제다. 날이 어두워지고 있었다. 나는 누운 채 우리가 어디로 갈 것인지 생각했다. 갈 곳은 많았다.

4부

33

날이 밝기 전 이른 아침 기차가 밀라노역으로 속도를 늦추며 들어설 무렵 나는 기차에서 뛰어내렸다. 선로를 가로지르고 건물들 사이를 빠져나와 거리로 나섰다. 문을 연 와인 가게에 커피를 마시러 들어갔다. 쓸어낸 먼지, 커피잔에 담긴 스푼, 와인잔이 남긴 둥그런 물자국에서 이른 아침의 냄새가 났다. 주인은 바 뒤에 있었다. 군인 둘이 테이블에 앉아 있었다. 나는 바에 서서 커피를 한 잔 마시고 빵 한 조각을 먹었다. 커피는 우유를 타서 희끄무레했고, 나는 빵조각으로 우유에 뜬 막을 걷어냈다. 주인이 나를 쳐다보았다.

"그라파 한 잔 하시겠습니까?"

"괜찮습니다."

"그냥 드리는 겁니다." 그는 이렇게 말하고 작은 잔에 술을 따라 내 앞으로 밀었다. “전선 상황은 어떤가요?”

“모릅니다.”

“저 사람들은 취했어요.” 그가 두 병사를 가리키며 말했다. 이 사람은 믿어도 될 것 같았다. 병사들은 취한 것 같았다.

“말해봐요,” 그가 말했다. “전선에서 무슨 일이 벌어지고 있습니까?”

“전선 일은 모릅니다.”

“당신이 저쪽 담에서 내려오는 걸 봤어요. 기차에서 내린 거잖습니까.”

“대대적인 후퇴가 있습니다.”

“신문에서 읽었습니다. 대체 어떻게 된 겁니까? 전쟁이 끝난 겁니까?”

“그건 아닌 것 같습니다.”

그는 작달막한 병에서 그라파를 잔에 가득 따랐다. “혹시 무슨 문제가 있는 거라면,” 그가 말했다. “내가 도와줄 수 있습니다.”

“아무 문제 없습니다.”

“만약 문제가 있는 거라면 여기서 지내도 좋아요.”

“어디서요?”

“이 건물 안이죠. 많이 있습니다. 문제가 있는 사람은 누구든.”

“그런 사람이 그렇게 많습니까?”

“문제도 각각이죠. 남미인입니까?”

“아닙니다.”

“스페인어 하십니까?”

“조금이요.”

그는 바를 닦았다.

"지금은 국경을 넘기가 힘들지만 그렇다고 완전히 불가능한 건 아닙니다."

"떠날 생각은 없습니다."

"원하는 만큼 여기 머물러도 좋습니다. 내가 어떤 사람인지 알게 될 겁니다."

"아침에 가봐야 할 데가 있는데 주소를 기억했다가 돌아오겠습니다."

그는 고개를 저었다. "그런 말을 하는 걸 보니 돌아오지 않겠군요. 정말 곤란한 처지인 줄 알았는데."

"아무 문제 없습니다. 하지만 친구의 주소는 소중히 생각하죠."

나는 커피 값으로 10리라짜리 지폐를 바에 올려놓았다.

"그라파 한잔 같이하시죠." 내가 말했다.

"그럴 거 없습니다."

"한잔해요."

그는 두 잔을 따랐다.

"잊지 말고," 그가 말했다. "여기로 와요. 다른 사람을 따라가선 안 됩니다. 여기는 괜찮아요."

"꼭 그러죠."

"정말입니까?"

"네."

그는 진지했다. "그럼 한 가지 알려주죠. 그 외투는 입고 다니지 말아요."

"왜요?"

"양쪽 소매에서 별을 떼어낸 흔적이 아주 뚜렷이 보입니다. 색깔이 달라서."

나는 아무 말도 하지 않았다.

"서류가 없으면 만들어줄 수도 있어요."

"무슨 서류 말입니까?"

"휴가증명서."

"서류는 필요 없습니다. 가지고 있어요."

"좋습니다," 그가 말했다. "하지만 필요하다면 내가 서류를 만들어줄 수도 있어요."

"그런 서류는 얼마나 합니까?"

"서류에 따라 다르죠. 적당한 가격입니다."

"지금은 필요 없습니다."

그는 어깨를 으쓱했다.

"괜찮습니다." 내가 말했다.

밖으로 나가는데 그가 말했다. "내가 당신 친구라는 걸 잊지 말아요."

"그러죠."

"또 봅시다." 그가 말했다.

"그래요." 내가 말했다.

나는 밖으로 나와 헌병이 있는 역을 멀찍이 피하며 작은 공원 모퉁이에서 마차를 잡았다. 마부에게 병원 주소를 말했다. 병원에 도착해 수위의 숙소로 들어갔다. 수위의 아내는 나를 껴안았다. 수위는 내 손을 잡고 흔들었다.

"돌아왔군요. 무사히요."

"그럼요."

"아침은 먹었어요?"

"먹었습니다."

"잘 지냈어요, *중위님*? 어떻게 지냈어요?" 그의 아내가 물었다.

"잘 지냈습니다."

"같이 아침식사 할래요?"

"아니, 괜찮습니다. 미스 바클리는 아직 이 병원에 있나요?"

"미스 바클리요?"

"영국 여자 간호사요."

"당신 애인분 말이군요." 수위의 아내가 말했다. 그러고는 내 팔을 툭 치며 미소지었다.

"아니요," 수위가 말했다. "떠났습니다."

가슴이 철렁 내려앉았다. "확실해요? 키가 크고 금발인 젊은 영국 여자 말입니다."

"틀림없습니다. 그분은 스트레사로 떠났습니다."

"언제요?"

"이틀 전에 다른 영국 여자분과 함께 떠났습니다."

"그렇군요," 내가 말했다. "부탁이 있습니다. 저를 만났다는 건 아무에게도 말하지 말아줘요. 아주 중요한 문제입니다."

"아무한테도 말하지 않겠습니다." 수위가 말했다. 나는 그에게 10리라짜리 지폐 한 장을 주었다. 그는 받지 않으려고 밀어냈다.

"아무에게도 말하지 않겠다고 약속하죠," 그가 말했다. "돈은 필요 없습니다."

"도울 일이 있을까요, *중위님*?" 그의 아내가 물었다.

"그거면 됐습니다." 내가 말했다.

"입 꾹 다물겠습니다," 수위가 말했다. "우리가 도울 일이 있으면 알려주실 거죠?"

"그러죠," 내가 말했다. "잘 있어요. 또 만납시다."

그들은 문가에 서서 내 뒷모습을 지켜보았다.

나는 마차에 올라 마부에게 성악을 공부하는 친구 시먼스의 집주소를 말했다.

시먼스는 포르타 마젠타 쪽으로 시내에서 꽤 떨어진 교외에 살고 있었다. 내가 갔을 때 그는 아직 잠이 덜 깬 상태로 침대에 누워 있었다.

"일찍도 일어나는군, 헨리." 그가 말했다.

"새벽 기차로 왔어."

"이번 후퇴는 대체 어떻게 된 거야? 자네도 전선에 있었나? 담배 피우겠나? 탁자 위 상자에 있네." 침대가 벽에 붙여 놓여 있고 한쪽 구석에 피아노와 서랍장과 탁자가 있는 커다란 방이었다. 나는 침대 옆 의자에 앉았다. 시먼스는 베개에 기대앉아 담배를 피웠다.

"나는 지금 좀 난처한 처지야, 심." 내가 말했다.

"나도 그래," 그가 말했다. "하기야 나는 늘 그렇지. 담배 피우겠나?"

"아니," 내가 말했다. "스위스에 가려면 어떤 절차를 밟아야 하지?"

"자네가 가려고? 이탈리아군이 국외로 못 나가게 할 텐데."

"그렇지. 그건 나도 알아. 그런데 스위스 쪽에선 어떨까. 그쪽에서는 어떻게 할까?"

"자네를 억류하겠지."

"그건 알아. 그런데 그 절차가 어떻게 돼?"

"별것 아니야. 아주 간단해. 자네는 어디든 갈 수 있어. 매번 신고인가 뭔가를 해야 하지만. 그런데 왜? 경찰에게 쫓기기라도 해?"

"아직 확실한 건 아냐."

"얘기하기 싫으면 안 해도 좋아. 하지만 재미있는 얘기일 것 같은데. 여기서는 아무 일도 일어나지 않으니까. 나는 피아첸차에서 완전히 망했어."

"그거 안됐군."

"오 그래—아주 끔찍하게 망했어. 노래는 잘 불렀는데 말이지. 여기 리리코극장에서 다시 도전해볼 생각이야."

"나도 가면 좋을 텐데."

"정말 고맙군. 그런데 상황이 아주 나쁜 건 아니지?"

"나도 잘 모르겠어."

"얘기하기 싫으면 안 해도 돼. 그 살벌한 전선에서는 어떻게 빠져나왔나?"

"이제 전쟁에서 손을 뗀 셈이지."

"잘했어. 나는 자네가 지각 있는 친구라는 걸 알고 있었지. 어쨌거나 내가 뭘 도와줄까?"

"자네는 너무 바쁘잖아."

"전혀 아니야, 헨리. 전혀 안 바빠. 뭐든 기꺼이 도울게."

"자네는 나와 체격이 비슷해. 나가서 사복 한 벌 사다줄 수 있나? 옷을 모두 로마에 두고 와서."

"그래, 자네 거기서 살았었지? 그 지저분한 곳에. 왜 거기 살았던 건가?"

"건축가가 되고 싶었거든."

"거긴 그럴 만한 데가 아니야. 옷은 사지 마. 원하는 대로 다 줄 테니까. 몸에 꼭 맞는 걸로 아주 멋쟁이를 만들어주지. 저기 옷방으로 가봐. 옷장이 있어. 마음에 드는 걸로 골라 입어. 이봐 친구, 뭐하러 옷을 사."

"그래도 사고 싶은데, 심."

"이봐 친구, 밖에 나가서 사오느니 내 걸 주는 게 더 편하단 소리야. 여권은 있나? 여권이 없으면 멀리 갈 수도 없어."

"응. 아직 있어."

"그럼 옷을 갈아입고 헬베티아*로 떠나게, 친구."

"그렇게 간단하지가 않아. 먼저 스트레사에 가야 하거든."

"완벽하잖아, 이 친구야. 거기선 배로 건너가기면 하면 돼. 공연만 아니라면 나도 같이 갈 텐데. 어쨌거나 나도 곧 갈 거야."

"가서 요들을 부르면 되겠네."

"그래 친구, 조만간 요들을 불러볼 생각이야. 잘 부를 수 있을걸. 좀 이상하겠지만."

"부를 수 있고말고."

그는 다시 담배를 피우며 침대에 기댔다.

"큰 기대는 하지 마. 그래도 부를 순 있어. 아주 웃기는 노래지만 부를 순 있다고. 나는 노래 부르는 걸 좋아하거든. 들어봐." 그가 목청을 가다듬고 〈아프리카나〉**를 부르기 시작했다. 목이 부풀고 핏줄이 불거졌다. "노래 부를 수 있단 말이야." 그가 말했다. "사람들이 좋아하든

* 스위스를 가리키며, 로마시대부터 이 지역에 거주한 헬베티족에서 따온 이름이다.

** 독일 작곡가 자코모 마이어베어의 오페라 〈아프리카의 여인〉의 아리아.

말든.” 나는 창밖을 내다보았다. “내려가서 마차를 보내야겠어.”

“다시 올라와, 친구, 같이 아침을 먹자고.” 그는 침대에서 나와 똑바로 서서 심호흡을 하고 다리굽혀펴기를 시작했다. 나는 아래층으로 내려가 마차 삯을 지불했다.

34

사복으로 갈아입자 가장무도회에라도 가는 기분이었다. 오랫동안 군복만 입었기 때문에 내 옷을 입은 것 같지 않았다. 바지는 너무 헐렁했다. 스트레사행 기차표는 밀라노에서 사뒀었다. 새 모자도 샀다. 심의 모자는 내게 맞지 않았지만 옷은 괜찮았다. 옷에서 담배 냄새가 났고 기차 칸막이 객실에 앉아 창문으로 보니 새 모자에 비해 옷이 많이 낡아 보였다. 창밖으로 보이는 비에 젖은 롬바르디아 지방처럼 내 기분도 울적했다. 같은 객실에 공군 조종사가 몇 명 타고 있었는데 누구도 나를 별로 신경쓰지 않았다. 똑바로 쳐다보지는 않지만 이 나이에 민간인 복장을 한 나를 몹시 경멸하는 것 같기는 했다. 모욕감을 느끼지는 않았다. 예전 같으면 나도 그들에게 모욕을 주고 싸움을 걸었을 것이다. 그들이 갈라라테에서 내리고 나 혼자만 남자 기뻤다. 신문을 가지고 있었지만 전쟁 기사를 보고 싶지 않아 읽지 않았다. 전쟁은 잊어버릴 것이다. 나는 단독강화를 맺은 것이다. 지독하게 외로웠는데 기차가 스트레사에 도착하자 기뻤다.

역에 호텔 짐꾼들이 나와 있을 거라 예상했는데 아무도 없었다. 성

수기가 지난 지 오래돼서 기차 손님을 맞으러 온 사람이 없는 것이었다. 나는 가방을 들고 기차에서 내렸는데, 심에게 얻은 가방에는 셔츠 두 장밖에 없어 무척 가벼웠다. 기차가 다시 떠날 때까지 나는 비 내리는 역사 지붕 밑에 서 있었다. 역에서 만난 한 남자에게 지금 영업 중인 호텔이 어디냐고 물었다. 그는 그랑오텔 에 데 질 보로메des Isles Borromées가 문을 열었고, 작은 호텔 몇 곳도 일 년 내내 영업한다고 했다. 나는 가방을 들고 비를 맞으며 일 보로메를 향해 걷기 시작했다. 마차가 보이자 손짓해 불렀다. 마차를 이용하는 게 나을 것 같았다. 커다란 호텔의 마차 출입구에 도착하자 수위가 우산을 들고나와 아주 공손하게 맞아주었다.

나는 좋은 방을 잡았다. 아주 넓고 환하고 호수가 내려다보였다. 구름이 호수 위까지 드리워져 있었지만 해가 비치면 아주 아름다울 것 같았다. 아내가 올 겁니다, 나는 말했다. 새틴 침대보가 덮인 큰 더블 침대, *레토 마트리모니알레**가 있었다. 아주 호화로운 호텔이었다. 나는 긴 복도를 지나 넓은 계단을 내려가고 많은 방을 지나쳐 바에 들어갔다. 이곳 바텐더와는 아는 사이라 나는 높은 스툴에 앉아 소금을 뿌린 아몬드와 포테이토칩을 먹었다. 마티니는 시원하고 깔끔했다.

"사복 차림으로 여긴 어쩐 일이십니까?" 바텐더가 두 잔째 마티니를 만들며 물었다.

"휴가중입니다. 요양휴가."

"지금 여기는 아무도 없습니다. 호텔을 왜 열어두는지 모르겠어요."

---

* '더블침대'를 뜻하는 이탈리아어.

"낚시는 좀 했습니까?"

"멋진 놈으로 몇 마리 잡았죠. 이맘때 트롤낚시를 하면 멋진 놈들을 잡을 수 있죠."

"제가 보낸 담배는 받았나요?"

"그럼요. 제가 보낸 카드도 받으셨죠?"

나는 웃음을 터뜨렸다. 담배는 구하지 못했다. 그가 원한 건 미국산 파이프 담배였는데 내 친척이 보내지 않았거나 중간에서 압수된 것 같았다. 어쨌든 내 손에는 들어오지 않았다.

"어디서 좀 구해볼게요." 내가 말했다. "혹시 시내에서 영국 여자 두 명 못 봤습니까? 그저께 여기 왔다는데요."

"이 호텔에는 없는데요."

"간호사들이에요."

"그러고 보니 간호사 두 명은 봤습니다. 잠깐만요, 어디서 묵는지 알아보고 올게요."

"한 명은 제 아내예요." 내가 말했다. "저는 아내를 만나러 왔습니다."

"다른 한 명은 제 아내고요."

"농담 아니에요."

"바보 같은 농담을 해서 죄송해요." 그가 말했다. "몰랐습니다." 그는 밖으로 나가더니 한참 동안 돌아오지 않았다. 나는 올리브와 소금을 뿌린 아몬드와 포테이토칩을 먹으며 바 뒤쪽 거울에 비친 사복 입은 내 모습을 바라보았다. 바텐더가 돌아왔다. "기차역 근처 작은 호텔에 있다고 합니다." 그가 말했다.

"샌드위치 좀 먹을 수 있을까요?"

"시켜드리죠. 아시다시피 여기는 아무것도 없거든요, 손님이 없어서."

"정말 아무도 없는 겁니까?"

"아니요, 몇 분 있긴 하죠."

샌드위치가 오자 나는 세 쪽을 먹고 마티니를 두 잔 더 마셨다. 그렇게 시원하고 깔끔한 마티니는 처음이었다. 문명인이 된 듯한 기분이었다. 그동안 레드와인과 빵과 치즈, 맛없는 커피와 그라파만 너무 많이 먹었다. 나는 아무 생각도 하지 않고 마호가니와 놋쇠와 거울이 있는 쾌적한 바의 높은 스툴에 앉아 있었다. 바텐더가 이런저런 것을 물었다.

"전쟁 이야기는 그만하죠." 내가 말했다. 전쟁은 멀리 있었다. 어쩌면 애초부터 없었을지도 모른다. 이곳에는 전쟁이 없었다. 그러자 나에게 전쟁은 끝났다는 것을 깨달았다. 그런데도 정말 끝났다는 느낌은 들지 않았다. 학교를 땡땡이치고는 지금쯤 학교에서 무슨 일이 벌어지고 있을까 궁금해하는 학생이 된 기분이었다.

내가 캐서린과 헬렌 퍼거슨이 머문다는 호텔에 갔을 때 그들은 저녁식사중이었다. 나는 복도에 서서 테이블에 앉은 두 사람을 보았다. 캐서린은 나를 등지고 앉아 있어 머리카락과 뺨, 아름다운 목과 어깨만 보였다. 퍼거슨이 말하고 있었다. 그녀는 내가 들어가자 말을 멈췄다.

"세상에!" 그녀가 말했다.

"안녕하세요." 내가 말했다.

"당신이 웬일이에요!" 캐서린이 말했다. 그녀의 얼굴이 환해졌다. 너무 좋아서 믿기지 않는 표정이었다. 나는 그녀에게 키스했다. 캐서린은 얼굴을 붉혔고 나는 테이블에 앉았다.

“무슨 일 있군요,” 퍼거슨이 말했다. “대체 여기서 뭐하는 거예요? 식사는 했어요?”

“아니요.” 식당에서 일하는 소녀가 들어오자 나는 내 접시도 가져다 달라고 말했다. 캐서린은 행복한 눈으로 내내 나를 바라보았다.

“사복 차림으로 여기서 뭐하는 거예요?” 퍼거슨이 물었다.

“내각에 들어갔죠.”

“무슨 일이 있군요.”

“기운 내요, 퍼기. 조금이라도 기운을 내요.”

“당신을 만났다고 기운이 나진 않아요. 당신이 캐서린을 곤경에 빠뜨렸잖아요. 당신을 봐도 전혀 반갑지 않아요.”

캐서린은 나에게 미소지으며 테이블 밑에서 내 발을 툭 건드렸다.

“나를 곤경에 빠뜨린 사람은 아무도 없어, 퍼기. 내가 자초한 거지.”

“나는 이 사람 못 봐주겠는데,” 퍼거슨이 말했다. “비열한 이탈리아식 수작으로 너를 망치기만 했잖아. 미국인이 이탈리아인보다 더해.”

“스코틀랜드인들은 너무나 도덕적이지.” 캐서린이 말했다.

“그런 말이 아니야. 이 사람의 이탈리아식 비열함을 말하는 거야.”

“내가 비열합니까, 퍼기?”

“그럼요. 비열한 것보다 더 나빠요. 당신은 뱀 같아요. 이탈리아군 군복을 입은 뱀이요. 목에 망토를 두른 뱀.”

“지금은 이탈리아군 군복을 입고 있지 않은데요.”

“그게 바로 당신의 비열함을 보여주는 또 한 증거예요. 지난여름 내내 연애를 해서 아이를 갖게 해놓고 이제 슬그머니 도망치려는 수작이겠죠."

나는 캐서린에게 미소를 지었고, 캐서린도 내게 미소지었다.

"우린 함께 도망칠 거야." 그녀가 말했다.

"둘이 똑같네," 퍼거슨이 말했다. "나는 네가 부끄러워, 캐서린 바클리. 너는 수치도 명예도 모르는구나. 너도 이 사람만큼이나 비열해."

"그러지 마, 퍼기," 캐서린은 말하며 퍼기의 손을 토닥였다. "나를 비난하지 마. 우리가 서로 사랑한다는 거 너도 알잖아."

"손 치워," 퍼거슨이 말했다. 그녀의 얼굴이 붉어져 있었다. "네게 수치심이 있었다면 이렇게 되지도 않았겠지. 하지만 너는 몇 개월인지는 모르지만 임신한 몸으로 마치 아무 일도 아니라는 듯 너를 농락한 사람이 돌아왔다는 이유만으로 얼굴에 웃음이 가득하잖아. 너는 수치심도 감정도 없어." 그녀는 울기 시작했다. 캐서린이 다가가 그녀를 껴안았다. 퍼거슨을 달래며 서 있는 캐서린의 몸은 눈에 띄는 변화가 없었다.

"내가 알게 뭐야," 퍼거슨이 흐느꼈다. "하지만 끔찍하다고."

"자, 자, 퍼기," 캐서린이 달랬다. "부끄럽게 생각할게. 울지 마, 퍼기. 울지 마, 우리 퍼기."

"안 울어," 퍼거슨이 울먹거렸다. "안 운다고. 네가 끔찍한 처지라는 게 안됐을 뿐이야." 그녀는 나를 쳐다보았다. "당신이 미워요," 그녀가 말했다. "캐서린이 무슨 말을 하든 나는 당신을 미워할 수밖에 없어요. 미국에서 온 더럽고 비열한 이탈리아인 같으니!" 그녀의 눈과 코는 울어서 새빨갰다.

캐서린이 나를 보며 미소지었다.

"나를 안은 채 이 사람한테 미소짓지 마."

"너무 지나쳐, 퍼기."

"그래 알아," 퍼거슨이 훌쩍거렸다. "나는 신경쓰지 마, 두 사람 다. 내가 흥분했어. 지나쳤어. 나도 알아. 나는 두 사람이 행복하길 바라는 건데."

"우린 행복해," 캐서린이 말했다. "우리 착한 퍼기."

퍼거슨은 또다시 울었다. "지금 이런 식으로 행복하길 바라는 게 아냐. 왜 결혼을 하지 않아? 설마 다른 아내가 있는 건 아니죠?"

"천만에요." 내가 말했다. 캐서린은 웃었다.

"웃을 일이 아니야," 퍼거슨이 말했다. "아내 있는 걸 숨기는 족속이 많다고."

"결혼할게, 퍼기," 캐서린이 말했다. "그래야 네 맘이 편하다면."

"내 맘 편하자고 하라는 게 아니잖아. 당연히 결혼을 원해야지."

"그동안 너무 바빴잖아."

"그래. 알아. 아이 만드느라 바빴겠지." 나는 그녀가 또다시 울 거라 생각했지만 그 대신 신랄해졌다. "너는 오늘밤 당장 이 사람을 따라가겠지?"

"응," 캐서린이 말했다. "이 사람이 원한다면."

"나는 어쩌고?"

"혼자 남는 게 무서워?"

"응, 그래."

"그럼 같이 있을게."

"아니야, 이 사람이랑 함께 가. 지금 당장 떠나라고. 이제 두 사람 다보기 싫어."

"저녁은 마저 먹자."

"아니야. 지금 바로 떠나."

"퍼기, 진정해."

"당장 가라니까. 둘 다 가버리라고."

"그럼 갈까." 내가 말했다. 나는 퍼기가 지겨워졌다.

"당신이야 가고 싶겠죠. 심지어 나 혼자 저녁을 먹게 두고도요. 예전부터 이탈리아 호수들을 보고 싶었는데, 이게 뭐람. 아, 아." 그녀는 흐느꼈고, 캐서린을 보며 울먹거렸다.

"저녁식사 마칠 때까지 있을게," 캐서린이 말했다. "네가 원하면 혼자 두고 가지도 않을게. 너 혼자 두고 안 가, 퍼기."

"아니. 아니야. 네가 가면 좋겠어. 가면 좋겠다니까." 그녀는 눈물을 닦았다. "내가 너무 흥분했어. 제발 나는 신경쓰지 마."

식당에서 일하는 소녀는 퍼기가 울고불고하는 것을 보자 당황했다. 다음 코스 요리를 가지고 들어왔을 때 상황이 진정된 것을 보고야 안심하는 기색이었다.

길고 텅 빈 복도, 문밖에 벗어둔 신발, 두꺼운 카펫이 깔리고 창밖에서 비가 내리던 호텔방에 우리가 함께 있었던 그날 밤, 방안은 밝고 쾌적하고 유쾌했고, 불을 끄자 부드러운 시트와 편안한 침대에 기분이 들뜨면서 마치 집에 돌아온 기분, 더이상 혼자가 아니라는 느낌, 한밤중에 잠에서 깨어도 옆에 있던 사람이 아무데도 가지 않고 그대로 있을 거라는 느낌이 들었다. 그 밖의 모든 것은 현실 같지 않았다. 피곤하면 잤고 한 사람이 잠에서 깨면 다른 한 사람도 눈을 떴기 때문에 우리는 전혀 외롭지 않았다. 남자나 여자나 종종 혼자 있고 싶을 때가 있고 사랑하는 사람끼리는 상대의 그런 기분을 질투하기도 하지만, 우리는 진정으로 단 한 번도 그런 기분을 느끼지 않았다. 사람들은 남과 함께일 때, 혹은 사람들과 함께일 때 혼자라는 기분을 느낀다. 나는 딱 한 번 그런 기분을 느껴보았다. 많은 여자와 어울리는 동안 혼자라는 기분을 느꼈는데 그때가 가장 외로웠다. 하지만 우리가 함께 있을 때는 단 한 번도 외롭거나 두렵지 않았다. 나는 낮과 밤이 같지 않다는 것을 안다. 모든 것이 다르다는 것을, 밤의 일은 낮에 존재하지 않으므로 설명할 수 없다는 것을, 외로운 사람에게는 외로움이 찾아들면 밤이야말로 끔찍한 시간이라는 것을 안다. 하지만 캐서린과 함께일 때는 밤이 훨씬 더 즐겁다는 것 말고는 다른 것이 없었다. 너무 큰 용기를 지닌 사람들이 있을 때, 세상은 그들을 꺾어놓기 위해 죽이려 하고, 실제로 그렇게 한다. 세상은 모든 사람을 부러뜨리지만, 많은 사람이 그 부러진 곳에서 더욱 강해진다. 그러나 세상은 부러지지 않으려는 사람들을 죽인다. 착한 사람이든 상냥한 사람이든 용감한 사람이든 가리지 않고 공평하게 죽인다. 그 어디에도 속하지 않는 사람 역시 죽이겠지만 특별히 서두르지 않을 뿐이다.

아침에 잠에서 깼을 때가 기억난다. 캐서린은 자고 있고 창문으로 햇살이 비쳐들었다. 비는 멈췄고 나는 침대에서 일어나 방을 가로질러 창가로 다가갔다. 창 아래 앙상하지만 보기좋게 정돈된 정원이 있었고, 자갈길과 나무들, 호수 옆 돌담, 멀리 산을 등지고 햇살에 반짝이는 호수가 보였다. 창가에 서서 밖을 내다보다가 뒤를 돌아보니 캐서린이 잠에서 깨어 나를 쳐다보고 있었다.

"잘 잤어요, 달링?" 그녀가 물었다. "날씨 정말 좋죠?"

"기분은 어때?"

"아주 좋아. 멋진 밤이었어요."

"아침 먹을까?"

그녀는 그러자고 했다. 나도 먹고 싶었고 우리는 침대에서 창문으로 비쳐드는 11월의 햇살을 받으며 내 무릎에 쟁반을 올려놓고 아침을 먹었다.

"신문 읽고 싶지 않아요? 병원에서는 늘 신문을 찾았잖아."

"싫어," 내가 말했다. "이젠 읽고 싶지 않아."

"소식을 알고 싶지 않을 정도로 상황이 나빴어요?"

"전쟁 소식은 알고 싶지 않아."

"당신하고 같이 있었다면 나도 사정을 알았을 텐데."

"머릿속에서 정리되면 말해줄게."

"그런데 군복을 벗었다는 게 들키면 체포되지 않을까요?"

"아마 총살하겠지."

"그럼 우리 여기 이러고 있지 말아요. 이 나라에서 떠나요."

"나도 그런 생각을 했어."

"우리 떠나요. 달링, 바보 같은 모험은 안 돼. 메스트레에서 밀라노까지는 어떻게 왔어요?"

"기차로 왔어. 그때는 군복을 입고 있었고."

"그럼 위험한 일은 없었어요?"

"별로. 옛날에 받은 이동명령서를 가지고 있었거든. 메스트레에서 날짜를 고쳤어."

"달링, 여기 있다가는 언제 체포될지 몰라요. 그렇게 되게 두지 않을 거야. 그건 어리석어요. 당신이 잡혀가면 우린 어떻게 될까요?"

"그런 생각은 하지 말자. 생각만으로도 피곤해."

"당신을 체포하러 오면 어떻게 할 거예요?"

"쏴버리지."

"어리석은 소리. 여기를 떠날 때까지 절대 호텔 밖에 나가지 말아요."

"그럼 어디로 떠날 건데?"

"제발 그런 식으로 말하지 말아요, 달링. 어디든 당신이 원하는 곳으로 갈게요. 하지만 제발 빨리 생각해봐요."

"호수 건너편이 스위스니, 거기로 가면 되겠지."

"그게 좋겠어요."

바깥은 점점 구름이 끼고 호수도 어두워졌다.

"나는 우리가 죄인들처럼 사는 건 싫어." 내가 말했다.

"달링, 그러지 말아요. 얼마나 죄인처럼 살았다고 그래요. 앞으로도 죄인처럼 살진 않을 거예요. 즐겁게 살 거라고요."

"범죄자가 된 기분이야. 나는 탈영을 했어."

"달링, 제발 이성적으로 생각해요. 탈영한 게 아니에요. 고작 이탈리아 군대일 뿐이라고요."

나는 웃었다. "당신은 좋은 여자야. 침대로 돌아가자. 나는 침대에 있으면 기분이 좋아."

잠시 후 캐서린이 말했다. "이젠 범죄자 같은 기분 안 들죠?"

"응," 내가 말했다. "당신과 있으면 안 그래."

"당신은 정말 바보 같은 남자야," 그녀가 말했다. "하지만 내가 돌봐줄게요. 난 입덧도 전혀 하지 않아요, 달링, 멋지죠?"

"멋져."

"이렇게 멋진 아내를 두고도 고마운 줄 모르다니. 하지만 상관없어. 나는 사람들이 당신을 체포할 수 없는 곳으로 당신을 데려갈 거고 우리는 행복하게 지낼 거예요."

"그래 당장 가자."

"그래요, 달링. 당신이 원하면 어디든, 언제든 갈게."

"아무것도 생각하지 말고."

"좋아요."

35

캐서린은 퍼거슨을 만나러 호숫가를 걸어 작은 호텔로 돌아갔고 나는 바에 앉아 신문을 읽었다. 바에는 편안한 가죽 의자들이 있었고 나는 그중 하나에 앉아 바텐더가 올 때까지 신문을 읽었다. 이탈리아군은 탈리아멘토강에서도 버티지 못하고 피아베강까지 밀리고 있었다. 나는 피아베강을 기억했다. 철도가 산도나 부근에서 그 강을 건너 전선으로 이어졌다. 강은 깊고 느리고 폭이 무척 좁았다. 하류 쪽에는 모기가 우글거리는 습지와 운하가 있었다. 멋진 빌라도 몇 채 있었다. 전쟁 전 코르티나담페초에 가던 길에 언덕 사이로 그 강을 따라 몇 시간쯤 걸었던 기억이 있다. 언덕 위에서 보면 강물이 바위 그늘 아래 웅덩이와 얕은 여울을 지나며 빠르게 흐르고 있어서 송어가 사는 시내처럼 보였다. 길은 카도레에서 그 강과 갈라졌다. 나는 그 상류 쪽에 있던 군대가 어떻게 내려와 후퇴했을지 궁금했다. 바텐더가 들어왔다.

"그레피 백작이 만나고 싶어하시는데요." 그가 말했다.

"누구요?"

"그레피 백작님이요. 전에 오셨을 때 봤던 노신사분 기억하시죠."

"지금 여기 계신가요?"

"네, 조카와 함께 와 계십니다. 당신이 여기 계시다고 말했어요. 같이 당구를 치고 싶다고 하시더군요."

"어디 계시죠?"

"산책중이십니다."

"건강은 어떠세요?"

"전보다 젊어 보이시던데요. 어제저녁에는 식전 샴페인 칵테일을 석 잔이나 드셨습니다."

"당구 솜씨는요?"

"훌륭하죠. 제가 지거든요. 당신이 여기 계시다고 하니까 무척 기뻐하셨습니다. 여긴 칠 상대가 아무도 없거든요."

그레피 백작은 아흔네 살이었다. 메테르니히* 시대 사람으로 머리와 수염이 하얗게 센 아주 품위 있는 노인이었다. 오스트리아와 이탈리아에서 외교관으로 근무했고 그의 생일파티는 밀라노 사교계의 큰 행사

---

* 클레멘스 메테르니히(1773~1859). 오스트리아 수상으로 주변국의 자유주의, 국민통일운동 등을 반대한 메테르니히 체제를 이끌다가 1848년 3월 혁명 후 실각했다.

였다. 그는 백 살까지 살 것 같았고 아흔넷의 노구와 대조적으로 깔끔하고 유려한 당구 솜씨를 가지고 있었다. 언젠가 비수기에 스트레사에 왔을 때 그를 만나 함께 당구를 치면서 샴페인을 마셨다. 그것을 멋진 습관이라 생각했는데, 그는 100점 내기에 내게 15점의 핸디캡을 주고서도 나를 이겼다.

"그분이 여기 계시다고 왜 말 안 했어요?"

"깜박 잊었습니다."

"또 누가 있죠?"

"당신이 아는 분은 없습니다. 다 해서 여섯 분뿐이죠."

"지금 할일 있어요?"

"없습니다."

"낚시하러 가요."

"한 시간 정도는 괜찮습니다."

"그럼 갑시다. 트롤낚시 도구를 가져와요."

바텐더가 외투를 입자 우리는 밖으로 나갔다. 호숫가로 내려가 보트를 탔고 바텐더는 내가 노를 젓는 동안 선미에 앉아서 호수의 송어를 잡기 위해 스피너*와 무거운 봉돌이 달린 낚싯줄을 풀어서 던졌다. 우리는 기슭을 따라 노를 저었고, 바텐더는 낚싯줄을 손에 쥐고 가끔 한 번씩 잡아당겼다. 호수에서 보니 스트레사는 무척 황량해 보였다. 앙상한 나무들이 길가에 늘어서 있고 큰 호텔과 문이 잠긴 빌라들이 보였다. 호수를 가로질러 이솔라벨라**까지 노를 저어 암벽에 다가갔는

---

* 회전하는 작은 금속 조각이 달린 가짜 미끼.

** 타오르미나 부근의 작은 섬. 이탈리어로 '아름다운 섬'이라는 뜻.

데, 갑자기 깊어진 투명한 물속으로 보니 암벽이 기울어져 내려가다가 위쪽 어부의 섬까지 이어져 있었다. 해는 구름에 가려져 있었고 호수 물은 어둡고 잔잔하면서도 몹시 차가웠다. 물고기가 튀어올라 수면에 둥근 파문들이 일었지만 우리는 한 마리도 잡지 못했다.

노를 저어 맞은편 어부의 섬으로 가보니 보트들은 끌어올려져 있고 어부들이 그물을 고치고 있었다.

"한잔할까요?"

"좋죠."

내가 보트를 암석 방파제에 대자, 바텐더는 낚싯줄을 잡아당겨 뱃바닥에 내려놓고 스피너는 뱃전에 걸었다. 나는 내려서 보트를 줄로 묶어 고정했다. 우리는 작은 카페에 들어가 가공하지 않은 나무 테이블에 앉아 베르무트를 주문했다.

"노 젓느라 피곤하셨죠?"

"아닙니다."

"갈 때는 제가 젓겠습니다." 그가 말했다.

"저는 노 젓는 걸 좋아해요."

"당신이 낚싯줄을 잡으면 운이 바뀔지도 모르죠."

"알았어요."

"전쟁이 어찌되고 있는지 얘기 좀 해주세요."

"고약하죠."

"저는 안 나가도 돼요. 너무 늙어서요, 그레피 백작님처럼."

"나가야 할지도 몰라요."

"내년에는 우리 나이도 소집하겠죠. 하지만 저는 안 갈 겁니다."

"어쩌려고요?"

"외국으로 나가야죠. 전쟁에는 나가고 싶지 않아요. 전에 아비시니아에서 참전했었죠. 거부할 겁니다. 당신은 왜 나간 겁니까?"

"모르겠어요. 바보였죠."

"베르무트 한잔 더 하실래요?"

"좋아요."

돌아올 때는 바텐더가 노를 저었다. 우리는 스트레사 경계 너머까지 트롤낚시를 하며 호수 위쪽으로 갔다가 기슭에서 그리 멀지 않은 곳으로 내려왔다. 팽팽한 낚싯줄을 잡은 채 11월의 어두운 호수와 황량한 기슭을 바라보는데 스피너가 희미하게 도는 것이 느껴졌다. 바텐더가 크게 노를 저어 앞으로 나아가자 낚싯줄이 흔들렸다. 한번은 낚싯줄에 입질이 왔다. 낚싯줄이 갑자기 팽팽해지며 젖혀졌다. 낚싯줄을 잡아당기자 살아 있는 송어의 무게가 느껴지나 싶더니 다시 줄이 흔들렸다. 송어를 놓쳐버린 것이다.

"큰 놈이었어요?"

"꽤 컸어요."

"한번은 혼자 낚시하러 나와서 낚싯줄을 이에 물고 트롤낚시를 하고 있었는데 한 놈이 무는 바람에 입이 날아갈 뻔했어요."

"가장 좋은 방법은 낚싯줄을 다리에 감아두는 거예요." 내가 말했다. "그러면 입질도 느낄 수 있고 이빨 나갈 걱정도 없죠."

나는 호수에 손을 담갔다. 물이 무척 찼다. 이제 거의 호텔 맞은편까지 와 있었다.

"그만 들어가봐야 해요." 바텐더가 말했다. "열한시까지는 가 있어야 하거든요. *칵테일 시간*이라."

"그래요."

나는 낚싯줄을 거둬 양끝이 톱니 모양인 막대기에 감았다. 바텐더는 돌담 사이 작은 선착장에 보트를 대고 쇠사슬과 자물쇠로 잠갔다.

"보트가 필요하시면," 그가 말했다. "언제든 열쇠를 드리겠습니다."

"고마워요."

우리는 호텔로 올라가 바에 들어갔다. 이른 아침에 또 술을 마시고 싶지는 않아 나는 방으로 올라갔다. 여종업원이 방금 청소를 마쳤고 캐서린은 아직 돌아오지 않았다. 나는 침대에 누워 아무 생각도 하지 않으려 애썼다.

캐서린이 돌아오자 다시 기분이 좋아졌다. 퍼거슨이 아래층에 와 있다고 했다. 점심을 먹으러 온 것이었다.

"당신이 괜찮다고 할 거 같아서요." 캐서린이 말했다.

"그럼." 내가 말했다 .

"무슨 일 있어요, 달링?"

"모르겠어."

"나는 알아요. 할일이 없어서 그런 거예요. 당신한테는 나밖에 없는데 내가 나가버렸으니까."

"맞아."

"미안해요, 달링. 갑자기 할일이 하나도 없다는 게 얼마나 끔찍한지 나도 알아요."

"전에는 인생이 온갖 것으로 가득차 있었지," 내가 말했다. "이제는 당신이 곁에 없으면 나는 아무것도 가진 게 없는 거야."

"하지만 내가 곁에 있을 거잖아요. 겨우 두 시간 나갔다 온 거예요. 당신이 할 만한 일이 뭐 없을까?"

"바텐더하고 낚시를 다녀왔어."

"재미없었어요?"

"재미있었어."

"내가 옆에 없을 때는 내 생각 하지 말아요."

"전선에 있을 땐 그렇게 했어. 하지만 그때는 할일이 있었지."

"직업을 잃어버린 오셀로군요*." 그녀가 놀렸다.

"오셀로는 검둥이였잖아," 내가 말했다. "게다가 난 질투하는 게 아니야. 당신을 너무 사랑해서 당신 말고는 아무것도 없는 거라고."

"착한 아이처럼 퍼거슨한테 잘해줄 거죠?"

"나를 욕하지만 않으면 늘 잘해줘."

"친절하게 대해줘요. 우리는 가진 게 많은데 퍼거슨에게는 아무것도 없잖아."

"우리가 가진 걸 원하지는 않을걸."

"당신은 너무 몰라요, 달링, 그렇게 똑똑한 사람이."

"잘해줄게."

"그러리라 믿어요. 당신은 정말 상냥하니까."

"식사 후에도 남아 있진 않겠지?"

"그럼요. 내가 보낼게요."

"그런 다음 여기로 올라오자."

---

* 셰익스피어 『오셀로』 3막 3장 중 오셀로의 대사를 언급한 것.

"물론이죠. 내가 뭘 바라겠어요?"

우리는 아래층으로 내려가 퍼거슨과 점심을 먹었다. 그녀는 호텔과 호화로운 식당에 몹시 감탄했다. 우리는 화이트카프리 두 병을 곁들여 맛있는 점심식사를 했다. 그레피 백작이 식당에 들어와 우리를 보고 고개 숙여 인사했다. 우리 할머니와 얼굴이 약간 닮은 조카딸과 함께 있었다. 캐서린과 퍼거슨에게 그에 대해 이야기해주자 퍼거슨은 깊은 인상을 받은 것 같았다. 호텔은 아주 크고 호화롭지만 텅 비어 있었고, 맛있는 식사와 아주 훌륭한 와인 덕분에 우리는 무척 기분이 좋아졌다. 캐서린은 더없이 기분이 좋아 보였다. 그녀는 아주 행복해했다. 퍼거슨도 꽤 명랑해졌다. 나도 무척 기분이 좋았다. 점심식사를 마치자 퍼거슨은 호텔로 돌아갔다. 점심을 먹었으니 잠시 누워 쉬겠다고 했다.

오후 늦게 누군가 우리 방문을 두드렸다.

"누구십니까?"

"그레피 백작께서 함께 당구를 치실 건지 물으십니다."

나는 시계를 보았다. 풀어서 베게 밑에 뒀었다.

"가야 해요, 달링?" 캐서린이 속삭였다.

"가는 게 좋겠어." 시계는 네시 십오분을 가리키고 있었다. 나는 밖을 향해 큰 소리로 외쳤다. "그레피 백작께 다섯시에 당구실로 가겠다고 전해줘요."

나는 네시 사십오분에 캐서린에게 작별키스를 하고 욕실에 들어가 옷을 갈아입었다. 넥타이를 매고 거울을 보니 사복을 입은 모습이 어색했다. 잊지 말고 셔츠와 양말을 더 사야겠다고 생각했다.

"오래 있을 거예요?" 캐서린이 물었다. 침대에 드러누운 모습이 사랑스러웠다. "브러시 좀 집어줄래요?"

나는 머리를 기울여 머리카락을 모두 한쪽으로 늘어뜨린 다음 빗어 내리는 캐서린을 바라보았다. 밖은 어두웠지만 침대 맡에 있는 전등 불빛이 그녀의 머리카락과 목덜미와 어깨를 환하게 비췄다. 그녀에게 다가가 키스를 하고 브러시를 든 손을 잡자 그녀의 머리가 베개에 파묻혔다. 나는 그녀의 목덜미와 어깨에 키스했다. 그녀를 너무 사랑해서 정신이 아찔할 지경이었다.

"가고 싶지 않군."

"나도 보내고 싶지 않아요."

"그럼 가지 말까."

"아니, 가요. 잠깐 갔다가 곧 돌아올 거잖아요."

"저녁은 여기서 먹지."

"얼른 갔다 와요."

그레피 백작은 당구실에 있었다. 스트로크 연습중이었는데, 당구대 위를 비추는 불빛에 비친 모습이 꽤 노쇠해 보였다. 전등에서 약간 떨어져 있는 카드테이블에는 은제 아이스 버킷이 놓여 있고 얼음 위로 샴페인 두 병의 목 부분과 코르크마개가 보였다. 내가 당구대 쪽으로 다가가자 그레피 백작은 허리를 펴고 다가왔다. 그가 손을 내밀었다. "자네가 이곳에 있다니 정말 기쁘군. 게임을 하러 와줘서 정말 고맙네."

"불러주시니 제가 감사하죠."

"몸은 괜찮은가? 이손초에서 부상당했다고 하던데. 쾌유를 비네."

"아주 건강합니다. 잘 지내셨습니까?"

"오, 나야 언제나 건강하지. 하지만 나이를 먹고 있어. 이제는 나이 먹은 징후가 완연하지."

"아닌 것 같은데요."

"정말이야. 하나 말해줄까? 나는 이제 이탈리아어가 더 편해. 쓰지 않으려고 노력하지만 피곤하면 이탈리아어가 훨씬 편해져. 그럴 때면 내가 나이들었다는 걸 깨닫게 돼."

"그럼 이탈리아어로 말씀하십시오. 저도 좀 피곤하니까요."

"오, 하지만 자네는 피곤하면 영어가 더 편하지 않나."

"미국어죠."

"그래, 미국어. 자네는 미국어를 쓰게. 듣기 좋은 언어지."

"미국인은 거의 보지 못합니다."

"보고 싶겠군. 누구나 고국 사람, 특히 고국 여자들을 그리워하는 법이지. 나도 경험이 있어서 알아. 그럼 한판 칠까, 자네 많이 피곤한 건 아닌가?"

"진짜 피곤한 건 아닙니다. 농담으로 한 말이죠. 핸디캡은 얼마나 주실 겁니까?"

"그동안 당구 많이 쳤나?"

"전혀요."

"자네 꽤 잘 치던데. 100점에 10점?"

"너무 치켜세우시는데요."

"그럼 15점?"

"좋습니다만 그래도 제가 질 겁니다."

"내기로 칠까? 자네는 내기 당구를 좋아했지."

"그게 좋겠습니다."

"좋아. 그럼 핸디캡은 18점 주고, 1점에 1프랑 내기로 하지."

백작은 능숙하게 당구를 쳤고, 나는 핸디캡을 얻고도 50점이 됐을 때 겨우 4점 앞섰다. 그레피 백작이 벽에 있는 벨을 눌러 바텐더를 불렀다.

"한 병 따주게," 그가 말했다. 그러고는 내게 말했다. "자극제를 좀 마시자고." 와인은 얼음처럼 차고 아주 씁쓸한 맛이 훌륭했다.

"이탈리아어로 말해도 될까? 괜찮겠나? 이게 요즘 내 약점이지."

우리는 당구를 치는 사이사이 와인을 조금씩 마시면서 이탈리아어로 이야기를 주고받았지만, 말은 거의 하지 않고 게임에 집중했다. 그레피 백작이 100점을 쳐 게임을 끝냈을 때 나는 핸디캡을 합하고도 겨우 94점이었다. 그는 미소지으며 내 어깨를 두드렸다.

"이제부턴 나머지 한 병을 마시면서 전쟁 이야기나 좀 들어보세." 그는 내가 앉기를 기다렸다

"뭐든 다른 이야기를 하시죠." 내가 말했다.

"그 이야기는 하기 싫은가? 알았네. 요즘 무슨 책을 읽고 있나?"

"읽지 않습니다," 내가 말했다. "유감스럽게도 제가 아주 따분한 인간이라서요."

"그럴 리가. 하지만 책은 읽어야 해."

"전시에 어떤 책이 나왔습니까?"

"프랑스인 바르뷔스의 『포화』가 있지. 『브리틀링씨는 다 꿰뚫어본다』*도 있고."

"아닙니다, 안 그렇던데요."

"뭐라고?"

"다 꿰뚫어보지 못한다고요. 그 책들은 병원에 있었습니다."

"그럼 책을 읽었다는 거잖나?"

"네, 하지만 마음에 드는 건 없었습니다."

"나는 『브리틀링씨』가 영국 중산층의 정신을 탁월하게 그렸다고 생각했는데."

"저는 정신에 관해서는 모릅니다."

"딱한 친구. 정신에 관해 아는 사람은 없어. 자네는 *신자*인가?"

"밤에는 그렇습니다."

그레피 백작은 미소지으며 손가락으로 잔을 돌렸다. "나이가 들면 신앙심이 깊어질 줄 알았는데 웬일인지 나는 그렇지가 않아," 그가 말했다. "안타까운 일이지."

"죽은 뒤에도 계속 살길 바라십니까?" 나는 물었고 곧바로 죽음을 언급한 건 바보 같았다고 느꼈다. 하지만 백작은 개의치 않았다.

"그건 어떤 인생이냐에 달렸지. 내 인생은 아주 즐거워. 나는 영원히 살고 싶다네," 그는 미소지었다. "거의 그런 셈이지만."

우리는 샴페인이 담긴 아이스 버킷과 서로의 잔이 놓인 테이블을 사이에 두고 가죽 의자에 깊숙이 앉아 있었다.

"자네도 나만큼 나이가 들면 이상한 것이 많다고 느낄 걸세."

"백작께선 전혀 나이들어 보이지 않으십니다."

---

* 영국 작가 H. G. 웰스의 소설.

"늙는 건 육체지. 가끔은 백묵 부러지듯 내 손가락이 부러질까봐 겁이 나. 하지만 정신은 늙지도 않고 더 지혜로워지지도 않아."

"지혜로우신데요."

"아니, 노인이 지혜로울 거라 생각하는 건 아주 큰 착각이야. 노인들은 지혜로워지지 않아. 조심성이 많아질 뿐이지."

"그게 지혜겠죠."

"아주 매력 없는 지혜지. 자네는 무엇이 가장 중요하다고 생각하나?"

"제가 사랑하는 사람이요."

"나도 마찬가지야. 하지만 그건 지혜가 아니지. 자네는 삶이 소중한가?"

"그렇습니다."

"나도 마찬가지야. 그게 가진 전부니까. 생일파티를 열기 위해서라도," 그가 웃었다. "어쩌면 자네가 나보다 더 지혜로울지도 몰라. 생일파티 같은 건 하지 않을 테니까."

우리는 함께 와인을 마셨다.

"이 전쟁을 정말 어떻게 생각하십니까?" 내가 물었다.

"바보짓이라고 생각하지."

"어느 쪽이 승리할까요?"

"이탈리아."

"왜요?"

"더 젊은 나라니까."

"더 젊은 나라가 늘 승리합니까?"

"한동안은 그렇지."

"그뒤에는 어떻게 되는데요?"

"그들도 늙은 나라가 되는 거지."

"지혜롭지 않다고 하셔놓고."

"이보게 친구, 이건 지혜가 아니야. 냉소지."

"아주 지혜로운 말씀으로 들리는데요."

"별로 그렇지도 않아. 그 반대쪽 예도 얼마든지 들 수 있으니까. 하지만 나쁘진 않군. 샴페인은 다 마셨나?"

"거의 다 마셨습니다."

"좀더 마실까? 그런 뒤에 옷을 갈아입어야겠군."

"그만 마시는 게 좋겠습니다."

"정말 그만 마시고 싶나?"

"네." 그는 자리에서 일어났다.

"자네에게 커다란 행운과 커다란 행복이 있길, 그리고 아주, 아주 건강하길 빌겠네."

"고맙습니다. 백작님의 장수를 빌겠습니다."

"고맙네. 나는 충분히 살았어. 혹시 자네가 신앙심이 깊어진다면 내가 죽었을 때 나를 위해 기도해주게. 몇몇 친구에게도 그렇게 부탁해뒀거든. 나는 신앙심이 깊어지길 기대했지만 그렇게 되지가 않았어." 백작이 쓸쓸한 미소를 짓는 것 같았지만 확실하지는 않았다. 너무 나이가 많고 얼굴에 주름이 많아, 조금만 미소를 지어도 모든 주름이 움직였기 때문에 거의 아무런 차이가 없었다.

"신앙심이 아주 깊어질 수도 있겠죠," 내가 말했다. "어쨌든 백작님을 위해 기도하겠습니다."

"나는 늘 신앙심이 깊어질 거라고 기대했었네. 내 가족들은 죽을 때 하나같이 독실한 신자였거든. 그런데 웬일인지 나는 그렇게 되질 않아."

"아직은 너무 이릅니다."

"너무 늦었을지도 모르지. 어쩌면 너무 오래 살아서 신앙심이 사라진 건지도 몰라."

"제 신앙심은 밤에만 찾아옵니다."

"그렇다면 자네는 사랑에 빠진 거로군. 잊지 말게, 그게 바로 종교적인 감정이야."

"그렇게 생각하십니까?"

"물론이지." 그는 테이블 쪽으로 한 걸음 내디뎠다. "함께 당구를 쳐줘서 정말 즐거웠네."

"저도 아주 즐거웠습니다."

"함께 계단을 올라가세."

36

그날 밤 폭풍우가 몰아쳤고 나는 유리창을 두드리는 빗소리에 잠을 깼다. 열어놓은 창문으로 비가 들이치고 있었다. 누군가 방문을 두드렸다. 나는 캐서린이 잠에서 깨지 않도록 가만히 문가로 걸어가 문을 열었다. 바텐더가 서 있었다. 그는 외투를 입고 젖은 모자를 손에 들고 있었다.

"이야기 좀 할 수 있습니까, 중위님?"

"무슨 일이죠?"

"아주 중요한 일입니다."

나는 주위를 둘러보았다. 방안은 어두웠다. 창문으로 들이친 빗물이 바닥에 고여 있었다. "들어와요." 내가 말했다. 나는 그의 팔을 잡고 욕실로 들어가 문을 잠그고 불을 켰다. 그리고 욕조 가장자리에 걸터앉았다.

"무슨 일이죠, 에밀리오? 무슨 문제 있습니까?"

"아니요. 제가 아니라, *중위님*이에요."

"그래요?"

"아침에 그들이 체포하러 올 겁니다."

"그래요?"

"그래서 알려드리려고 왔습니다. 시내에 나갔다가 사람들이 카페에서 말하는 걸 들었어요."

"그렇군요."

그는 젖은 외투를 입고 젖은 모자를 손에 든 채 말없이 서 있었다.

"왜 체포하려는 걸까요?"

"전쟁에 관련된 무슨 일이겠죠."

"뭔지 압니까?"

"아니요. 하지만 전에 여기 왔을 때는 장교복을 입고 있었는데 지금은 입지 않았다는 걸 아는 것 같아요. 이번 후퇴 뒤에 군에서는 닥치는 대로 사람들을 체포하고 있거든요."

나는 잠시 생각에 잠겼다.

"몇시쯤 체포하러 올까요?"

"아침일 겁니다. 시간은 모르겠어요."

"어떻게 하는 게 좋을까요?"

그는 세면대에 모자를 올려놓았다. 흠뻑 젖은 모자에서 바닥으로 물이 뚝뚝 떨어졌다.

"두려울 게 없다면 체포돼도 아무 일 없겠죠. 하지만 체포되는 건 언제나 좋지 않아요—특히 지금 같은 때는."

"체포되고 싶지 않아요."

"그럼 스위스로 가십시오."

"어떻게요?"

"제 보트로요."

"폭풍우가 치는데." 내가 말했다.

"다 지나갔어요. 물살이 거칠지만 당신은 괜찮을 겁니다."

"언제 가야 할까요?"

"지금 당장이요. 아침 일찍 들이닥칠지도 모릅니다."

"짐은 어쩌죠?"

"짐을 챙기세요. 부인에게 옷을 갈아입으라고 하시고요. 짐은 제가 가져다드리겠습니다."

"어디 있을 겁니까?"

"여기서 기다리겠습니다. 복도에 있다가 누가 보면 곤란하니까요."

나는 문을 열고 나가 닫은 뒤 침실로 갔다. 캐서린은 깨어 있었다.

"무슨 일이에요, 달링?"

"아무것도 아니야, 캣," 내가 말했다. "지금 당장 옷을 갈아입고 보트로 스위스로 건너가면 어떨까?"

“그러고 싶어요?”

“아니,” 내가 말했다. “나는 침대로 다시 들어가 자고 싶어.”

“무슨 일인데요?”

“바텐더가 아침에 사람들이 나를 체포하러 올 거라는군.”

“그 바텐더, 머리가 어떻게 된 거 아니에요?”

“아니야.”

“그럼 어서 서둘러요, 달링, 출발하게 옷을 입어요.” 그녀는 침대 한쪽에 걸터앉았다. 아직 잠이 덜 깬 얼굴이었다. “욕실에 있는 사람이 바텐더인가요?”

“응.”

“그럼 씻지 않을래요. 고개 좀 돌려줘요, 달링. 금세 갈아입을 테니까.”

그녀가 잠옷을 벗자 하얀 등이 보였지만 나는 그녀가 말한 대로 곧바로 고개를 돌렸다. 그녀는 배가 조금씩 불러오자 그 모습을 보이지 않으려 했다. 나는 창문을 두드리는 빗소리를 들으며 옷을 입었다. 가방에 넣을 짐은 많지 않았다.

“내 가방은 많이 비었어, 캣, 필요하면 얼마든 넣어.”

“거의 다 챙겼어요,” 그녀가 말했다. “달링, 정말 바보 같은 질문이긴 한데, 저 바텐더는 왜 욕실에 있죠?”

“쉿—우리 짐을 내려다주려고 기다리는 거야.”

“친절한 사람이군요.”

“오래된 친구지,” 내가 말했다. “파이프 담배를 보내줄 뻔했던 친구.”

나는 열린 창으로 어두운 밤을 내려다보았다. 호수는 보이지 않고, 어둠과 비뿐이었지만 바람은 잦아들어 있었다.

"준비됐어요, 달링." 캐서린이 말했다.

"좋아." 나는 욕실문 앞으로 갔다. "가방 여기 있어요, 에밀리오." 내가 말했다. 바텐더는 가방 두 개를 받아들었다.

"도와줘서 정말 고마워요." 캐서린이 말했다.

"별말씀을요, 부인," 바텐더가 말했다. "제가 성가신 일에 말려들까 봐 나서서 돕는 것일 뿐입니다. 잘 들으세요," 그가 내게 말했다. "저는 이걸 종업원용 계단으로 내려가서 보트로 가져가겠습니다. 두 분은 산책 나가는 것처럼 하십시오."

"산책하기 좋은 밤이네요." 캐서린이 말했다.

"고약한 날씨지만."

"우산이 있어 다행이에요." 캐서린이 말했다.

우리는 복도를 지나 두꺼운 카펫이 깔린 넓은 계단을 내려갔다. 계단 아래 문가에 책상이 있고 수위가 그 안쪽에 앉아 있었다.

그는 우리를 보고 깜짝 놀란 듯했다.

"설마 나가시려고요, 손님?" 그가 말했다.

"네," 내가 말했다. "호숫가에서 폭풍우를 보고 싶거든요."

"우산은 있습니까, 손님?"

"없어요," 내가 말했다. "이 외투가 방수용이라서."

그는 미심쩍은 듯 내 외투를 훑어보았다. "우산을 가져오겠습니다, 손님." 그가 말했다. 그는 가서 커다란 우산을 가지고 돌아왔다. "조금 큽니다, 손님." 그가 말했다. 나는 그에게 10리라짜리 지폐를 한 장 주었다. "오 정말 친절하시군요, 손님. 정말 고맙습니다." 그가 말했다. 그가 문을 열어주었고 우리는 빗속으로 나갔다. 그는 캐서린에게 미소를 지었고 그녀도 미소로 답했다. "폭풍우 속에 오래 계시진 마십시오," 그가 말했다. "다 젖을 겁니다, 손님도 숙녀분도." 그는 수위 보조였고, 그가 쓰는 영어는 문자 그대로 단어만 다른 언어로 옮기는 수준이었다.

"다녀올게요." 나는 말했다. 우리는 커다란 우산을 쓰고 진입로를 걸어가 비에 젖은 어두운 정원을 지나 도로로 나갔고 거리를 가로질러 건너편 호숫가의 격자 울타리가 쳐진 길로 접어들었다. 이제 바람은 호수 쪽으로 불고 있었다. 차갑고 습한 11월의 바람이었고 산지에는 눈이 내리고 있을 것 같았다. 우리는 부두 벽을 따라 가다 선착장에 쇠사슬로 비스듬히 묶어놓은 보트들을 지나 바텐더의 보트가 있는 곳으로 갔다. 검푸른 물이 암석에 부딪치고 있었다. 늘어선 나무들 사이에서 바텐더가 불쑥 나타났다.

"가방은 보트에 뒀습니다." 그가 말했다.

"보트 값을 주고 싶은데요." 내가 말했다.

"얼마나 가지고 계십니까?"

"별로 많진 않아요."

"그럼 나중에 부쳐주십시오. 그러셔도 됩니다."

"얼마를요?"

"알아서 주십시오."

"얼마인지 말해줘요."

"무사히 건너가면 500프랑 부쳐주십시오. 성공한다면 그 정도 주셔도 괜찮겠죠."

"알았어요."

"샌드위치예요." 그가 꾸러미를 내밀었다. "바에 있던 겁니다. 전부 가져왔어요. 브랜디 한 병과 와인 한 병도 챙겼습니다." 나는 그것을 내 가방에 넣었다. "이건 지금 계산하죠."

"좋습니다. 50리라만 주십시오."

나는 그에게 돈을 줬다. "좋은 브랜디라서," 그가 말했다. "부인께 주셔도 괜찮을 거예요. 부인은 일단 보트에 타시는 게 좋겠습니다." 그는 암벽에 부딪치며 위아래로 흔들리는 보트를 잡았고, 나는 캐서린을 부축해 보트에 태웠다. 그녀는 선미에 앉아 망토를 여몄다.

"어디로 가는지 아십니까?"

"호수 위쪽으로요."

"얼마나 먼지는 아십니까?"

"루이노를 지나면 되겠죠."

"루이노, 칸네로, 카노비오, 트란차노도 지나야 합니다. 브리사고 전까지는 스위스가 아니에요. 몬테타마라도 지나야 하고요."

"몇시예요?" 캐서린이 물었다.

"열한시밖에 안 됐어." 내가 말했다.

"계속 노를 저으면 아침 일곱시에는 도착할 겁니다."

"그렇게 멉니까?"

"35킬로미터입니다."

"어떻게 가죠? 이런 빗속에서는 나침반이 필요할 텐데."

"필요 없어요. 먼저 이솔라벨라로 가십시오. 그리고 이솔라마드레*

---

* 이탈리아어로 '어머니의 섬'이라는 뜻.

반대쪽에서 바람을 타고 가세요. 그 바람이 팔란차까지 데려다줄 겁니다. 불빛이 보일 겁니다. 그러면 호수 위쪽으로 가세요."

"바람이 바뀔 수도 있잖아요."

"아니요," 그가 말했다. "이 바람은 앞으로 사흘 동안 이렇게 불 겁니다. 마타로네에서 곧장 불어오는 바람이거든요. 물을 퍼낼 깡통도 하나 있습니다."

"지금 얼마라도 보트 값을 치를게요."

"아니에요. 그냥 운에 맡겨볼 생각입니다. 빠져나가면 되는대로 많이 보내주십시오."

"알았어요."

"물에 빠지진 않을 겁니다."

"좋군요."

"바람을 타고 호수 위쪽으로 가십시오."

"알았어요." 나는 보트에 탔다.

"호텔에 숙박비는 두고 오셨죠?"

"네. 봉투에 넣어서 방에 뒀습니다."

"알겠습니다. 그럼 행운을 빕니다, *중위님*."

"잘 있어요. 정말 여러모로 고마워요."

"물에라도 빠지면 고맙지 않으실 텐데요."

"저 사람이 뭐라는 거예요?" 캐서린이 물었다.

"행운을 빌어줬어."

"행운을 빌게요," 캐서린이 말했다. "정말 고마워요."

"준비됐습니까?"

"네."

그는 허리를 굽혀 보트를 밀었다. 나는 물속 깊이 노를 눌러놓고, 한 손을 흔들어 인사했다. 바텐더가 그러지 말라는 듯이 손사래를 쳤다. 나는 호텔의 불빛을 보며 노를 젓기 시작했고, 불빛이 보이지 않을 때까지 앞으로 저었다. 물살이 꽤 거칠었지만 우리는 바람을 타고 나아갔다.

37

나는 얼굴에 바람을 맞으며 어둠 속에서 노를 저었다. 비는 그쳤지만 이따금 돌풍과 함께 쏟아지기도 했다. 사방이 칠흑 같았고, 바람은 차가웠다. 선미에 앉은 캐서린은 보였지만, 노 끝이 잠긴 수면은 보이지 않았다. 노는 길고, 미끄럼 방지용 가죽이 붙어 있지 않았다. 나는 노를 당기고, 쳐들고, 몸을 숙이고, 수면을 찾아 다시 집어넣고 당기면서 최대한 안정되게 저었다. 바람을 타고 가고 있었기 때문에 노깃을 수평으로 젖히지는 않았다. 젓다보면 손에 물집이 잡히겠지만 최대한 그 시간을 늦추고 싶었다. 보트가 가벼워 노젓기는 수월했다. 나는 어두운 수면 위로 노를 저어 나갔다. 앞이 보이지는 않았지만, 곧 팔란차가 보일 거라 기대했다.

우리는 팔란차를 보지 못했다. 바람이 호수 위쪽으로 불어 어둠 속에서 팔란차를 가리고 있던 곶을 지나치는 바람에 불빛을 보지 못했다. 마침내 호수 훨씬 위쪽에서 약간의 불빛이 보여 기슭 가까이로 가

보니 그곳은 인트라였다. 우리는 오랫동안 불빛 한 점 보지 못하고 호수 기슭도 보지 못한 채 그저 어둠 속에서 물결을 타고 계속 나아갔다. 가끔 물결이 보트를 솟구쳐 올리면 어둠 속에서 노 끝이 수면 위로 들리기도 했다. 물결은 꽤 거칠었지만 나는 계속 노를 저었고, 갑자기 보트가 기슭 가까이로 밀려가 바로 옆에 솟은 바위와 부딪칠 뻔했다. 물결이 그 바위에 부딪쳐 높이 솟구쳤다가 다시 떨어졌다. 나는 오른쪽 노를 힘껏 잡아당기고 왼쪽 노를 반대로 저으며 다시 호수 안쪽으로 나왔다. 삐죽 솟은 바위는 이제 보이지 않았다. 우리는 호수 위쪽으로 나아갔다.

"우리는 호수를 가로지르고 있어." 나는 캐서린에게 말했다.

"팔란차가 보일 거라고 하지 않았어요?"

"지나쳤어."

"괜찮아요, 달링?"

"괜찮아."

"나도 잠깐은 저을 수 있어요."

"아니야, 괜찮아."

"가여운 퍼거슨," 캐서린이 말했다. "아침에 호텔에 왔다가 우리가 사라진 걸 알게 되겠네요."

"그건 걱정할 일도 아니야," 내가 말했다. "날이 밝기 전에 세관 경비병에게 들키지 않고 스위스령으로 넘어갈 수 있느냐가 문제지."

"아직도 멀었어요?"

"30킬로미터쯤 남았어."

나는 밤새 노를 저었다. 결국 손바닥이 너무 쓰라려 노를 쥐기도 힘들 정도가 되었다. 보트가 기슭에 부딪칠 뻔한 것도 여러 번이었다. 호수에서 방향을 잃고 시간을 낭비할까봐 기슭 가까이로 붙어서 움직였기 때문이다. 때로는 기슭과 너무 가까워서 산을 등지고 호숫가에 늘어선 나무들과 도로까지 보였다. 비가 그치고 바람이 구름을 몰고 가자 달빛이 비쳤고 뒤돌아보니 길고 어두운 카스타놀라곶과 흰 물결이 이는 호수면, 그 너머 눈 덮인 높은 산에 걸린 달이 보였다. 곧 구름이 다시 달을 가리면서 산도 호수도 보이지 않았지만 전보다는 훨씬 밝아 호수 기슭이 보였다. 너무 뚜렷이 보였기 때문에 팔란차 도로에 혹시 나와 있을지 모르는 세관 경비병의 눈에 띄지 않도록 호수 안쪽으로 이동했다. 달이 다시 나오자 산비탈로 이어지는 호숫가의 하얀 빌라들과 나무들 사이로 흰 도로가 보였다. 나는 쉬지 않고 노를 저었다.

호수가 넓어지면서 건너편 산기슭에 불빛들이 보였는데 루이노일 것 같았다. 건너편 산과 산 사이에 있는 쐐기 모양의 협곡을 보니 루이노가 확실했다. 그렇다면 시간을 꽤 번 셈이었다. 나는 노를 끌어올리고 그대로 드러누웠다. 노를 젓느라 너무도, 너무도 피곤했다. 팔과 어깨와 등이 욱신거리고 손바닥이 쓰라렸다.

“우산을 펴고 있을게요.” 캐서린이 말했다. “바람을 받으며 나아갈 수 있을 거예요.”

“키를 잡을 수 있겠어?”

“할 수 있을 것 같아요.”

“노를 겨드랑이에 끼고 보트 옆으로 꼭 붙어서 키를 잡아봐. 우산은 내가 해볼게.” 나는 선미로 가서 그녀에게 노 잡는 법을 가르쳐주었다.

그러고는 수위가 준 커다란 우산을 들고 뱃머리를 향해 앉아 우산을 폈다. 달칵하며 우산이 펴졌다. 나는 우산 손잡이를 보트의 좌석에 고정하고 그 위에 두 다리를 쫙 벌리고 앉아 양끝을 붙잡았다. 우산에 바람이 가득 불어들자 보트가 휙 앞으로 나아갔고 나는 온 힘을 다해 양끝을 붙잡았다. 세차게 밀렸다. 보트는 빠르게 나아갔다.

"멋지게 가고 있어요." 캐서린이 말했다. 내 눈에 보이는 것은 우산살뿐이었다. 우산이 팽팽해지면서 마치 우리가 우산을 타고 달리는 것 같았다. 우산을 붙잡고 두 다리로 버티고 있는데, 갑자기 우산이 뒤로 휘었다. 우산살 하나가 부러져 내 이마를 쳤고, 나는 바람에 휘는 우산 꼭대기를 잡으려 애썼지만 전체가 뒤틀리며 거꾸로 뒤집혀버렸다. 바람을 가득 받아 팽팽하게 당겨진 돛을 붙잡고 있는 것 같았는데 뒤집히고 찢어진 우산 손잡이에 걸터앉은 꼴이 되었다. 나는 좌석에 고정했던 손잡이를 빼 우산을 뱃머리에 놓은 뒤 노를 잡으러 캐서린에게 갔다. 그녀는 웃고 있었다. 내 손을 잡고 계속 웃었다.

"왜 그러지?" 나는 노를 잡았다.

"우산을 붙잡은 모습이 너무 웃겼어요."

"그랬나."

"화내지 말아요, 달링. 정말 웃겼거든요. 당신 몸이 20피트는 되어 보이는데다 우산 양끝을 붙잡고 있는 모습이 너무 사랑스러워서—" 그녀는 웃느라 목이 메었다.

"노를 저을게."

"좀 쉬며 한잔해요. 멋진 밤이고 우리는 멀리 왔잖아요."

"보트가 물결의 골에 빠지지 않도록 해야 해."

"마실 걸 줄게요. 그리고 조금만 쉬어요, 달링."

나는 노를 세웠고 보트는 그런 채 나아갔다. 캐서린이 가방을 열었다. 브랜디병을 꺼내 건네줬다. 나는 주머니칼로 코르크를 빼내고 한 모금 길게 들이켰다. 부드럽고 독한 것이 들어가자 온몸이 따뜻해지면서 기분이 좋아졌다. "좋은 브랜디군." 내가 말했다. 달은 다시 구름에 가려졌지만 기슭은 보였다. 또다른 곶이 호수 안쪽으로 기다랗게 뻗어 있는 것 같았다.

"춥지 않아, 캣?"

"아주 기분좋아요. 몸이 좀 뻐근하긴 하지만."

"거기 물을 퍼내면 발을 내려놓을 수 있을 거야."

그러고는 노걸이가 삐걱거리는 소리와 깡통으로 물을 퍼내느라 선미 좌석 아래를 긁는 소리를 들으며 다시 노를 저었다.

"깡통 좀 줄래?" 내가 말했다. "물을 마시고 싶어."

"너무 더러워요."

"괜찮아. 헹굴게."

캐서린이 배 옆으로 깡통을 내밀어 헹구는 소리가 들렸다. 그러고는 물을 가득 떠서 내게 건네주었다. 나는 브랜디를 마셔서 목이 말랐고 물은 얼음처럼 너무 차가워서 이가 시렸다. 나는 기슭 쪽을 바라보았다. 우리는 기다란 곶에 좀더 가까워져 있었다. 앞쪽의 만에 불빛이 보였다.

"고마워." 나는 깡통을 돌려주었다.

"천만에요," 캐서린이 말했다. "원한다면 물은 얼마든지 있어요."

"뭐 좀 먹고 싶지 않아?"

"아니요. 조금 있으면 배가 고파지겠죠. 그때까지는 남겨둬요."

"알았어."

앞쪽에 곶처럼 보였던 것은 길게 뻗은 높은 육지였다. 나는 그곳을 통과하기 위해 호수 안쪽으로 나아갔다. 호수의 폭이 훨씬 좁아져 있었다. 달이 다시 나왔고 만약 *세관 경비병*이 있었다면 물위에 검게 떠 있는 우리 보트를 봤을 수도 있었다.

"괜찮아, 캣?" 내가 물었다.

"괜찮아요. 우리 어디쯤 왔어요?"

"앞으로 8마일 이상은 아닐 거야."

"아직 한참 더 저어야겠네, 불쌍한 내 사랑. 죽을 지경이죠?"

"아니야. 괜찮아. 손이 아플 뿐이야."

우리는 호수 위쪽으로 계속 나아갔다. 오른쪽 기슭 산들 사이에 해안선이 낮고 평평한 지대가 있었는데 카노비오가 분명했다. 나는 계속 기슭에서 멀찍이 떨어져서 갔다. 여기서부터 *경비병*을 만날 위험이 높기 때문이었다. 멀리 앞쪽 기슭에는 둥근 지붕을 얹어놓은 듯한 높은 산이 있었다. 피곤했다. 노를 저어 가기에 먼 거리는 아니지만 몸이 지쳐 있어 아주 멀게 느껴졌다. 스위스령으로 들어가려면 저 산을 지나고도 적어도 5마일은 더 가야 했다. 달이 완전히 지기 전에 또한번 구름에 가려지며 사방이 아주 캄캄해졌다. 나는 호수 안쪽으로 노를 저어 갔고, 바람이 노깃을 때리도록 노를 붙든 채 잠시 쉬었다.

"내가 좀 저어볼게요." 캐서린이 말했다.

"그러지 않아도 돼."

"그런 소리 말아요. 나한테도 그게 좋을 거야. 그래야 몸이 좀 풀릴 것 같아요."

"안 하는 게 좋겠어, 캣."

"그런 소리 말라니까요. 적당한 노젓기는 임산부에게 아주 좋다고요."

"알았어. 그럼 적당히 조금만 저어봐. 내가 뒤쪽으로 갈 테니까 당신이 이쪽으로 와. 양쪽 뱃전을 잘 잡고 와야 해."

나는 외투를 입고 옷깃을 세운 채 선미에 앉아 노를 젓는 캐서린을 바라보았다. 아주 잘 저었지만 그녀에게는 노가 너무 길어 걸리적거렸다. 나는 가방에서 샌드위치를 두 조각 꺼내 먹고 브랜디를 한 모금 마셨다. 그러자 기분이 훨씬 나아졌고 나는 또 한 모금 마셨다.

"피곤하면 얘기해," 내가 말했다. 그리고 조금 후에 덧붙였다. "노가 당신 배를 치지 않게 조심하고."

"만약 그렇게 된다면"—캐서린은 노를 젓는 사이사이에 말했다—"인생이 훨씬 단순해질 텐데."

나는 브랜디를 한 모금 더 마셨다.

"괜찮은 거야?"

"괜찮아요."

"그만하고 싶으면 얘기해."

"그럴게요."

나는 브랜디를 또 한 모금 마시고 나서 양쪽 뱃전을 붙잡고 앞으로 갔다.

"괜찮아요. 이렇게 잘 젓잖아."

"선미로 돌아가. 난 충분히 쉬었어."

브랜디 덕분인지 얼마 동안은 쉽고 꾸준히 노를 저을 수 있었다. 그러다 헛손질하기 시작하면서는 물결이 출썩이는 대로 내버려둘 수밖에 없었는데, 브랜디를 마신 직후에 너무 열심히 노를 저은 터라 불쾌한 신트림이 올라와 입안에 맴돌았다.

"물 좀 주겠어?" 내가 말했다.

"그거야 쉽죠." 캐서린이 말했다.

동이 트기 전 가랑비가 내리기 시작했다. 바람은 멈췄거나, 굽이진 호수를 둘러싼 산에 막혀 불지 않는 것 같았다. 날이 밝기 시작하자 나는 자세를 가다듬고 열심히 노를 저었다. 어디쯤 와 있는지 알 수 없었고 그저 얼른 스위스령 호수에 들어가고 싶은 마음뿐이었다. 날이 밝았을 즈음 우리는 호숫가에 아주 근접해 있었다. 바위투성이 기슭과 나무들이 보였다.

"저게 뭘까요?" 캐서린이 물었다. 나는 노젓기를 멈추고 귀를 기울였다. 통통거리며 호수 위를 달리는 모터보트였다. 나는 호수 기슭에 보트를 바짝 대고 가만히 있었다. 통통거리는 소리가 점점 더 가까워졌다. 조금 뒤쪽에서 모터보트 한 대가 빗속에 나타났다. 선미에 *산악병* 모자를 눌러쓰고 망토 깃을 세우고 카빈총을 등에 엇갈리게 맨 *세관 경비병* 넷이 타고 있었다. 너무 이른 아침이라 모두 졸린 얼굴이었다. 모자와 망토 깃에 있는 노란색 마크가 보였다. 모터보트는 통통거리며 그대로 빗속으로 사라졌다.

나는 다시 호수 안쪽으로 보트를 저어 갔다. 우리가 국경에 가까이 온 거라면 여기까지 와서 도로에 있는 경비병에게 제지를 받고 싶지 않았다. 나는 기슭이 보일 정도로만 거리를 유지하며 빗속에서 사십오 분 동안 노를 저었다. 또다시 모터보트 소리가 들리자 엔진 소리가 호수를 가로질러 사라질 때까지 가만히 있었다.

"스위스에 들어온 것 같은데, 캣." 내가 말했다.

"정말?"

"스위스 군대를 봐야 확신할 수 있겠지만."

"아니면 스위스 해군이거나요."

"스위스 해군이라면 웃을 일이 아니야. 아까 모터보트는 스위스 해군 건지도 몰라."

"스위스에 온 거라면 우리 푸짐하게 아침을 먹어요. 스위스에는 맛있는 롤빵과 버터와 잼이 있으니까."

날은 환히 밝았고 가랑비가 내렸다. 바람은 여전히 호수 위쪽으로 불어 흰 물결이 우리 배에서 호수 위쪽으로 밀려가는 것이 보였다. 스위스로 들어온 것이 틀림없었다. 호숫가 나무들 뒤쪽으로 집이 많았고, 조금 올라간 곳에 돌로 지은 집들, 언덕 위에 빌라들, 교회가 있는 마을이 보였다. 호수를 둘러싸고 이어지는 도로에 경비병이 있는지 살펴보았지만 아무도 없었다. 도로는 이제 호수와 아주 가까워 도로변 카페를 나서는 병사가 보일 정도였다. 그는 회녹색 군복에 독일군 철모 비슷한 것을 쓰고 있었다. 건강해 보이는 얼굴에 콧수염은 칫솔처럼 빳빳했다. 그가 우리를 봤다.

"손을 흔들어." 나는 캐서린에게 말했다. 그녀가 손을 흔들자 병사도 어색한 미소를 지으며 손을 흔들었다. 나는 노 젓는 속도를 늦췄다. 우리는 마을 앞 호숫가를 지나고 있었다.

"국경에서 한참 들어온 게 분명해." 내가 말했다.

"확실히 확인하는 게 좋겠어요, 달링. 국경에서 쫓겨나 돌아가고 싶진 않아."

"국경은 훨씬 뒤쪽에 있어. 여기는 세관 도시 같아. 브리사고일 거야."

"여긴 이탈리아인이 없을까? 세관 도시에는 늘 양국 사람들이 다 있잖아요."

"전쟁중에는 그렇지 않아. 이탈리아인들이 국경 넘는 걸 허락하지 않을 테니까."

작고 예쁜 소도시였다. 선착장에 어선이 많았고 선반에 어망들이 걸려 있었다. 11월의 가랑비가 내리고 있었지만 도시는 빗속에서도 활기차고 깨끗했다.

"그럼 내려서 아침을 먹을까?"

"그래요."

나는 왼쪽 노를 힘껏 저어 기슭으로 다가갔고, 선착장 바로 앞에서 노를 수평으로 들고 보트를 댔다. 그러고는 노를 보트 위로 끌어올린 뒤 쇠고리를 붙잡고 젖은 돌 위로 올라서서 스위스로 들어갔다. 나는 보트를 묶고 캐서린에게 손을 내밀었다.

"올라와, 캣. 기분이 상쾌해."

"가방은 어떻게 해요?"

"보트에 놔둬."

캐서린이 올라왔고 우리는 함께 스위스 땅에 서 있었다.

"정말 아름다운 나라예요." 그녀가 말했다.

"멋지지?"

"가서 아침을 먹어요!"

"정말 멋진 나라지? 신발에 밟히는 땅의 느낌도 좋고."

"몸이 너무 뻐근해서 나는 잘 못 느끼겠어. 하지만 멋진 나라 같아요. 달링, 우리가 그 진저리나는 곳에서 빠져나와 여기 있다는 게 실감나요?"

"그래. 정말 실감나. 전에 한 번도 느껴본 적 없는 기분이야."

"저기 집들을 봐요. 이 광장도 멋지죠? 저기 아침 먹을 수 있는 데가 있네."

"비도 멋지지 않아? 이탈리아에는 절대 이런 비가 안 내리지. 상쾌한 비야."

"그리고 우리가 여기 있고요, 달링! 우리가 여기 와 있다는 게 믿어져요?"

우리는 카페에 들어가 깨끗한 나무 테이블에 앉았다. 우리는 취한 것처럼 흥분해 있었다. 앞치마를 두른 깔끔하고 멋진 여자가 주문을 받으러 왔다.

"롤빵이랑 잼, 커피를 주세요." 캐서린이 말했다.

"죄송하지만, 전쟁중이라 롤빵은 없어요."

"그럼 그냥 빵을 주세요."

"토스트는 해드릴 수 있어요."

"좋아요."

"달걀프라이도 먹고 싶어요."

"남자분에게는 몇 개 해드릴까요?"

"세 개요."

"네 개 해요, 달링."

"네 개 주십시오."

여자가 돌아갔다. 나는 캐서린에게 키스하고 손을 꼭 잡았다. 우리는 서로를 바라보다가 카페 안을 둘러보았다.

"달링, 달링, 여기 정말 멋지죠?"

"훌륭해." 내가 말했다.

"롤빵이 없어도 괜찮아요," 캐서린이 말했다. "밤새 롤빵 생각을 했지만. 그래도 괜찮아. 전혀 상관없어요."

"우리는 곧 체포될 거야."

"걱정 말아요, 달링. 우선 아침부터 먹어요. 아침을 먹은 뒤라면 체포돼도 괜찮아요. 게다가 여기선 우리를 어쩌지 못할 거예요. 우리는 엄연한 영국 시민, 미국 시민이니까."

"여권은 가지고 있지?"

"물론이죠. 아, 그런 얘긴 그만해요. 그냥 즐겨요."

"이보다 더 즐거울 순 없을걸." 내가 말했다. 꼬리를 깃털처럼 세운 뚱뚱한 회색 고양이가 바닥을 가로질러 다가오더니 내 다리를 감고 비비며 가르랑거렸다. 나는 손을 뻗어 고양이를 쓰다듬었다. 캐서린은 아주 행복한 얼굴로 나를 보며 미소지었다. "커피가 나오네요." 그녀가 말했다.

아침식사 후 우리는 체포됐다. 우리는 잠시 마을을 산책하고 가방을 가지러 선착장에 내려갔다. 한 병사가 보트 앞에서 지키고 있었다.

"당신 보트입니까?"

"그렇습니다."

"어디서 왔습니까?"

"호수 저쪽에서 왔습니다."

"함께 가주셔야겠습니다."

"가방은 어떡하죠?"

"가지고 가도 좋습니다."

나는 가방을 들고 캐서린과 나란히 걷고 병사는 뒤에서 따라오다가 우리를 낡은 세관 건물로 이끌었다. 세관에서는 깡마르고 군인답게 생긴 중위가 우리를 심문했다.

"국적이 어디입니까?"

"미국과 영국입니다."

"여권을 보여주십시오."

나는 내 여권을 건넸고 캐서린도 핸드백에서 여권을 꺼냈다.

그는 한참 동안 두 여권을 조사했다.

"왜 보트를 타고 스위스에 입국했습니까?"

"나는 스포츠맨입니다," 내가 말했다. "노젓기는 내가 아주 좋아하는 운동이죠. 기회가 있을 때마다 노를 젓습니다."

"여긴 무슨 일로 왔습니까?"

"겨울 스포츠를 하려고요. 우리는 관광객이고 겨울 스포츠를 즐기러 왔습니다."

"여긴 겨울 스포츠를 할 만한 곳이 아닌데요."

"압니다. 겨울 스포츠를 할 수 있는 곳으로 가려고 해요."

"이탈리아에서는 무슨 일을 했습니까?"

"건축 공부를 했습니다. 내 사촌누이는 미술을 공부했고요."

"왜 그곳을 떠났습니까?"

"겨울 스포츠를 하고 싶어서요. 전쟁중이라 건축 공부를 계속할 수 없었습니다."

"여기서 기다리십시오." 중위가 말했다. 그는 우리 여권을 가지고 건물 안으로 들어갔다.

"잘했어요, 달링," 캐서린이 말했다. "계속 그렇게 밀고 나가요. 겨울 스포츠를 하러 왔다고."

"당신 미술에 대해 좀 알아?"

"루벤스." 캐서린이 말했다.

"크고 뚱뚱하지*." 내가 말했다.

"티치아노." 캐서린이 말했다.

"티치아노풍 머리**." 내가 말했다. "만테냐는?"

"어려운 화가는 묻지 말아요," 캐서린이 말했다. "알긴 하지만—너무 비통해요."

"너무 비통하지," 내가 말했다. "온통 못자국이니까***."

"나는 정말 괜찮은 아내가 될 거예요," 캐서린이 말했다. "당신 고객들과 그림 이야기도 할 수 있는."

"오고 있어." 내가 말했다. 깡마른 중위가 우리 여권을 들고 세관 복도를 걸어오고 있었다.

"두 분은 로카르노로 이송될 겁니다," 그가 말했다. "마차를 잡으면

---

* 육체를 과장되고 풍만하게 그리는 화풍을 말함.

** 적갈색 머리를 말함.

*** 〈죽은 그리스도〉 등 주로 종교화를 그렸다.

병사 한 명이 동행할 겁니다."

"알겠습니다." 내가 말했다. "보트는 어떡하죠?"

"보트는 압수합니다. 가방에는 뭐가 들었죠?"

그가 가방 두 개를 샅샅이 뒤져 1쿼트짜리 브랜디병을 꺼냈다. "함께 마실까요?" 내가 물었다.

"괜찮습니다." 그가 허리를 폈다. "돈은 얼마나 있습니까?"

"2천 500리라 있습니다."

이 대답에 그는 호감을 느낀 듯했다. "사촌동생은 얼마 가지고 있습니까?"

캐서린이 가진 돈은 1천 200리라가 조금 넘었다. 중위는 만족스러운 듯했다. 고압적이던 태도가 누그러졌다.

"겨울 스포츠를 하기에는," 그가 말했다. "벵겐이 좋습니다. 벵겐에 우리 아버지가 운영하시는 아주 좋은 호텔이 있습니다. 언제나 문을 엽니다."

"잘됐군요." 내가 말했다. "이름을 알려주시겠습니까?"

"명함에 적어드리죠." 그는 아주 정중하게 명함을 건넸다.

"이 병사가 당신들과 로카르노까지 갈 겁니다. 여권은 병사가 보관합니다. 죄송하지만 그래야 합니다. 로카르노에서 분명 비자나 경찰의 허가증이 나올 겁니다."

그는 우리 여권을 병사에게 건넸고 우리는 가방을 들고 마차를 잡으러 마을로 나갔다. "이봐." 중위가 병사를 불렀다. 그는 독일어 사투리로 뭐라고 말했다. 병사는 소총을 등에 메더니 우리 가방을 들어주었다.

"훌륭한 나라야." 내가 캐서린에게 말했다.

"아주 실리적인데요."

"정말 고맙습니다." 나는 중위에게 말했다. 그는 손을 내저었다.

"공무입니다!" 그가 말했다. 우리는 경비병을 따라 마을로 갔다.

우리는 로카르노로 출발했고 병사는 마부와 함께 앞좌석에 앉아서 갔다. 로카르노에서도 불쾌한 일은 없었다. 심문을 받았지만 여권과 돈을 가지고 있었기 때문에 모두 우리를 정중하게 대했다. 나는 그들이 내 이야기를 한마디도 믿지 않는다는 것을 알았고 스스로 생각해도 말도 안 되는 소리였지만 그건 이를테면 법정 같았다. 말이 되는 소리를 원하는 게 아니라 형식적으로 아무 말이라도 하고 설명이든 뭐든 그냥 그대로 밀어붙이는 것이다. 우리에게는 여권이 있었고 돈도 있었다. 결국 그들은 우리에게 임시비자를 내주었다.

이 비자는 언제든지 취소될 수 있었다. 그리고 우리는 어디에 가든 경찰에게 신고해야 했다.

가고 싶은 데는 어디든 갈 수 있다고요? 그렇습니다. 어디로 가면 좋을까요?

"어디 가고 싶어, 캣?"

"몽트뢰*요."

"아주 좋은 곳이죠," 담당 공무원이 말했다. "마음에 드실 겁니다."

"여기 로카르노도 정말 좋은 곳이죠," 다른 공무원이 말했다. "분명 아주 좋아하게 되실 겁니다. 아주 매력적인 곳이니까요."

"우리는 겨울 스포츠를 할 수 있는 곳에 가고 싶습니다."

* 스위스 서부 레만호 인근의 휴양 도시.

"몽트뢰에서는 겨울 스포츠를 할 수 없는데요."

"미안한데 뭐라는 건가," 첫번째 공무원이 말했다. "내가 몽트뢰 출신이야. 몽트뢰 오베를랑 베르누아 철도 인근에 겨울 스포츠를 즐길 만한 곳이 있어. 그걸 부정하는 건 잘못이지."

"부정하는 게 아니야. 몽트뢰에서 겨울 스포츠를 할 수 없다고 말한 거지."

"이의 있네," 첫번째 공무원이 말했다. "그 주장에 이의를 제기한다고."

"나는 내 주장을 고수하겠네."

"나는 이의를 제기하네. 나는 루지*를 타고 몽트뢰 거리를 활주한 적도 있어. 그것도 한 번이 아니라 여러 번. 루지는 확실히 겨울 스포츠지."

다른 공무원이 나를 바라보며 말했다.

"생각했던 겨울 스포츠가 루지입니까, 선생님? 여기 로카르노에서도 아주 편안한 시간을 보낼 수 있을 겁니다. 기후도 건강에 좋고 환경도 매력적이란 걸 알게 되실 겁니다."

"이분은 몽트뢰에 가고 싶다고 했어."

"루지-타기가 뭡니까?" 내가 물었다.

"거봐. 이분은 아직 루지에 대해 들어본 적도 없어!"

두번째 공무원이 유리해졌다. 그는 기뻐했다.

"루지-타기란," 첫번째 공무원이 말했다. "터보건 썰매를 타는 겁니다."

---

* 소형 경주 썰매.

"아니야," 다른 공무원이 고개를 저었다. "이번에도 의견이 다르군. 터보건과 루지는 아주 다른 거라고. 터보건은 캐나다에서 편평한 판자로 만드는 썰매고, 루지는 보통 썰매에 활주 날을 단 거야. 정확한 게 중요하지."

"터보건은 탈 수 없습니까?" 나는 물었다.

"물론 탈 수 있습니다," 첫번째 공무원이 말했다. "얼마든지 탈 수 있죠. 몽트뢰에서 캐나다제 고급 터보건을 팔거든요. 옥스브라더스에서 판매합니다. 직접 수입하고 있죠."

두번째 공무원이 우리 쪽으로 돌아섰다. "터보건은," 그가 말했다. "별도의 활강 코스에서 타야 합니다. 몽트뢰 거리에서 탈 순 없어요. 여기서는 어디에 묵으십니까?"

"아직 모르겠습니다," 내가 말했다. "방금 브리사고에서 왔거든요. 밖에 마차가 있습니다."

"몽트뢰에 가면 실망하지 않을 겁니다," 첫번째 공무원이 말했다. "쾌적한 기후에 아름다운 곳이죠. 멀리 가지 않아도 겨울 스포츠를 즐길 수 있고요."

"정말로 겨울 스포츠를 즐기고 싶다면," 두번째 공무원이 말했다. "엥가딘이나 뮈렌으로 가십시오. 겨울 스포츠를 위해 몽트뢰로 가는 건 전적으로 반대입니다."

"몽트뢰 위쪽에 있는 레자방에 가면 모든 겨울 스포츠를 즐길 수 있습니다." 몽트뢰 옹호자가 동료에게 눈을 흘겼다.

"여러분," 내가 말했다. "우리는 이제 가봐야겠습니다. 사촌누이가 몹시 피곤해해서요. 일단은 몽트뢰로 가보겠습니다."

"축하합니다." 첫번째 공무원이 내 손을 잡고 흔들었다.

"로카르노를 떠나면 후회할 텐데요," 두번째 공무원이 말했다. "몽트뢰에 가면 경찰에 신고부터 해야 합니다."

"경찰에 신고해도 불쾌한 일은 없을 겁니다," 첫번째 공무원이 장담했다. "그곳 사람들이 아주 친절하고 따뜻하다는 걸 곧 알게 되실 겁니다."

"두 분 모두 정말 고맙습니다," 내가 말했다. "조언도 무척 고맙고요."

"안녕히 계세요," 캐서린이 말했다. "두 분 모두 정말 고맙습니다."

두 사람 모두 문가까지 나와 인사했지만 로카르노 옹호자는 조금 차가웠다. 우리는 계단을 내려가 마차에 올랐다.

"세상에, 달링," 캐서린이 말했다. "좀더 빨리 나올 순 없었나요?" 나는 두 공무원 중 하나가 추천한 호텔 이름을 마부에게 댔다. 그는 고삐를 잡았다.

"저 병사를 잊고 있었네요." 캐서린이 말했다. 병사는 마차 옆에 서 있었다. 나는 그에게 10리라짜리 지폐 한 장을 주었다. "아직 스위스 돈이 없어서요." 내가 말했다. 그는 고맙다고 인사하고 거수경례를 한 뒤 떠났다. 마차는 호텔을 향해 출발했다.

"당신은 어떻게 몽트뢰를 생각해낸 거야?" 나는 캐서린에게 물었다. "정말 거기 가고 싶어?"

"그냥 가장 먼저 떠올랐어요," 그녀가 말했다. "나쁘지 않은 데죠. 산 위에서 좋은 곳을 찾을 수 있을 거예요."

"당신 졸려?"

"지금도 자고 있어요."

"곧 편하게 잘 수 있어. 가여운 캣, 당신에게 너무 길고 힘든 밤이었어."

"재미있었어요," 캐서린이 말했다. "특히 당신이 우산 돛을 올렸을 때."

"우리가 지금 스위스에 있다는 게 실감나?"

"아니, 잠에서 깨면 꿈일까봐 두려워요."

"나도 그래."

"현실 맞죠, 달링? 당신을 돌려보내려고 밀라노에 있는 역으로 가고 있는 거 아니겠죠?"

"나도 아니면 좋겠어."

"그렇게 말하지 말아요. 무섭다고요. 정말 거기로 가고 있을지도 모르잖아요."

"너무 피곤해서 뭐가 어떻게 되고 있는지 하나도 모르겠어." 내가 말했다.

"손 좀 봐요."

나는 손을 내밀었다. 양손 다 물집이 잡히고 부르터 쓰라렸다.

"옆구리에 못구멍은 없어." 내가 말했다.

"벌받을 소리 하지 말아요."

나는 너무 피곤해서 머리가 멍했다. 흥분감은 모두 사라졌다. 마차는 거리를 달려갔다.

"이 손을 어떡해." 캐서린이 말했다.

"만지지 마," 내가 말했다. "젠장 여기가 어딘지 모르겠군. 이봐요, 지금 어디로 가고 있습니까?" 마부가 마차를 세웠다.

"메트로폴호텔이죠. 거기 가시는 거 아닙니까?"

"맞습니다," 내가 말했다. "우리는 괜찮아, 캣."

"그래요, 달링. 당황하지 말아요. 푹 자고 나면 내일은 정신이 맑아질 거야."

"정말 머리가 멍해," 내가 말했다. "코미디오페라 같은 하루였어. 배가 고파서 그런가."

"피곤해서 그럴 거예요, 달링. 괜찮아질 거야."

마차가 호텔 앞에 멈췄다. 누군가 우리 가방을 들어주러 나왔다.

"이제 기분이 나아졌어." 내가 말했다. 우리는 호텔 앞 보도에 내려섰다.

"당연히 괜찮아질 거예요. 당신은 그냥 피곤한 것뿐이에요. 오랫동안 잠을 못 자서."

"어쨌든 우리는 여기에 있어."

"응, 정말 여기 있어요."

우리는 가방을 든 보이를 뒤따라 호텔로 들어갔다.

5부

38

그해 가을은 첫눈이 무척 늦었다. 우리는 소나무숲에 둘러싸인 산등성이에 있는 갈색 목조 주택에서 살았는데 밤이면 서리가 내려 아침에 일어나 보면 서랍장 위에 놓아둔 두 개의 물그릇에 살얼음이 끼어 있었다. 구팅겐 부인은 아침 일찍 방에 들어와 창문을 닫고 높다란 도기 난로에 불을 지펴주었다. 소나무 장작이 탁탁 소리를 내며 불꽃을 튀기면 난로에 이내 불이 타올랐고 부인은 불을 땔 장작 한아름과 더운 물 주전자를 가지고 다시 들어왔다. 그리고 방이 따뜻해지면 아침식사를 가져다주었다. 우리는 호수와 그 너머 프랑스 쪽 산들을 바라보며 침대에 앉아 아침을 먹었다. 산꼭대기에는 눈이 덮여 있고 호수는 강철 같은 잿빛을 띠었다.

샬레 앞에는 산으로 이어지는 도로가 있었다. 바큇자국과 산등성이는 서리에 무쇠처럼 단단히 얼어붙고, 도로는 숲을 통과해 계속 오르막으로 산을 돌듯 목장까지 이어지고, 숲 가장자리에 있는 헛간과 오두막에서는 계곡이 건너다보였다. 계곡은 깊었고 그 아래 시냇물은 호수로 흘러내려갔다. 바람이 계곡 너머에서 불어오면 바위에 부딪치는 물소리가 들렸다.

가끔 우리는 이 도로를 벗어나 소나무숲 사잇길을 걸었다. 숲 바닥은 부드러워 걷기 좋았다. 서리가 내려도 도로처럼 꽁꽁 얼어 딱딱해지지 않았다. 하기야 도로가 얼어붙어도 부츠의 밑창과 뒤축에 징이 박혀 있어 얼어붙은 바퀴자국에도 잘 박혔기 때문에 신경쓰지 않아도 됐고 징 박힌 부츠를 신고 도로를 걸으면 기분도 좋았다. 하지만 걷기에 즐거운 곳은 숲속이었다.

우리가 사는 집 앞에서 산은 호수 옆 작은 들판까지 가파른 경사를 이루며 내려가서 볕이 잘 드는 포치에 앉아 있으면 산중턱으로 내려오는 구불구불한 길과 그 아래 산기슭 쪽에 돌담으로 구획해놓은 계단식 포도밭들과 겨울이라서 말라죽은 덩굴들, 그리고 그 포도밭 아래로 호숫가 좁은 들판을 따라 늘어선 마을의 집들이 보였다. 호수에는 마치 어선의 쌍돛처럼 나무 두 그루가 솟은 섬이 있었다. 호수 건너편 산들은 험준하고 가팔랐고 호수 끝자락에 있는 두 산맥 사이로 론계곡의 들판이 펼쳐졌으며 산맥에 가려져 있지만 계곡 저 위쪽에는 당뒤미디산이 있었다. 눈 덮인 높은 산이 계곡을 압도하듯 우뚝 솟아 있지만, 너무 멀리 떨어져 있어 그림자는 드리우지 않았다.

볕이 좋을 때는 포치에서 점심을 먹었지만 보통은 수수한 나무 벽과 구석에 커다란 난로가 있는 위층의 작은 방에서 먹었다. 우리는 마을에서 책과 잡지를 샀고 '호일*'의 책도 사다가 둘이서 하는 다양한 카드게임을 익히기도 했다. 난로가 있는 작은 방이 우리의 거실이었다. 안락의자 두 개와 책과 잡지를 올려둔 테이블이 있고 우리는 식사한 것이 치워지면 이 테이블에서 카드게임을 했다. 밤이면 아래층에 사는 구팅겐 부부가 나누는 이야기 소리가 들렸는데 그들 역시 아주 행복했다. 구팅겐 부부는 같은 호텔에서 각각 수석 웨이터와 종업원으로 일하며 돈을 모아 이 집을 샀다. 하나 있는 아들도 수석 웨이터가 되기 위해 일을 배우고 있었다. 그는 취리히의 호텔에 있었다. 아래층에는 와인과 맥주를 파는 응접실이 있어 이따금 저녁에 사람들이 짐마차를 세워놓고 와인을 마시러 계단을 올라오는 소리가 들렸다.

나는 복도에 있는 장작 상자에서 장작을 가져다 불을 계속 지폈다. 하지만 밤늦게까지 있지는 않았다. 우리는 커다란 침실에 들어가 어둠 속에서 잠자리에 들었는데, 나는 옷을 벗은 뒤 창문을 열고 밤하늘과 차가운 별과 창 밑 소나무들을 보다가 재빨리 침대로 들어갔다. 차갑고 맑은 공기와 창밖의 밤에 둘러싸여 침대에 누워 있으면 기분이 무척 좋았다. 우리는 깊은 잠을 잤고 밤중에 깨는 이유는 한 가지뿐이었는데, 그럴 때면 나는 캐서린이 깨지 않도록 깃털이불을 가만히 들추고 들어가 얇은 이불의 가벼움을 새삼 음미하며 따뜻하게 다시 잠이 들었다. 전쟁은 다른 대학에서 벌어지는 축구경기처럼 아득히 멀게 느껴졌다. 하지만 아직 눈이 내리지 않았기 때문에 산악 지대에서는 여전히 전투가 계속되고 있다는 것을 신문기사를 통해 알고 있었다.

* 에드먼드 호일(1672~1769). 카드게임의 방식과 규칙을 집대성한 책을 쓴 영국인.

가끔 우리는 산을 내려가 몽트뢰까지 갔다. 산속 오솔길이 있었지만 너무 가팔라서 보통은 도로를 이용했고 들판 사이 넓고 단단한 길을 걸어내려와 포도밭 돌담 사이를 통과하고 길가 양쪽에 늘어선 집들 사이로 내려가면 세 개의 마을이 있었다. 셰르네, 퐁타니방, 나머지 하나는 기억나지 않는다. 그리고 길을 내려가 계단식 포도밭이 있는 산 중턱의 튀어나온 암벽 위에 지어진 사각형의 오래된 석조 성을 지났는데, 막대기로 고정된 포도 줄기들은 갈색으로 바싹 말라 있고 땅은 눈을 받아들일 준비가 되어 있었으며 저 아래쪽 호수는 잔잔하고 강철 같은 잿빛을 띠었다. 길은 성 아래로 길게 이어지다가 오른쪽으로 구부러지고 그 길에서 무척 가파른 자갈길을 내려가면 몽트뢰였다.

몽트뢰에는 아는 사람이 하나도 없었다. 우리는 호숫가를 걸으며 백조들과 많은 갈매기와 사람이 다가가면 날아올라 호수를 내려다보며 끽끽거리는 제비갈매기들을 구경했다. 호수 가운데에서는 작고 거무스름한 논병아리떼가 물을 가르며 헤엄을 쳤다. 시내에서는 큰길을 걸으며 가게의 진열창을 구경했다. 큰 호텔들은 거의 문을 닫았지만 가게들은 대부분 열려 있었고 모두 우리를 무척 반겨주었다. 캐서린이 머리를 손질하러 다니는 괜찮은 미용실이 있었다. 아주 쾌활한 미용실 여주인이 몽트뢰에서 우리가 아는 유일한 사람이었다. 캐서린이 미용실에서 머리를 하는 동안 나는 맥줏집에서 뮌헨 흑맥주를 마시며 신문을 읽었다. 〈코리에레 델라 세라〉*와 파리에서 오는 영국 신문과 미

* 이탈리아 일간지.

국 신문을 읽었다. 적의 교신을 막기 위해서인지 광고면은 모두 검게 지워져 있었다. 신문을 읽으면 기분이 좋지 않았다. 곳곳의 상황이 심각했다. 나는 커다란 흑맥주잔을 앞에 놓고 구석 자리에 앉아 프레츨이 든 셀로판 포장지를 뜯어 맥주맛을 돋워주는 짭짤한 프레츨을 씹으며 비참한 전쟁 기사를 읽었다. 캐서린이 올 때가 된 것 같은데도 오지 않자, 신문을 신문걸이에 걸고 맥줏값을 내고는 그녀를 찾으러 거리로 나갔다. 춥고 어둡고 쓸쓸했고 건물의 돌까지 차가워 보였다. 캐서린은 아직 미용실에 있었다. 미용실 여자가 그녀의 머리를 말고 있었다. 나는 작은 미용실에 앉아 지켜보았다. 흥미로운 광경이었고, 캐서린이 미소지으며 말을 걸자 나는 흥분한 탓인지 목소리가 약간 갈라져 나왔다. 고데기는 짤각짤각 듣기 좋은 소리를 냈고 삼면경에 그녀의 모습이 비쳤으며 미용실 안은 편안하고 따뜻했다. 여자가 캐서린의 머리를 올리자, 캐서린은 거울을 보며 핀을 꽂기도 하고 빼기도 하면서 조금 손질을 하더니 자리에서 일어섰다. "오래 기다리게 해서 미안해요."

"*신사분*이 아주 재미있어하시던데요. 그랬죠, *선생님*?" 여자가 미소지었다.

"그랬죠." 내가 말했다.

우리는 밖으로 나와 거리를 걸었다. 춥고 쓸쓸하고 바람까지 불었다. "아, 달링, 정말 사랑해." 내가 말했다.

"정말 행복한 시간이죠?" 캐서린이 말했다. "있죠. 우리 어디 가서 차 대신 맥주를 마셔요. 꼬마 캐서린에게도 좋아요. 몸을 작게 유지해준다거든요."

"꼬마 캐서린," 내가 말했다. "게으름뱅이."

"아주 착한 꼬마예요." 캐서린이 말했다. "말썽도 안 부리고. 의사는 맥주가 내 몸에도 좋고 아이가 너무 커지지 않게 해준댔어요."

"작게 잘 유지했는데 사내아이라면 경마 기수가 되면 되겠네."

"아이가 태어나면 우리는 정말 결혼해야 해요." 캐서린이 말했다. 우리는 맥줏집에 들어가 구석 테이블에 자리잡았다. 바깥은 어두워지고 있었다. 시간은 아직 일렀지만 날이 흐려 땅거미가 일찍 내렸다.

"지금 결혼하자." 내가 말했다.

"싫어요," 캐서린이 말했다. "지금은 많이 창피해. 너무 티가 나잖아요. 이 꼴로 사람들 앞에서 결혼식을 올리고 싶진 않아요."

"진작 했으면 좋았을 텐데."

"그러게요. 그런데 언제 할 수 있을까요, 달링?"

"모르겠어."

"한 가지는 분명해요. 이렇게 굉장한 아줌마 모습으로는 절대 결혼식을 올리지 않을 거야."

"당신은 아줌마처럼 보이지 않아."

"아니, 그래요, 달링. 미용사가 첫째냐고 물었다고요. 그래서 아니라고, 아들 둘 딸 둘이 있다고 거짓말했어."

"언제 결혼할까?"

"다시 날씬해지면 언제든. 모두가 멋지고 젊은 커플이라고 생각할 근사한 결혼식을 하고 싶어요."

"당신은 걱정되지 않아?"

"왜 걱정을 해요, 달링? 내가 비참하다고 느꼈던 건 밀라노에서 매춘부가 된 기분이 들었을 때 딱 한 번이었는데 겨우 칠 분쯤 그 호텔방

가구 때문에 그랬던 거예요. 나는 좋은 아내죠?"

"사랑스러운 아내지."

"그럼 너무 형식적인 것에 구애받지 말아요, 달링. 다시 날씬해지면 곧바로 당신과 결혼할 테니까."

"좋아."

"맥주 한 잔 더 해도 괜찮겠죠? 의사는 내 골반이 좁은 편이라서 꼬마 캐서린을 작게 유지하는 게 좋댔어요."

"또 뭐라고 했는데?" 나는 걱정이 됐다.

"없어요. 혈압은 아주 좋대요, 달링. 아주 좋다고 칭찬해줬어요."

"골반이 좁은 것에 관해서는 무슨 말을 했어?"

"전혀. 아무것도요. 스키는 타면 안 된대요."

"당연하지."

"전에 스키를 타보지 않았다면 지금 배우기엔 너무 늦었대요. 넘어지지만 않는다면 타도 괜찮다나."

"친절한 재담꾼이네."

"정말 좋은 분이에요. 아이 낳을 때 그 의사를 불러야겠어요."

"그 의사에게 결혼해야 하는 건지 물어봤어?"

"아니요. 결혼한 지 사 년 됐다고 했어요. 있죠, 달링, 내가 당신과 결혼하면 나는 미국인이 되는 거고 미국 법에 따라 언제 결혼하든 태어난 아이는 법적 자녀로 인정돼요."

"그런 건 어떻게 알았어?"

"도서관에 있는 『뉴욕 세계연감』에서요."

"참 대단한 여자야."

"나는 아주 기꺼이 미국인이 될 거고 우린 함께 미국으로 가게 되겠죠, 달링? 나이아가라폭포가 보고 싶어."

"당신은 멋진 여자야."

"보고 싶은 게 또 있었는데 기억이 나질 않네."

"도축장?"

"아니요. 기억이 나질 않네."

"울워스빌딩*?"

"아니요."

"그랜드캐니언?"

"아니요. 하지만 그것도 보고 싶어요."

"그럼 뭐야?"

"금문교! 그게 보고 싶어요. 금문교는 어디 있죠?"

"샌프란시스코에."

"그럼 우리 거기로 가요. 샌프란시스코에도 가보고 싶어."

"좋아. 거기로 가자."

"이제 산에 올라가야죠. 갈까요? M.O.B.** 탈 수 있을까요?"

"다섯시 조금 넘어 출발하는 기차가 있어."

"그거 타요."

"그러지. 그전에 나는 맥주 한 잔 더 마실게."

밖으로 나와 거리를 걸어서 역으로 가는 계단을 올라가는데 날이 몹

---

* 1913년에 문을 연 57층짜리 백화점 건물. 1930년 크라이슬러빌딩 완공 전까지 세계에서 가장 높은 빌딩이었다.

** 몽트뢰 오베를랑 베르누아 철도의 약어.

시 추웠다. 차가운 바람이 론계곡에서 불어오고 있었다. 가게 진열창에 불이 밝혀져 있었고 우리는 가파른 돌계단을 올라 위쪽 거리로 가서 다시 다른 계단을 올라 역에 도착했다. 전동기차가 불을 환히 밝힌 채 기다리고 있었다. 출발 시각을 가리키는 문자반이 있었다. 바늘이 다섯시 십분을 가리키고 있었다. 나는 역의 시계를 보았다. 다섯시 오분이었다. 기차에 타자 운전사와 차장이 역 구내 와인 가게에서 나오는 것이 보였다. 우리는 자리에 앉아 창문을 열었다. 기차는 전기난방이 되고 있어 공기가 답답했는데 창으로 차갑고 신선한 바람이 불어들었다.

"피곤해, 캣?" 내가 물었다.

"아니. 기분이 아주 좋아요."

"오래 걸리지 않아."

"기차 타는 거 좋아하니까," 그녀가 말했다. "내 걱정 말아요, 달링. 기분좋아요."

눈은 크리스마스 사흘 전까지도 내리지 않았다. 그러다 어느 아침 눈을 떠보니 눈이 내리고 있었다. 우리는 난롯불이 활활 타오르는 침실 침대에 누워 내리는 눈을 바라보았다. 구팅겐 부인이 아침식사 쟁반을 치우고 난로에 장작을 더 넣어주었다. 세찬 눈보라였다. 부인은 눈이 자정쯤부터 내리기 시작했다고 말했다. 나는 창가로 다가가 밖을 보았지만 길 건너도 보이지 않았다. 바람과 눈이 사정없이 휘몰아치고 있었다. 나는 침대로 돌아와 캐서린 옆에 누워 이야기를 나누었다.

"스키 탈 줄 알면 좋을 텐데," 캐서린이 말했다. "스키도 못 타고 한

심해요."

"봅슬레이를 구해서 내려가볼까. 자동차보다 나을 거야."

"너무 덜컥대지 않을까?"

"타보면 알겠지."

"너무 덜컥대지 않으면 좋겠는데."

"이따가 눈길을 산책하자."

"점심 먹기 전이 좋겠어요," 캐서린이 말했다. "식욕이 돋게."

"나는 늘 배고픈데."

"나도 그래요."

우리는 눈 속으로 나갔지만 휘몰아치는 눈보라 때문에 멀리 가지는 못했다. 내가 앞장서서 눈밭에 길을 만들며 역에 도착해보니 너무 멀리 온 것 같았다. 앞이 거의 보이지 않을 정도로 눈발이 날리자 우리는 역 주변의 작은 술집에 들어가 빗자루로 서로의 옷에 묻은 눈을 쓸어준 뒤 벤치에 앉아 베르무트를 마셨다.

"굉장한 눈보라네요." 여자 종업원이 말했다.

"그러게요."

"올해는 눈이 많이 늦었어요."

"그렇죠."

"초콜릿바 먹어도 될까요?" 캐서린이 물었다. "곧 점심시간인가? 계속 배가 고파요."

"괜찮아, 하나 먹지그래." 내가 말했다.

"개암 든 걸로 하나 주세요." 캐서린이 말했다.

"그거 정말 맛있어요," 여자가 말했다. "저도 그걸 가장 좋아해요."

"저는 베르무트 한 잔 더요." 내가 말했다.

돌아가려고 밖으로 나와보니 우리가 만들었던 길은 눈에 묻혀버렸다. 발자국 구멍이 있던 자리는 희미하게 흔적만 남아 있었다. 얼굴에 눈발이 날려 앞이 거의 보이지 않았다. 우리는 눈을 털어내고 점심을 먹으러 안으로 들어갔다. 구팅겐씨가 점심을 차려주었다.

"내일은 스키를 탈 수 있겠네요." 그가 말했다. "스키 탑니까, 헨리씨?"

"아니요. 하지만 배우고 싶습니다."

"쉽게 금방 배우죠. 크리스마스 때 아들 녀석이 돌아오니까 가르쳐드릴 수 있을 겁니다."

"그거 잘됐네요. 언제 옵니까?"

"내일 밤에요."

점심을 먹고 작은 방 난롯가에 앉아 눈 내리는 창밖을 바라보며 캐서린이 말했다. "혼자 어딘가로 여행 가고 싶진 않아요? 남자들과 어울리며 스키도 타고요, 달링?"

"아니. 내가 왜 그래야 해?"

"가끔은 나 말고 다른 사람들을 만나고 싶을 것 같아서."

"당신은 다른 사람들 만나고 싶어?"

"아니."

"나도 마찬가지야."

"알아요. 하지만 당신은 다르죠. 나는 아기가 있으니까 아무것도 하지 않아도 괜찮지만. 요즘 내가 둔해진데다 말도 너무 많아져서 당신이 질릴까봐 걱정이라 잠시 떠나 있는 게 좋겠다 싶어요."

"내가 당신 곁을 떠나길 원해?"

"아니. 곁에 있었으면 좋겠어."

"그게 내가 하려는 거야."

"이리 와봐요," 그녀가 말했다. "당신 머리에 난 혹 만져볼래. 큰 혹이네." 그녀는 손가락으로 혹을 만졌다. "달링, 턱수염 기를 생각 없어요?"

"기르면 좋겠어?"

"재미있을 것 같아요. 턱수염 기른 모습 보고 싶어."

"좋아. 길러보지. 지금 당장 시작할게. 좋은 생각이야. 할일이 생겼네."

"할일이 없어서 걱정이었어요?"

"아니. 좋지. 즐거운 생활이야. 당신은 아닌가?"

"나야 아주 즐겁죠. 이렇게 배가 불러 있어서 당신이 따분해할까봐 걱정이지만."

"아니야, 캣. 내가 당신한테 얼마나 빠져 있는지 당신은 몰라."

"이런 모습인데도?"

"지금 당신 모습 그대로. 나는 행복해. 우리 멋진 시간 보내는 거지?"

"그럼요, 하지만 당신은 싱숭생숭할 수도 있을 것 같아서요."

"아니야. 가끔 전선이나 지인들 소식이 궁금하지만 걱정하진 않아. 나는 뭐든 깊이 생각하지 않거든."

"누가 궁금해요?"

"리날디며 신부며 내가 알고 지낸 많은 사람들. 하지만 오래 생각하진 않아. 전쟁 생각은 하고 싶지도 않고. 나는 전쟁에서 이미 손뗐어."

"지금은 무슨 생각 해요?"

"아무 생각도."

"하고 있잖아요. 말해줘요."

"리날디가 정말 매독에 걸렸을까 하는 생각."

"그것뿐?"

"응."

"그 사람 매독에 걸렸어요?"

"모르겠어."

"당신이 걸리지 않아서 다행이에요. 그런 병에 걸린 적 있어요?"

"임질에 걸린 적은 있지."

"그런 얘긴 듣고 싶지 않은데. 많이 아팠어요, 달링?"

"무척."

"나도 걸려봤으면."

"그럼 안 되지."

"정말이에요. 당신과 똑같은 기분을 느끼고 싶으니까요. 당신이 만났던 모든 여자와 잠자리를 하고 당신 앞에서 그 여자들을 비웃어주고 싶다고요."

"멋진 그림이겠는데."

"임질에 걸린 모습은 멋진 그림은 아니죠."

"알아. 이제 눈 내리는 걸 좀 보자."

"나는 당신을 보고 싶어. 달링, 머리 기르는 거 어때요?"

"얼마나?"

"조금만 더."

"지금도 충분히 긴데."

"아니에요, 당신은 조금 더 기르고 나는 자르면 우리 둘이 비슷해지겠어요, 한쪽은 금발 한쪽은 검은 머리인 것만 빼면."

"나는 당신 머리 못 자르게 할 건데."

"재미있잖아요. 이 머린 지겨워. 밤에 잘 때 아주 성가시다고요."

"나는 좋아."

"짧은 건 싫어요?"

"싫진 않겠지. 나는 지금 그대로가 좋아."

"짧게 자르는 게 더 나을지도 몰라요. 그러면 우리 비슷해 보이겠죠. 아, 달링, 나는 당신을 너무나 원해서 당신이 되고 싶을 정도예요."

"이미 그래. 우리는 한몸이야."

"알아요. 밤에는 그렇죠."

"밤은 멋지지."

"우리가 하나로 섞여버리면 좋겠어요. 당신과 떨어지기 싫어. 아까 말했잖아요. 가고 싶으면 가도 좋아요. 하지만 빨리 돌아와요. 달링, 당신 없이 사는 건 사는 게 아니니까."

"아무데도 안 가," 나는 말했다. "당신이 없으면 나는 아무것도 아니야. 더이상 내 인생은 없어."

"나는 당신이 인생을 즐기길 바라요. 멋진 인생을요. 하지만 우리 둘이 함께 즐길 거죠?"

"자, 턱수염을 더 기를까, 그만 기를까?"

"계속이요. 더 길러요. 멋질 거야. 새해가 되면 완성될 것 같은데요."

"그럼 이제 체스할까?"

"나는 당신이랑 이렇게 놀고 싶은데."

"아니. 체스하자."

"그럼 나중에 놀 거죠?"

"응."

"좋아요."

나는 체스판을 꺼내 말을 놓았다. 바깥에는 아직도 눈이 펑펑 내리고 있었다.

밤중에 한 번 잠에서 깼는데 캐서린도 깨어 있었다. 창을 비추는 달빛이 침대에 창살 그림자를 드리우고 있었다.

"깼어요, 당신?"

"응. 잠이 안 와?"

"방금 깨서 당신과 처음 만났을 때 내가 얼마나 정신 나간 여자 같았는지 생각하고 있었어요. 당신 기억나요?"

"조금 그랬지."

"이젠 전혀 안 그래요. 지금 나는 멋져요. 당신은 멋지다는 말을 정말 달콤하게 해줘요. 멋지다고 말해봐요."

"멋져."

"당신은 정말 다정해요. 그리고 이제 나는 정신이 이상하지 않아요. 나는 정말, 정말, 정말 행복해."

"더 자야지." 내가 말했다.

"좋아요. 우리 동시에 잠들어요."

"그래."

하지만 그러지 못했다. 나는 꽤 오랫동안 이런저런 생각에 잠긴 채 달빛에 비친 캐서린의 잠든 얼굴을 바라보았고, 그러다 어느새 잠이 들었다.

39

1월 중순이 되자 턱수염이 다 자랐고 낮은 화창하면서 쌀쌀하고 밤은 매섭게 추운 완연한 겨울로 접어들었다. 우리는 다시 도로로 산책을 다녔다. 건초나 장작을 실은 썰매들이 오가고 산에서 벌채해 끌어내리는 통나무들 때문에 눈길이 다져져 미끄러웠다. 눈은 거의 몽트뢰까지 온 사방을 뒤덮었다. 호수 건너편 산들도 온통 하얗고 론계곡의 들판도 눈에 덮여 있었다. 우리는 산 뒤쪽을 돌아 뱅드랄리아까지 먼 길을 산책했다. 캐서린은 망토를 입고 징이 박힌 부츠에 날카로운 강철 심이 박힌 지팡이를 들고 다녔다. 망토 덕분에 배는 그리 불러 보이지 않았지만 우리는 빠르게 걷지 않았고 캐서린이 지치면 걸음을 멈추고 길가 통나무에 걸터앉아 쉬었다.

뱅드랄리아의 숲속에는 나무꾼들이 쉬면서 술을 마시는 술집이 있는데, 우리는 난롯불을 피운 술집에 앉아 향신료와 레몬을 넣은 뜨거운 레드와인을 마셨다. 글뤼바인이라는 것인데 몸을 녹이기에도 축배를 들기에도 좋았다. 어둡고 연기 자욱한 술집에서 밖으로 나와 숨을 들이쉬면 찬 공기에 폐가 찌릿하고 코끝이 마비되는 것 같았다. 돌아보면 술집 창밖으로 새어나오는 불빛과 나무꾼들의 말들이 몸을 따뜻하게 하려고 발을 구르고 머리를 흔드는 모습이 보였다. 말 콧잔등 털에도 서리가 앉았고 숨을 내쉬면 공중에 깃털 같은 서리가 만들어졌다. 집으로 올라가는 길은 한동안 반들반들하고 미끄러웠고, 나무를 운반하는 길이 시작되는 갈림길까지는 말 때문에 빙판이 오렌지색으로 물들어 있었다. 거기서부터는 깨끗한 눈이 언 길이 숲 사이로 이어졌고 우리는 저녁에 집으로 돌아오다가 여우를 두 번이나 보았다.

경치가 좋은 지방이라 외출할 때마다 즐거웠다.

"턱수염이 멋지게 자랐어요." 캐서린이 말했다. "꼭 나무꾼 같아. 작은 금귀고리 단 남자 봤죠?"

"그 사람은 샤무아* 사냥꾼이야." 내가 말했다. "소리를 더 잘 듣기 위해 단 거지."

"정말? 못 믿겠는데요. 샤무아 사냥꾼이라는 걸 과시하려고 단 것 같아. 이 근처에 샤무아가 있어요?"

"응, 당드자망** 너머에 살지."

"여우를 봐서 재미있었어요."

"여우는 잘 때 꼬리로 몸을 감아 체온을 유지한대."

"아주 아늑하겠네."

"나도 늘 그런 꼬리가 있었으면 했어. 우리한테도 여우 꼬리 같은 게 있으면 재미있지 않겠어?"

"옷 입는 게 아주 힘들 것 같은데."

"옷이야 맞춰서 만들면 되지, 아니면 옷 같은 건 상관없는 나라에서 살든가."

"지금 우리야말로 어떤 것도 상관없는 나라에서 살고 있어요. 아는 사람 하나 없는 곳에 산다는 거, 멋진 일 아니에요? 아는 사람 만나고 싶은 건 아니죠, 달링?"

"응."

---

* 알프스 산양.

** 몽트뢰에 있는 거대한 바위절벽.

“여기 잠깐 앉을까? 조금 피곤해요.”

우리는 통나무 위에 가까이 붙어 앉았다. 앞쪽 도로는 숲 사이로 내리막을 이루었다.

“이 아이가 우리 사이를 갈라놓진 않겠죠? 이 꼬마 개구쟁이가요.”

“그럼. 그러려고 해도 못하게 해야지.”

“돈은 괜찮아요?”

“충분해. 지난번에 은행에서 일람불어음을 지불해줬어.”

“이제 당신 가족들이 당신이 스위스에 있다는 걸 알았으니 데려가려고 하지 않을까요?”

“그럴 수도 있지. 뭐라고 편지라도 써야겠어.”

“아직 안 썼어요?”

“안 썼어. 일람불어음만 썼지.”

“세상에, 내가 당신 가족이 아니라서 다행이네요.”

“전보를 칠 거야.”

“가족들 생각은 조금도 안 해요?”

“하지, 그런데 너무 자주 다투다보니 애정이 식었어.”

“나는 그분들을 좋아할 것 같아. 어쩌면 아주 많이.”

“가족 이야기는 그만하는 게 좋겠어, 얘기하다보면 걱정되기 시작하니까.” 잠시 후 내가 말했다. “다 쉬었으면 이제 갈까?”

“다 쉬었어요.”

우리는 도로를 걸어내려갔다. 날은 어두워졌고 부츠 밑에서 눈이 밟히며 뽀드득거렸다. 밤은 건조하고 춥고 청명했다.

“당신 턱수염 마음에 들어요,” 캐서린이 말했다. “대성공이야. 아주 뻣뻣하고 거칠어 보이지만 정말 부드럽고 기분좋거든요."

"없을 때보다 나아?"

"그런 것 같아요. 있죠, 달링, 나는 꼬마 캐서린이 태어날 때까지는 머리 자르지 않을래요. 지금은 배도 너무 크고 임산부 태가 나요. 그러니 아기를 낳고 몸이 날씬해진 뒤에 잘라서 당신에게도 새롭고 근사한 다른 여자가 되고 싶어. 함께 가서 자르든지, 아니면 나 혼자 가서 자르고 와서 당신을 깜짝 놀라게 해줄래요."

나는 아무 말도 하지 않았다.

"하지 말라고 안 할 거죠?"

"응. 흥미로울 것 같은데."

"아, 당신은 정말 다정해요. 나는 예뻐질 거예요, 달링, 아주 날씬하고 흥미로운 여자가 돼서 당신은 나를 보고 다시 사랑에 빠질 거고요."

"무슨 말을 하는 거야," 나는 말했다. "지금도 나는 넘치도록 당신을 사랑해. 뭘 원하는 거지? 사랑으로 파멸하는 거?"

"응. 파멸시킬 거예요."

"좋아," 내가 말했다. "나도 그걸 바라."

40

우리는 좋은 날들을 보냈다. 1월과 2월이 지나며 겨울 날씨는 아주 좋았고 우리는 아주 행복했다. 따뜻한 바람이 불고 눈이 녹아 봄기운이 느껴지는 짧은 해동기인가 싶다가도 곧 쨍한 추위가 다시 찾아와 겨울로 돌아가곤 했다. 3월 들어서야 비로소 겨울이 누그러졌다. 밤에 비가 내리기 시작했다. 오전 내내 비가 내리자 눈이 진창이 되며 산등성이는 볼품없어졌다. 호수와 계곡은 구름으로 뒤덮였다. 산 위쪽에도 비가 내렸다. 캐서린은 무거운 덧신을 신고 나는 구팅겐씨의 고무장화를 신고 우산 하나를 같이 쓴 채 도로의 얼음을 씻어내는 빗물과 진창을 밟으며 역까지 걸어갔고, 점심 전에 베르무트를 마시려고 술집에 들어갔다. 밖에서 빗소리가 들렸다.

"이제 마을로 이사해야 할까?"

"당신 생각은 어때요?" 캐서린이 물었다.

"겨울이 끝나고 비가 계속 내리면 이 위에서 사는 건 별로 즐겁지 않을 거야. 꼬마 캐서린이 태어나려면 얼마나 남았지?"

"한 달쯤. 어쩌면 조금 늦어질 수도 있고요."

"몽트뢰로 내려가서 살까?"

"로잔에 가면 어때요? 거긴 병원이 있어요."

"괜찮지. 하지만 너무 큰 도시라서."

"큰 도시라도 우리 둘이서만 지낼 수 있을 거고 로잔은 근사할 것 같아요."

"그럼 언제 갈까?"

"나는 상관없어요. 언제든 당신이 원할 때 가요, 달링. 당신이 원하지 않으면 나도 원하지 않아요."

"날씨를 좀 지켜보자고."

사흘 동안 비가 내렸다. 이제 역 아래쪽 산중턱 눈은 완전히 녹았다. 도로는 눈이 녹아 흙탕물 천지였다. 온통 젖고 질척거려 외출할 수가 없었다. 비가 내린 지 사흘째 되던 날 아침 우리는 마을로 내려가기로 했다.

"괜찮습니다, 헨리씨," 구팅겐이 말했다. "미리 알려주지 않아도 괜찮아요. 궂은 날씨가 시작돼서 이곳에 계속 묵을 거라 생각하지 않았습니다."

"아내 때문에 병원 가까운 곳에 있어야 하거든요." 내가 말했다.

"이해합니다," 그가 말했다. "언제든 또 오십시오, 아기와 같이요."

"네, 방이 있다면요."

"봄에 날씨가 좋아지면 즐기러 오세요. 아기와 유모는 지금은 닫아둔 큰방을 쓰고 헨리씨와 부인은 호수가 내려다보이는 지금 그 방을 쓰시면 됩니다."

"오게 되면 편지로 먼저 알리겠습니다." 내가 말했다. 우리는 짐을 꾸리고 점심을 먹은 뒤 마을로 내려가는 기차를 타고 떠났다. 구팅겐 부부가 역까지 따라왔는데 구팅겐씨는 진창길에도 불구하고 썰매로 우리 짐을 실어다주었다. 그들은 비 내리는 기차역에 서서 손을 흔들며 작별인사를 했다.

"정말 좋은 분들이에요." 캐서린이 말했다.

"참 잘해주셨어."

우리는 몽트뢰에서 로잔행 기차를 탔다. 차창으로 우리가 살던 쪽을 바라보았지만 산은 구름에 가려 보이지 않았다. 기차는 브베에서 정차했다가 다시 한쪽으로는 호수를 끼고 다른 한쪽으로는 비에 젖은 갈색 들판과 앙상한 나무들과 젖은 집들을 지나쳐 달렸다. 우리는 로잔에 도착해 중간 규모 호텔에 들었다. 마차를 타고 거리를 달려 호텔의 마차 출입구에 도착했을 때까지도 비는 계속 내리고 있었다. 구팅겐 부부의 집에서 살다 와서 그런지 옷깃에 놋쇠 열쇠를 단 수위며 승강기며 바닥에 깔린 카펫이며 번쩍거리는 장식이 달린 하얀 세면기며 놋쇠 침대며 넓고 편안한 침실까지 모든 것이 아주 호화롭게만 보였다. 방의 창문으로 윗부분에 철 울타리가 설치된 담장에 둘러싸인 비에 젖은 정원이 내려다보였다. 경사가 가파른 길 건너편에도 비슷한 정원에 담장이 둘린 또다른 호텔이 있었다. 나는 정원의 분수에 비가 떨어지는 모습을 지켜보았다.

캐서린은 방안의 전등을 모두 켜고 짐을 풀기 시작했다. 나는 위스키소다를 주문하고 침대에 누워 역에서 사온 신문을 읽었다. 1918년 3월, 프랑스에서는 독일군의 공격이 개시되었다. 캐서린이 짐을 풀며 방안을 왔다갔다하는 동안 나는 위스키소다를 마시며 신문을 읽었다.

"내가 뭘 사야 하는지 알아요, 달링?" 그녀가 말했다.

"뭔데?"

"아기 옷이요. 몸이 이렇게 될 때까지 아기 용품을 준비하지 않은 사람은 아마 나밖에 없을 거예요."

"사면 되지."

"그래요. 그게 내일 내가 해야 할 일이에요. 뭐가 필요한지 알아봐야겠어."

"당신은 알지 않나. 간호사였잖아."

"군병원에 아기 가진 군인은 거의 없죠."

"난 그랬잖아."

그녀는 베개로 나를 때렸고 그 바람에 위스키소다가 엎질러졌다.

"다시 한 잔 주문할게요," 그녀가 말했다. "엎질러서 미안해요."

"얼마 남지도 않았었어. 침대로 와."

"싫어요. 이 방을 근사하게 꾸미고 싶어."

"어떻게?"

"우리집처럼."

"연합군 깃발을 걸지그래."

"입 좀 다물어요."

"다시 말해봐."

"입 다물라고요."

"너무 조심스럽게 말하는데," 내가 말했다. "누구의 기분도 해치지 않으려는 것처럼."

"맞아요."

"그럼 침대로 와."

"좋아요." 그녀는 침대에 와서 걸터앉았다. "내가 당신에게 따분하단 거 알아요, 달링. 커다란 밀가루통 같고."

"안 그래. 당신은 아름답고 귀여워."

"나는 당신과 결혼한 아주 볼품없는 여자일 뿐이에요."

"아니래도. 당신은 나날이 더 아름다워지고 있어."

"하지만 다시 날씬해질 거예요, 달링."

"지금도 날씬해."

"당신 취했어."

"위스키소다 한 잔인데."

"한 잔 더 올 거예요," 그녀가 말했다. "저녁식사를 여기로 가져오라고 할까요?"

"그게 좋겠군."

"그럼 우리 나가지 않는 거죠? 오늘밤은 그냥 여기 있어요."

"게임도 하고." 내가 말했다.

"나도 와인 좀 마실래," 캐서린이 말했다. "그건 해롭지 않아요. 전에 마시던 화이트카프리가 있을지도 몰라요."

"있을 거야," 내가 말했다. "이 정도 호텔이라면 이탈리아산 와인이 있을 거야."

웨이터가 문을 두드렸다. 그는 얼음을 넣은 위스키 한 잔과 소다수 작은 병을 쟁반에 얹어 가져왔다.

"고마워요," 내가 말했다. "거기 놔줘요. 저녁식사 이인분과 드라이 화이트카프리 두 병을 얼음에 담아 가져다줘요."

"식사는 수프부터 시작하시겠습니까?"

"수프 먹을래, 캣?"

"좋아요."

"수프는 하나만."

"알겠습니다, 손님." 그는 나가서 문을 닫았다. 나는 또다시 신문을 펼쳐 전쟁 기사를 읽으며 소다수를 얼음 넣은 위스키잔에 천천히 부었다. 위스키에 얼음을 넣지 말라고 말해야겠군. 얼음은 따로 가져오라고 해야겠어. 그래야 위스키가 얼마나 되는지 알 수 있고 소다수를 부어도 갑자기 너무 싱거워지지 않으니까. 위스키를 사다놓고 얼음과 소다수만 가져다달라고 해야겠어. 그게 현명하지. 좋은 위스키는 정말 기분좋은 술이야. 인생의 즐거움 중 하나지.

"무슨 생각 해요, 달링?"

"위스키에 대해서."

"위스키에 대해서 뭘?"

"위스키가 얼마나 훌륭한가를."

캐서린은 얼굴을 찡그리며 말했다. "알았다고요."

우리는 그 호텔에 삼 주 동안 머물렀다. 나쁘지 않았다. 식당은 거의 언제나 비어 있었고 우리는 자주 방에서 저녁식사를 했다. 시내를 거닐고 톱니바퀴식 철도 위를 달리는 기차로 우시까지 가서 호숫가도 걸었다. 날씨는 제법 따뜻해서 봄 같았다. 산으로 돌아가고 싶은 마음이 들기도 했으나 봄 같은 날씨는 며칠 가지 않고 잠시 주춤했던 겨울의 매서운 추위가 다시 찾아왔다.

캐서린이 시내에서 아기에게 필요한 용품들을 사왔다. 나는 아케이드에 있는 체육관에 나가 운동 삼아 권투를 했다. 주로 캐서린이 늦게까지 자는 아침 시간에 갔다. 가짜 봄날들은 정말 좋았는데, 나는 권투를 하고 샤워를 한 뒤 대기에 감도는 봄냄새를 맡으며 거리를 걷고 카페에 앉아 사람 구경을 하고 신문을 읽고 베르무트를 마셨다. 그러고는 호텔에 돌아와 캐서린과 점심을 먹었다. 콧수염을 기른 체육관 권투 사범은 자세가 매우 정확하고 민첩했지만 상대방이 달려들면 이내 다 흐트러졌다. 그래도 체육관에 나가면 즐거웠다. 공기가 좋고 실내도 환해서 나는 꽤 열심히 운동을 했는데, 줄넘기를 하고, 혼자서 권투 연습을 하고, 열어놓은 창으로 들어오는 한 줄기 햇빛을 받으며 바닥에 누워 복부운동을 하고, 가끔 사범과 시합을 해서 그를 놀라게 하기도 했다. 처음에는 턱수염을 기른 남자가 혼자 권투 연습하는 모습을 거울로 보는 것이 너무 이상해서 체육관의 좁고 긴 거울 앞에서는 하지 못했다. 하지만 결국에는 그것도 재미있어졌다. 나는 권투를 시작하자마자 턱수염을 깎고 싶었지만 캐서린이 반대했다.

때로는 캐서린과 함께 마차를 타고 교외로 나갔다. 화창한 날에 마차를 타면 기분이 좋았고 우리는 마차를 타고 나가 음식을 먹기에 좋은 장소를 두 곳이나 발견했다. 이제 캐서린은 오래 걸을 수 없었기 때문에 함께 마차를 타고 기분좋게 시골길을 돌아다녔다. 날씨가 화창하면 더없이 멋진 시간을 보냈고 즐겁지 않은 날은 하루도 없었다. 출산일이 코앞에 다가오면서 뭔가에 쫓기는 기분이 들었기 때문에 함께 있는 시간을 한시도 헛되이 보낼 수 없었다.

41

새벽 세시쯤 캐서린이 침대에서 뒤척이는 소리에 나는 잠에서 깼다.

"괜찮아, 캣?"

"아까부터 진통이 있어요, 달링."

"주기적이야?"

"아니, 그렇지는 않은데."

"진통이 주기적이면 병원에 가자."

나는 너무 졸려서 다시 잠이 들었다가 얼마 후 다시 눈을 떴다.

"의사를 부르는 게 좋겠어요," 캐서린이 말했다. "이게 그거인 것 같아.”

나는 전화기 있는 데로 가서 의사에게 전화했다. “진통 간격이 어떻습니까?” 그가 물었다 .

“진통 간격이 얼마나 돼, 캣?”

“십오 분인 것 같아요.”

“그럼 병원으로 오셔야 합니다.” 의사가 말했다. “저도 옷을 입고 바로 가죠.”

나는 전화를 끊고 택시를 부르기 위해 역 근처에 있는 차고로 전화를 걸었다. 오랫동안 아무도 전화를 받지 않았다. 그러다 마침내 남자가 받더니 당장 택시를 보내주겠다고 약속했다. 캐서린은 옷을 입고 있었다. 가방에는 병원에서 필요한 물건과 아기 용품들이 이미 가득 꾸려져 있었다. 나는 복도로 나가 종을 쳐서 승강기를 불렀다. 아무 응답이 없었다. 아래층으로 내려가보았다. 아래층에는 야간 경비원밖에 없었다. 나는 직접 승강기를 올려 캐서린의 가방을 넣고 그녀를 태운 뒤 아래층으로 내려갔다. 야간 경비원이 문을 열어주자 우리는 진입로로 내려가는 계단 옆 판석에 앉은 채 택시를 기다렸다. 맑은 밤하늘에 별들이 떠 있었다. 캐서린은 몹시 흥분한 상태였다.

“진통이 시작돼서 정말 기뻐요.” 그녀가 말했다. “이제 조금만 있으면 다 끝날 거야.”

“당신은 멋지고 용감한 여자야.”

“나는 무섭지 않아요. 그래도 택시는 빨리 와주면 좋겠는데.”

택시가 거리를 달려오는 소리가 들리더니 곧 전조등 불빛이 보였다. 택시가 진입로로 들어오자 나는 캐서린을 부축해 태우고 운전사는 가방을 앞좌석에 실었다.

"병원으로 갑시다." 내가 말했다.

우리는 진입로를 빠져나와 언덕길을 올라갔다.

병원에 도착하자 가방을 들고 그녀와 함께 안으로 들어갔다. 접수대에 있는 여자가 캐서린의 이름과 나이, 주소, 가족 사항, 종교를 장부에 적었다. 캐서린이 무교라고 대답하자 여자는 종교 옆 빈칸에 줄을 그었다. 캐서린은 캐서린 헨리라고 이름을 말했다.

"병실로 안내해드릴게요." 여자가 말했다. 우리는 승강기를 타고 올라갔다. 승강기가 멈추자 우리는 여자를 따라 복도를 걸어갔다. 캐서린은 내 팔을 꼭 붙잡고 있었다.

"이 방입니다," 여자가 말했다. "옷을 벗고 침대에 누우시겠어요? 이 가운을 입으시고요."

"제 잠옷이 있는데요." 캐서린이 말했다.

"이걸 입으시는 게 나아요." 여자가 말했다.

나는 병실을 나와 복도의 의자에 앉았다.

"이제 들어오셔도 좋습니다." 여자가 문가에서 말했다. 캐서린은 거친 시트 천으로 만든 것 같은 수수하고 각진 가운을 입고 좁은 침대에 누워 있었다. 그녀가 나를 보며 미소지었다.

"진통이 제대로 와요." 그녀가 말했다. 여자는 캐서린의 손목을 잡고 손목시계로 진통 간격을 재고 있었다.

"이번 건 컸어요." 캐서린이 말했다. 표정으로도 알 수 있었다.

"의사 선생님은 어디 계십니까?" 나는 여자에게 물었다.

"아래층에서 주무세요. 필요할 때 올라오실 겁니다."

"이제 부인에게 뭘 좀 해야 하는데요," 간호사가 말했다. "다시 잠시만 나가주시겠어요?"

나는 복도로 나왔다. 창문 두 개와 닫힌 문들만 죽 늘어선 텅 빈 복도였다. 병원 냄새가 났다. 나는 의자에 앉아 바닥을 내려다보며 캐서린을 위해 기도했다.

"이제 들어오세요." 간호사가 말했다. 나는 안으로 들어갔다.

"안녕, 달링?" 캐서린이 말했다.

"어때?"

"이제 꽤 자주 와요." 그녀는 얼굴을 찌푸렸다. 그리고 다시 미소지었다.

"이번 건 제대로였어요. 등에 다시 손을 올려주시겠어요, 간호사님?"

"도움이 된다면요." 간호사가 말했다.

"당신은 나가 있어요," 캐서린이 말했다. "나가서 뭘 좀 먹어요, 달링. 간호사님이 이게 꽤 오래 계속된대요."

"초산은 진통이 오래 계속되거든요." 간호사가 말했다.

"밖에 나가서 뭘 좀 먹고 와요," 캐서린이 말했다. "나는 괜찮으니까, 정말."

"잠깐만 더 있을게." 내가 말했다.

진통은 아주 규칙적으로 왔다가 다시 가라앉았다. 캐서린은 아주 흥분한 상태였다. 그녀는 진통이 심해지는 것이 더 좋은 거라 생각했다. 진통이 가라앉으면 오히려 실망하고 부끄러워했다.

"나가 있어요, 달링," 그녀가 말했다. "당신 때문에 신경이 쓰여." 그녀의 얼굴이 일그러졌다. "그래. 이번 건 아까보다 좋았어. 나는 좋은 아내가 되고 싶고 아무 문제 없이 아기를 낳고 싶어요. 제발 나가서 아침을 먹고, 그러고 나서 돌아와요. 서운해하지 않을 테니까. 간호사님이 아주 잘해주시잖아."

"식사하실 시간은 충분해요." 간호사가 말했다.

"그럼 갔다 올게. 안녕, 내 사랑."

"잘 다녀와요," 캐서린이 말했다. "내 몫까지 맛있게 먹어요."

"아침식사 할 만한 곳이 있습니까?" 나는 간호사에게 물었다.

"저 거리를 따라 내려가면 광장에 카페가 있어요," 그녀가 말했다. "아마 지금쯤 문을 열었을 거예요."

날이 밝고 있었다. 나는 텅 빈 거리를 걸어 카페로 갔다. 창가에 불빛이 보였다. 안으로 들어가 함석을 입힌 바 앞에 서자 노인이 화이트와인 한 잔과 브리오슈를 내주었다. 브리오슈는 어제 만든 것이었다. 나는 브리오슈를 와인에 적셔 먹고 커피를 마셨다.

"이런 시간에 무슨 일입니까?" 노인이 물었다.

"아내가 병원에서 아기를 낳고 있습니다."

"그렇군요. 행운을 빕니다."

"와인 한 잔 더 주십시오."

노인이 병에서 와인을 따르다 함석 바에 조금 흘렸다. 나는 그 잔을 마시고 값을 치른 뒤 밖으로 나왔다. 거리에는 집집에서 내놓은 쓰레기통이 죽 늘어서서 미화원을 기다리고 있었다. 개가 쓰레기통에 코를 박고 킁킁거렸다.

"뭘 찾아?" 나는 개에게 물으며 꺼내줄 만한 것이 있나 쓰레기통 안을 들여다보았다. 위쪽에 커피 찌꺼기와 먼지와 시든 꽃들뿐이었다.

"아무것도 없구나, 개야." 나는 말했다. 개는 길을 건너 가버렸다. 나는 캐서린이 있는 층으로 가기 위해 병원 계단을 올라 복도를 걸어갔다. 문을 두드렸다. 아무 대답이 없었다. 문을 열었다. 의자에 캐서린의 가방이 그대로 놓여 있고 입고 온 옷은 벽에 걸린 채 병실은 텅 비어 있었다. 나는 병실을 나와 복도를 걸어가며 사람을 찾았다. 한 간호사를 만났다.

"헨리 부인은 어디 있습니까?"

"한 부인이 방금 분만실로 갔어요."

"그곳이 어디죠?"

"안내해드릴게요."

간호사는 나를 복도 끝 쪽으로 데려갔다. 문이 조금 열려 있었다. 캐서린이 시트를 덮고 수술대에 누워 있었다. 수술대 한쪽에 간호사가 있고 그 맞은편 실린더들이 놓인 테이블 옆에 의사가 서 있었다. 의사는 튜브가 달린 고무마스크를 한 손에 들고 있었다.

"가운을 드릴 테니 입고 들어가세요," 간호사가 말했다. "자, 이리로."

그녀는 나에게 흰 가운을 입히고 목 뒤쪽을 안전핀으로 고정했다.

"이제 들어가세요." 그녀가 말했다. 나는 분만실로 들어갔다.

"안녕, 달링," 캐서린이 긴장한 목소리로 말했다. "나는 별로 하는 일이 없어요."

"헨리씨입니까?" 의사가 물었다.

"그렇습니다. 선생님, 좀 어떻습니까?"

"모두 순조롭습니다," 의사가 말했다. "진통을 줄이는 가스를 주입하기 쉽도록 이 방으로 옮겼습니다."

"지금 대주세요." 캐서린이 말했다. 의사는 그녀의 얼굴에 고무마스크를 대고 다이얼을 돌렸고 나는 캐서린이 빠르고 깊게 호흡하는 모습을 지켜보았다. 그녀가 마스크를 밀어냈다. 의사는 다이얼을 잠갔다.

"이번 건 심하지 않았어요. 좀전 건 아주 심했고요. 선생님이 깨끗이 가라앉혀주셨어요, 그렇죠 선생님?" 목소리가 이상했다. 선생님이라고 할 때 목소리가 높아졌다.

의사는 미소를 지었다 .

"다시 대주세요." 캐서린이 말했다. 그녀는 고무마스크를 얼굴에 바짝 대고 숨을 가쁘게 들이쉬었다. 신음소리가 조금 들렸다. 이윽고 그녀는 마스크를 떼고 미소를 지었다.

"이번 것도 컸어," 그녀가 말했다. "정말 컸어요. 걱정 말아요, 달링. 나가 있어요. 나가서 한번 더 아침을 먹어요."

"여기 있을게." 내가 말했다.

우리가 병원에 도착한 것은 새벽 세시쯤이었다. 정오가 되었지만 캐서린은 여전히 분만실에 있었다. 진통이 다시 잦아들었다. 그녀는 몹시 피곤하고 지쳐 보였지만 여전히 쾌활했다.

"잘 안 돼요, 달링," 그녀가 말했다. "미안해요. 아주 쉬울 줄 알았는데. 또—왔어요—" 그녀는 마스크로 손을 뻗어 얼굴에 갖다댔다. 의사는 다이얼을 돌리며 그녀를 지켜보았다. 잠시 후 진통이 가라앉았다.

"대단한 건 아니었어요," 캐서린이 말하고 미소지었다. "이 가스가 뭔지는 모르지만. 굉장해요."

"집에도 하나 사둬야겠어." 내가 말했다.

"또 시작이에요." 캐서린이 황급히 말했다. 의사는 다이얼을 돌리고 시계를 보았다.

"지금은 주기가 얼마나 됩니까?" 내가 물었다.

"일 분 정도요."

"점심식사 안 하십니까?"

"조금 이따가 먹겠습니다." 그가 말했다.

"뭘 좀 드셔야 해요, 선생님," 캐서린이 말했다. "너무 오래 끌어 정말 죄송해요. 가스는 남편이 해줘도 되지 않을까요?"

"원하신다면," 의사가 말했다. "2까지 돌리시면 됩니다."

"알겠습니다." 나는 말했다. 다이얼에는 손잡이로 돌리는 지침이 있었다.

"지금 대줘요." 캐서린이 말했다. 그녀는 마스크를 얼굴에 바짝 댔다. 나는 다이얼을 2까지 돌렸다가 캐서린이 마스크를 밀어내자 잠갔다. 할일을 준 의사가 무척 고마웠다.

"당신이 했어요, 달링?" 캐서린이 물었다. 그녀가 내 손목을 쓰다듬었다.

"그럼."

"당신은 정말 사랑스러워." 그녀는 가스에 약간 취한 듯했다.

"저는 쟁반에 가져온 음식을 옆방에서 좀 먹겠습니다," 의사가 말했다. "필요하면 언제든 부르십시오." 시간은 흘렀고 나는 의사가 식사를 하고, 잠시 뒤 드러누워서 담배를 피우는 모습을 보았다. 캐서린은 점점 지쳐가고 있었다.

"내가 이 아이를 낳을 수 있을까요?" 그녀가 물었다.

"물론이지, 낳을 수 있어."

"최선을 다하고 있어요. 힘을 주는데도 사라지네요. 또 왔어요. 대줘요."

두시에 나는 밖으로 나와 점심을 먹었다. 카페 안에는 남자 몇 명이 커피와 키르슈*인지 마르**인지 앞에 두고 앉아 있었다. 나도 테이블에 앉았다. "식사 됩니까?" 나는 웨이터에게 물었다.

"점심시간이 지났는데요."

"아무 때나 되는 건 없어요?"

"슈크루트***는 됩니다."

"슈크루트와 맥주 주세요."

"반잔이요, 한 잔이요?"

"약한 걸로 반잔이요."

웨이터가 와인에 적셔 따끈하게 찐 양배추에 소시지로 속을 채우고 햄 한 조각을 얹은 사우어크라우트****를 한 접시 가지고 왔다. 나는 그것을 먹으며 맥주를 마셨다. 배가 몹시 고팠다. 나는 카페 테이블에 앉은 사람들을 바라보았다. 한 테이블에서는 카드게임을 하고 있었다. 옆 테이블에 앉은 두 남자는 이야기를 나누며 담배를 피우고 있었다. 카페 안에 담배연기가 자욱했다. 내가 아침을 먹었던 함석 바 뒤에는 세 사람이 있었다. 노인, 바 뒤에 앉아서 테이블에 내가는 음식을 일일이 눈으로 체크하는 검은 옷을 입은 뚱뚱한 부인, 앞치마를 두른 소년

---

* 버찌를 증류한 과일 브랜디.

** 와인 찌꺼기를 증류한 브랜디.

*** 소금에 절인 양배추.

**** 슈크루트의 독일식 이름.

이었다. 이 부인은 아이를 몇이나 낳고 어떻게 나았을지 궁금했다.

슈크루트를 다 먹고 다시 병원으로 돌아갔다. 이제 거리는 청소되어 깨끗했다. 쓰레기통은 다 들어가고 없었다. 날은 흐렸지만 해가 구름 사이로 나오려 하고 있었다. 나는 승강기를 타고 올라가 복도를 지나 아까 흰 가운을 벗어두었던 캐서린의 병실로 갔다. 가운을 다시 입고 목 뒤를 안전핀으로 고정했다. 거울을 보니 턱수염을 기른 가짜 의사 같았다. 나는 복도를 걸어 분만실로 갔다. 문이 닫혀 있어 노크를 했다. 아무 대답이 없어서 손잡이를 돌려 안으로 들어갔다. 의사는 캐서린 옆에 앉아 있었다. 간호사는 방 한구석에서 뭔가 하고 있었다.

"남편이 돌아오셨군요." 의사가 말했다.

"아, 달링, 정말 최고로 훌륭한 선생님이세요," 캐서린이 아주 이상한 목소리로 말했다. "아주 재미있는 이야기들을 해주시고 진통이 너무 심하면 아프지 않게 해주시고요. 훌륭한 분이에요. 정말 훌륭하세요, 선생님."

"당신 취했어." 내가 말했다.

"나도 알아요," 캐서린이 말했다. "그래도 그렇게 말하지 말아요." 그러더니 말했다. "대주세요. 그걸 대주세요." 캐서린이 마스크를 움켜쥐고 짧고 깊게 숨을 헐떡이자 호흡장치에서 찰칵찰칵하는 소리가 났다. 이윽고 그녀는 길게 숨을 내쉬었고 의사는 왼손을 뻗어 마스크를 떼어냈다.

"이번 건 굉장했어요," 캐서린이 말했다. 목소리가 정말 이상했다. "나는 이제 죽지 않을 거예요, 달링. 죽을 고비는 지나왔어. 당신 기쁘죠?"

"다시는 그런 데 가지 마."

"안 갈 거야. 그래도 두렵진 않아. 나는 죽지 않아요, 달링."

"그런 바보 같은 일은 절대 없을 겁니다," 의사가 말했다. "남편을 남겨두고 죽다니요."

"아, 그럼요. 죽지 않아요. 죽지 않는다고요. 죽는 건 어리석은 일이야. 또 와요. 대주세요."

얼마 후 의사가 말했다. "잠깐 나가주십시오, 헨리씨. 진찰을 해야겠습니다."

"선생님은 내 상태를 살피시려는 거예요," 캐서린이 말했다. "이따 다시 와요, 달링, 그래도 되죠, 선생님?"

"물론이죠," 의사가 말했다. "들어와도 될 때 알려드리겠습니다."

나는 문을 나와 캐서린이 출산 후 있게 될 병실을 향해 복도를 걸어갔다. 의자에 앉아 병실 안을 바라보았다. 점심을 먹으러 나갔을 때 산 신문을 외투에서 꺼내 읽었다. 바깥이 어두워지고 있어 불을 켜고 읽었다. 잠시 신문을 읽다가 내려놓고 불을 끈 채 어둠이 내리는 창밖을 지켜보았다. 의사가 왜 들어오라고 하지 않는지 궁금했다. 어쩌면 내가 거기 없는 것이 더 나을지도 모른다. 그는 내가 밖에 나가 있길 바랄 것이다. 손목시계를 보았다. 십 분 뒤에도 부르러 오지 않으면 가보기로 했다.

가여운, 가여운 나의 캣. 이것이 우리가 함께 잠을 자서 당신이 치르는 대가야. 그 함정의 끝. 서로 사랑하는 사람들이 치르는 대가. 그래도 가스가 있어서 정말 다행이야. 마취제를 사용하기 전에는 어땠을까? 일단 진통이 시작되면, 물레방아에 탄 거나 마찬가지야. 임신 기간 동안은 잘 지냈어. 나쁘지 않았어. 입덧도 거의 없었고. 마지막까지도 크게 힘들었던 적은 없었어. 그런데 마지막 순간에 붙잡히고 말았군. 결코 달아날 수 없어. 달아날 수 있을 리가! 오십 번을 결혼해도 마찬가지였을 거야. 캐서린이 죽으면 어떡해야 할까? 아니 죽지 않을 거야. 요즘 아기를 낳다 죽는 여자는 없어. 모든 남편이 그렇게 생각해. 그래, 하지만 그래도 혹시 죽으면 어떡하지? 안 죽을 거야. 지금은 다만 고비를 넘고 있을 뿐이야. 초산은 대부분 오래 걸린다니까. 다만 고비를 넘고 있을 뿐이야. 나중에 우리는 이 힘든 시간을 이야기하게 될 거고 캐서린은 그렇게 힘들지 않았다고 말할 거야. 그래도 만약 죽는다면? 그럴 리 없어. 그래, 그러나 그래도 혹시나 죽는다면? 그럴 리 없다니까. 바보 같은 소리. 힘든 고비를 넘고 있을 뿐이야. 이렇게 지옥 같은 건 자연의 섭리야. 이번이 초산이고, 초산은 거의 언제나 오래 걸리니까. 그래, 그래도 만약 죽는다면? 그럴 리 없어. 왜 죽어? 죽어야 할 이유가 뭐가 있는데? 밀라노에서 즐겁게 보낸 밤의 산물로 아기가 태어나는 것뿐이야. 아기는 캐서린을 힘들게 하고 있지만 결국 태어날 것이고 나도 그애를 돌보다보면 정이 들겠지. 그래도 만약 죽는다면? 그렇지 않을 거야. 그래도 만약 죽는다면? 그렇지 않을 거야. 괜찮을 거야. 그래도 혹시 죽는다면? 죽을 리 없어. 그래도 혹시 죽는다면? 이봐, 그러면 어쩔 텐가? 캐서린이 죽는다면?

의사가 병실로 들어왔다.

"어떻습니까, 선생님?"

"진전이 없습니다." 그가 말했다.

"무슨 뜻이죠?"

"말 그대로입니다. 진찰을 했고—" 그는 진찰 결과를 자세히 설명했다. “기다리며 지켜보고 있는데 진전이 없습니다”

“선생님 의견은 어떻습니까?”

“두 가지 방법이 있습니다. 하나는 겸자분만인데 살이 찢어질 수 있어 산모에게 많이 위험하고 아기에게도 해로울 수 있죠. 다른 하나는 제왕절개입니다.”

“제왕절개는 어떤 위험이 있습니까?” 만약 그녀가 죽는다면!

“자연분만보다 위험이 더 큰 건 아닙니다.”

“선생님이 직접 수술하십니까?”

“네. 수술 준비를 하고 필요한 인원을 모으는 데 한 시간쯤 걸릴 겁니다. 조금 덜 걸릴 수도 있고요.”

“선생님 생각은 어떻습니까?”

“제왕절개를 권합니다. 제 아내라면 제왕절개수술을 하겠습니다.”

“후유증이 있습니까?”

“없습니다. 흉터가 남을 뿐이죠.”

“감염 위험이 있습니까?”

“겸자분만보다 높지는 않습니다.”

“그냥 기다리면 어떻게 됩니까?”

“결국에는 뭔가 조치를 취해야 할 겁니다. 부인은 이미 기진맥진했어요. 수술은 빨리할수록 안전합니다.”

“그러면 최대한 빨리 수술해주십시오.” 내가 말했다.

“가서 지시하죠.”

나는 분만실로 들어갔다. 캐서린이 불룩한 배에 시트를 덮고 몹시 창백하고 지친 얼굴로 수술대에 누워 있었고 간호사가 그 옆에 있었다.

"수술하라고 선생님에게 말한 거예요?" 그녀가 물었다.

"응."

"잘했어. 이제 한 시간이면 다 끝날 거예요. 나는 완전히 지쳤어요, 달링. 온몸이 조각난 것 같아. 그거 대주세요. 듣질 않아. 아, 소용이 없어요!"

"숨을 깊게 쉬어봐."

"그러고 있어요. 아, 이제 아무 소용이 없어. 듣질 않는다고!"

"실린더를 교체해주세요." 나는 간호사에게 말했다.

"새것인데요."

"나 정말 바보 같아요, 달링," 캐서린이 말했다. "그런데 이게 더 이상 듣질 않아요." 그녀는 울기 시작했다. "아, 이 아이를 아무 문제 없이 낳고 싶었는데, 힘은 다 빠지고 몸은 조각난 것 같고 이젠 마취제도 듣질 않아. 아, 달링, 듣질 않는다고요. 이 고통을 멈출 수만 있다면 죽어도 상관없겠어. 아, 제발, 달링, 제발 멈춰줘요. 또 왔어요. 아 아 아!" 캐서린은 마스크에 대고 흐느끼며 숨을 쉬었다. "듣질 않아. 듣질 않아. 듣질 않는다고요. 걱정 말아요, 달링. 제발 울지 말라고요. 걱정 말아요. 나는 그냥 조각났을 뿐이야. 가여운 내 사랑. 사랑하는 당신을 위해서라도 다시 해볼게. 이번엔 잘할 거예요. 나 좀 어떻게 해줄 수 없대요? 제발 어떻게든 해달라고 해요."

"내가 해볼게. 끝까지 돌려볼게."

"지금이에요."

나는 다이얼을 끝까지 돌렸고 그녀는 가쁘고 긴 숨을 몰아쉬다가 마스크를 쥔 손을 축 늘어뜨렸다. 나는 다이얼을 잠그고 마스크를 뗐다.

그녀는 먼 곳에서 돌아온 것처럼 의식을 되찾았다.

"잘했어요, 달링. 아, 당신은 정말 다정한 사람이야."

"용기를 내. 계속 이렇게 할 순 없어. 이러다간 죽을지도 몰라."

"더이상 용기를 낼 수가 없어요, 달링. 나는 완전히 부서져버렸어. 이 사람들이 나를 부서뜨렸어요. 이젠 알아요."

"누구나 겪는 거야."

"하지만 너무 끔찍해요. 내가 부서지도록 가만있다는 게."

"한 시간이면 다 끝날 거야."

"그럼 얼마나 좋겠어요? 달링, 나 죽는 거 아니겠죠?"

"그럼. 죽지 않아, 내가 약속해."

"당신을 두고 가긴 싫지만, 이제 너무 지쳐서 죽을 것 같아요."

"쓸데없는 소리. 누구나 겪는 일이야."

"문득 이러다 죽겠다 싶어."

"당신은 죽지 않아. 그럴 리 없어."

"하지만 만약 그러면?"

"절대 그렇게 두지 않아."

"빨리 대줘요. 그걸 대달라고!"

잠시 후 그녀가 말했다. "나는 죽지 않을 거야. 이대로 죽을 순 없어."

"당연히 죽지 않지."

"곁에 있어줄 거죠?"

"보지는 않을 거야."

"그래요. 그냥 곁에 있기만 해줘."

"물론이지. 언제나 곁에 있을게."

"당신은 너무 좋은 사람이에요. 아, 대줘요. 조금 더. 듣질 않아!"

나는 다이얼을 3으로 했다가 4까지 돌렸다. 의사가 돌아오기를 바랐다. 나는 2 이상의 숫자가 두려웠다.

마침내 다른 의사가 간호사 둘을 데리고 들어와 캐서린을 바퀴 달린 들것에 옮겼고 우리는 복도로 이동했다. 들것이 빠른 속도로 복도를 지나 승강기로 들어가자 모두 벽에 바싹 붙어 자리를 만들었다. 승강기가 올라가고 문이 열리자 고무바퀴는 복도를 지나 수술실을 향해 굴러갔다. 수술 두건과 마스크 탓에 의사를 알아볼 수가 없었다. 또다른 의사와 간호사들도 있었다.

"어떻게든 해주세요," 캐서린이 말했다. "어떻게든 해달라고요. 오 제발, 선생님, 어떻게든 도와달라고요!"

한 의사가 그녀의 얼굴에 마스크를 씌웠고 나는 조명을 밝힌 작은 원형극장 같은 수술실 문밖에서 지켜보았다.

"저쪽 문으로 들어가서 앉아 계세요." 간호사가 내게 말했다. 난간 뒤쪽에 하얀 수술대와 조명등들이 내려다보이는 벤치가 몇 개 있었다. 나는 캐서린을 지켜보았다. 얼굴에 마스크가 덮인 그녀는 이제 조용했다. 그들이 들것을 앞으로 밀었다. 나는 돌아서서 복도를 걸어갔다. 간호사 두 명이 서두르며 수술 참관실 입구 쪽으로 갔다.

"제왕절개야." 한 간호사가 말했다. "제왕절개를 한대."

다른 간호사가 웃으며 말했다. "우리가 시간을 잘 맞춰 왔네. 운이 좋지 않니?" 그들은 참관실로 이어지는 문으로 들어갔다.

또다른 간호사가 왔다. 그녀 역시 서두르고 있었다.

"저 안쪽으로 들어가세요. 안쪽으로요." 그녀가 말했다.

"밖에 있겠습니다."

그녀는 서둘러 들어갔다. 나는 복도를 서성거렸다. 참관실에 들어가기가 무서웠다. 창밖을 내다보았다. 어둑했지만 창가에 비친 불빛에 비쳐 비 내리는 것이 보였다. 나는 복도 끝에 있는 방으로 들어가 유리장 속 약병들의 이름표를 살펴보았다. 그러다가 밖으로 나와 텅 빈 복도에 서서 수술실 문을 바라보았다.

의사가 나오고 간호사가 뒤따라 나왔다. 그는 갓 껍질을 벗긴 토끼 같은 것을 두 손에 받쳐들고 급히 복도를 가로질러 다른 문으로 들어갔다. 그가 들어간 문으로 가서 보니 그들이 갓난아기에게 뭔가 하고 있었다. 의사는 내가 볼 수 있도록 갓난아기를 들어올렸다. 그리고 두 발목을 잡고 거꾸로 들어 찰싹 때렸다.

"아기는 괜찮습니까?"

"굉장합니다. 5킬로그램은 되겠는데요."

아기에게는 아무런 감정도 느낄 수 없었다. 나와 아무런 관계가 없는 것 같았다. 부성도 느껴지지 않았다.

"아들이 자랑스럽지 않으세요?" 간호사가 물었다. 그들은 아기를 씻기고 뭔가로 감쌌다. 작고 가무잡잡한 얼굴과 손이 보였지만 아기는 움직이지도 않고 울지도 않았다. 의사가 아기에게 또다시 뭔가를 했다. 당황한 기색이었다.

"아니요," 내가 말했다. "엄마를 죽일 뻔한 녀석이라서."

"그건 이 꼬마의 잘못이 아니죠. 아들을 바라지 않으셨어요?"

"아닙니다." 내가 말했다. 의사는 아기에게 뭔가 하느라 바빴다. 그는 아기의 발을 거꾸로 잡고 때렸다. 나는 계속 지켜보고 있지 않았다. 복도로 나왔다. 이제는 들어가서 볼 수 있을 것 같았다. 나는 문으로 들어가 참관실 조금 아래쪽으로 갔다. 난간 뒤에 앉아 있던 간호사들이 오라고 손짓했다. 나는 고개를 저었다. 내가 있는 곳에서도 충분히 잘 보였다.

캐서린이 죽은 줄 알았다. 죽은 것처럼 보였다. 내게 보이는 그녀의 얼굴 일부가 잿빛이었기 때문이다. 아래쪽에서는 의사가 조명 아래서 겸자로 벌려놓은 길고 가장자리가 두꺼운 상처를 꿰매고 있었다. 마스크를 쓴 또다른 의사는 마취제를 주입하고 있었다. 마스크를 쓴 간호사 둘이 이런저런 기구를 의사에게 집어주었다. 종교재판을 그린 그림을 보는 것 같았다. 그것을 지켜보자니 수술 과정을 다 볼 수도 있었지만 보지 않길 잘했다는 생각이 들었다. 절개하는 모습은 차마 볼 수 없을 것 같았지만, 구두 수선공처럼 재빠르고 숙련된 솜씨로 깊은 상처를 두툼한 이랑처럼 봉합해가는 모습을 보자 기뻤다. 상처 봉합이 끝나자 나는 문을 나와 다시 복도에서 서성거렸다. 잠시 후 의사가 나왔다.

"아내는 어떻습니까?"

"괜찮습니다. 보셨습니까?"

의사는 피곤해 보였다.

"봉합하는 건 봤습니다. 절개 부위가 무척 길던데요."

"그렇게 생각하셨어요?"

"네. 상처 부위는 가라앉겠죠?"

"아, 그럼요."

잠시 후 사람들이 바퀴 달린 들것을 밀고 나와 황급히 복도를 지나 승강기로 갔다. 나도 옆에서 따라갔다. 캐서린이 신음하고 있었다. 그들은 아래층으로 내려가 캐서린을 병실 침대에 눕혔다. 나는 침대 발치에 있는 의자에 앉았다. 병실에는 간호사가 한 명 있었다. 나는 의자에서 일어나 침대 옆에 섰다. 병실 안은 어두웠다. 캐서린이 손을 내밀며 말했다. "안녕, 달링." 몹시 약하고 지친 목소리였다.

"안녕, 내 사랑."

"아들이에요 딸이에요?"

"쉿—말씀하시면 안 돼요." 간호사가 말했다.

"아들이야. 크고 통통하고 가무잡잡해."

"건강해요?"

"응," 나는 말했다. "건강해."

나를 바라보는 간호사의 눈빛이 이상했다.

"너무 지쳤고," 캐서린이 말했다. "죽을 만큼 아파요. 당신은 괜찮아요, 달링?"

"괜찮지. 말하지 마."

"당신은 내게 정말 잘해줬어요. 아, 달링, 너무 끔찍하게 아파요. 아기는 어떻게 생겼어요?"

"노인처럼 주름진 얼굴에 껍질을 벗겨놓은 토끼 같던데."

"나가주셔야겠어요," 간호사가 말했다. "부인은 말씀하시면 안 돼요."

"밖에 있을게."

"뭘 좀 먹고 와요."

"아니야. 그냥 밖에 있을게." 나는 캐서린에게 키스했다. 그녀는 몹시 창백하고 쇠약하고 지쳐 보였다.

"얘기 좀 할 수 있을까요?" 나는 간호사에게 말했다. 우리는 함께 복도로 나왔다. 나는 복도를 조금 걸어갔다.

"아기한테 무슨 문제가 있습니까?" 내가 물었다.

"아직 모르셨나요?"

"모릅니다."

"살지 못했어요."

"죽었단 말입니까?"

"호흡을 살릴 수가 없었어요. 탯줄이나 뭔가가 목에 감겼던 것 같아요."

"그래서 죽었군요."

"네. 정말 유감이에요. 멋지고 튼튼한 아기였는데. 알고 계신 줄 알았어요."

"몰랐습니다," 내가 말했다. "다시 들어가서 부인 곁에 계셔주세요."

나는 간호사의 보고서가 클립에 끼워져 한쪽 옆에 걸린 책상 앞 의자에 앉아 창밖을 바라보았다. 보이는 거라곤 창밖으로 새어나가는 빛에 비치는 비와 어둠뿐이었다. 그렇게 된 거였다. 아기가 죽은 것이다. 그래서 의사가 그렇게 지쳐 보였던 것이다. 그런데 왜 그 방에서 그런 행동을 했을까? 아기가 다시 살아나 숨을 쉴지도 모른다고 생각했을 것이다. 나는 종교가 없지만 아기가 세례를 받아야 한다는 건 알고 있다. 하지만 아기가 전혀 숨을 쉬지 않았다면 어떻게 해야 할까? 아기는 숨을 쉬지 않았다. 처음부터 살아 있지 않았다. 캐서린의 뱃속에서만 살아 있었다. 아기가 엄마 배를 차는 것을 나도 종종 느꼈었다. 하지만 최근 일주일 사이에는 그런 움직임이 없었다. 어쩌면 그때 이미 질식했을 수도 있다. 가여운 꼬마. 제기랄, 차라리 내가 질식했더라면 좋았을 것을. 아니, 나는 그렇게 되길 바라지 않았다. 하지만 그랬다면 이런 죽음을 겪지 않았을 텐데. 이제는 캐서린이 죽을지도 모른다. 그게 인간이 하는 일이다. 인간은 죽는다. 죽음이 뭔지도 모르는 채 죽는다. 그것을 깨우칠 시간이 없다. 인간을 구장에 내던지고 규칙을 말해준 뒤 베이스에서 발을 떼는 것이 보이자마자 죽이는 것이다. 또는 아이모처럼 아무 이유도 없이 죽인다. 또는 리날도처럼 매독에 걸리게 한다. 하지만 결국은 모두를 죽인다. 그건 분명한 사실이다. 잠시 머물게 하지만 결국은 죽인다.

언젠가 캠프에 있을 때 모닥불 위에 장작 하나를 얹었는데 장작이 개미투성이였다. 장작이 타기 시작하자 개미들이 떼지어 처음에는 불이 붙은 중심부로 몰려갔다가 곧 돌아서 장작 끝으로 달아났다. 끝에 다다른 개미들은 불속으로 떨어졌다. 어떤 놈들은 불에 타서 몸이 납작해진 채 빠져나와 어디로 가는지도 모르는 채 무작정 기어갔다. 하지만 대부분은 불 쪽으로 갔다가 다시 방향을 돌려 뜨겁지 않은 끝 쪽으로 몰려갔다가 결국 불속으로 떨어졌다. 그때 나는 그것이 세상의 종말이며 내가 장작을 불에서 꺼내 개미들이 땅 위로 도망칠 수 있는 곳으로 던져줄 구세주가 될 멋진 기회라고 생각했다. 하지만 그저 양철컵의 물을 장작 위에 끼얹기만 했는데, 컵의 물을 버린 뒤 위스키를 따르고 다시 물을 타기 위해서였다. 불타는 장작에 물을 끼얹었으니 개미들은 쪄죽었을 것이다.

그렇게 나는 복도에 앉아 캐서린의 상태에 대해 들으려고 기다렸다. 간호사가 나오지 않자, 잠시 후 문으로 다가가 아주 조용히 문을 열고 들여다보았다. 복도는 밝은데 병실은 어두워서 처음에는 아무것도 보이지 않았다. 잠시 후 침대 옆에 앉아 있는 간호사와 베개를 벤 캐서린의 머리가 보였는데, 시트 아래 캐서린의 몸이 납작했다. 간호사는 손가락을 입술에 대고 일어서더니 문으로 다가왔다.

"어떻습니까?" 내가 물었다.

"괜찮아요." 간호사가 말했다. "가서 저녁을 드시고, 오고 싶을 때 다시 오세요."

나는 복도를 지나고 계단을 내려가 병원 문밖으로 나섰고 비 내리는 어두운 거리를 걸어 카페로 갔다. 불이 환하게 켜져 있었고 손님이 많았다. 앉을 곳을 찾지 못하고 있는데 웨이터가 다가와 젖은 외투와 모자를 받아들더니 맥주를 마시며 석간신문을 읽고 있는 나이 지긋한 남자가 앉아 있는 테이블 맞은편 자리로 안내했다. 나는 자리에 앉아 웨이터에게 *오늘의 메뉴*가 뭐냐고 물었다.

"송아지 스튜였는데—떨어졌습니다."

"그럼 뭘 먹을 수 있죠?"

"햄에그, 치즈에그, 슈크루트가 있습니다."

"오늘 점심때도 슈크루트를 먹었어요." 내가 말했다.

"맞아요." 그가 말했다. "그렇군요. 오늘 점심때 슈크루트를 드셨죠." 그는 벗어진 정수리 위로 남은 머리를 빗어 넘긴 중년 남자였다. 친절해 보이는 얼굴이었다.

"뭐로 하시겠습니까? 햄에그요, 치즈에그요?"

"햄에그로 주세요." 내가 말했다. "맥주도."

"약한 걸로 반잔이죠?"

"네." 내가 말했다.

"기억납니다," 그가 말했다. "점심때도 약한 걸로 반잔을 드셨죠."

나는 햄에그를 먹고 맥주를 마셨다. 햄에그는 햄 위에 달걀이 얹어져 둥근 접시에 나왔다. 너무 뜨거워 처음 한 입을 먹었다가 맥주로 입안을 식혀야 했다. 배가 고파서 웨이터에게 또 한 접시 주문했다. 맥주도 몇 잔 마셨다. 나는 아무 생각 없이 맞은편 남자가 들고 있는 신문을 읽었다. 영국군의 전선이 돌파되었다는 기사였다. 그는 내가 신문 뒷면을 읽고 있다는 걸 알고는 신문을 접었다. 웨이터에게 신문을 가져다달라고 할까 했지만 집중할 수 없을 것 같았다. 카페 안은 덥고 공기가 탁했다. 테이블에 앉아 있는 사람들 대부분이 서로 아는 사이였다. 카드게임을 하는 사람들도 있었다. 웨이터들은 바에서 테이블로 분주하게 술을 날랐다. 두 남자가 들어왔지만 앉을 자리가 없었다. 그들은 내가 앉은 테이블 맞은편에 서 있었다. 나는 맥주를 한 잔 더 주문했다. 아직은 나가고 싶지 않았다. 병원으로 돌아가기에는 시간이 너무 일렀다. 나는 되도록 생각은 하지 않고 마음의 평정을 지키려 애썼다. 남자들은 계속 서성대다가 아무도 자리에서 일어서지 않자 나가버렸다. 나는 맥주를 또 한 잔 마셨다. 내 앞에 접시가 여러 개 쌓였다. 맞은편 자리에 앉은 남자가 안경을 벗어 안경집에 넣고 신문을 접어 주머니에 넣은 뒤 술잔을 손에 든 채 안을 둘러보았다. 갑자기 돌아가야 한다는 생각이 들었다. 웨이터를 불러 계산을 하고, 외투를 입고, 모자를 쓰고 문밖으로 나왔다. 빗속을 걸어 병원으로 갔다.

위층에서 복도를 걸어오는 간호사를 만났다.

"방금 호텔로 전화를 걸었던 참이에요." 그녀가 말했다. 심장이 덜

컹 내려앉았다.

"무슨 일이죠?"

"부인에게 출혈이 있어요."

"들어가도 됩니까?"

"아니요, 지금은 안 돼요. 의사 선생님이 계세요."

"위독한가요?"

"몹시 위독하세요." 간호사는 병실로 들어가 문을 닫았다. 나는 병실 밖 복도에 앉았다. 속이 텅 비어버린 것 같았다. 아무 생각도 나지 않았다. 생각할 수가 없었다. 지금 그녀가 죽어가고 있다는 것만 알았고 그렇게 되지 않길 기도했다. 살려주십시오. 오, 하느님, 제발 캐서린을 살려주십시오. 그래주신다면 당신을 위해 뭐든지 하겠습니다. 제발, 제발, 제발, 인자하신 하느님, 제발 죽지 않게 해주십시오. 인자하신 하느님, 제발 죽지 않게 해주십시오. 제발, 제발, 제발 죽지 않게 해주십시오. 하느님, 제발 죽지 않게 해주십시오. 그래주신다면 당신의 말씀대로 무엇이든 하겠습니다. 아기를 데려가셨으니 캐서린은 살려주십시오. 아기를 데려가신 것은 괜찮지만 캐서린은 살려주십시오. 제발, 제발, 인자하신 하느님, 살려주십시오.

간호사가 문을 열고 나와 들어오라고 손짓했다. 나는 그녀를 따라 병실로 들어갔다. 내가 들어가도 캐서린은 쳐다보지 않았다. 나는 침대 옆으로 다가갔다. 의사는 침대 맞은편에 서 있었다. 캐서린이 나를 보고 미소지었다. 나는 침대 위로 몸을 굽히고 울기 시작했다.

"가여운 사람." 캐서린이 아주 부드럽게 말했다. 얼굴이 잿빛이었다.

"당신은 괜찮아, 캣," 내가 말했다. "괜찮아질 거야."

"나는 죽을 거예요," 그녀가 말했다. 그리고 잠시 후 말을 이었다. "죽기 싫어요."

나는 그녀의 손을 잡았다.

"만지지 말아요." 그녀가 말했다. 나는 그녀의 손을 놓았다. 그녀가 미소지었다. "가여운 사람. 마음대로 만져요."

"괜찮아질 거야, 캣. 괜찮아질 거라는 거 알아."

"만일을 생각해서 당신에게 편지를 써두려고 했는데 그러지 못했어요."

"신부님이나 누구 데려올까?"

"당신이면 돼요," 그녀가 말했다. 그리고 잠시 후 말을 이었다. "나는 두렵지 않아요. 싫을 뿐이지."

"말을 많이 하시면 안 됩니다." 의사가 말했다.

"알았어요." 캐서린이 말했다.

"내가 뭐 해줄까, 캣? 뭘 가져다줄까?"

캐서린은 미소지었다. "아니." 그리고 잠시 후 말했다. "당신과 내가 했던 일, 나눴던 말들, 똑같이 다른 여자와 하지 않을 거죠?"

"절대."

"그래도 여자는 만나요."

"그러고 싶지 않아."

"말을 너무 많이 하시는군요." 의사가 말했다. "헨리씨는 나가주세요. 나중에 또 들어오실 수 있습니다. 부인은 죽지 않아요. 어리석은 생각 하지 말아요."

"알겠어요," 캐서린이 말했다. "나는 돌아가서 밤마다 당신과 같이 있을 거예요." 그녀가 말했다. 말하는 것조차 무척 힘든 듯했다.

"어서 나가주십시오," 의사가 말했다. "말씀하시면 안 됩니다." 캐서린이 잿빛 얼굴로 나에게 윙크했다. "바로 문밖에 있을게." 내가 말했다.

"걱정 말아요, 달링," 캐서린이 말했다. "나는 조금도 두렵지 않아요. 이건 비열한 장난일 뿐이에요."

"당신, 멋지고 용감해."

나는 병실 밖 복도에서 기다렸다. 오랫동안 기다렸다. 간호사가 문을 열고 나에게 다가왔다. "부인이 몹시 위독하세요," 그녀가 말했다. "걱정스러워요."

"죽었나요?"

"아니요, 하지만 의식을 잃으셨어요." 계속해서 출혈이 있었던 것 같았다. 그들은 그것을 막지 못했다. 나는 병실로 들어가 캐서린이 숨을 거둘 때까지 곁에 있었다. 그녀는 내내 의식이 없었고 오래지 않아 숨을 거뒀다.

병실 밖 복도에서 나는 의사에게 말했다. "오늘밤 여기서 제가 할 수 있는 일이 있습니까?"

"아니요, 아무것도 없습니다. 제가 호텔까지 모셔다드릴까요?"

"아니, 괜찮습니다. 저는 여기 잠시 있겠습니다."

"뭐라고 드릴 말씀이 없군요. 뭐라고 말씀드려야 할지—"

"아닙니다," 내가 말했다. "말씀 안 하셔도 됩니다."

"그럼 안녕히 가십시오," 그가 말했다. "정말 호텔까지 모셔다드리면 안 될까요?"

"아니, 괜찮습니다."

"그게 유일한 방법이었습니다," 그가 말했다. "수술을 해보니—"

"그 얘기는 하고 싶지 않습니다." 내가 말했다.

"호텔까지 모셔다드리고 싶은데요."

"아니, 괜찮습니다."

그는 복도를 걸어갔다. 나는 병실 문으로 다가갔다.

"아직 들어오시면 안 돼요." 간호사가 말했다.

"아니, 들어가겠습니다." 내가 말했다.

"아직 들어오시면 안 돼요."

"당신이나 나가요," 내가 말했다. "거기 당신도."

간호사들을 내보내고 문을 닫고 전등을 꺼보아도 아무 소용 없었다. 마치 조각상에게 작별인사를 하는 것 같았다. 잠시 후 나는 병실 밖으로 나왔고 병원을 뒤로한 채 비를 맞으며 호텔을 향해 걸어갔다.

헤밍웨이 신화의 시작

1917년 미국이 독일에 선전포고를 하고 세계대전에 참전을 선언하면서 미국의 많은 청년들도 유럽의 전장으로 자원해 떠났다. 고등학교 졸업 후 〈캔자스시티 스타〉 신문사에서 수습기자로 일하고 있던 어니스트 헤밍웨이도 그중 하나였다. 이유는 단순했다. 누나 마셀린에게 보낸 편지에 썼듯이, 할아버지 세대 이후로 전쟁이 벌어진 적이 없는 미국에서는 경험할 수 없는 "쇼"를 놓칠 수 없었기 때문이다. 어머니에게서 물려받은 선천적으로 약한 시력 문제로 육군과 해군, 해병대에서 줄줄이 입대불가 판정을 받으면서 그의 유럽행은 일순 좌절되는 듯했지만 낙심한 것도 잠시뿐, 헤밍웨이는 적십자사 구급차 운전수 모집 공고를 보고 곧장 자원했고, 1918년 6월 드디어 이탈리아 북부 전선에 배치되었다.

하지만 순진한 호기심으로 전쟁터를 동경했던 열여덟 살의 헤밍웨이는 고대하던 전선 근처에 배치된 지 채 며칠도 되지 않아 호된 대가를 치르게 됐다. 군인들에게 물자수송을 하고 돌아오던 도중 박격포 공격을 받고 이백 개가 넘는 파편이 하반신에 박히는 중상을 입게 된 것이다. (『무기여 잘 있거라』의 주인공 프레더릭 헨리가 박격포 포격으로 부상을 당하는 순간 나 자신이 내 몸안에서 밖으로 휩쓸려나갔다가 다시 몸속으로 들어왔다고 한 묘사는 부상 당시 헤밍웨이의 실제 경험을 고스란히 반영한 것이다.) 이 부상으로 그는 밀라노 적십자사 병원에 육 개월 동안 입원하고 거기서 만난 일곱 살 연상의 미국인 간호사 아그네스와 사랑에 빠지지만, 나이차를 극복하지 못한 아그네스가 귀국한 헤밍웨이에게 이별을 고하는 편지를 보내며 결국 그의 첫사랑도 가슴 아픈 실연으로 끝났다. 1차세계대전에 관한 가장 유명한 소설 『무기여 잘 있거라』의 주인공 프레더릭 헨리와 캐서린 바클리는 이렇게 헤밍웨이의 자전적 경험에서 탄생했다.

헤밍웨이의 모든 작품을 1차세계대전 당시 부상 경험의 징후이자 그 원형적 경험으로 돌아가는 이야기들로 읽는 필립 영의 유명한 상처 이론에 동의하건 아니건, 그는 전쟁과 떼어놓고 생각하기 힘든 작가다. 그리고 헤밍웨이가 겪었던 1차세계대전은 이후 그리스-터키전쟁, 스페인내전, 중일전쟁, 2차세계대전에 이르기까지 20세기 전반 주요 전쟁의 역사적 현장을 취재원으로, 또 작가로 누비고, 전쟁과 전후 사회를 배경으로 소위 "고난 앞에서 품위"를 잃지 않는 "규범적 주인공"을 특유의 간결하고 예리한 문체로 그린 걸작들을 내놓은 작가 헤밍웨이 신화의 출발점을 이루는 사건이 되었다.

십 년이 흐른 후 헤밍웨이는 이때의 경험에서 영감을 받아 『무기여 잘 있거라』를 집필했고, 1929년 9월 27일 초판이 출간됐다. 『무기여 잘 있거라』는 5090부의 초판을 찍었던 첫 장편소설 『태양은 다시 떠오른다』(1926)의 여섯 배에 달하는 3만 1050부의 초판을 찍었는데도 두 달 만에 5쇄를 찍고 다음해 봄까지 몇 개월 만에 7만 9천 부 이상이 팔리는 돌풍을 일으키며 헤밍웨이 최초의 베스트셀러가 되었다. 출간 직후인 10월부터 시작된 대공황을 감안하면 더욱 놀라운 일이 아닐 수 없다. 『태양은 다시 떠오른다』로 길 잃은 세대의 대변자이자 소설의 문체를 혁신한 스타일리스트로 문단의 인정을 받고 있던 헤밍웨이는 이 작품으로 대중적으로나 비평적으로나 명실상부 20세기를 대표하는 위대한 작가의 반열에 확고하게 올라섰다. 그가 겨우 서른 살 되던 해의 일이었다.

전후 유럽을 배경으로 한 전쟁 후일담이었던 『태양은 다시 떠오른다』에서 시간을 거슬러올라가 1차세계대전이 한창 벌어지고 있던 1915년 늦여름부터 1918년 봄으로 돌아간 『무기여 잘 있거라』에서 헤밍웨이는 묘사보다는 행동과 대화, 침묵을 통해 상황을 더 웅변적으로 전달하는 그 특유의 문체로 전쟁의 추레하고 추악한 현실을 가감 없이 전달했다. 진짜 전쟁터에는 헤밍웨이를 비롯한 젊은이들을 사지로 끌어들인 애국이니 용기니 희생이니 하는 추상적 이상이 자리할 곳이라고는 없다. 부대를 따라다니는 유곽, 매춘부와의 무의미하고 반복적인 잠자리에서 낙을 찾는 군인들, 불경스럽고 음란한 대화를 전선의 일상적 풍경으로 제시하는 소설 초반부부터 프레더릭이 탈영으로 내몰려 전쟁에 이별을 고하는 3부 마지막 순간까지, 『무기여 잘 있거라』가 그리는 전쟁터는 그저 부조리하고 불가해한 곳이다. 미국인이 왜 이탈리아군에 소속되어 아직 미국이 참전도 하지 않은 전쟁에서 싸우고 있는지 늘 사람들의 호기심을 끌지만 그 이유가 끝까지 속 시원히 설명되지 않는 주인공 프레더릭 헨리의 어정쩡한 상황부터가 진짜배기 대의 같은 것은 존재하지 않는 전쟁의 본질을 암시한다.

팽팽한 대치 상황에서 지리멸렬한 소모전이 계속되는 동안 병사들을 위협하는 것은 전투는 물론이거니와 보이지 않는 전염병의 공포, 그리고 아이러니하게도 아군의 위협이다. 헤밍웨이는 겨울과 함께 찾아온 콜레라가 군대 내에 희생자 "7천 명"만 남기고 잡혔다는 참으로 그다운 짧고 무심한 문장으로 무의미한 대규모의 죽음에 무감각해져 가는 전쟁터의 참상을 묵직하게 고발한다. (실제로 무려 천만 명이 넘는 1차세계대전 전사자 중 병사자는 거의 3분의 1에 달했다.) 전쟁을 더 부조리하고 무의미하게 만드는 것은 병사들이 싸워야 할 대상이 적과 아군으로 깔끔하게 구별되는 것이 아니라 심지어 아군이라는 사실이다. 이탈리아군은 전쟁에 지치고 겁에 질린 병사들의 이탈을 막기 위해 무작위 즉결처분과 후방의 가족들이 겪어야 할 끔찍한 수모와 불이익으로 병사들을 잔인하게 협박한다. 아비규환 같은 카포레토 퇴각의 끝에는 부대를 이탈한 장교들에게 냉혹한 정의를 구현하는 야전헌병이 기다린다. 프레더릭의 부하 아이모는 정작 독일군은 피하지만 겁에 질려 제정신이 아닌 아군의 오인사격으로 어이없는 죽음을 맞는다. 퇴각의 혼란 속에서 프레더릭도 명령에 불복종하는 공병대 병장을 총살하지만, 자신도 곧 독일군 스파이라는 누명을 뒤집어쓰고 즉결처분될 위험에 처한다. 등장인물들 중 군인답게 최소한 적과의 교전 중 사망하는 인물은 아무도 없다. 프레더릭에게 중상을 입힌 박격포 포격 때 사망한 운전병 파시니가 그나마 전투중 사망하는 인물이지만, 그조차 예전의 영웅주의적 전쟁서사에서 그릴 법한 장면, 즉 부상병들을 구조한다거나 하는 상황이 아니라 참호에 엎드려 전쟁을 성토하며 형편없는 스파게티를 먹던 중에 느닷없이 죽는다. 그런 상황에서 부상당한 프레더릭에게 무공훈장을 안겨주기 위해 그 상황을 영웅적으로 미화해보려 애쓰는 리날디의 노력은 우스꽝스러울 뿐이다.

무솔리니 치하 이탈리아에서는 카포레토 퇴각의 묘사를 문제삼아 『무기여 잘 있거라』를 출판 금지시켰고 이 금지 조치는 1948년에야 풀렸지만, 미국에서도 『무기여 잘 있거라』에 열렬한 찬사만 쏟아진 것은 아니었다. 헤밍웨이의 혁신적인 스타일과 소재를 둘러싼 비판은 소설이 대중들에게 더 널리 인기를 끈 만큼 오히려 전작 때보다 거셌다. 소설은 초판이 나오기 전인 1929년 5월부터 〈스크리브너스 매거진〉에 먼저 연재되었는데, 비도덕적인 혼전관계, 군인들이 사용하는 상스러운 언어, 1차세계대전을 무의미하게 그리는 반전 정서 등이 논란이 되면서 잡지 구독을 취소하는 독자들이 늘어났는가 하면, 급기야 보스턴 경찰본부장 마이클 H. 크롤리가 "외설적"인 소설을 연재하는 〈스크리브너스 매거진〉을 판매 금지시키는 상황까지 벌어졌다.

> 나는 신성이니 영광이니 희생이니 하는 말과 헛되다는 표현을 들을 때마다 늘 곤혹스러웠다. (…) 참고 듣기 힘든 말이 너무 많았기 때문에 나중에는 지명地名만이 위엄을 갖게 되었다. 숫자와 날짜 같은 것들만이 지명과 더불어 우리가 말할 수 있고 의미를 부여할 수

있는 유일한 것이 되었다. 영광이니 명예니 용기니 신성이니 하는 추상적인 말들은 마을 이름이나 도로 번호, 강 이름, 연대 번호, 날짜 같은 구체적인 말 옆에서 외설스럽게 느껴졌다.

헤밍웨이가 생각하는 "외설"의 개념은 빅토리아시대의 엄숙하고 도덕주의에서 벗어나지 못한 일부 대중의 생각과 전혀 달랐다. 진짜 외설스러운 것은 사랑하는 두 남녀의 혼전관계나 군인들이 사용하는 비속어가 아니라 식민지를 차지하기 위한 이권 다툼을 영광이니 명예니 용기니 신성이니 하는 추상적인 말들로 번지르르하게 포장해 젊은이들을 사지로 밀어넣는 거짓 언어였다. 탈리아멘토강에서 장교들을 즉결처분하는 야전헌병들이 보여주는, "자기 자신은 죽음의 위협을 받지 않으면서 죽음을 선고하는 사람 특유의 놀라운 초연함과 준엄한 정의에 대한 충성심"이야말로 언어와 진실을 유리시키는 진짜 외설스러움이었다. 헤밍웨이의 하드보일드 스타일이 전후 시대의 새로운 문체로 각광받을 수 있었던 것은 더럽혀지고 공허해진 수사적 언어에 대한 불신과 위선적 도덕주의에 대한 회의에 빠진 시대의 정서와 요구에 합일했기 때문이다. 스크리브너스사 또한 (일부 욕설과 상스러운 단어들을 지우고 대시 부호로 대체하기는 했지만) 작품 전체를 보지 않고 부분을 문제삼는 행태를 비판하며 헤밍웨이를 옹호했다. 헤밍웨이가 초판의 대시 위에다 삭제된 단어들을 손으로 일일이 다시 적어 제임스 조이스를 비롯한 지인들에게 증정했다는 일화나, 연재 당시 반전 정서에 대한 논란을 성토라도 하듯이 다른 사람들을 싸움터로 내몰고 뒤에서 이익을 챙기는 자들을 직접 총으로 처단하겠다며 전쟁에 대한 혐오를 거침없이 토로하는 1948년판 작가 서문은 당시의 논란에 대한 헤밍웨이의 냉소적이고 비판적인 태도를 잘 보여준다.

하지만 『무기여 잘 있거라』를 오랫동안 널리 사랑받는 작품으로 만든 것은, 헤밍웨이 스스로도 이 작품을 자신이 쓴 『로미오와 줄리엣』이라고 불렀을 정도로 만남과 사랑, 죽음으로 인한 이별이라는 고전적 공식에 충실한 프레더릭 헨리와 캐서린 바클리의 비극적 사랑 이야기다. 과거를 회상하는 프레더릭의 일인칭 시점으로 전개되는 소설은 전쟁과 사랑을 통해 프레더릭이 변해가는 과정을 보여주는 일종의 성장소설이기도 하다. 알 수 없는 이유로 이탈리아군에서 복무하고 있는 프레더릭은 군인이 전쟁에서 싸워야 하는 것은 당위로 받아들이지만 그렇다고 대단한 대의에 대한 믿음도 없고 어떤 가치에도 헌신하지 못하는 인물이다. 신부와 리날디, 부하들 모두와 우호적인 관계를 유지하지만 그들이 대변하는 진지한 믿음이나 방탕한 생활, 전쟁에 대한 반감에서 모두 어정쩡한 거리를 두고 있던 프레더릭은 전쟁으로부터의 도피처 정도로 가볍게 생각했던 캐서린을 진정으로 사랑하게 되고 전쟁의 본질을 뼈저리게 체험하면서 전쟁/무기arms에 등을 돌릴 용기를 얻지만, 결국 진정으로 헌신하고 싶은 종교이자 가치로 받아들인 캐서린의 품arms 또한 잃어버리면서 비 내리는 차가운 세상에 홀로 남는다.

프레더릭의 시각을 통해서만 제시되는 캐서린은 헤밍웨이의 여성 인물들 중 가장 극과 극으로 상반되는 평가를 받고 있지만, 그렇기 때문에 더 흥미로운 인물이다. 사랑 이야기로 『무기여 잘 있거라』를 읽을 때 가장 의외의 장면은 두 사람의 첫 만남이다. 매춘부와 무의미한 잠자리를 하지 않을 수 있다면 캐서린이 제정신이 아니라도 상관없다고 생각하는 프레더릭과 그가 단지 게임을 하고 있다는 것을 알고 있을 뿐 아니라 게임 때문에 굳이 마음에도 없는 말을 할 필요 없다고 대놓고 말하는 캐서린의 대화는 흔히 기대할 법한 애절한 사랑의 시작과는 한참 거리가 멀다. 독자적인 자아를 거듭 부정하고 프레더릭과 하나가 되기를 원하는 캐서린이 남성 판타지의 집약체인 성적 대상에 불과하다는 비판도 많지만, 캐서린이 처음부터 프레더릭보다 세상을 더 잘 알고 있는 성숙한 인물로 제시되는 것은 분명하다. 전쟁터에서 약혼자를 잃은 캐서린은 그 고통을 통해 죽음과 상실이 피할 수 없는 삶의 일부라는 것을 이미 깨닫고 있다. 전쟁 이야기는 하지 말자는 프레더릭의 말에 전쟁 이야기를 안 할 수가 없다고 대답하는 캐서린은 현실을 도피하는 대신 고통과 고난으로 점철된 세상에서도 자신만의 가치에 따라 살기를 선택하는 인물이다. 캐서린이야말로 이 작품의 진정한 "규범적 주인공"이라는 해석들이 나오는 이유다.

하지만 갖은 위험을 무릅쓰고 전쟁터를 떠난 두 연인은 캐서린이 아이를 낳다 죽으면서 생각지도 않은 이별을 맞는다. 이 소설을 전쟁의 비극이 아니라 삶의 부조리를 보여주는 보편적 비극으로 확장시키는 결말이다. 약혼자의 죽음에 대해 이야기하며 죽음이 모든 것의 끝이라고 했던 캐서린의 말에 동의하지 않았던 프레더릭은 "조각상"으로 화해버린 연인 앞에서 마침내 그 거대한 무無를 마주한다.

간호사들을 내보내고 문을 닫고 전등을 꺼보아도 아무 소용 없었다. 마치 조각상에게 작별인사를 하는 것 같았다. 잠시 후 나는 병실 밖으로 나왔고 병원을 뒤로한 채 비를 맞으며 호텔을 향해 걸어갔다.

백 단어도 안 되는 짧고 건조한 결말은 프레더릭의 생각이나 감정, 그 어떤 것도 설명하지 않지만 침묵으로 주제의식을 웅변한다. 헤밍웨이가 딱 맞는 표현을 찾을 때까지 무려 마흔일곱 번을 고쳐썼다는 이 결말은 수면 위에는 8분의 1만 보이지만 수면 아래 거대한 덩어리가 감춰져 있는 "빙산"에 비유되는 헤밍웨이 문체의 정수를 보여주는 예시로서 뿐만 아니라 소설 역사상 가장 뛰어난 결말의 하나로 지금까지도 예찬받고 있다. 완벽한 끝, 그리고 거장 헤밍웨이 신화의 시작이다.

권진아

어니스트 헤밍웨이 연보

1899년 7월 21일 미국 일리노이주 시카고 근교 오크파크에서 의사 클래런스 헤밍웨이와 음악가 그레이스 헤밍웨이 부부의 여섯 자녀 중 둘째로 태어남. 어린 시절 아버지에게 낚싯대를, 어머니에게 첼로를 선물받음. 운동과 사냥을 좋아하는 아버지와 예술가 기질이 풍부하고 신앙심 깊은 어머니의 영향 아래 성장함. 특히 어머니는 어린 헤밍웨이에게 여자아이 옷을 입히기도 함. 부모의 성향은 헤밍웨이의 인생과 문학에 큰 영향을 미침.

1909년 열번째 생일선물로 엽총을 선물받음. 가족과 매년 왈론호수의 별장에서 여름휴가를 보냄. 이때부터 평생 자연을 사랑하는 마음을 갖게 됨.

1913년 오크파크고등학교에 입학, 학교신문 〈트래피즈trapeze〉를 편집하고 기사를 씀.

1917년 고등학교를 졸업하고 〈캔자스시티 스타〉 수습기자로 입사함. 기자생활을 하는 동안 건조하고 간결한 '하드보일드' 문체의 기틀이 확립됨.

1918년 5월, 미국 적십자사 구급차 운전병으로 1차세계대전에 참가함. 이탈리아 북부 포살타 디 피아베에 배치됨. 7월 8일, 적의 포격으로 두 다리에 중상을 입고 후송되어 밀라노의 적십자병원에 입원함. 부상을 당하면서도 동료 이탈리아 병사를 구한 공로로 이탈리아 무공훈장을 받음. 일곱 살 연상의 미국인 간호사 아그네스를 만나 사랑에 빠지지만 청혼을 거절당하고 이듬해 헤어짐. 아그네스는 『무기여 잘 있거라*A Farewell to Arms*』의 여주인공 캐서린의 실제 모델이 됨.

1919년 1차세계대전 종전 후 귀국함.

1920년 시카고에서 잡지사 편집자로 잠시 일하던 중 소설가 셔우드 앤더슨을 만남. 그의 조언을 받아들여 본격적인 문학수업을 위해 파리로 가기로 결심함.

1921년 9월 3일, 여덟 살 연상의 해들리 리처드슨과 결혼함. 캐나다 〈토론토 스타〉 특파원으로 부부가 함께 파리로 떠남. 12월, 파리에 도착함. 거트루드 스타인, 에즈라 파운드, F. 스콧 피츠제럴드 등과 교유하며 습작에 열중함.

1922년 그리스-터키전쟁을 취재함. 12월, 아내 해들리가 파리의 리옹역에서 헤밍웨이의 습작 원고를 모두 분실함.

1923년 스페인에서 난생처음 투우를 구경하고, 평생 투우에 매료됨. 7월, 첫 소설 『단편 셋과 시 열 편*Three Stories and Ten Poems*』을 한정판으로 출간. 10월, '범비'라는 애칭으로 알려진 장남 존 해들리 태어남. 파리에서 소설을 쓰기 위해 기자를 그만둠.

1924년 1월, 단편집 『우리 시대에*In Our Time*』 파리에서 출간.

1925년 아내 해들리의 친구이자 〈보그〉 기자 폴린 파이퍼와 만남. 파리에서 세 살 위인 F. 스콧 피츠제럴드를 만남. 10월, 『우리 시대에』 증보판 미국에서 출간.

1926년 헤밍웨이의 문학적 재능에 감탄한 스콧 피츠제럴드가 자기 책을 펴내던 미국의 유명 출판사 스크리브너스의 편집자인 맥스웰 퍼킨스를 소개함. 5월, 단편집 『봄의 계류*The Torrents of Spring*』 스크리브너스에서 출간. 이후 헤밍웨이의 모든 작품은 스크리브너스에서 출간됨. 10월, 『태양은 다시 떠오른다*The Sun Also Rises*』 출간. 전후 젊은이들의 방황과 환멸을 사실적으로 묘사한 『태양은 다시 떠오른다』가 베스트셀러가 되면서 이른바 "잃어버린 세대lost generration"의 바이블로 회자됨. "잃어버린 세대"는 범비의 대모인 거트루드 스타인이 했던 말 "당신들은 모두 잃어버린 세대야"를 헤밍웨이가 이 책 서문에 인용하면서 유명해짐.

1927년 4월, 해들리와 이혼하고 폴린 파이퍼와 결혼함. 10월, 단편집 『남자만의 세계*Men Without Woman*』 출간.

1928년 아내 폴린과 함께 파리를 떠나 미국 플로리다주 키웨스트로 이주함. 차남 패트릭 태어남. 12월, 아버지 클래런스 헤밍웨이가 우울증으로 권총자살을 하자 큰 충격을 받음.

1929년 9월, 『무기여 잘 있거라』 출간, 전쟁문학의 걸작으로 평가받으며 큰 성공을 거둠.

1930년 사냥여행중 팔이 부러져 세 차례 수술받음.

1931년 삼남 그레고리 태어남.

1932년 쿠바의 수도 아바나에서 두 달간 머무르며 청새치 낚시를 함. 9월, 투우를 소재로 한 논픽션 『오후의 죽음*Death in the Afternoon*』 출간.

1933년 아내 폴린과 케냐에서 사파리여행을 함. 10월, 단편집 『승자에게는 아무것도 주지 마라*Winner Take Nothing*』 출간.

1934년 낚싯배를 구입하고 '필라'호라고 명명함.

1935년 낚시를 하던 중 권총 오발 사고로 다리에 부상을 입음. 10월, 아프리카에서의 사냥, 문학과 인생 이야기를 담은 에세이집 『아프리카의 푸른 언덕*Green Hills of Africa*』 출간.

1936년 아바나를 중심으로 필라호를 타고 한 달 동안 낚시여행을 함. 〈에스콰이어〉에 단편 「킬리만자로의 눈*The Snow of Kilimanjaro*」 발표. 〈코즈모폴리턴〉에 「프랜시스 머콤버의 짧고 행복한 생애*The Short Happy Life of Francis*

Macomber」 발표.

1937년 북아메리카신문연맹 특파원으로 스페인내전을 취재함. 요리스 이벤스 감독과 다큐멘터리 〈스페인의 대지The Spanish Earth〉를 제작하고 해설을 집필함. 미국의 소설가이자 저널리스트인 마사 겔혼과 만남. 10월, 『가진 자와 못 가진 자*To Have and Have Not*』 출간.

1938년 6월, 다큐멘터리 해설집 『스페인의 대지』 출간. 10월, 헤밍웨이의 유일한 희곡 「제5열」이 실린 『제5열과 최초의 49편 *The Fifth Column and the First Forty-Nine Stories*』 출간.

1939년 폴린과 별거. 쿠바 아바나 근교의 농원 저택을 빌려 '핑카 비히아(전망 좋은 농장)'라 명명하고, 그곳에서 마사 겔혼과 생활함.

1940년 10월, 『누구를 위하여 종은 울리나*For Whom the Bell Tolls*』 출간. 폴린과 이혼하고 마사 겔혼과 결혼 후 핑카 비히아를 구입함. 이 집에 살며 『노인과 바다*The Old Man and the Sea*』를 비롯한 다수의 작품을 집필함. 현재 이 저택은 헤밍웨이박물관으로 사용되고 있음.

1941년 중국과 아시아를 여행하고 취재함.

1942년 2차세계대전중 미국 해군에 자원해 필라호로 쿠바 해안에서 독일 잠수함을 이 년 동안 수색하나 아무 성과 없이 끝남. 『전쟁하는 사람들*Men at War*』을 편집하고 서문을 씀.

1943년 〈콜리어〉 특파원으로 2차세계대전 노르망디 상륙작전을 취재함. 런던에서 저널리스트 메리 웰시를 만남.

1945년 메리 웰시와 자동차를 타고 가다 전복사고로 늑골이 부러지고 얼굴이 찢어지는 중상을 입음. 마사 겔혼과 이혼.

1946년 네번째 아내이자 말년의 헤밍웨이 곁을 지킨 메리와 결혼. 아이다호주 케첨에 집을 마련함.

1950년	9월, 『강 건너 숲속으로*Across the River and Into the Trees*』 출간. 이전 작품들의 재탕이라는 혹평을 받음.
1951년	어머니 그레이스 헤밍웨이 사망. 두번째 아내 폴린 사망.
1952년	9월, 〈라이프〉에 『노인과 바다』 발표. 〈라이프〉 9월호가 이틀 만에 500만 부 이상 팔려나갈 만큼 큰 인기를 얻음. 일주일 뒤 단행본으로 출간.
1953년	『노인과 바다』로 퓰리처상 수상. 아내 메리와 두번째 아프리카 여행을 떠남.
1954년	아프리카 여행중 연이은 두 차례의 비행기 추락사고로 중상을 입음. 언론에 헤밍웨이 사망 오보가 남. 10월, 노벨문학상에 선정되나 건강 문제로 시상식에는 참석하지 못함.
1959년	메리와 함께 케첨으로 돌아옴. 정신쇠약, 우울증, 고혈압, 간염 등을 앓으며 창작활동이 어려울 정도로 건강이 악화됨.
1960년	피델 카스트로의 재산국유화 선언으로 쿠바를 떠나 영구 귀국해 아이다호주에 정착함. 〈라이프〉에 스페인의 가장 위대한 두 투우사에 대한 글 「위험한 여름*The Dangerous Summer*」 기고. 과대망상증과 우울증으로 입원.
1961년	7월 2일, 아이다호주 케첨의 자택에서 엽총 자살로 생을 마감함.
1964년	『움직이는 축제일*A Moveable Feast*』 출간.
1970년	미완의 장편 『해류 속 섬들*Islands in the Stream*』 출간.
1972년	『닉 애덤스 스토리*The Nick Adams Stories*』 출간.
1974년	찰스 스크리브너 2세가 편집한 『영원한 헤밍웨이*The Enduring Hemingway*』 출간.
1977년	『88편의 시*88 Poems*』 출간.
1985년	『위험한 여름』 출간.
1986년	『에덴동산*The Garden of Eden*』 출간.

1987년 『어니스트 헤밍웨이 단편전집*The Complete Short Stories of Ernest Hemingway*』 출간.

1999년 7월, 1953년 아프리카 여행을 기록한 미완의 원고를 차남 패트릭이 편집하고 완성해 『여명의 진실*True at First Light*』 출간.

문학동네 세계문학전집 발간에 부쳐

세계문학은 국민문학 혹은 지역문학을 떠나 존재하는 문학이 아니지만 그것들의 총합도 아니다. 세계문학이라는 용어에는 그 나름의 언어와 전통을 갖고 있는 국민문학이나 지역문학의 존재를 인정하면서 그것을 넘어서는 문학의 보편적 질서에 대한 관념이 새겨져 있다. 그 용어를 처음 고안한 19세기 유럽인들은 유럽문학을 중심으로 그 질서를 구축했지만 풍부한 국민문학의 전통을 가지고 있는 현대의 문학 강국들은 나름의 방식으로 세계문학을 이해하면서 정전(正典)의 목록을 작성하고 또 수정한다.

한국에서도 세계문학 관념은 우리 사회와 문화의 변화 속에서 거듭 수정돼왔다. 어느 시기에는 제국 일본의 교양주의를 반영한 세계문학 관념이, 어느 시기에는 제3세계 민족주의에 동조한 세계문학 관념이 출현했고, 그러한 관념을 실천한 전집물이 출판됐다. 21세기 한국에 새로운 세계문학전집이 필요하다는 것은 명백하다. 우리의 지성과 감성의 기준에 부합하는 세계문학을 다시 구상할 때가 되었다.

문학동네 세계문학전집은 범세계적으로 통용되는 고전에 대한 상식을 존중하면서도 지난 반세기 동안 해외 주요 언어권에서 창작과 연구의 진전에 따라 일어난 정전의 변동을 고려하여 편성되었다. 그래서 불멸의 명작은 물론 동시대 세계의 중요한 정치·문화적 실천에 영감을 준 새로운 작품들을 두루 포함시켰다.

창립 이후 지금까지 한국문학 및 번역문학 출판에서 가장 전문적이고 생산적인 그룹을 대표해온 문학동네가 그간 축적한 문학 출판 경험을 바탕으로 새로운 세계문학전집을 펴낸다. 인류가 무지와 몽매의 어둠 속을 방황하면서도 끝내 길을 잃지 않은 것은 세계문학사의 하늘에 떠 있는 빛나는 별들이 길잡이가 되어주었기 때문이다. 우리가 자부심과 사명감 속에서 그리게 될 이 새로운 별자리가 독자들의 관심과 애정에 힘입어 우리 모두의 뿌듯한 자산이 되기를 소망한다.

문학동네 세계문학전집 편집위원

민은경, 박유하, 변현태, 송병선, 이재룡, 홍길표, 남진우, 황종연

세계문학전집 186
무기여 잘 있거라

1판 1쇄 2020년 1월 10일
1판 4쇄 2024년 10월 30일

지은이 어니스트 헤밍웨이 | 옮긴이 권진아

책임편집 김혜정 | 편집 황정숙 이희연 | 독자모니터 유부만두
디자인 김현우 이원경 | 저작권 박지영 형소진 최은진 오서영
마케팅 정민호 서지화 한민아 이민경 왕지경 정경주 김수인 김혜원 김하연 김예진
브랜딩 함유지 함근아 박민재 김희숙 이송이 박다솔 조다현 정승민 배진성
제작 강신은 김동욱 이순호 | 제작처 영신사

펴낸곳 (주)문학동네 | 펴낸이 김소영
출판등록 1993년 10월 22일 제2003-000045호
주소 10881 경기도 파주시 회동길 210
전자우편 editor@munhak.com | 대표전화 031) 955-8888 | 팩스 031) 955-8855
문의전화 031) 955-1927(마케팅) 031) 955-1904(편집)
문학동네카페 http://cafe.naver.com/mhdn
인스타그램 @munhakdongne | 트위터 @munhakdongne
북클럽문학동네 http://bookclubmunhak.com

ISBN 978-89-546-6025-9 04840
978-89-546-0901-2 (세트)

잘못된 책은 구입하신 서점에서 교환해드립니다.
기타 교환 문의 031) 955-2661, 3580

www.munhak.com

문학동네 세계문학전집

1, 2, 3 안나 카레니나 레프 톨스토이 | 박형규 옮김
4 판탈레온과 특별봉사대 마리오 바르가스 요사 | 송병선 옮김
5 황금 물고기 J. M. G. 르 클레지오 | 최수철 옮김
6 템페스트 윌리엄 셰익스피어 | 이경식 옮김
7 위대한 개츠비 F. 스콧 피츠제럴드 | 김영하 옮김
8 아름다운 애너벨 리 싸늘하게 죽다 오에 겐자부로 | 박유하 옮김
9, 10 파우스트 요한 볼프강 폰 괴테 | 이인웅 옮김
11 가면의 고백 미시마 유키오 | 양윤옥 옮김
12 킴 러디어드 키플링 | 하창수 옮김
13 나귀 가죽 오노레 드 발자크 | 이철의 옮김
14 피아노 치는 여자 엘프리데 옐리네크 | 이병애 옮김
15 1984 조지 오웰 | 김기혁 옮김
16 벤야멘타 하인학교-야콥 폰 군텐 이야기 로베르트 발저 | 홍길표 옮김
17, 18 적과 흑 스탕달 | 이규식 옮김
19, 20 휴먼 스테인 필립 로스 | 박범수 옮김
21 체스 이야기·낯선 여인의 편지 슈테판 츠바이크 | 김연수 옮김
22 왼손잡이 니콜라이 레스코프 | 이상훈 옮김
23 소송 프란츠 카프카 | 권혁준 옮김
24 마크롤 가비에로의 모험 알바로 무티스 | 송병선 옮김
25 파계 시마자키 도손 | 노영희 옮김
26 내 생명 앗아가주오 앙헬레스 마스트레타 | 강성식 옮김
27 여명 시도니가브리엘 콜레트 | 송기정 옮김
28 한때 흑인이었던 남자의 자서전 제임스 웰든 존슨 | 천승걸 옮김
29 슬픈 짐승 모니카 마론 | 김미선 옮김
30 피로 물든 방 앤절라 카터 | 이귀우 옮김
31 숨그네 헤르타 뮐러 | 박경희 옮김
32 우리 시대의 영웅 미하일 레르몬토프 | 김연경 옮김
33, 34 실낙원 존 밀턴 | 조신권 옮김
35 복낙원 존 밀턴 | 조신권 옮김
36 포로기 오오카 쇼헤이 | 허호 옮김
37 동물농장·파리와 런던의 따라지 인생 조지 오웰 | 김기혁 옮김
38 루이 랑베르 오노레 드 발자크 | 송기정 옮김
39 코틀로반 안드레이 플라토노프 | 김철균 옮김
40 어두운 상점들의 거리 파트릭 모디아노 | 김화영 옮김
41 순교자 김은국 | 도정일 옮김
42 젊은 베르테르의 슬픔 요한 볼프강 폰 괴테 | 안장혁 옮김
43 더블린 사람들 제임스 조이스 | 진선주 옮김
44 설득 제인 오스틴 | 원영선, 전신화 옮김
45 인공호흡 리카르도 피글리아 | 엄지영 옮김
46 정글북 러디어드 키플링 | 손향숙 옮김
47 외로운 남자 외젠 이오네스코 | 이재룡 옮김
48 에피 브리스트 테오도어 폰타네 | 한미희 옮김

49 둔황 이노우에 야스시 | 임용택 옮김
50 미크로메가스·캉디드 혹은 낙관주의 볼테르 | 이병애 옮김
51, 52 염소의 축제 마리오 바르가스 요사 | 송병선 옮김
53 고야산 스님·초롱불 노래 이즈미 교카 | 임태균 옮김
54 다니엘서 E. L. 닥터로 | 정상준 옮김
55 이날을 위한 우산 빌헬름 게나치노 | 박교진 옮김
56 톰 소여의 모험 마크 트웨인 | 강미경 옮김
57 카사노바의 귀향·꿈의 노벨레 아르투어 슈니츨러 | 모명숙 옮김
58 바보들을 위한 학교 사샤 소콜로프 | 권정임 옮김
59 어느 어릿광대의 견해 하인리히 뵐 | 신동도 옮김
60 웃는 늑대 쓰시마 유코 | 김훈아 옮김
61 팔코너 존 치버 | 박영원 옮김
62 한눈팔기 나쓰메 소세키 | 조영석 옮김
63, 64 톰 아저씨의 오두막 해리엇 비처 스토 | 이종인 옮김
65 아버지와 아들 이반 투르게네프 | 이항재 옮김
66 베니스의 상인 윌리엄 셰익스피어 | 이경식 옮김
67 해부학자 페데리코 안다아시 | 조구호 옮김
68 긴 이별을 위한 짧은 편지 페터 한트케 | 안장혁 옮김
69 호텔 뒤락 애니타 브루크너 | 김정 옮김
70 잔해 쥘리앵 그린 | 김종우 옮김
71 절망 블라디미르 나보코프 | 최종술 옮김
72 더버빌가의 테스 토머스 하디 | 유명숙 옮김
73 감상소설 미하일 조셴코 | 백용식 옮김
74 빙하와 어둠의 공포 크리스토프 란스마이어 | 진일상 옮김
75 쓰가루·석별·옛날이야기 다자이 오사무 | 서재곤 옮김
76 이인 알베르 카뮈 | 이기언 옮김
77 달려라, 토끼 존 업다이크 | 정영목 옮김
78 몰락하는 자 토마스 베른하르트 | 박인원 옮김
79, 80 한밤의 아이들 살만 루슈디 | 김진준 옮김
81 죽은 군대의 장군 이스마일 카다레 | 이창실 옮김
82 페레이라가 주장하다 안토니오 타부키 | 이승수 옮김
83, 84 목로주점 에밀 졸라 | 박명숙 옮김
85 아베 일족 모리 오가이 | 권태민 옮김
86 폭풍의 언덕 에밀리 브론테 | 김정아 옮김
87, 88 늦여름 아달베르트 슈티프터 | 박종대 옮김
89 클레브 공작부인 라파예트 부인 | 류재화 옮김
90 P세대 빅토르 펠레빈 | 박혜경 옮김
91 노인과 바다 어니스트 헤밍웨이 | 이인규 옮김
92 물방울 메도루마 슌 | 유은경 옮김
93 도깨비불 피에르 드리외라로셸 | 이재룡 옮김
94 프랑켄슈타인 메리 셸리 | 김선형 옮김
95 래그타임 E. L. 닥터로 | 최용준 옮김

96 캔터빌의 유령 오스카 와일드 | 김미나 옮김
97 만(卍) · 시게모토 소장의 어머니 다니자키 준이치로 | 김춘미, 이호철 옮김
98 맨해튼 트랜스퍼 존 더스패서스 | 박경희 옮김
99 단순한 열정 아니 에르노 | 최정수 옮김
100 열세 걸음 모옌 | 임홍빈 옮김
101 데미안 헤르만 헤세 | 안인희 옮김
102 수레바퀴 아래서 헤르만 헤세 | 한미희 옮김
103 소리와 분노 윌리엄 포크너 | 공진호 옮김
104 곰 윌리엄 포크너 | 민은영 옮김
105 롤리타 블라디미르 나보코프 | 김진준 옮김
106, 107 부활 레프 톨스토이 | 박형규 옮김
108, 109 모래그릇 마쓰모토 세이초 | 이병진 옮김
110 은둔자 막심 고리키 | 이강은 옮김
111 불타버린 지도 아베 고보 | 이영미 옮김
112 말라볼리아가의 사람들 조반니 베르가 | 김운찬 옮김
113 디어 라이프 앨리스 먼로 | 정연희 옮김
114 돈 카를로스 프리드리히 실러 | 안인희 옮김
115 인간 짐승 에밀 졸라 | 이철의 옮김
116 빌러비드 토니 모리슨 | 최인자 옮김
117, 118 미국의 목가 필립 로스 | 정영목 옮김
119 대성당 레이먼드 카버 | 김연수 옮김
120 나나 에밀 졸라 | 김치수 옮김
121, 122 제르미날 에밀 졸라 | 박명숙 옮김
123 현기증. 감정들 W. G. 제발트 | 배수아 옮김
124 강 동쪽의 기담 나가이 가후 | 정병호 옮김
125 붉은 밤의 도시들 윌리엄 버로스 | 박인찬 옮김
126 수고양이 무어의 인생관 E. T. A. 호프만 | 박은경 옮김
127 맘브루 R. H. 모레노 두란 | 송병선 옮김
128 익사 오에 겐자부로 | 박유하 옮김
129 땅의 혜택 크누트 함순 | 안미란 옮김
130 불안의 책 페르난두 페소아 | 오진영 옮김
131, 132 사랑과 어둠의 이야기 아모스 오즈 | 최창모 옮김
133 페스트 알베르 카뮈 | 유호식 옮김
134 다마세누 몬테이루의 잃어버린 머리 안토니오 타부키 | 이현경 옮김
135 작은 것들의 신 아룬다티 로이 | 박찬원 옮김
136 시스터 캐리 시어도어 드라이저 | 송은주 옮김
137 고독한 산책자의 몽상 장자크 루소 | 문경자 옮김
138 용의자의 야간열차 다와다 요코 | 이영미 옮김
139 세기아의 고백 알프레드 드 뮈세 | 김미성 옮김
140 햄릿 윌리엄 셰익스피어 | 이경식 옮김
141 카산드라 크리스타 볼프 | 한미희 옮김
142 이 글을 읽는 사람에게 영원한 저주를 마누엘 푸익 | 송병선 옮김

143 마음 나쓰메 소세키 | 유은경 옮김
144 바다 존 밴빌 | 정영목 옮김
145, 146, 147, 148 전쟁과 평화 레프 톨스토이 | 박형규 옮김
149 세 가지 이야기 귀스타브 플로베르 | 고봉만 옮김
150 제5도살장 커트 보니것 | 정영목 옮김
151 알렉시·은총의 일격 마르그리트 유르스나르 | 윤진 옮김
152 말라 온다 알베르토 푸겟 | 엄지영 옮김
153 아르세니예프의 인생 이반 부닌 | 이항재 옮김
154 오만과 편견 제인 오스틴 | 류경희 옮김
155 돈 에밀 졸라 | 유기환 옮김
156 젊은 예술가의 초상 제임스 조이스 | 진선주 옮김
157, 158, 159 카라마조프가의 형제들 표도르 도스토옙스키 | 김희숙 옮김
160 진 브로디 선생의 전성기 뮤리얼 스파크 | 서정은 옮김
161 13인당 이야기 오노레 드 발자크 | 송기정 옮김
162 하지 무라트 레프 톨스토이 | 박형규 옮김
163 희망 앙드레 말로 | 김웅권 옮김
164 임멘 호수·백마의 기사·프시케 테오도어 슈토름 | 배정희 옮김
165 밤은 부드러워라 F. 스콧 피츠제럴드 | 정영목 옮김
166 야간비행 앙투안 드 생텍쥐페리 | 용경식 옮김
167 나이트우드 주나 반스 | 이예원 옮김
168 소년들 앙리 드 몽테를랑 | 유정애 옮김
169, 170 독립기념일 리처드 포드 | 박영원 옮김
171, 172 닥터 지바고 보리스 파스테르나크 | 박형규 옮김
173 싯다르타 헤르만 헤세 | 권혁준 옮김
174 야만인을 기다리며 J. M. 쿳시 | 왕은철 옮김
175 철학편지 볼테르 | 이봉지 옮김
176 거지 소녀 앨리스 먼로 | 민은영 옮김
177 창백한 불꽃 블라디미르 나보코프 | 김윤아 옮김
178 슈틸러 막스 프리슈 | 김인순 옮김
179 시핑 뉴스 애니 프루 | 민승남 옮김
180 이 세상의 왕국 알레호 카르펜티에르 | 조구호 옮김
181 철의 시대 J. M. 쿳시 | 왕은철 옮김
182 카시지 조이스 캐럴 오츠 | 공경희 옮김
183, 184 모비 딕 허먼 멜빌 | 황유원 옮김
185 솔로몬의 노래 토니 모리슨 | 김선형 옮김
186 무기여 잘 있거라 어니스트 헤밍웨이 | 권진아 옮김
187 컬러 퍼플 앨리스 워커 | 고정아 옮김
188, 189 죄와 벌 표도르 도스토옙스키 | 이문영 옮김
190 사랑 광기 그리고 죽음의 이야기 오라시오 키로가 | 엄지영 옮김
191 빅 슬립 레이먼드 챈들러 | 김진준 옮김
192 시간은 밤 류드밀라 페트루셉스카야 | 김혜란 옮김
193 타타르인의 사막 디노 부차티 | 한리나 옮김

194 고양이와 쥐 귄터 그라스 | 박경희 옮김
195 펠리시아의 여정 윌리엄 트레버 | 박찬원 옮김
196 마이클 K의 삶과 시대 J. M. 쿳시 | 왕은철 옮김
197, 198 오스카와 루신다 피터 케리 | 김시현 옮김
199 패싱 넬라 라슨 | 박경희 옮김
200 마담 보바리 귀스타브 플로베르 | 김남주 옮김
201 패주 에밀 졸라 | 유기환 옮김
202 도시와 개들 마리오 바르가스 요사 | 송병선 옮김
203 루시 저메이카 킨케이드 | 정소영 옮김
204 대지 에밀 졸라 | 조성애 옮김
205, 206 백치 표도르 도스토옙스키 | 김희숙 옮김
207 백야 표도르 도스토옙스키 | 박은정 옮김
208 순수의 시대 이디스 워턴 | 손영미 옮김
209 단순한 이야기 엘리자베스 인치볼드 | 이혜수 옮김
210 바닷가에서 압둘라자크 구르나 | 황유원 옮김
211 낙원 압둘라자크 구르나 | 왕은철 옮김
212 피라미드 이스마일 카다레 | 이창실 옮김
213 애니 존 저메이카 킨케이드 | 정소영 옮김
214 지고 말 것을 가와바타 야스나리 | 박혜성 옮김
215 부서진 사월 이스마일 카다레 | 유정희 옮김
216 사람은 무엇으로 사는가 레프 톨스토이 | 이항재 옮김
217, 218 악마의 시 살만 루슈디 | 김진준 옮김
219 오늘을 잡아라 솔 벨로 | 김진준 옮김
220 배반 압둘라자크 구르나 | 황가한 옮김
221 어두운 밤 나는 적막한 집을 나섰다 페터 한트케 | 윤시향 옮김
222 무어의 마지막 한숨 살만 루슈디 | 김진준 옮김
223 속죄 이언 매큐언 | 한정아 옮김
224 암스테르담 이언 매큐언 | 박경희 옮김
225, 226, 227 특성 없는 남자 로베르트 무질 | 박종대 옮김
228 앨프리드와 에밀리 도리스 레싱 | 민은영 옮김
229 북과 남 엘리자베스 개스켈 | 민승남 옮김
230 마지막 이야기들 윌리엄 트레버 | 민승남 옮김
231 벤저민 프랭클린 자서전 벤저민 프랭클린 | 이종인 옮김
232 만년양식집 오에 겐자부로 | 박유하 옮김
233 이상한 나라의 앨리스 루이스 캐럴 | 존 테니얼 그림 | 김희진 옮김
234 소네치카·스페이드의 여왕 류드밀라 울리츠카야 | 박종소 옮김
235 메데야와 그녀의 아이들 류드밀라 울리츠카야 | 최종술 옮김
236 실종자 프란츠 카프카 | 이재황 옮김
237 진 알랭 로브그리예 | 성귀수 옮김
238 말테의 수기 라이너 마리아 릴케 | 홍사현 옮김
239, 240 율리시스 제임스 조이스 | 이종일 옮김
241 지도와 영토 미셸 우엘벡 | 장소미 옮김

242 사막 J. M. G. 르 클레지오 | 홍상희 옮김
243 사냥꾼의 수기 이반 투르게네프 | 이종현 옮김
244 험볼트의 선물 솔 벨로 | 전수용 옮김
245 바베트의 만찬 이자크 디네센 | 추미옥 옮김
246 나르치스와 골드문트 헤르만 헤세 | 안인희 옮김
247 변신·단식 광대 프란츠 카프카 | 이재황 옮김
248 상자 속의 사나이 안톤 체호프 | 박현섭 옮김
249 가장 파란 눈 토니 모리슨 | 정소영 옮김
250 꽃피는 노트르담 장 주네 | 성귀수 옮김

● 문학동네 세계문학전집은 계속 출간됩니다